카지노의 음모 **롤링**

카지노의 음모 롤링

지은이 | 이상훈
펴낸이 | 一庚 장소님
펴낸곳 | 답게

초판 인쇄 | 2016년 12월 20일
초판   1쇄 | 2016년 12월 25일

등 록 | 1990년 2월 28일, 제 21-140호
주 소 | 04994 서울시 광진구 면목로 29(2층)
전 화 | (편집) 02) 469-0464, 02) 462-0464
        (영업) 02) 463-0464, 02) 498-0464
팩 스 | 02) 498-0463

홈페이지 | www.dapgae.co.kr
e-mail | dapgae@gmail.com, dapgae@korea.com

ISBN 978-89-7574-288-0

나답게 · 우리답게 · 책답게

카지노의 음모

롤링

이상훈 지음

도서출판 답게

차 례

망가진 삶, 스스로 종지부를

명문여대를 졸업한 미혜는 얼굴이 가름하여 예쁘게 생겼다. 골프 등 운동으로 다져진 몸매는 20대를 능가할 정도로 곡선이 아름다웠다. 몇 년 전부터 미혜가 마카오에서 망가진 액수는 30억이 넘었다. 한국의 가족들은 물론이고 친지들과 친구들에게도 마카오 현지에서도 꽁지로 빌린 돈을 송금하지 못해 여권을 빼앗겼으나 그나마 건수의 도움으로 하루하루 일수 찍듯이 돈을 갚아 나갔다. 미혜는 괴로울 때마다 화학약품인 베스솔트의 마약을 한 움큼씩 아가리에 털어넣고서 한나절을 정신을 잃을 때가 많았다. 다희는 그런 미혜가 제정신이 돌아올 때마다 살가운 말로 달래 주었다.

미혜는 어떨 때는 하혈이 심하게 쏟아져, 꽁지꾼들이 대가리(빚)를 받기 위해 알선해 준 남자들과 잠자리를 같이하다가 침대시트에 한 뭉텅이의 피를 쏟아냈다. 사내가 기겁하여 바지를 입는 둥 마는 둥 엉덩이에 걸치고 호텔을 뛰쳐나가 꽁지꾼들에게 화대를 돌려달라고 억지를 부리곤 했다.

다희가 건수의 도움으로 모처럼 돈을 땄다. 그 돈으로 조금씩 빚을 나눈 뒤 언니들이 동패로 걸어준 액수만큼의 이익금과 원금을 나눠주려고 한달음에 달려와 아파트 문을 열었을 때, 이미 눈물로 범벅이 된 언니들이 울음을 삼켜가며 다희를 끌어안았다.

"다희야. 미혜가 죽었어! 미혜가 죽었다고."

"그럴 리가 없어. 거짓말이지? 언니가 왜 죽어?"

다희는 언니들의 말이 미덥지 않은지 신발을 팽개치고 방안으로 뛰어들었다. 좁은 방 한가운데에는 시신을 덮은 낡은 이불이 놓여있었다. 한 뜸 한 뜸 새겨 넣던 수예보가 언니의 마지막 가는 길을 위로하듯이 가슴 위에 놓여있었다.

"언니, 왜? 왜 죽어! 나랑 약속했잖아. 한탕해서 돈이 들어오면 여권 찾아서 한국으로 돌아가자고, 했던 말… 잊었어? 언니…"

다희가 미혜의 시신 위에 얼굴을 묻고 흐느껴 울자, 미혜와 함께 기거하던 여자들도 이불 위에 얼굴을 묻고 서러운 눈물을 쏟아냈다. 잠시 후, 다희가 눈물을 훔치며 미혜가 가족들의 얼굴을 수놓던 천을 덮은 이불을 살짝 들어 가슴 위에 얹어주었다. 한순간의 꾀임에 빠져 카지노에서 모든 재산을 탕진하고 차마 가족들의 품으로 돌아가지 못하고 미혜의 희망은 허망한 꿈에 지나지 않았다.

다희의 연락을 받은 건수와 상구는 수십 명의 동생들과 달려와 장례식에 들어가는 모든 경비를 부담하고 조롱 섞인 멸시의 눈초리로 바라보는 중국인들에게 보란 듯이 사나운 위세를 보이며, 미혜의 마지막 가는 길을 편안하게 보내주었다.

마카오에 진출한 4세대 조폭인 건수와 상구는 보스답게 환치기와 빽치기를 하는 동생들과 함께 카지노 도박에서 망가진 한국 사람들에게 중국의 폭력조직 삼합회의 횡포를 적절하게 막아주며 온정적으로 대했지만, 빌린 돈을 떼먹으려고 하는 도박꾼들에게는 잔인했다.

검은 상복을 입은 건수와 상구가 동생들과 상주가 되어 화장을 끝냈다. 다희는 한 줌의 재가 된 미혜의 육신이 담긴 유골함을 가슴에 끌어안았다. 미혜가 남긴 유서를 몇 번이고 되새겨 읽었다.

'다희야. 그리고 채희. 정린. 미아 언니 모두에게 미안해. 내가 너무 괴롭혔지? 내가 힘든 만큼 다희와 언니들도 힘들었을 텐데… 내가 너무 욕심이 많았었나 봐. 그리고 나처럼 어리석은 생각을 갖지 말고 행복하게 살다가 천국에서 만나자. 참, 내가 욕심도 많지 천국에 들어갈 수 있을지도 모르면서 말이야… 하지만 도박과 마약에 찌들어 남편과 아이들과 나를 아는 모든 사람들에게 피눈물 흘리게 한 나를 천국에서 받아 줄지 모르겠네. 잠자리와 밥은 먹여 주시겠지. 기도 많이 해 줘! 내가 너무 큰 바램을 원하나? 아무튼 그때까지는 절대로 알리지 말아줘! 그리고 건수씨와 동생들에게 나머지 대가리 걸린 것, 갚지 못하고 떠나서 미안하다고 전해주고… 안녕.'

미혜가 천국으로 떠난 지 며칠이 지났다. 도박을 하지 않겠다고 손가락까지 잘랐던 태선이가 마카오를 다시 찾았다가 게임에서 오링(돈을 모두 잃는 것) 되자, 자신의 비참한 현실을 이기지 못하고 자괴감에 빠져 마카오 대교에서 자살로 생을 마감했다.

다희는 얼마 전 게임에서 딴 돈을 몇 푼 쪼개 아빠에게 송금했다. 환치기 오빠들은 마카오에서 홍콩 달러를 받고 수수료를 뗀 금액을 환산하여 한국에 있는 조직원들의 대포통장을 이용하여 수수료도 저렴했다.

며칠이 지났다. 영수가 건수의 사무실로 숨 가쁘게 뛰어들었다. 바둑을 두고 있던 동생들이 머리를 숙이며 정중하게 인사를 했다. 동생들 중에서도 유달리 영수가 예뻐하는 택기가 바둑알을 팽개치고 자리에서 일어나 영수 앞으로 다가왔다.

"형님, 무슨 일 있으십니까? 얼굴이 창백해 보이십니다."

"음, 니가 보기에도 그렇게 보이냐?"

"예. 척하면 삼천리라고… 이제는 형님 표정만 봐도 무슨 생각을 하고 계신지 알 것 같습니다."

건수는 책상 앞에 수북하게 쌓아져있는 장부를 들춰가며 계산기로 무엇인가를 셈하고 있었다.

"형님, 챙을 만나고 왔습니다."

영수는 보스의 지시로 누구를 만나고 왔는지 다급한 눈초리를 보였다.

"그래, 챙은 아직도 약에 쩔어 있더냐?"

"예. 늘… 쌍! 약에 절어 있어 그런지, 엉망으로 망가져 보였습니다."

"그렇겠시! 싱한 놈들도 미약에 빠지다 보면 망가지는 법인데 지 아무리 거구장사라고 한들 피해갈 수 있겠어?"

"형님, 이번에 챙이, 아주 중요한 정보를 줬습니다."

"그래… 이번엔 먹은 만큼 일을 하나보지?"

"네, 그런 것 같습니다."

"그래! 뭐야?"

건수는 계산기를 옆으로 치워놓고 영수의 얼굴을 정면으로 바라보면서 물었다.

"조만간, 대가리(사채) 걸린 여자들을 본토로 데리고 갈 것 같습니다."

"뭐라고? 그럼, 그 여자들을 중국본토로 데리고가서 매춘업자들에게 팔아넘기겠다는 거야?"

"예. 그렇다고 합니다."

"이 뙈국 놈의 새끼들! 쥐꼬리 만한 돈 빌려주고 비싼 이자 맛보더니, 이제는 한국여자들을 끌고가서 매춘을 시킬거라고!"

"언제쯤 시작한대?"

"날짜는 확실하지 않지만, 조만간 대가리 걸린 여자들을 한곳에 감금을 시킨 후, 데리고 갈 것 같습니다."

"그래? 이놈의 새끼들이 여자들에게 여권을 돌려주고 정식적으로 이민국을 통해 들어갈 것은 아닐 테고…, 돼지몰이(밀항)로 데려간다는 거야? 그 새끼들 봐라. 돈에 미쳐도 유분수지 건강한 놈들만 골라가며 꽁지를 주더니… 몇 푼의 돈에, 사지 멀쩡한 놈들 장기를 떼어내려고 하는구면…"

건수가 벌떡 일어나 영수 테이블로 자리를 옮겼다.

"수야, 이건 아니잖아! 그놈들의 악행을 그대로 보고넘겨야 돼?"

건수의 눈에서 핏발이 섰다.

"영수야, 한국 영사관에 이 사실을 알려야 하지 않겠어?"

"형님, 한국영사관에 말한들 뭐합니까? 제 놈들 밥통 지키기에만 급급했지 교민들이 여권을 빼앗겨 출국하지 못해 홍콩영사관을 찾아가 하소연할 때마다 어디 씨알머리라도 먹혀들든가요? 이빨 까는 소리만 늘어놓지 않던가요?"

건수는 감성적인데 반해 영수는 냉철하고 비정하리만큼 조직의 안위를 위해서는 보스에게도 바른말을 하는 부하였다. 건수는 화가 치밀었다.

"그럼, 뭐야! 임마, 여자들이 그대로 끌려가는 것을 지켜보자는 거야 뭐야?"

영수가 차분한 목소리였다.

"형님, 여기는 저희들보다 놈들이 뿌리는 돈들이 더 많습니다. 그리고 게는 가재편이라고… 마카오 경찰이나 중국공안국에는 놈들의 손이 더 잘 닿습니다. 우리들도 몸조심해야 하지 않겠습니까?"

"다희씨를 끌고가려고 하니까, 형님이 막아주셔야 하지 않겠습니까?"

"뭐! 다희를? 이 개새끼들, 전쟁을 해야겠네, 엉!"

"돈을 좀 들여서, 쳉이와 그의 똘만이들을 통해서 놈들의 보스를 치게 하는 겁니다."

"그게 먹혀들까?"

12

"그럼은요. 놈들의 보스는 요즘은 홍콩 배우인가 뭔가 하는 아이 한테 홀딱 빠져, 돈을 그 년의 치마 밑구멍으로 몽땅 쑤셔넣는다 하지 않습니까?"

"그래! 그 놈의 계집에 밑구멍이 돈 먹는 하마 아가리만 하다메?"

"그럼, 챙을 만나 협상하거나 광동식구들한테도 손을 뻗쳐봐! 빨리 서둘러라!"

이미 카지노 정킷방 라이센스를 가진 미국계 시민권자인 경수의 세력을 등에 업고 승승장구 물결을 타고 있는 건수는 제갈량과 같은 영수가 어려움이 닥칠 때마다 머리를 짜내 해결의 실마리를 풀어갔다. 그로부터 며칠 후, 코타이지역 삼합회 의안파 사무실에 30여 명이 도끼와 작두날을 가지고 침입하여 의안파 두목 랑조위를 비참하게 목줄을 빼앗았다.

사업이나 관광으로 마카오를 찾았다가 카지노 판에서 거덜이 난 여자들은 카지노를 기웃거렸다. 추파로 접근하는 여자 롤링꾼들이 소개하는 대부업체에서 차용증과 여권을 잡히고 고리의 도박자금을 빌렸다. 고국에서 송금이 차단되고 날로 불어나는 고리와 원금의 도박빚을 제 날짜에 갚지 못하게 되자, 대부업자들은 빚을 다 갚을 때까지 여자들을 자신들의 처소에 가두어 놓고 빚을 탕감해주는 조건으로 홍콩과 마카오 등 중국본토와 가까운 광동지역 등으로 보내어 매춘을 시켰다.

여자들의 빚은 매춘의 횟수가 늘어날수록 줄어들기보다는 늘어만 갔다. 사채업자들은 여자들을 빚으로 묶어두려고 매춘에서 벌어들이는 돈에서 일정부분을 떼서 여자들이 도박과 사치에 사용할 수 있도록 유도하면서 빚을 키워나갔다. 괴로움에서 벗어나기 위해 선택한 것이 정신을 황폐하게 만들며 서서히 죽음에 이르게 하는 마약에 손을 댔다.

이들이 때로는 자신의 처지를 하소연하기 위해 영사관을 찾았으나 영사업무를 담당하는 직원들의 태도는 냉담하였고 업무의 영역이 다르다는 이유를 들먹여가며 마약과 매춘, 고리의 도박 빚으로 인하여 악질 사채업자들에게 생명의 위협을 받고 있는 한국인들에게 방관적인 태도를 취하며 미온적인 태도를 보이는 것이 보통이었다.

착각과 환상

오후 늦은 시간, 보스는 강남의 소문난 영계들을 시식할 수 있는 텐프로에 버금가는 룸살롱으로 구라꾼들을 초대했다. 보스는 어젯밤 서대문 수한테 받은 전화 때문에 밤새 잠을 이루지 못해 두 눈이 눈꺼풀 사이로 파고들어 그나마 작은 눈이 보이지 않을 정도였다.

보스의 말에 구라꾼들의 표정은 다들 담담했다. 사기 도박판에서 지금까지 굴러오면서 한두 번 겪은 일이 아니라 그런지, 수의 전화에 그다지 큰 관심을 두지 않았지만 구라를 깐 상대가 상대인지라, 보스의 뜻에 따르겠다며 어제 나눈 분배에서 각자 얼마씩 돈을 각출하는 것으로 마무리했다. 보스는 큰소리로,

"밖에 누구 없나?"

밖에 대기하고 있던 마담이 문을 열고 안으로 들어왔다. 세련미가 돋보였다. 한때는 강남의 텐프로에서도 인기가 치솟았던 비싼 여자였다.

"회의는 다 끝나셨어요?

"음, 끝났어. 마담! 오늘 말이야, 좀 특별한 손님들을 모셨으니까 거기에 걸맞는 애들을 앉혀야 돼! 무슨 말인지 알지!"

"그럼요. 척하면 삼천리라, 회장님 눈빛만 봐도 알거든요."

문을 빠끔히 열고 열댓 명의 아가씨들이 봇물 터지듯 방안으로 들어왔다. 팔등신 몸매에 얼굴들이 미스코리아 뺨칠 정도의 미모를 지닌 이십대 여성들이었다. 강남에서도 이 업소 아가씨들이 예쁘다고 소문이 나 있었다. 하지만 술값이 다른 집에 비해 두세 배 비쌌기에 웬만한 모주꾼들은 이 집을 이용할 수가 없었다. 살롱의 사장은 한때 조폭계의 소문난 칼잡이로 은퇴 후, 이 룸살롱을 운영하고 있어 웬만한 매춘단속에서도 이 살롱만큼은 건드리지 못할 정도로 위세가 등등했다. 보스는 구라꾼들에게 아가씨들을 향해 손짓을 하며 상품을 고르듯 마음대로 초이스(고르기)하라고 했다. 언제나 그랬듯이 보스는 동주에게 우선권을 주어 예우를 했다.

동주가 가냘퍼 보이는 아가씨를 초이스 하자 구라꾼들은 고개를 끄덕이며,

"역시, 김회장은 눈이 높아! 여자를 보는 안목이 있단 말이야!"

"그럼, 그럼!"

아가씨들의 초이스가 끝났다. 보스는 능숙한 솜씨로 사람 수에 맞춰 맥주잔에 위에 양주잔을 겹치게 올려놓고 양주를 따른 후, 가장자리의 양주잔을 가볍게 손으로 건드리자 양주잔이 통째로 맥주잔 안으로 떨어져 일명 폭탄주가 만들어졌다. 몇 잔의 술이 거나하게 돌았다. 보스의 옆자리에 앉아있는 수진이란 아가씨가 애교를 떨

며 활짝 웃었다.

"회장님! 저, 다음 주 일본가요."

"일본엔 왜 가?"

"일본에 아는 언니가 있는데, 여기보다 벌이가 좋다고 해서 가는 거예요."

수진의 말을 듣고 있던 보스는 고개를 끄덕이며 물었다.

"마이깡(선수금)을 받고 가는 거야?"

"네! 갑자기 집안에 큰돈이 필요해서…그 길을 택했어요."

"그래?"

보스는 수진과는 몇 달 전부터 사귀는 사이였다. 커다란 눈매와 서글서글한 표정은 언제 보아도 밝은 웃음을 잃지 않는 여자였다. 큰돈을 주지는 못해도 게임을 할 때면 가끔 불러 용돈을 주곤 했다. 옆자리에 앉아있던 수진은 보스를 향해 입을 삐죽거리자, 보스는 직감으로 가슴에 와 닿는 느낌이 있어 수진의 두 눈을 뚫어지게 쳐다보았다.

"수진아, 갑자기 니가 일본에 가는 이유가 뭐야? 며칠 전까지만 해도 그런 말이 없었잖아!"

보스는 수진과 친한 아가씨들에게 탐문을 하듯 물었다.

"수진이가 일본에 가는 다른 이유가 있는 거지?"

보스는 술을 마시면서도 기분이 엉망이었다. 눈치 빠른 구라꾼 막둥이가 기분을 맞추듯 바지를 홀라당 내리고 팬티만 살짝 엉덩이에 걸친 일명 똥고춤을 추며 홀 안을 돌며 흔들어대자, 아가씨들은 깔깔거리며 웃음을 맘껏 터뜨렸다.

아가씨들의 답례의 춤이 시작되었다. 보스에게 입을 비쭉거렸던 미희가 테이블 위에 놓여진 술잔들을 옆으로 밀어놓고 냉큼 테이블 위로 올라갔다. 가녀린 몸을 비틀 때마다 고혹적인 몸매가 드러났다. 천천히 블라우스를 벗어 손에 쥐고 높이 치켜 세워 흔들흔들 돌리며 누구에게 던질까? 하는 행동을 취하고 있었다. 술집에서는 다들 계산된 접대지만 그래도 단골손님들한테는 정성을 쏟아야만 많은 팁이 나오는 법이다. 미희는 마지막 속살이 보일 듯 말듯 두두룩한 불두덩만 살짝 가려진 검정색 팬티를 천천히 다리 밑으로 내리자 백옥처럼 흰 사타구니에 역삼각형으로 예쁘게 가꾼 거웃이 그녀의 깊은 성역의 입구였다. 구라꾼들은 미희를 향해 격려의 박수를 쳐주었다.

분위기를 맞추기 위해 그날그날 술좌석에서 히로인 역할을 한 아가씨에게 찬사의 박수를 보내는 것이 화류계의 룰이라 할까. 보스가 지갑에서 몇 장의 수표를 꺼내 건네자, 미희는 미소를 보이며 보스에게 감사의 표정을 지었다.

보스가 술판이 끝났다는 사인을 보내자, 문밖에 대기하고 있던 웨이터가 고개를 굽실거리며 안으로 들어왔다. 아가씨들을 방밖으로 모두 내보낸 후, 구라꾼들의 손에 쥐어주었다. 반 알의 비아그라였다. 아가씨들과 마음껏 섹스를 즐기라는 웨이터들의 발 빠른 서비스였다.

이곳은 처음 코스부터 마지막 풀코스인 룸까지 올라가 섹스를 끝낼 수 있도록 건물이 설계되어 있어 외부인들은 알 수 없는 신비의 매춘 살롱이었다. 보스가 웨이터에게 팁을 건네자, 보조웨이터들이 구라꾼들에게 몇 푼의 팁을 기대하며 머리를 굽실거리며 구라꾼들을 데리고 아가씨들과 함께 엘리베이터 쪽으로 사라졌다.

잠시 후 동주는 차들 사이를 헤집고 무서운 속도로 거리를 질주했다. 조금 전 휴대폰에 찍힌 엉터리 문자가 머리에 떠올랐다.

'동주야! 급피 연락 주! 일이 자펴서' 시간이 급했는지 철자법이 맞지 않는 문자가 왔다. 얼마 전부터 기획했던 큰 게임을 방수잡이(도박을 붙이는 사람) 손사장이 드디어 주선해 놓은 것이다. 동주가 핸드폰에 찍힌 전화번호 코드를 눌렀다. 굵직한 목소리가 흘러나왔다.

"내다. 현장(도박을 하는 장소)은 쉐라톤 다이아몬드 룸이다. 바지는 K건설 최회장… 알지! 그 친구와 다이아몬드 수입상 이사장이다, 둘 다 구서방들이니까 잘들 요리해 봐! 판돈은 덕만이가 가지고 갔다."

자기 말이 끝나기 무섭게 전화를 끊어버렸다. 보스는 언제나 그랬듯이 동주가 게임에 들어갈 때마다 많은 말을 하지 않았다. 그것은 동주의 손기술을 믿기 때문이었다.

차에서 내리는 동주의 외모는 누가 보아도 멋진 풍채였다. 엘리베이터 앞에 앙증맞게 예쁜 모자를 쓴 아가씨가 고개를 숙이며 친절하게 몇 층까지 올라가는가를 물었다. 동주가 '다이아몬드 홀' 이라 말하자 한결 더 부드러운 태도로 동주의 얼굴을 바라보며 미소를 지었다.

언제나 게임을 하기 전 느끼는 감정은 한결 같았다. 식구들이 호흡을 잘 맞춰줘야 구라가 들통이 나지 않는 법이고 아무리 개인적으로 손재주가 좋아도 두 사람의 바지(호구)들을 앞자리에 앉혀놓고 구라게임을 해서 돈을 딴다는 것은 결코 쉬운 일은 아니었다. 동주와 눈이 마주친 구라꾼이 먼저 인사말을 건네며, 구서방들을 바람을 잡기 시작했다.

"김회장님, 요즘 사업 번창하시죠? 일전에 다이아몬드로 최회장님 사모님께 이익을 좀 챙겨드렸습니다."

최회장이라는 남자가 게임꾼의 말을 능숙하게 맞받아쳤다.

"우리 집사람은 말이야, 보석 사는 병이 있어서 큰 돈을 주지 못해요. 그놈의 보석이 뭔지? 보석이라면 남편까지 팔아서 살려고 드니… 여자들이란… 이해를 못하겠어!"

최회장의 너스레가 끝나자, 사내들은 방 가운데에 놓인 둥근 원탁 둘레에 다가 앉았다. 게임을 주선하는 손사장의 똘마니가 능숙한 솜씨로 카드 셔플(섞기)을 했다. 손사장이 도박판에 앉아있는 사람들을 둘러보며 말했다.

"시작은 삼천 마이에 십만 더 게임입니다."

시작할 때 삼천만 원을 테이블에 올려놓고 첫 배팅이 십만 원부터 시작하는 큰 판이있다. 십만 더 게임은 첫 번째 사람이 십만을 배팅하면 다음 사람이 레이스를 하게 되면, 십만 원을 받고 이십만 원을 더해 도합 삼십만 원이 되며, 뒤에 다섯 사람이 모두 콜(레이스를 하지 않고)만 하게 되면 판돈이 백팔십 만원이 되는 것이다. 다음 첫 배팅은 백만 원이며, 그 뒷사람이 패가 좋아 레이스를 하게 되면 백만 원 받고 이백 만원 더, 또 뒤에 있는 사람이 레이스를 칠 경우에는 백만 받고 이백만원에 사백만 더, 하여 금액이 두 배로 늘어나며 다음 사람은 그 배의 비율로 레이스 하는 큰 게임이다.

구라꾼들이 구서방(호구)들을 낚을 땐, 다양한 수법으로 도박판의 흐름을 적절하게 이용하면서 구라를 치는 것이다. 손사장은 시간당 타임비를 일인당 이십만 원씩 받았다.(타임비란 도박꾼들이 게임을 주선한 사람에게 주는 시간당 경비 및 자릿세다) 방 안의 냉장고에는 갖가지 음료수와 드링크제, 몸에 좋은 약품들이 준비되어 있지만 도박꾼들이 물과 음료수를 요구할 때마다 이삼만 원씩 음료수 값을 별도로 지불한다는 것이 도박판의 상식이다.

한 시간 남짓한 시간이 흐르자 네 명의 구라꾼들 중에 두 사람의 판돈이 아슬아슬한 차이로 구서방 두 사람 앞으로 넘어갔다. 동주는 셔플을 서투르게 한 후, 오른쪽에 앉아있는 구라꾼에게 기리(손으로 카드 패를 섞음)를 하도록 카드를 옆으로 밀어놓았다. 구라꾼은 능숙한 솜씨로 기리를 마친 후, 카드를 동주 앞으로 다시 밀어주었다. 동주는 민첩한 손놀림으로 카드를 손에 쥐고 패를 돌리기 시작했다. 일반 사람들은 카드 무늬와 숫자만을 살피지만, 일류 구라꾼들은 재빠른 곁눈질로 구서방들의 표정들을 살펴가며 심리적인 변화를 눈여겨 보았다.

「바둑이 게임은 넉 장씩의 카드를 받은 후, 세 번에 걸쳐 카드를 바꾸어가며 무늬가 다른 A,2,3,4와 같은 최대한 낮은 숫자를 잡아가는 게임이다」

바둑이 게임에서는 여러 장의 카드를 바꿀수록 숫자와 무늬가 다른 낮은 카드를 받기가 희박하여 옆 사람들이 세 차례에 걸쳐 여러 장의 카드를 바꾸면, 한 장의 카드를 바꾼 사람은 과감하게 거액의 돈을 배팅하여 여러 장의 카드를 바꾼 사람들이 무늬와 숫자를 맞추지 못하게 배팅을 하여 승부를 내는 게임이다.

동주가 손에 쥐고 있던 한 장의 카드를 테이블 위로 던지고 마지막 한 장의 카드를 가져와서 세 장의 카드를 쥐고 있는 왼손 바닥 밑으로 천천히 집어넣었다. 네 장의 카드를 조금씩 앞으로 펼치며 뒤에 놓여있는 마지막 카드의 무늬와 숫자를 신중한 표정으로 바라보았다.

이미 초반부터 에이스 카드를 쥐고 있던 두 명의 구서방들은 이번 판에서는 이길 것이라는 판단이 들어서인지 마음속으로 꽤 여유로운 표정으로 미소를 짓고 있었다.

첫 번째 구서방이 자기 앞에 놓여있던 지폐를 조심스럽게 세어 테이블 위로 밀어넣었다. 두 번째 구라꾼이 '콜' 하며 빠른 손놀림으로 돈을 세어 테이블 위로 밀어 넣었다. 세 번째 구라꾼이 실망스러운 표정으로 '다이' 하면서 카드패를 살며시 버려진 카드 밑으로 밀어넣자 에이스 카드를 손에 쥐고 있던 네 번째 구서방이 의기가 양양한 채 '올인' 하며, 첫 번째 구서방이 배팅한 돈만큼의 액수를 세어넣고 나머지 남아있는 돈을 꼼꼼하게 세어 테이블 위로 밀어놓았다. 그러자 이를 조용히 지켜보던 다섯 번째 구라꾼은 실망스러운 표정으로 '다이' 하며, 카드패를 테이블 위로 던졌다. 동주가 조용하고 차분한 목소리로 '올인' 하면서, 자기 앞에 놓아져 있던 돈다발을 세어 테이블 위로 가볍게 던졌다. 테이블 위에는 1억여 원이 넘는 돈이 게임의 승자를 기다리고 있었다.

옆구리 탄이란 옆 사람이 카드 기리를 마친 후, 공범들이 바람을 잡을 때, 왼손으로 기리를 마친 카드를 쥐고 빠른 속도로 옆구리에 차고 있던 둥근 잠자리채 안으로 카드를 밀어 넣고 집게발에 끼여져 있던 카드를 뽑아 테이블 위로 돌리는 것이다. 전문 게임꾼들도 탄을 잘 사용하는 구라꾼들에게는 백전백패를 당하기가 일쑤다. 아쉽게도 한 끗 차이로 돈을 잃은 구서방들이 열을 받아서 지갑에서 거액의 돈을 꺼내 테이블 위에 다시 올려놓았다. 동주를 제외한 나머지 구라꾼들도 수표를 테이블 위에 올려놓았다. 그리고 김회장은 조금전 딴 거액의 돈을 공범들에게 지게받이(넘겨주기)를 시도했다.

똥카드(버린 카드)를 던져 넣을 때는 카드의 안쪽 면을 보여주지 않는 것이 관례였다. 서로가 무슨 패를 가지고 레이스를 했는지는 카드를 쥐고 있는 당사자 이외에는 알 수가 없었다. 구서방들이 도박판에서 잃은 일억여 원의 돈을 공범들이 나누어가졌지만, 돈을 잃은 두 명에게 의심을 살만한 일이 아무것도 없었다.

잠시 후, 동주의 핸드폰이 울렸다. 실례한다면서 자리에서 벗어나 화장실 안으로 들어갔다. 동주는 화장실 안에서 누군가와 전화

통화를 하는 척 하며, 조금 전 탄을 썼던(바꿔치기 했던) 카드를 꺼내 화장실을 나왔다. 재빠른 동작으로 덕만이에게 넘겨주고 덕만이로부터 마지막으로 구서방들에게 써먹을 탄(배열을 조작한 카드)을 잰 카드를 넘겨받아 허리에 차고 방안으로 들어갔다. 열 받은 구서방들이 지갑에서 고액권 수표를 다시 꺼내 판 위에 올려놓으며,

"김회장! 판돈을 좀 올리는 게 어떻겠소? 시간도 얼마 남지 않았으니 판돈을 좀 키웁시다!"

"나야, 괜찮지만… 다른 분들께서 다들 동의하시면 뜻대로 따르겠습니다. 다들 말해보시죠!"

동주가 주위를 둘러보며 생각을 물었다. 구라꾼들로서는 거액을 움켜쥘 최고의 기회였다. 배팅 금액이 올라가 이십만 원부터 시작하는 이십만 더 게임이 다시 시작되었다.

구서방들은 시간이 지남에 따라 많은 돈을 잃기 시작하자 판단력과 분별력이 떨어졌다. 구라꾼들이 쓰고 있는 다양한 구라의 방법을 알아차리지 못하는 틈을 타서 딜러(카드를 돌리는 사람)의 차례를 잡은 동주가 빠른 손놀림으로 밑장보기(카드의 밑장을 확인하는 것)를 하였다. 구라꾼들은 카드 패를 맞추기 위해 자기가 필요로 하는 무늬와 숫자를 캉(손이나 얼굴 표정 등 카드를 잡는 자세)으로 보내면 카드를 밑장에서 뽑아 주는 기술이다. 기술자가 카드를 돌리는 순간 착시를 일으킬 만큼 빠른 손놀림으로 이루어지기 때문에 구서방들은 정상적으로 위에 있던 카드를 준 것이라 믿게 되는 것이다.

최회장과 이회장은 판돈이 떨어지자, 꽁지(도박판에서 빌리는

돈)를 하는 사채업자 채 마담에게 돈을 부탁했다. 채 마담은 강남에서 소문이 파다한 전설적인 꽁지꾼이었다. 텐프로(강남의 십위권 안에 드는 룸싸롱) 출신인 채 마담은 크고 작은 도박판의 꽁지를 도맡아하는 배짱이 좋은 미녀였다.

"채 마담, 돈 좀 씁시다! 오늘 영~ 게임이 안 풀리는구만… 채 마담 돈이 복돈이라는 소문이 자자하던데… 어디 그 복돈으로 돈 좀 따봅시다."

최회장은 신흥 골프장 몇 개를 가지고 있는 레저사업에서는 꽤 큰 중견그룹에 속하는 강남의 알짜배기 땅 부자였다. 한때는 이름만 대면 알만한 강남의 영계들만 탐했다. 그런데 몇 년 전 연예기획사의 초보 실습생 납치사건으로 빵(교도소)에 갔다 온 후로는 영계라는 소리만 나와도 고개를 흔들었다. 산전수전 공중전에서 성폭력까지 겪은 채 마담은 이미 최회장의 속마음을 꿰뚫어보는 듯했다. 최회장의 돈부탁을 호락호락 들어주지 않고 애교가 철철 흐르는 음성이 귓전에 와 닿았다.

"최회장님! 도박판에서는요! 쉬 하러 가실 때 마음과 쉬 하시고 난 마음이 다르잖아요? 제가 최회장님의 인격을 못 믿어서 그런 건 아니에요. 하지만, 저도 호스티스 십 년, 물장사 십 년, 꽁지생활 오년째 거든요! 독한 술 먹어가면서, 개처럼 벌은 돈. 고매하고 인격 많은 사람들 믿다가 많이 날려서 그런지… 도박판에선 사람은 못 믿어도 물건은 믿거든요. 그리고 이 꽁지는 저 혼자 하는 것이 아니란 건 회장님도 잘 아시잖아요. 화내지 마시고 담보될 만한 것을 주시면 제가 한번 부탁은 해 볼게요!"

꽁지꾼들은 돈을 잃은 도박꾼들의 다급한 심리를 적절하게 이용하여 담보를 잡고 고리(높은 이자)로 돈을 빌려준다. 도박판에선 인격, 명예 따위는 단 한 푼의 가치도 없는 휴지조각 같은 것이다. 이미 억대의 돈을 잃고 있는 최회장으로서는 잃은 돈의 얼마만이라도 건져봐야겠다는 조급한 마음에 어떻게 해서든지 지금 이 자리에서 도박을 더 해야 한다는 생각뿐이라 치밀어 오르는 감정을 꾹 누른 채 다급한 목소리로 싱긋 웃었다.

"채 마담, 내가 수표를 끊어줄까? 아니면 담보를 줄까? 채 마담이 원하는 거로 말해봐!"

최회장은 속마음이 부글부글 끓어오르는지 이마에 심줄이 퍼렇게 드러나 보였다.

"얼마나 쓰실 건대요?"

"한 사오천이면 돼!"

채 마담은 간드러진 목소리로,

"어머! 제게 그런 큰돈은 없어요, 그 정도는 저도 부탁해야 하거든요!"

최회장은 안달이 난 상태여서 이런저런 생각을 가질 시간적 여유가 없었다.

"채 마담, 내차 벤츠 육백이야. 차를 담보할 테니 빨리 알아봐!"

"알았어요, 잠시만 기다려주세요."

하고 문밖으로 나가 응접실의 한 귀퉁이에서 누군가와 전화를 주고받았다.

사내는 자기 할 말만 끝내버리고 전화를 일방적으로 끊어버렸다. 채 마담은 빈정거리는 말투로, '육시랄놈! 장안평 중고차 시장 돈은 자기가 다 긁어모으나? 성질도 급하긴… 알았어, 알았다구.'

채 마담은 혼자말을 중얼거리면서 게임실 안으로 다시 들어갔다.

"회장님."

"됐어?"

"아니, 그게 아니고요, 돈을 빌려줄 사람이 차 연식이 얼마냐고 묻는대요?"

최회장은 성질이 날 때로 나있는 상태여서 화가 치밀어올라 거칠게 뇌까렸다.

"삼 년 됐어. 차 뽑은 지 말이야!"

"네 알았어요!"

문밖으로 나온 채 마담이 다시 전화를 걸었다.

채 마담의 말이 끝나기 무섭게 사내는 중얼거렸다.

"뭐! 오천이라고? 오천이 누구 집 애 이름이야? 삼천 준다고 해! 차는 십일 이내로 찾아가는 조건이구, 이자는 딸라(십부 이자)야! 선이자 띠구. 알았지! 참! 채 마담! 현금차용증 받고 차 가지고 장안평으로 와! 출발할 때 연락해 돈 쏘아줄게. 아니면 현장에서 빌려쓰던가…"

사내와 통화가 끝나자, 채 마담은 게임실의 문을 살며시 열고 손짓을 하자 최회장은 언짢은 표정으로 문 밖으로 나왔다.

"왜 불러내? 한참 끗발이 나려는 판에 말이야!"

돈이 떨어진 최회장 앞에 카드가 돌려지지도 않았다는 것을 알고 있는 채 마담이 미소를 지으며 손을 내밀자 최회장은 퉁명스럽게 자동차 키를 건네고 차용증에 사인을 해주었다. 옆에 있던 채 마담의 가방 모찌(돈 가방을 들고 다니는 보디가드)가 가방 안에서 선이자를 뺀 오만원권 묶음 여섯 다발을 최회장에게 건냈다. 돈을 받은 최회장이 서두르며 방 안으로 들어오자, 구라꾼들은 서로 얼굴 캉(얼굴과 눈의 표정으로 싸인을 주고받는 것)을 나누며 최회장의 삼천만 원을 사기도박으로 먹을 궁리를 하였다.

몇 번의 카드패가 돌아가고 일꾼인 동주의 딜러 차례가 왔다. 날렵한 손놀림으로 셔플을 마친 후, 오른쪽에 앉아 있는 구라꾼 앞에 카드를 놓았다.

구라꾼이 부드럽게 카드 기리를 마친 후, 동주 앞으로 카드를 밀어주자 앞에 앉은 구라꾼이 구서방들의 시선을 돌리기 위해 재빠른 손놀림으로 판 위에 깔아놓은 쭈글쭈글 한 테이블보 위로 손을 뻗쳐 편편하게 정리하는 순간 왼손으로 카드 목을 쥐고 있던 동주는 날렵한 손놀림으로 옆구리 탄(카드를 바꿔치기하는 것)을 시도했다. 구서방은 구라꾼의 사기도박에 가진 돈을 몽땅 털리게 되고 말았다.

최회장과 이회장은 판돈을 거둬드리는 구라꾼의 얼굴을 멍한 눈으로 바라보며,

"재수가 없어도 유분수지 초를 잡고 초에 넘어가다니… 에잇! 카드가 옴붙었구만, 옴붙었어. 쯔쯔…"

이회장은 아쉬운 감정을 삭이지 못해 두덜거리며 의자에서 일어나 방밖으로 나가버렸다. 구라꾼들은 서로 얼굴캉을 주고받으며 각자 자기 앞에 쌓여져 있는 판돈을 움켜쥐고 밖으로 나갔다.

워커힐 호텔을 떠난 구라꾼들이 하나 둘 역삼동 빌라로 몰려들었다. 게임얘기를 나누고 있었다. 빌라는 시가로 따져도 30억이 넘는 호화 맨션빌라였다. 보스의 소유였다.

"오늘 최회장이 판돈 준비가 얼마 안됐는가 보지?"

보스의 말이 끝나기가 무섭게 한 구라꾼이 말을 받아치며,

"이회장도 옛날 같지가 않아, 전에는 앉은자리에서 일억 정도 게임을 했는데 말이야… 물이 마른 모양입니다. 하긴 안 그렇겠습니까? 우리가 깐것(구라한 것)만해도 족히 십 억은 넘으니…"

구라꾼들은 조금 전 도박판에서 딴 돈을 모두 꺼내, 보스 앞에 올려놓으며 상황들을 복기하듯 되뇌었다.

보스는 구라꾼들을 돌아보며 굵직한 목소리로,

"알(총금액)이 얼마나 돼?"

보스의 말이 떨어지기가 무섭게 동주는 기분이 고조된 억양으로 맞장구쳤다.

"최회장이 일억 했고 이회장이 일억 조금 넘었으니까, 똥(경비) 띠면 두 장 정도 깐 것(딴 돈) 같습니다."

"수고들 했어."

보스는 구라꾼들을 격려하며 돈을 나누기 시작했다. 보스는 구라친 돈에서 경비를 뗀 나머지를 육 등분해서 나누어줬다. 판돈을 대

는 사람도 한몫을 받는 것이다. 보스가 구라꾼들을 돌아보며,

"일은 매끄럽게들 했겠지?"

"그럼요!"

서천 구라꾼 황전무가 소근거렸다.

"최회장, 이회장은 아직도 눈이 멀었어요! 그런 먹통들이 도박을 하겠다고 도박판을 끼웃거리니 구라꾼들이라면 누군들 안 까겠습니까?."

동주는 직감이 예민한 구라꾼이라 경솔한 말은 하지 않았다.

"그래도 일은 매끄럽게 마무리 져야합니다. 만에 하나 일(구라)이 발각이라도 되는 날에는 이회장 한테 칼 맞을 각오를 해야 됩니다. 그 양반 성질에 내버려 두겠습니까? 전번에 논현동 '열이네' 창고에서 이회장한테 구라를 까다 걸려, 서천 식구들이 맥주병에 맞아 머리통들이 박살이 난 것을 모릅니까? 아무튼 말 새지 않도록 조심들 하세요!"

동주는 공범들에게 입단속을 시킨 후, 빌라 현관 밖으로 사라졌다. 보스 앞으로 전화가 걸려왔다.

"누구야!"

전화기 감이 좋지 않은지 보스는 톤을 높였다.

"형님! 서대문 숩니다,"

보스는 달갑지 않은 목소리로,

"니가 웬일이냐?"

"웬일은요… 형님, 조금 전 워커힐에서 강남 최회장과 이회장을

깠다면서요?"

"뭐! 누구를?"

"형님, 선수끼리 왜 그러십니까? 형님 위치쯤 되시면 돈 몇 푼에 큰 사고나게 하겠습니까? 아! 참, 형님! 오늘 이회장을 잘못 까신 것 같습니다. 만에 하나 이 말이 이회장 한테 들어갈까 그게 걱정입니다."

보스는 혹을 키울 만큼 바보가 아니었기에, 수의 감정을 건드려 이로울 것이 없다는 판단이 섰다.

"수야! 애들이 몇 푼 간 모양인데 계좌번호 대라!"

보스는 늘 그래 왔듯이 사기친 돈은 나눠먹어야 된다는 생각을 가진 통이 큰 보스였다. 수는 보스의 생각을 읽고 있다는 듯이,

"형님 한 이억 깠다면요? 한 몫 부탁드립니다."

계좌번호를 알려준 후, 전화를 끊어버렸다. 보스는 언제나 그래 왔듯이 구라를 하고 나면 도박판의 똥파리들이 달라붙는다는 것이 당연하다고 생각하며 도박판을 유지하고 있었다.

춤추는 꽃뱀

신선한 풀냄새가 새벽공기를 타고 코끝을 스쳤다. 그룹에서 골프장을 인수한 지도 벌써 여러 해가 지났지만 노회장은 언제나 자기 골프장에서 단 한 번의 홀인원을 해 본적이 없어서인지 골프장에 서기만 하면 시작부터 툴툴거리며 불만을 쏟아냈다. 오늘은 다른 날보다 기분이 좋은지, 아침부터 얼굴에 화기가 돌았고 마음이 들떠보였다. 30년간 노회장을 모신 김실장은 회장의 이런 기분을 놓치지 않고 조심스럽게 말을 꺼냈다.

"회장님! 오늘 무슨 좋으신 일이라도 있으신지요?"

김실장은 성질이 불같은 노회장의 눈치를 살펴가며 조심스레 말을 꺼냈다. 무게로 치자면 만 톤의 배를 연상할 정도로 온갖 폼을 다 잡는 회장이다. 그렇지만 입을 삐죽거리는 버릇은 언제나 변함없는 트레이드 마크였다.

"음, 긴실장 말이 맞아, 오늘 귀중한 손님과 골프 미팅이 있어. 거 있잖아? 자네도 알지? 역삼동 혜린이 말이야! 그래! 오늘은 혜린이와 골프를 치면 잘 맞을 것 같아. 그놈의 홀인원을 한 번도 못해 봤으니 이거, 어디, 골프 매니아라고 말할 수 있겠어? 쯔쯔…"

살살이라는 별명이 붙은 김실장은 호기의 기회를 놓칠 리가 없었다.

"혜린씨는 지조가 있는 여자랍니다. 전번에 방영된 드라마에서도 주인공으로 자기의 모든 것을 희생하는 역할로 종영했고, 회장님 외에는 어울리는 사람이 없는 듯합니다. 지조하면 혜린씨 아닙니까?"

김실장은 노회장의 여성편력을 30년간 보아온 사람인지라 어떤 말이 회장의 비위를 맞춰주는 말인가를 너무나 잘 알고 있었다.

차에서 내린 노회장은 연신 골프장 입구 쪽을 바라보고 있었다. 잠시 후 입구 쪽에서 빨간색 차가 골프장 안쪽으로 미끄러지듯 들어와 클럽하우스 입구에 서있는 노회장 앞에 멈추어 섰다. 차문이 열리자 스무 살 남짓한 서너 명의 앳된 여성들이 소란스럽게 차에서 내려 트렁크에 실려있던 골프가방을 내렸다. 물끄러미 바라보고 있던 노회장의 눈가에 호기심이 역력해 보였다. 차에서 내린 혜린이 노회장 쪽으로 다가와 끼고있던 안경을 머리 위로 올리며 반갑게 인사를 했다.

"어머! 회장님, 그동안 너무 젊어지셨다. 무슨 좋은 일이 있으셨나 봐요?"

노회장은 혜린의 앙증맞은 애교에 기분이 더욱 좋아진 듯했다.

"그럼, 좋은 일이 있었지. 그리고 이런 미인과 함께 라운딩할 수 있다는 것이 얼마나 큰 행운인데, 안 그래?"

혜린은 그녀만의 독특한 관능적인 몸매와 미소로, 회장의 잠든 성욕의 불을 서서히 지피기 시작했다. 노회장은 젊은 아가씨들로부터 인사를 받자 우쭐한 기분으로 혜린을 앞세워 그녀들이 앉아있는 테이블로 갔다.

일행 중에서도 유난히 양 볼에 보조개가 움푹 파인 앳되게 보이는 아가씨가 혜린과 노회장을 번갈아 쳐다봤다. 작은 새조개 같은 입술을 삐죽 내밀며 생긋 웃었다.

"혜린 언니, 회장님이 정말 너무 멋지시다. 그래서 언니가 행복하게 사시는 가봐! 회장님 만나서 반갑고요, 제 이름은 윤희… 예쁜 윤희라고 해요. 참! 얘들아, 너희 소개는 너희들이 각자해!"

윤희는 성격이 활발해 보였다. 아가씨들은 차례로 자기소개를 하고 가벼운 식사를 끝낸 후 일행들과 함께 필드로 걸어나갔다.

혜린과 아가씨들의 골프 솜씨는 싱글을 넘어 프로급이었다. 한 타에 만 원짜리 내기를 걸어 벌써 노회장은 백여만 원을 잃고 있었다. 내기라면 사족을 못 쓰는 노회장의 오기가 발동하기 시작했다. 노회장은 윤희에게 유독 눈독을 들이며 적당하게 오비를 내 실타를 해서 돈을 잃어주는 골프로 작업을 걸고 있다는 것을 혜린은 마음속으로 느꼈다. 혜린 자신도 몇 해 전 노회장의 노련한 수에 넘어가 동침하는 사이가 되었기 때문이다. 노회장은 재물에는 야박하기로 재계에서 소문난 사람이었고 계집들한테 뿌리는 돈도 인색하기 그지없었다.

마지막 18번 홀이 끝났다. 젊은 영계들이라면 사족을 못 쓰는 노회장은 색기가 가득한 눈빛으로 자신만의 먹이 공간 속으로 이들을 끌어드릴 궁리를 하고 있었다.

"아니! 젊은 아가씨들이 언제부터 골프를 배운 거야? 내가 이래봐도, 내기 골프에서 그다지 지는 편이 아닌데, 미인들 앞에서 대참패를 당했다니 믿어지지가 않아!"

노회장의 곁에 바짝 달라붙어 필드를 걸어가던 윤희는 간드러진 웃음소리를 터트렸다.

"회장님, 지금 작업거시는 거죠? 대상이 누구예요? 저예요 아니면, 애? 회장님의 마음을 끄는 얘가 누굴까?"

윤희는 노회장과 혜린을 번갈아 쳐다보며 둘의 어색한 표정이 재미있다는 듯이 떠들어댔다. 노회장은 윤희와 일행들을 바라보며 멋쩍게 웃었다.

"젊은 미인들과 이렇게 즐거운 시간을 보낼 수 있다는 것이 얼마나 행복한 시간입니까? 자! 내, 펜트하우스로 갑시다. 맛있는 음식을 좀 준비하라고 했는데, 입에들 맞을런지 모르겠구먼."

노회장의 펜트하우스는 유럽의 중세기풍의 조각품과 그림들이 조화를 이루듯 배열되어 있어 한층 위화감을 느낄 정도였다. 요리사들이 주방 안에서 음식을 만들고 있는지 맛있는 냄새가 솔솔 풍겨나왔다.

"자, 이리들 앉아요. 오늘은 좀 특별한 요리를 준비시켰는데 입에들 맞을런지 모르겠구먼..."

노회장이 분위기를 잡자, 흰 가운을 입은 노년의 요리사가 식탁 테이블 앞으로 다가와 정중하게 인사를 건넸다. 노회장은 요리사에 대한 간단한 소개를 했다.

"이분은 저하고는 삼십 년을 함께 해오신 분이십니다. 아마 여러 분들이 태어나기 전에 있었던 조선 구락부, 지금의 조선호텔 이름이지요! 조선구락부의 요리는 당대에 유명한 사람들이 아니면 먹을 수 없을 정도로 일반인들에게는 기회가 없었어요, 그때부터 장안에 유명한 호텔의 총주방장을 하셨으니까, 김선생님의 요리를 맛볼 수 있다는 것은 행운입니다. 안 그렇습니까?"

온갖 진수성찬의 유럽풍 요리가 식탁 위에 가지런하게 차려졌다. 노회장이 아가씨들을 향해 식사를 권했다. 예의를 갖춘 멋진 신사로 보이려는 몸짓, 그 안에 숨겨진 비열하고 파렴치한 욕망의 사내, 이런 노회장의 실체를 꿰뚫어 보고 있는 혜린의 입가에는 엷은 미소가 번졌다.

혜린과 윤희는 연신 오른손 엄지손가락을 치켜세우며 음식 맛이 최고라는 칭찬을 아끼지 않았다. 식사를 마친 후, 노회장은 오락기가 있는 넓은 거실로 일행들을 안내했다.

거실 안에는 여러 대의 빠징코와 카지노 테이블 서너 대가 마련되어 있어 작은 카지노를 옮겨 놓은 듯 보였다. 윤희는 유독 카드놀이에 관심이 많은 듯 노회장의 얼굴을 빤히 쳐다보았다.

"아니! 윤희양은 어떻게 테이블만 보고도 잘 구분하나? 엉…? 내가 놀랐구먼, 윤희양 카드는 칠 줄 아나?"

옆에 있던 혜린이 기회를 놓치지 않고 노회장의 말을 맞받아쳤다.

"어머, 회장님! 윤희가 자기소개를 안 했나 보죠?"

"응, 소개는 못 받았는데… 카드에 관계된 일을 했나?"

"그럼은요! 윤희는 유명 카지노의 딜러였어요. 아마 회장님도 아실만한 유명한 호텔 카지노는 윤희가 다 근무했을걸요…"

"그래…."

"회장님, 회장님께선 취미로는 골프와 카드며, 사업적으로는 주식, 선물옵션. 부동산 투자 등에도 관심이 많으시죠?"

식사를 마칠 시간까지 단 한 마디의 말도 하지 않았던 지혜였는데 당돌할 정도로 노회장의 개인 신상에 대하여 꿰뚫어 본 듯이 말하자, 노회장은 지혜의 얼굴을 쳐다보며, 이 당돌한 아가씨가 무엇을 하는 여자이며 무슨 직업을 가진 여자일까 하는 눈빛으로,

"이름이 지혜씨라고 했죠? 실례가 안 된다면 무슨 일을 하시는지…?"

혜린이 깜짝 놀라는 표정으로 주위를 둘러보며,

"이 계집애, 너도 아직까지 회장님께 소개를 안 했어? 회장님이 너 네들에 대해 깜깜이시잖아. 이런 실례가 어딨니? 회장님 미안해요! 제가 애들 정식으로 소개할게요! 윤희는 직업이 연기자지만 전 직업은 유명 카지노 딜러, 이쪽은 지혜, 직업은 유명한 국제 애널리스트예요."

혜린이 지혜의 얼굴을 쳐다보며,

"미국의 맨하턴 은행이지? 네가 근무했던 은행말이야?"

지혜는 혜린이 자기소개를 하자 가볍게 고개를 끄덕거렸다.

노회장의 눈빛이 지혜에게 관심을 보이는 듯했다. 혜린은 거듭 지혜에 대한 사소한 일 하나하나를 소개하며,

"지혜야, 너는 회장님과 인연이 있다고 했지?"

"아니! 저하고 인연이 있었다고요?"

대화를 천천히 조용하게 끌어가는 지혜의 입에서 의외의 말이 흘러나왔다.

"회장님! 회장님께서 2005년도 아이엠에프(IMF 국내경기침체)를 맞기 전에 주식과 선물옵션에 투자하셔서서 큰 손해를 보신 적이 있으셨죠? 그때가 아마 대신증권인가요? 회장님께서 선물투자를 맡았던 증권사 말이에요?"

"음! 그래요, 대신증권이었지, 내 거래 증권사였어."

"맞아요! 회장님 거래 증권사였지요. 제가 알기로는 그때 회장님께선 선물옵션으로 한 630만 불정도 손해를 보셨던 걸로 알고 있는데요… 아마, 당시 미화 환률이 957원대였으니까… 그렇지 않아요?"

"어떻게 지혜양이 내가 사업적으로 큰 손실을 본 것을 알고 있지? 그것이 참 궁금한데?"

노회장이 의아한 표정을 보이자 명희가 둘 사이를 비집고 들어가 얘기를 곁들었다.

"회장님! 애가 이래 보여도 국내외 유명한 은행과 증권사 등 국

제적 투자회사들의 펀드매니저를 두루 거친 여자예요. 거! 있잖아
요? 애널리스트."

"아, 그래요?"

늘씬한 글래머 몸매의 모델 업을 하고 있는 명희가 간단하게 지
혜의 프로필을 얘기하자, 노회장은 끄덕거렸다.

"저도 회장님 자주 뵀어요."

"아니 아가씨도 나를 자주 봤다고?"

"그럼요! 회장님, 회장님은 미국에 자주 가시는 편이죠?"

"음! 미국에 가족이 있어 자주 가는 편이지."

"그래서 자주 봤어요, 제가 대한항공 미주노선 스튜어디스를 오
래 했거든요."

"그래?"

노회장은 놀랍다는 듯이 명희의 손을 가볍게 잡고 흔들었다. 오
늘 골프모임에 참석한 혜린을 비롯하여 지혜, 명희와는 예전부터 친
근한 사이처럼 낯설게 느껴지지 않았다. 윤희가 포커 테이블에 앉으
며 손가락으로 일행들에게 앉으라고 사인을 하자, 일행들은 기다렸
다는 듯이 테이블에 둘러앉아 수다를 떨기 시작했다.

"회장님! 여기 카드 있어요?"

윤희가 노회장을 바라보며 애교섞인 목소리로 말하자 노회장은

"포카 하실려구?"

"네, 골프 쳐서 회장님 돈도 땄고 이렇게 좋은 곳에서 맛있는 요
리도 먹었으니 놀다 가야잖아요?"

윤희의 숙련된 샤프질 소리가 모두의 귀를 자극했다. 비교적 말이 적은 지혜가 노회장을 바라보았다.

"회장님도 앉으세요. 골프 쳐서 돈을 잃으셨으니까 카드 쳐서 회복하세요."

"내가 껴도 될런가?"

"그럼요, 하지만 돈 잃고 개평 달라시면 안 됩니다! 내기는 냉정한 거예요. 아시죠? 골프도, 카드도 승부거든요, 승부에서는 승자만이 살아남는 거예요."

옆에 있던 명희가 '깔깔' 웃으며,

"얘, 너나 잃지 마! 회장님은 골프장을 다 잃으셔도 말하실 분이 아니야!"

도박과 영계라면 사족을 못 쓰는 노회장은 예쁜 아가씨들과 시간을 보낼 수 있는 시간이 마냥 즐거웠다.

윤희가 핸드백에서 '페라가모라'의 상표가 붙은 빨간 지갑을 꺼내 빳빳한 지폐를 테이블 위에 올려놓았다. 이에 질세라 지혜와 명희, 혜린도 명품가방을 열고 지갑을 꺼내 지폐를 테이블 위에 올려놓았다. 분위기가 갑자기 포커판으로 돌변했다. 노회장은 솟구치는 웃음을 참으며 '예쁜 아가씨들을 어떻게 요리할까?' 하며 카드를 치기 시작했다.

한 시간 남짓 지나자 윤희 앞에 쌓아놓은 지폐가 한두 장 밖에 남지 않자 윤희는 가방 안에서 현금카드를 꺼내 노회장을 바라보며,

"회장님? 여기, 심부름 좀 시킬 사람이 없어요?"

노회장은 '영계를 잡아먹는 킬러' 라는 별명이 재계에 붙어있을 정도의 프로였기에 몇 푼의 돈으로 영계를 잡을 수 있는 기회를 놓칠 리가 없었다.

"윤희양, 돈 떨어졌어? 내가 빌려주지! 비싼 이자는 안 받을 테니까 돈 걱정은 하지 말아요, 대신 접대는 충분하게 해야돼요? 맛있는 요리 사는 것도 잊지 말고…"

노회장은 자리에서 일어나 책상 쪽으로 걸어갔다.

노회장이 등을 돌리는 사이에 윤희와 일행들은 의미 모를 눈웃음을 주고받았다. 노회장은 책상 서랍을 열고 빳빳한 오만 원 권 지폐 두 다발을 꺼내들고 테이블로 돌아와 윤희에게 미소를 지으며 건네주었다. 오늘 노회장은 윤희를 포식하려고 마음먹은 듯 포커에서 윤희가 돈을 잃자 절호의 기회라고 생각해 돈을 빌려준 것이다. 혜린은 노회장이 생각하는 윤희의 몸값이 얼마나 될까 가늠해보고 있었다.

돈을 받은 윤희가 한눈을 찡긋하며 노회장에게 욕망의 거래를 제시하는 색이 넘치는 미소를 보냈다.

포커를 시작한지 두 시간 가량 지났을까?

포커 판에서 여간해서 돈을 잃지 않는 노회장이 두세 번 책상을 오가며 가져온 돈을 테이블 위에 올려놓았다. 노회장은 돈을 잃고 있는 윤희와 지혜를 번갈아 쳐다보며 눈웃음으로 격려해 주었다. 세 시간 가량 지났을까. 명희와 혜린 앞에 수북하게 지폐더미가 쌓여 있었다. 돈을 꽤 많이 잃은 윤희가 저녁 방송 스케줄 관계로 시간이 없다며, 포커판을 끝내자 유쾌한 표정으로 혜린에게 말했다.

"혜린씨! 다음에 오늘 멤버들과 다시 어울릴 기회를 만들어줘야지요?"

"참! 회장님, 빌려주신 돈은 윤희를 통해 계좌로 송금 할게요. 오늘 정말 즐거웠어요,"

혜린이 차에 시동을 걸고 일행이 타기를 기다렸다. 윤희와 지혜가 노회장과의 작별인사를 마치고 차에 오르자 혜린은 미소를 지으며 액셀러레이터를 힘차게 밟았다. 윤희는 뒤를 돌아보며 노회장을 향해 손을 흔들었다. 차가 골프장 입구를 벗어날 무렵 혜린이 말을 꺼냈다.

"오늘 수고들 많았어! 노회장이 윤희한테 뻑 간 것 같던데… 너네들은 어땠어?"

지혜는 미소를 머금었다.

"언니 연출, 각본에 주연배우 윤희, 명희, 그 정도면 훌륭한 드라마지 뭐! 그러잖니?"

잠시 후 혜린의 휴대폰으로 전화가 걸려왔다. 혜린이 브루투스를 귀에 꼽고 걸려온 전화를 받자 허스키 여성 목소리가 들렸다.

"그래? 올라와서 얘기하자."

허스키한 여자는 간단한 안부만 묻고 전화를 끊었다.

지혜와 명희가 엄지손가락을 치켜들며 물었다.

"언니? 보스가 뭐라 그러셔?"

"뭐라 그러긴, 너희들이 일 잘했다고 칭찬하시지."

"그래요? 보스 칭찬 소린 처음이다. 그렇지, 언니?"

명희는 수 년간 사기카드 기술을 배우면서 보스에게 격려를 받아본 적이 없었다. 강남에서도 최고의 부를 상징하는 사람들이 모여 사는 타워팰리스 아파트였다. 차에서 내린 일행들은 혜린의 뒤를 따라 아파트 입구 안쪽으로 들어갔다. 현관 입구에는 눈이 부실 정도로 우아한 중년 여성이 일행들을 맞이하고 있었다. 윤희와 지혜가 보스를 향해 살짝 미소를 지으며 응석어린 어조였다.

"언니! 얼굴을 보니까 걱정 많이 했나보네?

옆에 있던 윤희가 보스의 말을 대변하듯 나섰다.

"언니가 언제 걱정하시는 것 봤니?"

보스는 윤희와 지혜가 주고받는 말이 귀엽게 들리는지 가벼운 미소를 지었다. 일행들은 보스의 뒤를 따라 거실 안으로 들어갔다. 시대를 가름할 수 없는 도자기와 화병들이 거실의 여기저기에 조화롭게 진열되어 있었다.

혜린을 따라 방안으로 들어갔다. 마치 미니 카지노를 옮겨놓은 듯 보였다. 혜린과 명희가 헤르메스 던킨 가방을 테이블 위에 올려놓고 돈을 꺼내놓자, 일행들은 혜린을 따라 자신들의 가방들을 열고 돈을 꺼내놓았다.

보스가 혜린에게 물었다.

"알(딴 돈)은 얼마나 되니?"

"언니, 오늘은 처음 상견례라 생각해요,"

"글쎄! 알이 얼마나 될까?"

일행들은 지혜의 손놀림을 지그시 바라보고 있었다.

만원 권과 오만원 권을 분리하여 돈 계산을 마친 지혜가 보스의 얼굴을 쳐다보며,

"언니, 모또(일행들이 가지고 있던 돈)가 천 오백만 원이고 윤희와 명희가 천오백씩 노회장 한테 빌렸으니까 삼천, 그러면 총 사천오백만 원이네!"

지혜는 지폐 더미에서 사천오백만 원을 분리해 놓고 나머지 돈을 세기 시작했다. 돈 계산을 마친 지혜가

"언니, 알이 한, 오천만 원 되네요."

노회장이 세 시간여 만에 오천여만 원 정도를 잃은 셈이었다.

보스는 포커판에서 벌어지는 실화게임이든, 구라게임이든 항상 게임이 끝난 뒤에는 판에서 벌어졌던 상세한 일들을 자세하게 물어본 뒤, 다음 판에서 사용할 수를 결정하는 꼼꼼함을 겸비한 프로였다.

"윤희야!"

"네!"

"게임할 때 주로 무슨 수를 썼니?"

"저하고 명희하고는 주로 낙엽(같은 편이 캉으로 필요한 카드를 요구하면 그 사람 앞으로 자기의 카드를 던져 맞추는 구라기술) 일을 했고요, 명희가 스팩끼(카드를 섞으면서 필요한 숫자와 무늬를 맞춰 공범들 앞으로 돌리는 기술)와 미씨(카드를 돌리기 전 밑에 있는 카드를 살짝 본 후, 공범들이 필요한 카드의 캉(싸인)을 보내면

밑장에 있는 카드를 뽑아 주는 기술)를 썼어요."

"그래!"

보스는 고개를 끄덕이며 되물었다.

"노회장이 먹통(구라에 가는 사람)이니?"

"그렇게 보였어요, 혜린 언니가 질투할 정도로 윤희한테 뻑 갔어
요."

옆에 있던 혜린은 명희가 하는 말에 미소만 지었다. 돈 다발을
만지작거리던 보스가 빠른 어투로 말했다.

"윤희와 지혜는 노회장 한테 빌린 돈 빨리 송금하고 노회장 한테
고맙다고 인사하는 것 잊지 말고… 먹통들은 관리를 철저하게 해야
돼! 오늘, 첫날인데 수고들 많았다."

보스는 어디론가 전화를 걸었다.

"언니 나 갈께!"

혜린이 보스의 얼굴을 쳐다보며 무엇인가 할 말이 있는 듯이 머
뭇거렸고 보스는 들고 있던 휴대폰을 입에 대며,

"오빠, 잠시만…"

혜린의 측은한 얼굴을 바라보며 위안의 말을 건넸다.

"혜린아, 언니는 니 눈빛만 봐도 무슨 생각을 하고 있는지 다 알
아. 내가 알아서 잘 처리할께!"

혜린은 보스의 말을 알았다는 듯 고개를 끄덕이며 문밖으로 걸
어 나가자 보스는 휴대폰을 다시 들어,

"오빠, 혜린이 좀 많이 도와줘요! 애가 요즘 풀이 팍 죽었어요.

거기다 노회장 일도 있고요! 참, 오빠! 혜린이 이자 돈, 걔네들 쪽으로 부쳐줄까요?"

"애 새끼들이 찾아왔대?"

"아뇨, 그런 건 아니지만 꽁지꾼들한테 원금 다 갚을 때까지 이자는 줘야 되지 않겠어요?"

"이놈의 새끼들! 생각 같아서는 한 푼도 주고 싶지 않지만, 혜린이 마음 상할까 봐! 이자라도 주는 거야… 그래 알았어!"

"참, 오빠! 오늘 노회장 알이 조금밖에 안 나왔어요."

"그래? 설계를 잘해 봐! 적게 잡을 것인가, 크게 잡을 것인가를 … 그 다음에 현장(도박장소)에서 철저하게 준비해야 노회장을 한방에 보낼 수 있는 거야. 내 말 무슨 뜻인지 알겠지?"

보스는 오빠라는 사내가 말하는 말에 토를 달지 않았다.

아로마 향기가 풍기는

　채린이 강남의 요지에서 운영하던 「채린 뷰티샵」은 여류명사들이 즐겨찾는 유명한 샵이었다. 채린이 만든 미스코리아들도 셀 수 없을 정도로 많아서인지 장안에서도 얼굴이 반반한 연기 지망생들이나 모델지망생들은 값비싼 미용실의 비용을 부담하면서 채린과 눈 맞춤을 하기 위해 단골이 되기도 했다.

　혜린도 처음 연기생활을 시작한지 얼마 되지 않은 병아리 시절에 채린을 뷰티샵에서 만났다. 혜린의 눈매를 본 여성이나 남성들은 첫눈에 푹 빠질만큼 시원한 눈, 우뚝 선 콧날에서 풍기는 지적인 아름다움에 반할 것이다. 우유빛의 피부에 잘록한 허리와 암말의 짝 벌어진 엉덩이를 연상할 만큼 굴곡진 히프와 매끈한 다리는 누가 보아도 성적인 욕구를 불러일으키기에 충분했다. 채린은 여자를 보는 안목이 높았기에 혜린의 미모를 본 이상, 그냥 넘길 리가 없었다. 맛사지 걸은 같은 여성이지만 혜린의 상반신과 굴곡진 허리를 부드러운 손놀림으로 맛사지하며, 성적 욕구가 유발할 만큼 가슴이 뛰고 얼굴이 붉어져 동성애를 느낄 정도로 혜린의 아름다운 몸매에 취해 있을 때 곁에 있던 채린은 이 모습을 지켜본 것이었다. 채린은 상냥한 목소리로 맛사지 걸의 등을 가볍게 두드리며 유쾌해졌다.

"너는 오늘, 참 운이 좋은 날이구나! 천상에서 내려온 천사보다 더 아름다운 아가씨의 몸을 마음껏 만지고 있으니 참 행복하지?"

맛사지 걸은 채린이 자기의 속마음을 꿰뚫어 본 것 같아 얼굴이 붉게 달아올라 그 자리를 피하고 말았다. 배트에 엎드려 맛사지를 받고 있던 혜린은 피로한 탓인지 긴장이 풀려 짧은 수면에 취해 있었다.

그때, 누군가 채린에게 다가와 말을 걸려하자, 채린은 손가락을 입에 갖다 대며 '쉿' 하며 조용히 하라는 신호를 보냈다. 혜린이 얼마쯤 잠들어 있다가 살며시 눈을 떠 주위를 둘러보니 몇몇의 손님들이 수면안대를 눈에 두른 채 침대에 누워 있었다.

맛사지 걸이 혜린에게 다가와 가벼운 인사를 했다.

"편히 쉬셨어요? 너무나 깊은 잠이 들으신 것 같아 저의 마담언니가 깨우지 마시라고 했어요. 어떠세요… 기분은?"

혜린은 가볍게 고개를 끄덕거리면서 고맙다고 했다.

이날 저녁 채린은 혜린과 함께 라마다 르네상스호텔 레스토랑에서 많은 대화를 나누었다. 혜린은 미스코리아들을 만드는 제조기라는 별명이 붙어있는 대모 채린을 알게 된 그날 밤, 잠을 이루지 못할 정도로 가슴이 벅차올랐다.

1979년 10월 26일 군사혁명의 주최자였던 박정희 대통령이 부하의 총에 무참하게 총격을 받고 쓰러졌다. 박정희 대통령이 시해된 후, 국내의 정치적인 현안들은 비상사태로 돌변하였다. 경제적인 악조건들이 발생하여 기업들은 돈줄이 막혀 하루 사이에도 이름깨나 있는 중견기업들이 부도를 맞아 줄도산 하기에 이르렀다.

1980년 계엄군법회의가 창설되었고 국가를 지키라고 손에 쥐어준 총과 대검으로 선량한 국민들의 항거를 무력으로 무참하고 잔인하게 짓밟으며 수많은 언론인들의 입에 재갈을 물린 채, 군부를 비판하는 양심세력들을 사회를 혼란시키는 주적으로 간주하여 삼청교육대로 몰아넣어 온갖 육체적 고통을 다 받도록 강요하였다. 이에 항거하는 자들을 군법회의에 회부하여 중형을 가한 후, 첩첩산중에 자리잡은 청송교도소로 이감시켰다.

채린의 미용샵에 단골로 드나들던 성북동 정 여사가 채린을 찾았다. 정 여사는 피부 또한 젊은 아가씨들 못지않을 만큼의 탄력이 있어보여 귀부인다운 풍채를 지니고 있었다. 일주일에 서너 번씩 그녀가 다녀가는 날은 뷰티샵의 전 직원들이 회식을 할 만큼의 팁을 받곤 했다. 채린은 언제부터인가 정 여사를 언니라고 부르며 따랐고 정 여사 또한 그런 채린을 좋게 생각했다. 정 여사가 채린의 뷰티샵으로 자기의 벤츠 600 시리즈의 검정색 세단을 보내줬다. 채린이 차에 올랐다. 운전수는 목적지도 말하지 않는 채 반포대교를 지나 서울의 중심지로 접어들었다.

청와대 옆쪽을 끼고 꼬불꼬불한 산길을 한참 달려 차가 목적지에 다다랐는지 운전수가 차를 세운 후 차문을 열어주자, 밖에 대기

하고 있던 젊은 웨이터가 고개를 구십 도로 숙이며 인사를 했다. 웨이터의 안내를 받아 여러 채의 한옥을 지나 안쪽으로 들어갔다. 웨이터가 방문을 노크하며 손님이 오셨다고 하자, 정 여사가 방문을 활짝 열어 제치며 반가운 어조로 채린을 맞이했다.

"채린씨, 바쁘신데 귀한 시간 내줘서 고마워요!"

정 여사는 채린을 향해 다정한 목소리로 마치 귀여운 애완견을 달래듯 말했다. 채린이 방 앞에서 머뭇거렸다. 정 여사는 채린의 불안감을 덜어주듯 채린의 앙증맞게 생긴 작은 손을 꼭 쥐고 방안으로 데리고 들어갔다. 채린이 식탁 한가운데에 단정하게 머리손질을 한 중년의 남성이 앉아 있는 것을 보고 흠칫 놀라는 표정을 지었다. 정 여사는 손을 내밀며 채린을 자리에 권했다.

정 여사는 채린의 불안감을 덜어주려는 듯 사내의 얼굴을 바라보며 말했다.

"부장님! 이쪽은 채린씨라고 해요, 일전에 제가 말씀드렸죠? 미스코리아를 만들어 내는 대모라구요! 여자들이 채린씨의 손만 거치면 미인으로 탈바꿈하거든요."

정 여사가 채린을 소개하는 말에 사내는 가벼운 웃음을 보이며 관심 있게 듣고 있었다. 사내의 외모에서 풍기는 강직한 카리스마가 채린의 가슴으로 파고들었다. 채린이 어색한 표정으로 정 여사가 소개하는 말에 시무룩한 표정을 보였다. 사내는 분위기를 간파한 듯 굵직한 허스키 목소리로 채린의 닫혀있는 마음과 어색한 분위기를 풀어주기라도 하듯 말을 이었다.

"채린씨라고 하셨죠? 오래 전부터 정여사님으로부터 채린씨 말씀 많이 들었어요. 제 외모가 군생활로 오랜 세월동안 거칠게 살아와서 그런지 얼굴이 산적 같아 보이지요?"

사내는 채린의 마음의 빗장을 풀어주기 위해 체면도 불사하고 농섞인 말을 꺼냈다. 채린도 산적 같다고 생각하고 있었던 속마음이 드러난 것 같아 사내가 내뱉은 산적이라는 말에 웃음을 터트렸다. 사내는 예의를 갖추어 혜린의 얼굴을 바라보며 말했다.

"우리 정 여사께서 사전에 저와 자리를 함께할 거라는 말을 하지 않으셔서 결례가 된 줄 압니다만... 제가 여러 차례 정 여사님에게 채린씨를 꼭 한번 뵙게 해달라고 졸랐습니다. 우리 정 여사님을 이해해주시는 거죠?"

사내는 호탕하면서도 절도 있는 언어로 정 여사의 입장을 대변해 주었다.

"저는 무관 출신입니다. 군인생활을 오래해서 그런지 세상물정을 잘 모르고 지금은 작은 부서의 부장직을 맡고 있습니다. 앞으로 채린씨가 잘 좀 봐주십시오!"

채린이 부장이라는 말이, 무슨 뜻인지 알 수 없었다.

사내는 외모와는 달리 비교적 순수함을 지니고 있었으며, 정 여사의 지적에 고개를 끄덕이며 공감의 의사를 표했다.

"채린씨! 이분은 높으신 분을 모시는 분이셔. 그리고 채린씨가 나오는 드라마는 한편도 안 빼고 다 보시는 열렬한 채린씨 팬이기도 하시고…"

사내의 부드러운 말에 마음이 풀린 탓인지 채린은 정 여사와 사내가 권하는 몇 잔의 술을 단숨에 마셨다. 이런 분위기를 별로 느껴보지 못했던 채린으로서는 마치 바위덩어리에 가슴이 짓눌러진 듯한 자리였다. 사내가 몇 잔술에 붉게 달아오른 채린의 얼굴을 애잔한 모습으로 바라봤다.

"제가 군 생활을 할 때 채린씨가 나오는 드라마를 보고 싶었는데 그때는 흑백 텔레비전을 보던 시절이라 부대의 예산이 부족해서 사병 막사에만 텔레비전들이 설치돼 있었어요. 그래서 채린씨가 나오는 드라마 시간만 되면 사병 막사로 달려가곤 했죠! 그런 이유로 부대에서 제가 사병들을 제일 사랑하는 부대장이라고 소문이 돌기 시작 했는데, 전화위복이라고 할까요? 지금도 제 휘하 부하들은 제 마음같이 채린씨를 똑같은 마음으로 좋아들 한답니다."

그 일이 있은 후, 정 여사와 채린은 더욱 돈독한 사이가 되어 정 여사는 사업적으로 기업인들을 만나는 자리에는 반드시 채린을 동석시켰다. 채린의 입지가 나날이 상승세를 타기 시작하자 미용계는 물론이고 연예계와 패션업계의 대모로 자리잡기 시작했다.

채린은 손대는 사업마다 성공을 이루었다. 강남의 대형호텔 나이트클럽 서너 개를 운영했고, H그룹의 정회장이 추진하던 수지개발의 시행권을 따내어 막대한 부를 축적하게 되었다. 채린의 입지가 높아질수록 가슴 저리도록 밀려드는 슬픔을 누구에게도 털어놓을 수가 없었다. 사랑하는 사람을 구해내지 못하고 가슴 깊숙이 묻어둔 채 권력을 가진 한 남자의 육체적 노리개로서 살아가야 하는 비정한 현실 앞에 채린은 가끔씩 현실을 벗어난 몽환의 세계에서만 사랑하는 사람을 만나야했다.

일주일에 서너 번씩 채린의 워커힐 집을 찾는 박부장의 육체적 탐닉은 날이 갈수록 변태적으로 돌변해갔다. 채린이 하루라도 집을 비우고 외출을 하면 검정 양복을 입은 사람들이 채린이 갈만한 곳은 다 찾아다니며 탐문을 하곤 했다. 자기의 육체를 옭아매고 있는 권력가의 힘에서 벗어 수 없다는 것을 조금씩 깨닫기 시작했다.

한편, 정 여사는 새롭게 등장한 군부세력의 정치인들과 정보기관의 실세들을 등에 업고 명동과 을지로의 사채시장에서 하루가 멀다 하고 입지가 높아져갔다. 자금압박으로 곤란을 받고 있는 대기업과 중소기업을 상대로 진성어음을 고액으로 할인해주며, 할인해준 금액만큼의 회사채 발행의 견질어음을 담보로 잡고 돈을 빌려주기 시작했다. 자금 압박을 받고 있는 회사로서는 실상 빌린 돈의 두 배에 달하는 어음을 주고 돈을 차용하는 셈이 되었다. 국내에서 이름깨나 있는 건설업체들이 앞다투어 미모의 사채업자인 정 여사의 치마폭으로 스며들기 시작했다.

정 여사는 호방한 성격이라서 권력가들의 숨겨진 비화를 이야기할 때에는 육두문자를 써가며 말하곤 했다.

"제깟 놈들이 총칼이나 만질 줄 알지, 정치가 뭔지 어떻게 알겠어? 그런 놈들이 경제가 어떻고 국민 수준이 어쩌고저쩌고 지껄이는 것들을 보면… 게다가 놈들의 마누라들은 어쩐지 알아? 정치깨나 했다는 놈들과 사업판에서 잔뼈가 굵은 양반들이 줄줄이 찾아가 이름도 들어보지 못한 고급 빽이나 다이야등으로 선물공세를 해대니, 마누라들의 기분이 어떻겠어? 몸에 어울리지도 않은 옷들을 입고 거들먹거리며 다니는 꼴들을… 영부인이라니 말이 돼? 직업에 귀천이 없다지만 계집들 머리나 깎아주고 손톱이나 관리하던 여자가, 거 뭐라 그러더라… 그래, 요즘은 국모라고 불린다니 말이야… 참 웃기는 세상이 됐어!"

정 여사는 군인들이 정치권을 장악하기 전까지 국모라는 여자분과 친근하게 지내는 사이였고 밀착한 관계를 유지하고 있었다.

"참! 채린이, 요즘 투자하는 영화사업과 모델사업은 어때? 저번 코스모스 백화점에서 패션쇼 할 때 나왔던 모델들 언제 식사자리 한 번 잡아줄 수 있겠지?'"

정 여사는 명동 코스모스 백화점 가을 컬렉션에 참가했던 남자 모델들에게 관심을 가진듯 했다.

"알겠어요! 제가 아끼는 애들이예요. 미래의 남성 모델계를 리끌어갈 인물들이기도 하구요. 정 여사님이 예쁘게 봐주셔서 고맙네요."

채린은 권력가의 여자로서 국내의 크고 작은 연예업과 뷰티업과 모델계의 막강한 영향력을 행사했다. 서울 장안에서 내놓아라하는 호텔 나이트클럽을 서너 개를 운영했고, 자기의 영혼을 다 바쳐 사랑하던 사람이 이루지 못했던 영화 사업에도 막대한 투자를 했다.

은밀한 조사

채린의 집은 평수가 120평을 훨씬 넘었으며 워커힐호텔 근처 전망이 좋은 집이었다. 이른 아침부터 오성급 호텔 주방장 서너 명이 채린의 주방에서 분주하게 요리를 하고 있었다. 박 부장은 귀한 손님들과 미팅이 있을 때마다 언제나 채린의 집을 이용하곤 했다. 채린은 그 날 만큼은 박 부장의 여자로서 손님들에게 우아하고 품위있는 모습을 보여주는 것이 채린의 역할이기도 했다.

"채린, 오늘은 특별한 손님이 오실거요! 내가 지금까지 당신을 보았던 모습보다 더 아름다운 모습을 보여줬으면 하오. 필리핀의 라모스 장군과 함께 쌍벽을 이루는 에디토 장군 말이요? 차기 정부의 실세이기도 하니 당신이 잘 접대해주기를 바라오."

박 부장은 여자들의 섬세한 감성 따위는 그다지 중요하게 생각하지 않는 사람이었다. 그의 말은 명령이고 듣는 사람은 무조건 따라야 하는 것이 박 부장의 법칙이었다.

채린은 엷은 미소로 박 부장의 얼굴을 쳐다보며,

"그래요? 당신이 좋아하시는 분들을 저도 좋아한다는 것 아시죠? 군인의 여자는 남편 명령에 따르고 명령을 지킨다. 어때요?"

채린은 이 남자가 자기에게 무엇을 원하고 무엇을 따라주길 바라는가를 이제는 조금씩 그와 살을 섞어가면서 몸으로 느껴가고 있었다. 어미 같은 모성애를 함께 안겨주는 채린에게 그도 모든 사랑을 다 쏟고 있었다.

박 부장의 초대에 참석한 에티토 장군은 서로 절친한 사이였다. 박 부장은 언제나 공식적인 소개를 하듯 채린을 자기가 가장 아끼는 동생이라고 에디토 장군에게 소개를 했다. 에디토는 박 부장과는 통역을 두고 대화를 나누었지만 채린은 유창한 영어로 자기의 의사를 표현하자 에디토는 깊은 감명을 받았다. 이날 둘의 만남이 채린의 운명을 또다시 바꿔 놓을 줄은 아무도 예측하지 못했다.

한편 며칠 전부터 각 부서의 수석들이 주재하는 청와대 수석회의실에서는 긴장감이 감돌고 있었다. 중앙정보부 대공분실 등 정부의 정보당국의 수장들의 빗발치는 긴박한 보고에 대한 처리방안을 놓고 각 부서 장들이 심각하게 머리를 맞대고 있었다. 김광기 정무수석이 무거운 분위기를 의식한 듯 긴박한 보고사항에 대한 첫 화두를 꺼냈다.

"지금 세간에 나도는 소문은 정치권력을 총칼로 뺏은 군부의 세력들이 각개 부처에 배치되어 정치인들과 경제인들에게 압박을 가하며 이권투구에 전념하여 경제는 파탄지경에 이르고 있으며. 영부인과 밀착한 관계를 내세우며 현 정부 실세들이 합류하여 경제적 이권을 취하기 위해 민생치안에 해를 끼치고 있다고 하니 이일을 각하께 어떻게 보고해야 할지… 근심이 매우 큽니다."

수석회의실에 참석한 사람들 중에서도 정 여사로부터 뇌물의 입김을 쐬지 않은 사람들이 몇이나 있었겠는가. 한때는 중앙정보부의 막강한 자리에 앉자있던 자가 정 여사의 남편이 아니었던가. 예리하고 면도날처럼 차갑고 냉철한 김광기 수석은 단호한 결정을 회의에서 마무리 지었다.

정 여사의 남편이 옛 중앙정보부의 높은 위치에 있었던 만큼 다른 부서에서 은밀한 조사가 필요하다는 지령이 내려져 경찰청 특별수사대에 이 사건의 전모를 파헤치라는 것이다. 김광기 수석은 회의 보고서를 긴급히 작성하여 대통령에게 중보(중한 업무보고) 긴급 보고를 하게 되었다.

전병환은 사무관의 보고를 받고 김 수석의 중보가 뭣일까? 하는 의구심에 고개를 갸웃거렸다. 잠시 후 여 사무관이 대통령실의 문을 열어주었다. 김 수석은 허리를 반쯤 숙인 채 집무실 안으로 들어갔다. 전병환은 한 쪽 손을 높이 치켜올리며 김 수석이 자리에 앉기를 권했다.

"그래, 급한 중보가 있다던데… 뭐, 급한 일이라도 일어난 게야?"

심각한 사안이 아니면 중보로 보고하지 않는 김 수석이니만큼 그의 중보는 긴박한 사안임에 틀림없다는 직감이 들었는지 대통령은 평소 보고를 받는 자세보다 약간 서두르는 모습이었다.

"다름이 아니라 관계기관의 중복적 보고에 의하면 친인척 중 누군가에 의해 지하 사채시장을 혼란시키는 일이 발생했습니다."

"뭐라고? 친인척 중에서! 누가 사채시장을 혼란시켰다는 게야? 아니! 우리 친척들 중에서 그만한 인재가 있나?"

전병환은 김 수석의 보고에 의아심을 가지며 매우 놀라는 표정으로 물어보았다.

"예. 김철 전 중정차장의 부인이신 정 여사께서 사채시장을 혼란시켰다는 긴급보고가 올라와 있습니다."

"뭐라고?"

전병환은 경악스럽게 놀라는 표정을 지었다.

"아니 그 여자가 어째서 내 친인척이야. 엉?"

"각하, 영부인과 인척관계를 내세우며 계획적으로 물의를 일으키는 것 같습니다."

"그래? 피해액은 얼마나 되나?"

"예, 지금 보고 내용으로 봐서는 수천 억에 미치고 있습니다만, 조사를 해봐야 정확한 피해액을 알 수 있을 것 같습니다."

"그래, 수사는 진행시켰나?"

"예! 비밀리에 경찰청 수사대에 수사지시를 내렸습니다."

"잘했어, 잘했구먼. 국민들 여론은 어때?"

"파장이 클 것 같습니다. 정 여사가 영부인과 워낙 친한 관계라

고 소문을 퍼뜨려놔서 피해를 입은 기업인들도 그런 사실을 곧이곧
대로 믿은 것 같습니다."

김 수석은 전병환의 고뇌를 누구보다도 깊이 알고 있는 사람이
었다. 당시 평민당 김대중 총재가 일본을 방문하여 전병환의 광주학
살사건을 연일 국내외 기자들에게 알리고 있었다.

부마항쟁 사태로 수십 명의 대학생들이 군인들의 무차별 총격에
의하여 사살된 지도 얼마 지나지 않아, 또다시 무고한 광주 시민들
의 민주화에 대한 열망의 항거를 전병환 군사정권은 총과 대검으로
진압하며 살해했다. 시민들의 시신은 형체를 알아 볼 수 없을 만큼
처참하게 일그러져 쓰레기 더미 속에 버려져 있었다.

전병환은 즉시 김 수석에게 '여하를 불문하고 성역 없는 수사를
철저하게 가하여 엄벌하라' 는 긴급 명령을 하달하였다.

군사정권의 실세들이 정 여사의 돈을 안 먹은 사람들이 몇이나
되겠는가? 며칠 후 정 여사는 수사기관에 의해 긴급 체포되었다. 언
론과 방송은 연일 정여사 사건을 대서특필했다. 이러한 대형 경제
사고를 놓칠 리 없는 평민당과 민주당은 김대중과 김영삼 총재의 이
름으로 전병환 정권의 부도덕성에 대하여 국내외 외신기자들에게
신랄한 비판의 기사를 연일 송부했다.

김대중의 지지자들은 미국을 비롯한 유럽의 민주주의를 열망하
는 정치인들과 지식인들을 향하여 전병환 정권의 악랄성에 대한 메
시지를 거듭 보내기 시작했다. 미국의 의회가 전병환 정권을 인정하
지 않는다는 전문을 전병환 정부에 보내왔다.

김 수석과 박 부장은 내외로 불붙기 시작하는 여론의 질타를 막기 위하여 불철주야 언론인들과 정치인들을 만나 여론을 잠재울 수 있는 묘책을 찾고 있었다. 전병환과 군부의 실세들은 과거 군사정권의 주체들이 그래 왔듯이 또다시 국민들의 눈과 입을 막을 수 있는 김대중과 연계된 재일동포 유학생 김정사, 유성삼 간첩단 체포사실을 발표했다.

그것이 한민통 사건이었다.

도피와 정착

　정 여사가 검찰로 송치되던 날 워커힐 채린의 집 서재에서는 박 부장이 청장의 수사 보고서를 읽고 있었다. 정 여사의 수많은 은익 재산이 어디로 흘러들어 갔는지 흔적이 보이지 않았지만 정 여사의 진술서에는 채린의 이름이 또렷하게 기록되어 있었다. 박부장은 눈을 감고 무엇인가를 곰곰이 생각하는 듯 오랜 시간 그 자리에서 벗어나지를 않았다.

　채린이 박 부장이 즐겨 마시는 허브차를 예쁜 찻잔에 담아 차반 위에 얹어 서재 안으로 가지고 들어왔다. 진한 향기가 박 부장의 코에 스며들었다,

　"향기가 좋지요?"

　"그럼, 좋구말구! 하지만 나는 채린의 향기가 더 좋은 걸."

　박 부장의 눈에는 채린은 언제 보아도 싱그러운 한 송이 포도같이 상큼함을 주는 여인이었다. 채린도 박 부장이 얼마나 자기를 절실하게 사랑하고 있는지를 가슴속 깊이 조금씩 느끼기 시작했었다.

박 부장이 자리에서 일어나 그 자리에 채린을 앉힌 후, 무엇인가를 깊이 생각한 듯 애처로운 눈빛으로 채린을 바라보며 애잔한 목소리로 말을 꺼냈다. 채린은 직감적으로 박 부장이 무엇인가 자기에게 중요한 말을 하려든다는 것을 감지하고

"아빠, 너무 심각한 얼굴 짓지 마세요! 겨우 몇 해 만에 산적에서 벗어나 미남 얼굴이 되었는데 그런 표정을 지으니까 또 산적같이 보인다."

박 부장은 웃음을 터트렸다. 채린의 몸을 꽉 끌어안으며 힘차게 포옹했다.

"채린, 나를 사랑하지? 나는 당신을 내 생명보다 더 사랑해. 당분간 필리핀으로 가 있어요, 에디토 장군에게 당신이 당분간 머물 집도 부탁해놨어. 빨리 서둘러. 내 말 무슨 뜻인지 알겠지? 정 여사 일로 당신이 수사 대상에 올라서 검찰 조사를 피하기 어려울 것 같아 당분간 안정될 때까지 거기에서 편히 쉬고있어. 그러면 내가 가까운 거리에 있으니까 자주 찾아가면 되잖아. 응? 내 말 알겠지? 내일 아침 비행기 표를 준비해뒀으니까 빨리 출국해야 돼!"

박 부장은 애절한 목소리로 채린을 이해시키며 채린의 몸을 힘주어 끌어안았다. 누가 먼저라고 말할 것도 없이 둘의 긴 입맞춤이 이어졌다. 권력을 가진 자가 그 권력의 힘을 잃은 후에 닥쳐올 피해를 사랑하는 사람이 입게 될 것을 예견하고 그녀를 떠나보내야만 했다.

다음날 아침, 박 부장은 현관 앞에 대기 중인 두 대의 검정 벤츠 차에 첫번째 차에는 채린과 체구와 흡사한 채린의 친구를 태웠고 다른 차에는 채린을 태워 출발시켰다.

박 부장은 어제 남부지방검찰청의 검사장으로부터 정 여사와 관련이 있는 채린을 구속 수사를 해야 한다는 보고를 받은 바 있어 하루만 같이할 시간을 얻은 것이라 초조한 마음이었다.

"아빠! 진심으로 사랑해요, 그리고 고마웠어요."

"그 말을 하려고 머뭇거렸어… 바보 같이… 안녕 채린."

박 부장은 도청이 되는지 전화를 끊어버렸다.

채린을 태운 비행기가 요란한 소음을 내며 하늘로 날아올랐다.

채린이 필리핀에 도착해 에디토의 후원으로 오늘의 기반을 이루기까지 십여 년의 세월이 훌쩍 지나갔다.

* * *

남태평양의 물길을 따라 천혜의 휴양지로 가꾸어진 세부의 바닷가, 에메랄드색의 푸른 바다와 태평양의 맞바람을 받아 알맞게 몰아치는 파도위에서 서핑을 즐기는 몇몇의 서퍼들이 밀려오는 파도 위에서 서핑을 즐기고 있었다.

겹겹이 몰아치는 파도의 포말을 따라 온몸이 드러나 보일 듯한 비키니를 입은 한 여성 서퍼가 곡예를 하듯 서핑 보드위에서 파도를 타며 해변가로 밀려오고 있었다. 파도의 끝자락에서 여인이 타고 있던 서핑보드가 기웃거리며 물가로 떨어져 파도와 함께 휩쓸려 해변가로 밀려들었다. 여인은 머리를 한두 번 흔든 후 긴 머리를 두 손으로 뒤로 넘기며 서핑보드를 왼손에 끼고 물가로 걸어나오고 있었다. 그녀의 상반신이 서서히 클로즈업 되었다. 한 걸음 한걸음 해변가로 걸어 나올 때마다 물에 잠겨있던 그녀의 몸매가 드러나기 시작했다. 갑자기 어디선가 '컷' 하며 외치는 소리가 들려왔다.

밀짚모자를 깊게 눌러쓴 한 사내가 촬영 장비를 손에 쥐고 있는 열댓 명의 스탭들 사이를 비집으며 물기에 젖어있는 여인의 앞으로 다가서고 있었다. 사내는 여인의 서핑보드를 받아쥐며 말했다.

"혜린씨! 세부 물맛이 어때? 수고했어. 정말 멋진 작품이었어! 혜린씨가 아니고는 이렇게 예술적으로 파도를 타는 작품을 만들어 낼 수가 없어!"

젊은 촬영감독은 파도위에서 멋진 연기를 보여주기 위해 노력한 연기자에게 치하의 말을 건넸다. 스탭들이 빠른 걸음으로 다가와 몇 시간째 파도에 지친 혜린의 몸을 큰 타월로 감싸 앉고 탈의실 쪽으로 데리고 갔다. 촬영을 마친 일행들은 숙소인 리조트 월드마닐라 맥심호텔로 돌아왔다.

그날은 혜린에게 평생 잊을 수없는 악몽의 날이었다.

인기 절정의 한 연기자의 타락이 시작된 날이라고 할까!

몇 해 전 혜린이 한국에서부터 알고 지냈으며 필리핀을 오가며 바나나 수입상을 크게 하는 언니가 찾아와 로비에서 혜린을 기다리고 있었다. 혜린은 반가운 마음으로 로비로 내려가 그녀를 만났다.

혜린은 순수하고 때묻지 않은 연기자였다.

"혜린아, 정말 예뻐졌구나! 나 여기 있어도 너 나오는 드라마는 한편도 안빼고 다 본단다. 어쩜! 그렇게 하나도 안변했니? 너는 세월을 거꾸로 먹고 있구나? 아무튼 반갑다. 얘!"

채린은 호들갑을 떨어가며 혜린을 부추기는 말만 되풀이 했다.

서울에서 혜린이 연기를 처음 시작할 때 매니저 겸 물주를 잡아주던 언니였다. 수완이 좋기로 소문난 여자였고 그녀의 손만 거치면 안 되는 일이 없을 정도로 모든 일이 일사불란하게 처리되었다.

채린이 강남에서 제일 큰 나이트클럽과 영화사를 오픈하면서, 혜린이 연기생활로 벌어놓은 모든 재산을 다 쏟아넣고, 정여사 일에 관여되어 필리핀으로 도망치다시피 달아난 이후, 혜린은 그녀가 벌려 놓은 사업체를 정리하며 많은 채무를 뒤집어쓰고 그 빚을 갚느라 수 년간 많은 고생을 했었다. 혜린으로서는 그때 일은 떠올리고 싶지 않은 기억이었다.

채린을 따라 호텔 로비로 나서자, 우람해 보이는 건장한 사내들이 다가와 고개를 굽실거리며 움직임을 주시했다. 혜린이 낯선 사내들의 출현에 약간 머뭇거리는 동작을 취하자 이를 지켜보던 채린이 반색을 하며,

"어머! 혜린이가 놀랐는가 보구나? 혜린아! 마닐라의 밤은 무서운 도시야!"

현관 입구에는 검정색 벤츠 한 대가 대기하고 있었다. 사내들이 정중하게 예의를 갖추며 차의 뒷문을 열어주었다. 채린은 혜린에게

손짓으로 차에 타도록 권했다. 그녀들이 차에 오르자 호텔 출입구를 벗어나 네온사인이 즐비한 도심지를 달리고 있었다.

채린은 예전부터 앙드레김의 옷을 특별히 좋아해서 철이 바뀔 때마다 여러 벌의 옷들을 맞추곤 했다. 채린은 혜린의 작은 손을 꼭 쥐며,

"너, 지금 언니 옷보고 있었지? 속으로 참 예쁘다고 생각하면서 말이야",

혜린은 호호 웃으며,

"언니는 쪽집게네? 내 속마음을 다 들여다보고 있으니까 말이 야, 옷이 참 멋있다. 거, 있잖아 앙드레김 선생님이 늘 쓰시는 멘트 … 어우… 좋아~요… 엘레깡~스해~요."

혜린이 앙드레김의 흉내를 내자 채린은 깔깔 웃음을 터트렸다.

십년 전에도 한국에서 지방촬영 시 장거리 여행을 할 때마다 채린과 혜린은 앙드레김 오빠의 흉내를 내며, 무료한 시간을 보낼 때가 많았다. 그 만큼 채린과 혜린에 있어 앙드레김은 언제나 친근한 스승이자 벗이었다.

넓은 주택 앞에 멈추어섰다. 정문 입구는 굵은 아치형의 철책으로 만들어져 있었고 입구 바로 옆 수위실 안이 훤히 드려다 보일 정도로 밝은 불빛이 켜져 있었다. 그 안에는 몇 명의 건장한 사내들의 모습이 보였다.

운전수가 차창을 열며 필리핀어로 말하자 사내들은 차안에 있던 채린을 힐긋 바라보고 고개를 꾸뻑 숙이면서 예의를 표했다. 사내들

은 채린과 혜린이 차에서 내라자, 현관 쪽으로 둘을 안내했다.

거실 안은 웅장한 로비와 벽을 따라 즐비하게 진열 되어있는 시대를 알 수 없는 그림들과 조각품들이 조화롭게 갖추어져 있었고, 벽 한가운데 중앙에는 군복을 입은 사내의 위엄스러운 표정을 지은 초상화가 걸려 있었다. 이런 분위기와는 달리 채린은 조금도 개의치 않고 실내를 자유롭게 활보했다. 혜린은 넓은 소파에 앉아 하인들이 내온 자스민 향기가 은은하게 풍기는 차를 마시며 궁금증이 더해져 채린에게 눈을 깜박이며 물었다.

"언니! 누구네 집이야? 궁금해 죽겠어… 참, 불편해!"

채린은 가벼운 웃음으로 대꾸했다.

"너를 좋아하는 분이셔, 그래서 너를 초청하신 거야."

혜린은 채린의 말이 이해가 되지 않았다. 주위에 서있는 하인들에게 눈치가 보일까봐, 혜린은 궁금증과 불안감이 한꺼번에 밀려들었다. 채린은 발소리가 들려오는 이층의 곡선형 계단 쪽을 응시하고 있었다.

잠시 후, 이 집 주인인 듯한 사내의 모습이 혜린의 시야에 들어왔다. 흰머리를 뒤로 넘긴 반백의 사내였다. 이마와 입가에는 굵은 주름이 움푹 패였고 세월의 연륜 만큼이나 두 눈에서는 안광이 풍겨지고 있었다.

사내가 이층 계단에서 내려와 채린이 앉아있는 소파로 다가오자, 채린은 자리에서 일어나 두 팔로 사내의 목을 껴안고 볼에 가벼운 키스를 했다.

"How do you do. papa(파파, 잘 있었어요)?"

"나의 딸, 채린!"

사내는 채린이 십 년 전 한국에서 필리핀으로 도망쳐왔을 당시 클라크 공군기지의 사령관이었으며, 지금은 채린의 양아버지인 에디토 장군이었다.

클라크 공군기지는 1991년까지 미국 군사기지로서 미군이 철수 후, 필리핀 정부는 미국으로부터 수십억 달러의 차관을 제공받아 이 지역을 개발하여 필리핀 최대의 관광지로 탈바꿈시켰다. 여의도 120배 면적의 경제특구는 국제공항 및 대형리조트, 국영카지노, 미모사 골프장, 폰타나 골프, 워터파크 등 십여 개의 면세점들이 즐비한 아로요 대통령의 고향이기도 했다. 에디토 장군은 클라크 개발지역의 총책임자로서 막대한 권한을 필리핀 정부로부터 부여받아, 그 권력을 휘둘렀으며 한국을 비롯한 일본 등 대형 건설업체들이 공사 수주를 따내기 위해서는, 그 배후에 보이지 않는 채린의 힘을 이용해야 했다.

사업의 수완이 빠른 채린은 군부의 권력을 손아귀에 넣을 수 있는 사업은 역시 술장사와 여자 장사라는 것을 간파하고 클라크 지역에서도 제일 유명한 월드 리조트 내에 대형 술집을 차렸다. 그녀의 예상이 들어맞았다. 그곳은 크라크 지역 개발권을 따내기 위해 한국과 일본, 미국 등에서 찾아오는 수많은 건설회사들의 실무자들과 군부의 실세들이 찾아오는 사교장이 되었다.

필리핀의 하급관리들도 채린의 입김을 통하면 자기들이 원하는 바를 얻을 수 있을 정도로 채린의 위상은 하루하루 높아만 갔다. 에디토는 채린을 애지중지 아껴주는 사람이었고 채린은 자기 수익의 일부를 에디토의 정치자금으로 제공하면서 둘의 사이는 정신적인 사랑을 뛰어넘어 하나의 몸이 되어갔다. 반백의 에디토 장군은 혜린을 가볍게 끌어안으며 어설픈 한국어로,

"혜린씨, 만나서 반갑습니다. 우리 마미가 혜린씨 얘기 많이 했어요!"

혜린은 보조개가 살며시 보이는 미소로 에디토에게 응답했다. 혜린의 눈에는 노장군을 애마처럼 다루는 채린의 노련함과 채린을 진심으로 사랑하는 노장군의 애정이 듬뿍 깃든 사랑의 열기를 느낄 수 있었다.

에디토는 혜린이 출연했던 영화나 드라마의 줄거리를 거의 다 기억할 정도로 혜린의 열렬한 팬이었다. 한국에서 인기 있는 혜린의 영화나 드라마가 나올 때마다 비디오로 에디토에게 보여주곤 해서 혜린의 연기에 관해서는 소상하게 알고 있었다. 저녁식사를 마치고 에디토는 자기와 친근한 필리핀 정권의 실세들의 무용담을 말해주며 혜린의 관심을 끌어보려 하였다. 이런 에디토의 마음을 꿰뚫어 보기라도 한 듯 채린이 낮은 목소리로 말했다.

"혜린아! 일주일 후, 대통령궁에서 만찬이 있는데 너도 그 만찬에 참석해주었으면 하는 장군님 마음이야. 장군님께서 특별하게 부탁하시는 거니까 거절하지는 않겠지?"

혜린이 채린의 부탁을 듣고 당황스런 모습을 보이자, 채린은 혜

린의 곁으로 다가가 귓속말로 소근거렸다.

"혜린아, 좋은 기회야! 우리의 만남도 그렇고… 니가 에디토 장군님을 만난 것도 기회야. 이런 좋은 만남을 통해 니가 지금보다 더 발전할 수 있는 길이 있다면, 그 길을 놓쳐서는 안 돼!"

채린은 혜린의 승낙도 듣기 전에 에디토에게 고개를 끄덕거리며 혜린이 공감한다는 의사를 보이자, 에디토는 혜린을 향해 미소를 지으며 고개를 끄덕였다.

채린이 에디토에게 필리핀어로 무엇인가를 말하자, 에디토는 경호원을 손짓으로 불러 조용한 목소리로 무엇인가를 지시했다. 갑자기 경호원들이 민첩하게 움직이기 시작했다. 차를 대기한 채 현관 밖에서 기다리고 있었다. 에디토는 채린과 깊은 포옹을 마친 후, 채린이 차에 오르자, 손수 차 문을 닫아주며 손을 흔들어 주었다. 이를 지켜보는 혜린의 가슴에 찡한 전율이 느껴졌다.

형형각색 샹데리아 불빛의 광고판이 겹겹이 보이는 곳을 지나 차가 멈춰선 곳은 크라크 신 개발지역 안에 자리잡은 월드마닐라 리조트 안의 맥심 호텔이었다. 채린과 혜린은 차에서 내려 호텔 안으로 들어갔다.

맥심 호텔의 규모는 상상을 초월할 정도로 규모가 컸으며 최고의 명품 브랜드 면세점들과 카지노 등이 갖추어져 있었다. 필리핀의 신흥거부들과 정권의 실세들이 즐겨 찾는 호텔이기도 했다.

면세점의 쇼윈도에는 고객의 시선을 끌만한 화려한 상품들이 조화롭게 진열되어 있었다. 채린이 멈춰선 곳은 헤르메스 매장이었다. 이미 연락을 받았는지 예쁜 유니폼을 입은 서너 명의 여직원들이 매장 입구에서 채린을 향해 고개를 숙이며 반갑게 맞이하였다. 혜린이 머뭇거리며 채린의 얼굴을 바라보자 채린은 미소를 지으며 혜린에게,

"혜린아, 마닐라의 여왕이 이용하는 샵이야! 니가, 가지고 싶은 것이 있으면 말해봐… 언니가 니 취미를 잘 알고 있으니까 내가 골라줄게! 괜찮겠지?"

채린은 혜린의 취미를 잘 알고 있었다. 눈매가 시원하게 생긴 여직원이 붉은 색깔의 예쁜 백을 집어 채린 앞에 놓았다. 혜린이 갖고 싶었던 에르메스의 켈리빽이었다. 국내 면세점에서는 찾아 볼 수 없을 정도로 귀한 빽이였으며 가끔씩 허리우드의 유명여배우들이 영화에서나 들고 다니는 것을 보았을 정도로, 가격도 만만치 않아 쉽사리 구입하기가 어려운 제품이었다. 채린은 혜린의 마음을 헤아린 듯 또 다른 가방 하나를 집어 혜린의 승낙도 없이 여직원에게 건네주자, 여직원은 빠른 솜씨로 가방을 포장했다.

채린은 크리스챤 라보르와 매장으로 혜린을 데리고가서 무대복을 서너벌 맞춰 주었다.

"혜린아, 세계의 유명한 디자이너들은 고객이 옷을 맞추기 전에 세세한 것까지 묻는 이유가 있어. 옷을 입는 시기와 날짜 그리고 여자일 경우에는 생리 날짜와 섹스 날짜도 묻는단다!"

언젠가 한국에서 앙드레김에게 옷을 맞출 때도 혜린에게 그런

내용을 물어본 적이 있어 화를 냈던 일이 있었다. 후일 유명한 디자이너들이 여성의 옷을 맞추기 전에 '왜 세세한 것' 까지 묻는가에 대해 이해가 되었다. 여자는 생리 현상에 따라 체중과 몸매가 수시로 변하기 때문에 화려한 무대복이나 드레스를 만드는 디자이너로서는 고객의 몸매에 대하여 사전에 철저한 조사를 해야만이 몸에 맞는 옷을 만들어낼 수 있는 것이었다. 까다로운 디자이너들은 여성들의 섹스 회수를 묻는 경우도 허다하다.

채린은 쇼핑을 마치고 혜린이 머무는 6성급인 맥심호텔까지 혜린을 바래다주었다.

"아, 참! 혜린아? 밤에 놀라지 말아야 돼! 에디토 장군께서 오늘부터 니 경호를 지시했기 때문에 방 앞에서 경호원들이 지켜줄 거야. 필리핀은 치안이 좋지 못해 테러나 납치가 빈번이 일어나는 곳이라 유명 인사들이나 돈께나 있는 사람들은 대다수가 경호원들을 두고 있단다. 너도 유명 연예인이잖아. 밤의 여왕인 내가 에디토 장군을 받들어 모시는 여자이기도 하고 말이야."

채린은 한국에 있을 때와 같이 사치와 씀씀이는 별로 달라진 것이 없어 보였다. 6성급 맥심호텔의 방 안은 최첨단 시설로 갖추어져 있었고 대형 멀티텔레비전을 통해서 아이폰을 홈토크에 꽂아놓으면 감미로운 음악이 생생하게 흘러나왔다. 넓은 욕실 안에는 수증기를 이용한 욕조시설이 설치되어 있었고, 욕조 안에서도 자유자재로 조절하도록 되어 있었다.

다음날 아침 일찍 채린은 혜린을 미모사 골프장으로 데리고 갔다. 필드의 양잔디가 아침햇살을 받아 푸른 물결처럼 번져보였다. 필드에는 멋진 골프웨어에 그린색의 모자를 쓴 에디토 장군과 낯선 중년의 사내가 채린과 혜린을 기다리고 있었다. 그들의 주변에는 십여 명 남짓한 사내들이 주변을 매서운 눈초리로 살펴보고 있었다. 언뜻 보기에도 경호원들이라는 느낌이 들 정도로 차가운 인상의 사내들이었다. 에디토 장군이 혜린에게 다가서며 반가운 표정으로 인사를 했다.

"미스 혜린, 이분은 나의 절친한 선배님이시자 오늘날 저를 이런 위치에까지 이끌어주신 분이십니다. 필리핀 국민들로부터 존경을 받고 계신 아토르(가명) 대통령이십니다."

에디토의 소개가 끝나자, 아토르는 온화한 미소로 혜린을 향해 가벼운 인사를 건넸다.

"귀하신 분을 만나게 되어 진심으로 반갑습니다."

혜린은 말로만 들어왔던 아토르 대통령으로부터 인사를 받게 되자, 온몸에 힘이 쭉 빠져 다리가 후들후들 떨렸다. 에디토가 이런 혜린의 마음을 꿰뚫어 보기라도 한 듯 혜린 곁으로 다가와 골프공을 치기 쉽게 틱 위에 올려주었다.

일행들은 혜린의 멋진 스윙 폼에 박수를 쳐주었다. 혜린이 롱 샷을 날리자 아토르와 에디토는 놀라는 표정이었다. 아토르 대통령이 고개를 살짝 흔들며 혜린의 첫타에 영향을 받은 탓인지 골프채를 높이 치켜세워 몇 번인가 스윙연습을 해보였다. 아토르가 자세를 잡고 골프채를 높이 치켜 올려 틱 위에 올려져있는 골프공을 자연스럽게 치자, 골프공이 포물선을 그리며 필드 위로 멀리 날아갔다.

골프가 끝난 후 아토르는 혜린에게 감사의 악수를 나누며, 활짝 웃었다.

"미스 혜린, 정말 유쾌한 하루였어요! 오늘처럼 기분이 상쾌한 날은 근래에 없었답니다. 다시 미스 혜린을 만날 수 있는 기회를 주시기 바랍니다."

혜린을 바라보는 아토르의 눈빛에서는 열정적이며 정열적인 사내의 냄새가 풍겨졌다. 18번 홀을 마칠 때까지 아토르 대통령은 혜린에게 각별한 관심을 가져주었다. 곁에서 이를 지켜보던 채린이 의미 모를 웃음을 혜린에게 보내곤 해서 혜린은 무척 당황하여 처음과는 달리 후반에는 공이 잘 맞지 않아 자주 오비가 나곤했다. 벙커에 공이 빠져 치기 어려운 자세가 될 때마다 아토르는 손수 혜린의 곁으로 다가와 자세를 교정해주곤 했다. 이날 아토르 대통령과의 골프는 혜린에게 깊은 인상을 남겨주었다.

맥심호텔의 카지노

라스베가스 팰리스호텔 카지노를 그대로 옮겨놓은 듯한 맥심호텔의 카지노 시설은 최고급 인테리어로 장식되어 있었다. 체크무늬의 세련된 유니폼을 입은 딜러들이 능숙한 솜씨로 카드를 고객들에게 나눠주며 예리한 시선으로 상대방의 눈빛을 쳐다보고 있었다.

채린은 혜린을 데리고 카지노 안으로 들어갔다.

곁에 있던 한 사내가 무선기로 누군가에게 신호를 보냈는지 채린이 카지노 안으로 들어서자, 직원들이 비굴할 정도로 머리를 굽실거리며 채린을 맞이했다. 화려한 드레스를 입은 삼십대 남짓한 미모의 여성이 채린 곁으로 다가와 정중하게 예의를 갖추고 조용한 목소리였다.

"여왕님! 미리 오신다고 전화를 주셨더라면 제가 마중을 나갔을 텐데요."

"오늘 한국에서 특별한 손님이 와서 게임 좀 하려고 하니까, 좋은 손님들로 맞춰 봐!"

"네, 곧 준비하겠습니다."

그 여성은 채린을 카지노 안쪽의 VIP룸이라는 푯말이 걸려있는 방으로 안내했다. 호텔의 스위트룸을 연상할만큼 규모가 큰 룸 안에는 게임시설 등과 호사로운 부대시설이 갖추어져 있었다. 채린이 하얀 예쁜 이빨을 드러내며,

"혜린아, 오늘밤 풋내기들과 게임 한 판할 거니까, 너도 옛날 실력 발휘해서 맘껏 따보렴!"

채린은 한국에 있을 때, 혜린과 종종 강남의 마담뚜들과 어울리며 포커를 즐겼다. 웬만한 게임에서는 돈을 잃지 않을 만큼의 실력이 있었으며, 카드판이 몇 번 돌아가면 상대방이 쥐고있던 카드 숫자를 외울 정도로 기억력이 좋았다. 또한 혜린이 출연했던 영화 카지노를 배경으로 한 딜러 역에서는 능숙한 연기를 보여 팬들이 딜러로 착각할 정도였다. 잠시 후 네댓 명의 사람들이 룸 안으로 들어서며 채린을 보자 반가운 표정으로 인사를 건넸다. 일행 중 한 중년의 사내가 채린의 곁으로 다가와 반갑게 말했다.

"뵙게 되니 정말 반갑습니다. 이런 자리까지 불러주셔서…"

사내의 말속에는 비굴함과 아부의 색깔이 물들어 있었다. 채린은 사내에게 그다지 관심이 없다는 듯 가벼운 미소만 보였다. 일행들이 테이블 주위에 둘러앉자, 룸 매니저가 테이블 위에 놓여있던 칩을 골고루 나누어주며, 크레딧(credit 카지노에서 고객에게 해주는 신용대출) 용지에 사인을 요구하여 일행들은 빠른 손놀림으로 사인을 해주었다. 세계의 유명한 카지노는 매출을 올리기 위하여 신용이 좋

은 부호들이 빈손으로 카지노를 찾아와도 도박을 할 수 있게 카지노 자체에서 인정하여 매니저가 발행한 수표 또는 크레딧은 언제든지 칩으로 교환할 수 있어 신용이 좋은 우수 고객들은 돈 없이도 게임을 할 수 있었다. 세계 유명카지노의 VIP룸 매니저로 인정받기 위해서는 거기에 알맞은 일정금액인 디포짓(deposit 보증금)을 카지노 측에 예치시켜야 하며, 국제적으로 지명도도 있어야한다. 고급 갬블러들을 언제든지 초청하여 게임을 시킬 수 있는 역량이 갖추어져 있어야 VIP룸을 사용 할 수 있는 것이다.

놀랍게도 채린이 맥심호텔 카지노에서 사용할 수 있는 한도액은 풀 머니(full money 무한대)였다. 채린은 쓰고 싶은 만큼의 칩을 쓸 수 있는 최상의 고객이었다.

유난히 손이 가늘어 보이는 뱅커(banker 메인 바카라 게임에서 카드를 나눠주는 사람)가 능숙한 손놀림으로 셔플(shuffle 카드를 골고루 섞는 것)하여 슈(shoe 바카라와 블랙잭 게임에서 사용되는 카드를 담아두는 통)에 카드를 넣었다. 촉촉하게 젖은 입술에 빨간 립스틱이 불빛에 반사되어 고혹적인 성적 매력을 물씬 풍기는 뱅커가 유창한 영어로 고객들을 둘러보며 말했다.

"맥시멈 뱃(maximum Bet 배팅을 할 수 있는 최대한도)은 오천 불로 하며 더블다운(double down 플레이어가 처음 두 장의 카드 합에 관계없이 한 장의 카드만을 추가로 받는다는 조건 하에 베팅하는 전술)을 할 수 있으며, 커미션(commission 뱅커 쪽에 배팅해서 게임자가 돈을 땄을 때 카지노에서 가져가는 일정비율의 금액)은

3%로 하겠습니다."

뱅커는 간단한 설명을 마치고 슈에서 카드를 뽑아 일행들에게 나누어줬다. 채린은 혜린을 쳐다보며 윙크를 보냈다.

시간이 지나갈수록 뱅커의 승부률이 높아져갔다. 채린과 혜린을 제외한 손님들이 하나둘 플레이가 깊어져 크레딧으로 칩을 사용하는 횟수가 늘어나기 시작했다.

혜린이 내추럴(natural 카드 두 장의 점수가 8. 9일 때를 뜻함)을 잡으면 뱅커는 타이(tie 플레이어와 뱅커가 비겼을 경우를 뜻함)의 카드를 잡곤 했다. 막상 막하의 게임이었다. 뱅커의 승부율이 높아지자 플레이어들은 뱅커 쪽으로 칩을 거는 횟수가 늘어나기 시작했다. 이런 기회를 놓칠 리 없는 혜린은 인슈런스(insurance 딜러의 블랙잭 가능성에 대비해서 선택할 수 있는 전술. 배팅 액의 반을 인슈런스 배팅을 하면 딜러가 블랙잭을 했을 때, 인슈런스 베팅 액의 2배를 받음)배팅을 했다.

뱅커가 슈에서 카드를 뽑아 플레이어들에게 나누어주자, 뱅커 쪽에 승부를 걸었던 플레이어들이 조심스럽게 카드를 펼쳤다. 뱅커 쪽에 승부의 칩을 걸은 플레이어들이 혜린이 펼쳐 보인 카드 패를 보는 순간 놀라움에 이구동성으로 탄성을 자아냈다. 혜린이 뱅커보다 더 높은 숫자를 보이자 뱅커는 표정하나 변하지 않고 다른 플레이어들이 걸어놓은 칩을 거둬드려 혜린에게 배팅한 금액의 두 배를 지불했다.

그날 밤 채린과 혜린은 바카라와 블랙잭을 번갈아하며, 새벽녘이 되었을 무렵 오만 불 이상을 땄다.

　카지노에서 바카라와 블랙잭으로 뱅커를 이기는 것은 여간한 실력가가 아니면 이길 수가 없는 것이었다. 채린이 매니저를 불러 칩을 건네자 매니저는 고개를 굽실거리며 칩을 받아 캐시룸(cash room 현금을 보관하는 방)으로 총총히 사라졌다. 잠시 후 매니저로부터 체크(check 카지노가 발행하는 수표)를 건네받은 채린은 승부에 사활을 걸며 불나방처럼 서서히 죽음의 불꽃을 향해 달려드는 플레이어들을 측은한 시선으로 바라보며 카지노 밖으로 걸어나갔다.

　광고촬영을 마치고 스텝들이 돌아간 지도 여러 날이 지나갔다. 혜린은 서서히 카지노의 환상에서 벗어나지 못하고 황폐한 죽음의 늪으로 들어가는 자신의 모습을 바라보지 못했다.

　맥심호텔의 스위트룸에서 손만 내밀면 가지고 싶은 온갖 사치스러운 물품들을 가질 수 있는 호사스러운 생활을 하는 혜린의 정신은 사리분별을 명확히 할 만큼 무장되어 있지 않았다. 혜린은 카지노에서 무리한 배팅을 한 탓인지 며칠 사이로 10만 불 이상 손실을 보았다. 블랙잭과 바카라를 번갈아하며 뱅커에게 한 끗 차이로 패했다. 혜린의 배팅액은 점점 높아져갔다.

　다음날 이른 아침 호텔 방으로 몇 번의 전화벨 소리가 울리자 혜린은 기지개를 피며 수화기를 집어 들었다. 어젯밤 늦게까지 카지노에서 과음하여 몸살이 난 듯 온몸이 오슬오슬 찬기가 돌았다. 혜린은 몸이 불편한지 침대 위에서 온몸을 뒤치락거리며,

"응! 몸살이 난 것 같아. 어제 밤 너무 무리했나봐…"

혜린은 수화기에 얼굴을 묻고 힘없이 대꾸했다.

며칠 후 대통령궁에서 있을 만찬회에 혜린과 함께 꼭 참석해달라는 에디토 대통령의 초대를 앞두고 혜린이 몸살이 났다니 채린은 놀라지 않을 수 없었다. 채린은 걱정이 앞섰다. 혜린의 몸이 아픈 것도 염려되지만 만찬회에 혹시라도 혜린이 참여하지 못하게 될 것 같아 그것이 더 걱정이었다.

채린과 일행들이 서둘러 들어섰다. 혜린은 화사한 드레스를 입은 채 침대 위에 가지런히 누워 있었다. 채린이 몇 번인가 혜린의 몸을 흔들며 이름을 불러봤지만 의식이 없어보였다. 채린은 지배인에게 큰소리로 '호스피틀, 호스피틀' 하며 외치자, 위급함을 알아챈 지배인이 빠른 동작으로 수확기를 들어 누군가에게 지시했다.

채린의 얼굴색이 보랏빛의 꽃처럼 창백하게 보였다. 서너 명의 의료진들이 서둘러 방안으로 들어가 혜린을 들것에 실어 빠른 동작으로 엘리베이터 쪽으로 데리고 갔다. 엠블런스는 호텔 밖으로 쏜살같이 달려갔다.

사이렌 소리가 멎고 엠블런스가 도착한 곳은 성루크 메디컬센터였다. 병원 응급실 입구에는 이미 비상연락망을 통해 연락을 받았는지 전문의들이 대기하고 있었다. 응급실 입구에는 에머전시 룸이라는 영문으로 쓰인 커다란 글씨가 채린의 눈에 들어왔다. 초록색 가운을 입은 의료진들이 응급실 안을 드나들며 혜린의 몸 상태를 진찰했다.

잠시 후 청진기를 목에 걸친 중년의 의사가 응급실 문을 나와서 채린의 곁으로 다가와 차분한 목소리로 말했다.

"마담, 너무 걱정하지 마세요. 훼이션스(환자)는 과다 피로에 의한 심신허약 증세이니, 크게 걱정하지 마시고 몇 주 요양하셔야 합니다."

"고맙습니다. 정말 고맙습니다."

채린은 의사에게 몇 번인가 감사의 표현을 했다. 성루크 메디컬 센터 VIP룸은 필리핀 최상의 사람들만 입원할 수 있는 병실이었다. 최신식 장비와 의료기술 그리고 고급의료 서비스 등 세계최고의 의료진들과 기술을 갖춘 병원이었다.

오후 늦게 혜린이 입원해 있는 병실 밖이 갑자기 소란해졌다. 채린은 서둘러 혜린이 입고 있던 환자복을 벗기고 라보르와가 보내준 파티복을 입혀주었다.

"왜? 환자복을 벗기고 이런 드레스를 입히는 거야? 언니 참 웃긴다. 의사들이 보면 뭐라 그렇겠어? 미쳤다고 그러지."

혜린은 수년 전부터 라보르와 파티복을 입고 싶었지만 기회가 없었다. 채린은 기쁨에 들떠있는 혜린의 응석을 미소로 받아 주었다. 잠시 후 병실 문을 가볍게 두드리는 소리가 들리자, 채린은 흠뻑 웃음을 머금은 채 병실 문을 열어 주었다. 혜린의 시선이 문 쪽으로 쏠렸다.

'아니! 저 분은?'

혜린은 너무나 뜻밖의 일이라 놀라움에 두 눈이 휘둥그레졌다.

문 앞에 서있는 사람은 필리핀 국민들의 아버지라고 불리는 아토르 대통령이었다. 심장이 두근두근 요동치는 소리가 들리는 듯했다.

눈치 빠른 채린이 경호원들에게 사인을 보내며 병실 밖으로 조용히 데리고 나가 문을 가볍게 닫아주자 아토르는 침대 곁으로 다가서 혜린의 가녀린 손을 꼭 잡아주었다.

혜린의 두 눈은 이른 아침 호숫가에서 물을 먹고 있는 사슴처럼 촉촉한 눈물방울이 곱게 고였다.

"고마워요, 바쁘신데 찾아주셔서…."

혜린은 자신도 모르게 울컥 눈물이 쏟아졌다. 아주 어릴 때 아빠를 잃은 슬픈 생각이 아토르를 순간 부성으로 느꼈기 때문이었다. 혜린의 이런 슬픔을 알 리 없는 아토르는 혜린의 야윈 어깨를 가볍게 감싸 안아주었다.

"미스 혜린, 보고 싶었소. 많이 아프지는 않았소?"

아토르의 눈빛은 한 여인을 진심으로 사랑하며 안고 싶어 하는 마음을 그대로 내보이는 듯 애잔하게 보였다. 말할 수 없는 희열이 가슴과 온몸을 뜨겁게 달구었다. 혜린은 아토르의 넓은 가슴에 얼굴을 묻고 한없이 기대고 싶은 욕망의 불꽃이 서서히 타오르기 시작했다.

이런 욕망의 결말이 불행으로 매듭 진다해도 멈출 수 없었다. 혜린의 의지는 이를 거부하지를 못했다. 혜린은 손바닥으로 아토르의 얼굴을 가볍게 어루만졌다. 지난 세월을 거칠게 살아온 남성답지 않게 아토르의 피부는 어린아이처럼 부드럽고 고왔다.

마닐라 밤의 여왕

월드리조트의 맥심호텔 스위트룸에는 이른 아침부터 한국 L건설의 마닐라 지사장 이경범과 본부에서 특별히 파견된 해외건설 영업 파트의 정 상무가 크락크와 필리핀 최대의 항만시설을 갖춘 수빅항을 잇는 고속도로 시공입찰에 참가하기 위해 심각한 대화를 나누고 있었다.

이미 이경범은 자신이 준비한 서류들을 탁자 위에 올려놓고 금방이라도 질문이 있으면 보고할 수 있도록 만발의 준비를 갖춘 터라 정 상무의 시선에 아랑곳하지 않고 패기 찬 자세로 앉아있었다.

한국을 떠나기 전, L건설의 왕회장은 정 상무를 불러 몇 가지 주의를 당부했다. 미국에서 MBA를 마치고 뉴욕 증권가에서 해외업무 실력을 쌓은 정 상무는 자신의 실력을 과다하게 믿을 정도로 저돌적인 면이 있어 가끔씩 상사들과 대립하는 일들이 잦은 성격의 소유자였다.

왕회장은 뚝심을 가진 사업가라서 '안 되는 것은 되게하라! 그래도 안 되면 그때는 부셔버려서라도 되게 만들라'는 신조를 가진 장사꾼이었다. 정 상무는 아버지 앞에서 차분한 자세로 수빅만 고속도로 입찰에 관한 주의를 들었다.

"정 상무, 타국에서 큰 공사의 사업권을 따내는 일은 여러 가지의 미묘한 일들이 작용해서 그중 한 가지라도 무심코 놓쳐서는 안 되는 법이야. 큰 사업권을 따기 위해서는 때로는 경쟁회사들을 무참하게 쳐야할 때도 있고, 권력의 핵심부를 파고들어 물질공세도 해야되며, 그런 방법이 안 통할 때에는 치졸한 방법이기도 하지만 권력가의 여자를 매수하여 접근하는 방법도 후진국에서는 잘 먹혀들어가는 방법의 한 가지라는 점을 충분히 깨닫고 접근해야 한다. 사업이란 여러 가지 복합적인 요소를 적절하게 활용하는 실력을 갖출 때, 성과를 기대할 수 있는 것이니 만큼, 자존심을 너무 내세우지 말고 물질 공세를 해야 할 때에는 상대방이 수치심을 느끼지 않도록 후한 배팅을 해야 하며 주는 돈을 절대로 아깝다고 생각해서는 안 돼! 아비 말을 잘 새겨듣고 이 지사장의 의견을 존중해서 한 가지라도 놓치지 말고 애비한테 즉시즉시 보고해야 한다. 무슨 뜻인지 잘 알겠지!"

정 상무는 아버지 생각을 접고 서울에서 준비한 노트를 펼쳐 보이며, 이 지사장에게 몇 가지의 입찰에 대비한 사항을 물었다.

"이번 수빅만 고속도로 입찰 건에는 몇 회사들이 참여했습니까?"

이경범은 시큰둥한 표정으로 응답을 했다.

"이번 입찰에 참가한 회사들은 총 여섯 군데입니다만, 그중에서도 유력한 후보회사는 스페인의 그루포사와 프랑스의 벤치사, 독일의 호흐티에프 건설이 현재로서는 유력한 후보회사들입니다."

"그래요… 미국의 백텔사는 어떻습니까?"

"미국정부는 오래전부터 백텔사를 앞세워 필리핀 경제개발을 위해 철저한 투자 준비를 마무리한 셈이라 세계굴지의 건설 회사들이라고 해도 이번 수빅만 입찰은 만만치 않을 것으로 판단됩니다."

정 상무는 이경범의 설명을 들으며 세계 건설업계에서 어린아이의 걸음마에도 못 미칠 실적을 가진 회사로써 입찰에 참여한다는 자체가 부끄럽게 생각되었다. 정 상무는 아버님께서 도대체 무슨 배짱으로 국제입찰을 시도하려 드는지 이해가 되지 않았다. 입찰에 참가한 회사들은 세계건설업계의 최고 순위에 드는 회사들로서 매년 매출액이 수십 조에 달하는 회사들이었다. 이경범은 정 상무가 갖는 의아심을 풀어주듯 조용한 목소리로 입찰에 필요한 준비사항을 애기했다.

"언젠가 사석에서 회장님께서 하셨던 말이 생각이 납니다. 여러 가지 회장님의 교훈이 있습니다만, 지금 저의 회사로서는 단독입찰을 따낸다는 것은 불가능한 시도라고 생각합니다만, 그래도 한 가닥 희망은 가지고 있습니다."

"그래요,,,무슨 방법이 있습니까?"

이경범은 크라크 경제특구 내의 개발에 대하여 간략한 설명을 해나갔다.

"1996년 공표된 필리핀 공화국 법령에 의거하여 필리핀 국방부 (DOD)와 군기지 경제 지구전환 공사(BCDA)및 크라크 개발공사 (CDC)등은 삼자 합의에 의해 크라크 경제특구 내의 부지중 350 헥타아르에 관한 운영권의 책임과 관리가 필리핀 공군 제600사단에 이양되었습니다. 미군 점령시절부터 필리핀 공군 중 가장 강력한 군사력을 가진 제600사단은 경제특구 내의 보안을 총체적으로 책임지고 있어 어떤 지역보다도 월등한 신분의 안전을 보장하고 있고, 공군 제600사단은 크라크 공군기지의 효율적인 운영을 위하여 에어포스 시티(air force city 공군 도시)라는 운영체계를 창설하여 공군기지 시설물 및 부지 중 공군이 활용하지 않는 부지들을 임대 및 크라크 공군기지의 복지조합 등 창업활동을 통하여 필리핀 공군의 현대화와 복지향상을 위해 정책적으로 추진해왔습니다. 디아스타도 막가파갈 국제공항의 활주로는 아시아의 최대 규모이며, 미 공군 시절 우주왕복의 비상 착륙지로 재개발 되었습니다. 따라서, 국제적으로 입지가 좁은 저의 회사가 단독으로 입찰에 참여한다는 것은 상당한 무리가 따르며 경제적 손실도 만만치 않을 것으로 예상됩니다. 만에 하나 많은 경비를 들여 입찰에 참여했다가 무산되는 날에는…."

이경범은 신중한 사람이었다. 처음부터 단독입찰을 고려하지 않은 탓에 왕회장의 입찰 참가 요구가 무리수라는 것을 누구보다 실감하고 있는지라, 이번 입찰만큼은 열의가 없어보였다. 이경범의 말을 듣고 있던 정 상무는 고개를 몇 번 갸우뚱거렸다. 무엇인가를 깊이 생각하고 있는 듯 말을 꺼내지 않았다.

"지사장님의 설명을 들으니 충분하게 이해가 됩니다. 아마도 회장님께서는 처음부터 이번 입찰은 비관적이라는 것을 알고 계시면서도 지사장님의 역량에 큰 기대를 하신 것 같습니다."

정 상무는 지사장이 하는 일을 격려하라던 아버지의 충고가 떠올랐다. 이경범은 다시 말을 이었다.

"지금 크라크 공군기지 제600사단의 사단장은 아토르 대통령께서 가장 신임하는 에디토 장군입니다. 그런데 한 가지 희망을 걸어볼 만한 일은 에디토 장군이 가장 아끼고 사랑하는 여인이 바로 한국여자라는 사실입니다. 아마, 상무님도 들어 보셨으리라 생각합니다만, 마닐라 '밤의 여왕' 이라는 호칭이 붙어있는 여자가 에디토의 정부입니다. 대단한 미모와 인맥을 가진 필리핀 최고의 로비스트입니다."

"그래요?"

이경범의 설명이 끝나자, 정 상무의 안색이 밝게 바뀌었다.

"그러면, 정상무님께서 그 여자를 한번 만나보시는 것이 어떠신지요?"

정 상무는 이경범의 제의에 짐짓 놀라는 표정을 지었다. 하지만 도대체 어떤 여자이기에 밤의 여왕이라는 칭호가 붙었는지 한번쯤 그녀의 얼굴을 보고싶던 차에 이경범이 제의하자, 흔쾌히 자기가 만나보겠다고 나섰다. 이경범은 정 상무에게 몇 가지 주의를 당부했다.

"그 여자를 만나게 되면 절대로 비즈니스 외에는 사적인 것을 물어서도 안 되며 알려고 해서도 안 됩니다. 그리고 부탁하는 일에 대한 보수는 분명하고 충분해야 합니다. 혹시라도 그 여자의 과한 친절이 정 상무님에게 혼동을 가져다 줄 수도 있으니, 그런 점을 착각하지 않으시기 바랍니다. 거듭 당부하지만 그 여자는 국제적인 프로 로비스트입니다."

이경범은 정 상무가 여자들깨나 호리는 호색한이라는 것을 알았기에 혹시라도 염려가 되어 쐐기를 박아둔 것이다.

다음날 오후 늦게 맥심호텔 로비에서 이경범은 호텔 출입구 쪽을 연신 쳐다보고 있었다. 잠시 후 출입구 도어가 열리자, 서너 명의 건장한 사내들이 로비 쪽을 향하여 들어오고 있었다. 차가운 분위기가 풍겨지는 사내들은 민첩한 동작으로 문 앞에 대기 중인 검정색 크로키 짚차에 이경범과 정 상무를 태우고 호텔 문 밖을 벗어나 번잡한 시가지로 접어들었다.

시가지를 벗어나 얼마쯤 달려, 집 안팎을 환하게 밝혀놓은 주택 앞에 차가 멈추어 섰다. 수위실 안에 있던 사내들이 민첩한 동작으로 뛰쳐나와 차안을 들여다 보았다. 출입구 문을 열어주었다.

차에서 내려 사내들의 안내를 받으며 아치형으로 웅장하게 만들어진 출입구 문을 들어섰다. 가슴이 움푹 파인 검정색 드레스를 입은 미모의 여성이 응접실 입구에서 일행들을 맞이했다. 큼직한 사각 모양의 에메랄드 목걸이가 다이아몬드로 세팅한 탓인지 한층 더 목선과 가슴팍이 아름다워 보였다. 순간 정상무의 시선이 흐트러졌다는 것을 눈치 챈 이경범은 눈치 빠르게 대처를 했다.

"그 동안 편안하셨습니까?"

여자는 가벼운 미소만 보였다. 이경범은 채린의 성격을 누구보다도 잘 알고 있었다.

"이렇게 시간을 내주셔서 정말 감사합니다. 아 참, 이분은 저의 본사의 해외건설 영업파트의 본부장님이신 정 상무님입니다."

정 상무가 가벼운 목례를 했다. 채린은 살포시 가벼운 미소를 지었다.

"밤길이 어두우셔서 불편하셨지요?"

채린의 음성은 숨겨진 사내들의 욕망을 끌어내는 활화산의 용암과 같았다. 채린이 평소에 좋아하는 중국의 명품차인 보이차를 예쁜 린넷 치마를 두른 여인이 비취 찻잔에 담아 테이블 위에 올려놓았다. 혜린은 이경범과 정 상무에게 정중한 자세로 차를 권했다.

"차는 알맞게 뜨거우실 때 드셔야 제 맛이 난답니다."

뜨거운 차를 마시는 동안 하고 싶은 말을 끝내라는 메시지였다. 이경범은 눈치가 빠른 사람이었기에 정 상무에게 사인을 보내었다.

"초면에 실례가 많습니다. 금번 저희 회사가 수빅만 고속도로 입찰에 참여할 계획이나 워낙 국제적으로 규모가 큰 회사들이 입찰에 참여해서 어려움이 많을 것으로 예상이 되어 이렇게 부득불 찾아뵙게 됐습니다."

자존심이 강하기로 소문난 정 상무로서는 차마 입에서 떨어지지 않는 말이었다. 도대체, 이 여자의 파워가 필리핀 정부사업권을 좌지우지할 만큼의 영향력을 행사할 수 있는 지가 의문이었다. 채린은 정 상무의 눈을 응시하며 그의 말을 신중하게 듣고 있었다. 채린이 조금 전과는 전혀 다른 목소리였다.

"그럼, 저를 찾아온 것은 입찰에 도움을 줄 수 있는 사람들을 소개해달라고 하시는 건지? 아니면? 입찰이 성사되도록 부탁을 하시는 건지, 둘 중에 어느 것입니까?"

채린은 날카롭게 정 상무에게 질문을 했다. 이경범은 조용히 두 사람의 얘기를 듣기만했다. 정 상무는 지금 채린에게 이것이 아니면 저것이라는 논리로 두 가지 부탁을 하는 셈이었다. 채린을 만나러 오기 전 이경범이 정 상무에게 당부한 '부탁은 분명하게 보수는 충분하게' 라는 말을 정 상무는 까맣게 잊고있었다. 채린이 다시 물었다.

"수빅만 고속도로 입찰 예상 총액은 얼마나 되나요? 제가 알기로는 꽤 규모가 큰 사업으로 알고 있는데, 한국기업이 단독으로 입찰을 따내기에는 어려움이 많을 것으로 생각되는데 충분한 계획과 준비는 되셨는지요?"

정 상무는 채린이 예상외로 많은 식견을 가지고 있음을 짧은 대화를 통해 느낄 수 있었다. 마음속으로 만만하게 생각하고 몇 푼의 커미션만 집어주면 도와줄 거라는 자신의 자만심이 서서히 무너져 내리고 있었다.

이경범은 초조했다. 짧은 시간 안에 대화를 마무리져야 하는데, 애기가 겉돌고있어 정 상무에게 다시 눈짓을 보냈다. 정 상무는 로비스트를 통한 거래를 해본 경험이 적은지라 채린이 묻는 말에 매끄럽지 못했다. 정 상무가 이경범의 얼굴을 쳐다보았다. 가지고 온 가방을 채린에게 넘기라는 사인이었다. 이경범이 주춤거리며 검정색 가방을 채린에게 넘기려 하자, 채린이 웃었다.

"본사 회장님의 뜻인가요? 아니면 상무님의 뜻인가요? 이런 호의는 감사합니다만, 제게는 입찰을 성사시켜 드릴만한 능력이 없습니다. 워낙 방대한 사업이고 정부가 필리핀 공군의 현대화를 위한 자금을 마련하고자 하는 것이 사업의 목적인데, 그런 큰 사업을 제가 무슨 수로 도울 수 있겠습니까?"

채린의 손을 거치면 필리핀 내에서는 안 되는 일이 없을 정도로 채린의 로비 실력은 힘이 있었지만, 채린은 부드럽게 상대방이 어색하게 느끼지 않도록 가방을 거절했다.

이경범은 순간 채린이 한 말을 깊이 새겨들었다. 정 상무는 아직까지 채린의 대화를 이해하지 못한 것 같았다. 이경범의 얼굴색이 환해지면서 채린에게 빠른 어조로 사정했다.

"마담께서 하신 말씀을 저의 회장님에게 신속하게 보고 드리겠습니다. 시간을 다시 내주신다면 빠른 시간 내에 좋은 안건을 가지고 찾아뵙겠습니다."

이경범은 중동의 공사권을 따기 위해 수많은 로비스트들을 상대해 본 경험이 있는지라 채린의 말뜻을 포착한 것이었다. 비취 찻잔에 담긴 보이차가 마시기에 알맞은 온도가 되었는지 채린은 찻잔을 들어 향기를 맡으며 입술을 살짝 갖다 댔다. 청녹색 비취색의 은은함과 정열적인 빨간 립스틱을 바른 입술이 찻잔 위에서 조화롭게 보였다.

채린이 하얀 치아를 살포시 드러내며 이경범에게 중얼거렸다.

"회장님에게 잘 전해주세요. 저는 사업적 파트너가 되기를 바라지, 뚜쟁이가 되기를 바라진 않아요."

채린은 차를 마신 후, 자리에서 일어나 두 사람을 정중하게 문 앞까지 배웅했다. 도청을 우려해 정 상무와 이경범은 호텔로 돌아오는 순간까지 아무런 대화도 나누지 않았다. 가끔씩 이경범만 채린이 들어도 무관한 말만 짧게 끊어서 했을 뿐이다.

호텔에 도착하여 이경범은 정 상무를 데리고 5층의 테라스식당으로 올라갔다. 채린의 저택 로비에서는 조금 전 이경범과 정 상무를 호텔로 바래다준 경호원들이 차에서 작은 녹음테이프를 꺼내 테이블 위에 올려놓았다. 채린은 테이프를 소형 녹음기에 집어넣고 버튼을 눌렀다. 조금 전 이경범과 정 상무가 차안에서 나누었던 대화들이 쏟아졌다. 둘의 대화내용이 채린의 감정을 상하게 하는 말이 없었기에 채린은 입가에 잔잔한 미소를 지으며 테이프를 껐다.

"수고들 했어!"

경호원들은 채린이 건네준 봉투를 받으며 몇 번인가 고개를 숙이더니 문 밖으로 사라졌다.

맥심호텔의 5층 테라스식당의 한 구석에 자리잡은 이경범과 정 상무는 조금 전 채린과 만났던 일들에 대하여 목소리를 낮추어 대화를 나누고 있었다. 이경범은 목에 걸려 있는 소형전파 감지기에서 아무런 전파음이 들리지 않자 안주머니에서 소형 녹음기를 꺼내 레시바를 꼽아 하나는 정 상무에게 건네고 또 하나는 자기의 귀에 꼽고 버튼을 눌렀다. 조금 전 채린과 나누던 대화가 흘러나왔다. 이경범은 채린이 악센트를 높여 말하던 부분을 되돌리기로 다시 돌리며 채린이 했던 말의 의미를 짚었다. 이경범이 정 상무의 얼굴을 빤히 쳐다보았다.

"조금 전 대화의 요점은 바로 이점입니다. 그 여자가 가방을 받지 않은 것은 이번 입찰에 대해서 저희측에서 제시하는 리베이트 머니(소개비)가 작다고 생각하는 겁니다. 최소한 그녀가 요구하고 있는 금액은 이런 가방 한두 개가 아닐 겁니다. 제 생각은 그렇습니다."

이경범은 짧게 자신의 의사를 표명했다. 중동을 비롯한 국제건설 입찰에 여러 번 참여한 경험이 있었던 이경범은 오늘 채린과 만남은 실패작이었기에 만회를 하려면 다시 한 번 계획을 수정해서 채린을 만나야한다고 생각하며, 지금까지 일어났던 심각한 상태를 그대로 본사에 알려야 했다.

대통령의 여자

L건설의 사옥 19층 회장실이었다.

'영화배우 섭외가 불발되었음. 영화제작을 변경해야 할 것 같음'

왕회장은 팩스 내용을 들여다보며 심기가 불편한지 얼굴을 씰룩 거렸다. 왕회장은 수화기를 들고 마닐라지사로 전화를 걸었다. 몇 번의 신호음이 들리자 상대방이 공손하게 전화를 받았다.

"L건설 지사장 이경범입니다."

왕회장은 친근한 목소리로 지사장의 이름을 불렀다. 이경범이 전화기 버튼을 누르자 앞자리에서 통화내용을 듣고 있던 정 상무가 부드러운 자세로 수화기를 집어 들었다.

"정 상뭅니다."

"음, 그래 수고가 많다. 보고내용을 봤는데 일이 잘 안됐다며? 뭐가 문제고? 돈이 적다는 거야? 아니면 다른 요구가 있는 거야?"

정 상무는 아버지의 급한 성격을 아는지라 대답을 늦춰서 말하지 않았다.

"몇 푼의 리베이트보다는 공사 이익금의 일정부분을 요구하고 있는 듯합니다."

"뭐라고? 공사 이익의 일정부분을…"

왕회장은 다소 격한 감정을 나타냈지만 정 상무의 보고에 별다른 반응을 보이지 않았다.

"그래, 별다른 대화는 없었나? 대화내용을 하나도 놓치지 말고 얘기해 보거라!"

왕회장은 대화 속에서 채린이 분명 무엇을 의도하는가를 표출했다고 직감적으로 느끼고 있었다. 정 상무가 채린과의 만남을 간략하게 보고하자 왕회장은 고개를 끄덕거리며 채린의 의도가 무엇인지를 감지한 듯했다.

"그래, 수고가 많았다! 지사장 바꿔봐라!"

왕회장은 정 상무로부터 간략한 보고를 듣고 정 상무와의 통화를 끝냈다.

이경범의 보고는 세밀했다. 채린이 대화중에 요구한 사항과 필리핀 공군의 위상과 복지에도 신경을 써야한다는 실무적인 내용을 왕회장에게 보고하자 왕회장은 흐뭇한 웃음을 지으며 말했다.

"아직까지 정상무가 국제적인 입찰경험이 부족해서 지사장의 도움을 많이 받아야해! 그래, 입찰에 준비는 다 되어가나? 뭐니 뭐니 해도 다른 나라 회사들은 그다지 신경이 안 쓰이는데 유독 미국 벡델사 만큼은 특별히 신경을 쓰고 관찰해야 돼! 자네도 그렇게 생각하지 않나?"

왕회장은 이경범의 마음을 꿰뚫어보고 있었다. 미국은 1991년 필리핀에 상주해 있던 미 공군 13기지를 철수하면서부터 필리핀 경제개발을 위해 철저한 조사를 마무리한 탓에 크고 작은 사업권을 쟁취하기 위해 미국이 암암리 개입하기 시작했다.

왕회장으로부터 전권을 위임받은 이경범은 실무적인 입찰준비와 더불어 몰래 로비에 이르기까지 철저한 준비를 마무리 지어 입찰서류를 필리핀 공군이 주도하는 공군 제600사단 휘하의 에어포스시티에 접수시켰다.

서류제출을 하기 7일전 필리핀 공군 제600사단이 주도하는 크라크 공군부지 경제화 사업을 위한 축하 리셉션이 맥심호텔의 귀빈실에서 성황리에 이루어졌다. 파티를 주관한 곳은 공군 제600사단에 속하는 에어포스씨티사였지만, 그 회사의 실질적인 총책임자는 제600사단의 에토르 장군이었다.

미국 벡텔사의 루퍼스회장은 헐리우드 미모의 여배우인 보리실즈(가명)를 앞세워 실무진들에게 인사를 시키며 파티 분위기를 주도했다. 이에 질세라 프랑스 부이그사의 짱그리토 회장은 까미유 끄로델에 출연하여 세계적인 인기를 얻고 있는 프랑스 미모의 여배우 이자벨 가자니를 대동하여 파티의 분위기를 한층 돋보였다.

파티가 무르익어갈 무렵 이번 사업의 총괄적인 헤게머니를 쥐고 있는 제600사단의 참모장 에디토 장군이 출입구에서 모습을 드러내자 파티에 참석한 사람들은 장군을 향해 가벼운 박수로 환대했다. 더욱 놀라운 일은 파티를 주최하는 공군 실무진들이 에디토 장군과 함께 파티장 안으로 들어오는 미모의 여성을 바라보며 장군에게 보였던 그 이상의 환대를 보였다. 채린이 입고 있는 의상은 중국황실의 예복을 현대식으로 복식한 드레스였다.

채린은 유창한 영어를 사용하기도 하고 공군 실무자들과 대화를 나눌 때에는 필리핀어를 사용하며 파티를 주도하고 있었다. 파티가 열리기 며칠 전 채린은 에어포스시티사의 대표를 맡고 있는 공군 제600사단의 싱릭크 참모장을 자기의 집으로 초대하여 몇 시간에 걸쳐 대화를 나누었다. 싱릭크 참모장은 에디토 장군의 직속부하로서 20여 년의 세월을 장군과 함께 군생활을 해온 충성스러운 참모장이었다. 채린이 입을 열었다.

"참모장님께서도 빠른 시일 내에 장군으로 승진을 하셔야 하는데, 요즘 에디토 장군께서도 참모장님의 장군 승진을 위해 적극적으로 노력하고 계시는 것을 알고는 계시죠?"

싱릭크 참모장은 에디토가 자신의 장군 승진을 위해 힘쓰고 있다는 사실을 어렴풋이 알고는 있었지만 이렇게 직접적으로 장군의 측근으로부터 들어보기는 처음이었다. 싱릭크는 가슴이 벅차올랐다. 고개를 읊조리며 감사의 표현을 했다. 싱릭크는 채린에게 공손한 태도로 물었다.

"제가 부인의 마음을 기쁘게 해드릴 수 있는 일이 있다면 무슨 일이든 지시만 하시면 따르겠습니다."

싱릭크는 머지않아 이뤄질 장군 심사를 염두에 두고 있던 차에 채린의 도움은 즉 에디토 장군의 도움으로 이어진다는 사실을 누구보다도 더 잘 알고 있었다. 채린은 싱릭크에게 장군심사에 필요한 경비로 쓰라고 검정색 가방을 넘겨주었다. 채린으로부터 한국기업의 수빅만 고속도로 입찰참가에 대한 충분한 설명을 들은 싱릭크 참모장은 한층 기분이 들뜬 얼굴로 채린의 집을 나와서 부대로 돌아오는 차안에서 만감이 교차했다.

에디토 장군이 서둘러 출입구 쪽으로 걸어갔다. 경호원들이 출입구 문을 활짝 열어젖히자 아토르 대통령과 일행들이 빠른 걸음으로 파티장 안으로 들어왔다. 대통령의 주변에는 필리핀 정권의 실세들이 대동했다. 입찰에 참가한 회사들의 경영진들은 평소 면식이 있는 정부의 각료들과 눈맞춤을 하려는 듯 대통령의 주위를 살펴보고 있었다. 에디토 장군이 정중한 자세로 대통령에게 경의를 표했다. 아토르 대통령은 노련한 정치경험을 지닌 사람이었다.

에디토 장군이 파티에 참가한 유명 인사들을 가볍게 소개하자 아토르는 파티의 흥을 돋기 위해 무대 한 가운데로 걸어 나가 무선 마이크를 손에 쥐고 간단한 인사를 했다. 대중심리를 꿰뚫고 있는 아토르 대통령의 인사는 아주 짧은 내용이었지만 감동을 주는 말이었다.

"지금 여기에 참석하신 내외 귀빈 여러분들은 필리핀 국민들이 여망하는 경제발전을 위해 내방하신 분들입니다. 대통령으로서 필리핀 국민의 이름으로 여러분들을 환영합니다"

열렬한 박수가 홀 안을 가득 했다. 루퍼스회장과 장그리토 회장은 보리실즈와 이자벨가자니를 자사의 모델로 내세워 인기몰이를 해보려던 계획이 김빠진 맥주처럼 거품이 빠져 나감을 느낄 수 있었다. 채린의 유창한 화술과 미모에 두 회장은 서서히 궁금증이 들기 시작했다. 채린은 에디토와 함께 대통령의 곁으로 다가가 가벼운 인사를 건네자 아토르는 반가운 표정으로 채린의 몸을 가볍게 포옹하며 주변에 아랑곳하지 않고 그녀의 귀에 들리듯 말 듯 한 소리로 물었다.

"미스 혜린은 왔습니까?"

아토르는 파티장 안으로 들어설 때부터 주위를 둘러보았지만 혜린의 모습이 보이지 않았다. 궁금증이 더하던 참에 채린을 보게 되자 혜린의 소식을 물었다.

"대통령님께서 오시면 파티장에 나오겠다고 했어요."

아토르는 채린의 말을 듣고 한층 더 안달이 난 듯 주위를 둘러보았으나 혜린의 모습은 보이지 않았다. 채린이 출입구 쪽에 있는 사내들에게 손 사인을 보내자, 사내들은 민첩한 동작으로 조심스럽게 입구 문을 열었다. 순간 파티장 안에 있던 많은 사람들의 시선이 입구 쪽으로 쏠렸다. 홀 안으로 들어오는 혜린을 향해 채린이 가볍게 다가가고 있었다.

에디토 장군과 아토르 대통령의 얼굴에도 반가운 기색이 엿보였다. 혜린은 유럽 최고의 디자이너 라보르와가 직접 만들어준 파티복을 입고 있었다. 채린이 입고 있는 중국풍 황금색갈의 드레스가 황실 황후들의 모습을 재현했다면 혜린이 입고 있는 드레스는 프랑스의 마리앙뜨와네트(황후)의 모습을 그대로 옮겨놓은 것 같았다.

파티장에 참석한 모든 사람들의 시선이 혜린에게서 떠나지 않았다. 파티의 분위기가 고조되어갈 무렵 차디찬 시선으로 채린과 혜린을 번갈아 주시하는 사람이 있었다. 아토르 대통령의 부인인 실바 아토르 여사였다. 그녀는 아토르가 정권을 잡기 전부터 아토르의 비서로서 혁명의 세월을 같이해온 여자였다. 성격은 포악하지만 정적을 포용할 줄 아는 정치인이라는 표현이 그녀에게 더 어울리는 수식어였다. 그녀의 눈은 하늘 높게 날아올라 먹이를 찾아 매섭게 하강하여 먹이를 낚아채는 매와 같아보였다. 그날 파티의 주인공은 당연하게 채린과 혜린이 주도했다. 정 상무와 이경범은 두 여자들의 활약을 눈여겨 보며 입가에 흐뭇한 미소를 지었다.

이번 입찰의 책임자인 싱릭크 참모장이 파티의 분위기를 감지하며 채린에게 정중한 예의를 보였다. 수빅만 입찰에 참가한 기업은 총 다섯 업체였다. 파티가 열리기 전, 오후 네 시를 끝으로 입찰서류가 마감되어 에어포스 시티사의 금고에 넣어졌다. 입찰 서류의 개봉은 다음날 아침 열시였다.

칠흑 같은 어둠이 깔린 밤, 공군 제600사단 내에 있는 에어포스 시티사의 한 사무실에서 조심스럽게 문을 열고 나서는 사내가 있었다. 사내는 검정 두건으로 얼굴을 가린 체 두 눈만 뻥 뚫려 있었다. 어둠속에서도 사내의 안광은 빛났다.

주변 지리에 능숙한지 사내는 막힘없이 사무실을 나서 조심스럽게 걸어가 싱릭크 참모장의 사무실 앞에 멈추어 서서 주머니에서 문키를 꺼내 밀어넣자, 문이 소리없이 열렸다. 사내는 민첩한 동작으로 안으로 들어가 문을 잠근 후, 사무실 안쪽에 놓여 있는 커다란 금고 앞으로 다가가 이마에 꽂은 작은 랜턴으로 금고의 숫자를 비췄다. 사내는 능숙한 솜씨로 금고의 다이얼을 조심스럽게 돌렸다. 몇 분의 시간이 지나자 '철컥' 하는 금고 시건 장치가 풀리는 소리가 들렸다. 사내는 금고문을 열고 안에서 입찰서류를 끄집어내 봉투 겉면에 쓰여있는 글자를 확인한 후, 주머니에서 무엇인가를 꺼내 봉투의 가장자리를 조심스럽게 뜯은 후, 글자를 읽어나갔다.

서류의 맨 마지막 부분 난에 입찰총액의 금액이 적혀 있었다.

사내는 일일이 서류를 훑어본 후, 마지막 입찰서류에 적힌 금액을 살펴보며 약간의 긴 한숨을 내쉬었다. 사내는 가슴 주머니에서 서류 몇 장을 꺼내 마지막 장에 적힌 입찰서류를 뜯어내고 바꿔 넣었다. 이마에는 땀방울이 총총히 맺혔다. 사내는 자기 방으로 돌아와 얼굴을 매만진 후, 정복을 입고 제 600사단의 영내를 빠져나왔다.

다음날 아침 여명이 밝아왔다. 공군 제 600사단 영내에 있는 에어포스씨티사에는 입찰에 참가한 미국의 백델사의 루퍼스회장과 프랑스의 부이그사의 상그리토회장이 기분 좋은 표정으로 입찰 발표장에 마련되어 있는 의자에 앉아 발표를 기다리고 있었다.

수빅만 고속도로 입찰 건은 필리핀 경제특구 개발에 적극적으로 참여할 수 있는 절호의 기회인만큼 세계 굴지의 건설업체들은 다투어 로비에 참여했던 것이라서 발표결과에 큰 관심이 집중되어 있었다.

잠시 후, 입찰 장소에 에디토 장군이 모습을 드러냈다. 장군은 근엄한 표정을 지으며 옆에 있는 싱릭크 참모장에게 입찰 서류를 개봉하라고 지시했다. 그러자, 싱릭크 참모장은 빠른 손놀림으로 입찰 봉투의 끝머리를 가위로 잘라 서류를 끄집어냈다. 첫 번째 회사는 프랑스의 부이그사였다. 입찰에 참가한 실무자들의 시선이 발표자에게 집중되었다. 싱릭크는 에디토 장군에게 예의를 표한 후, 큰소리로 서류에 적힌 금액을 발표했다.

"프랑스 부이그사가 제시한 금액은 1억2천만 불입니다."

부이그 회사보다 낮은 금액을 써넣은 회사들의 실무자들은 마음속으로 기대를 걸어보며 다음 발표에 촉각을 곤두세우고 있었다. 두 번째 입찰봉투를 개봉한 싱릭크가 입을 열었다.

"미국 백델사가 제시한 입찰금액은 1억1천800만 불입니다."

백델사 회장과 실무진들은 환호성을 지르며 기분이 들떠 있었다. 그도 그럴 것이 미국은 필리핀의 최대의 우호국이며, 경제지원을 아끼지 않은 나라였고, 크고 작은 경제적 이권과 군사적 지원을 했던 우방국이라서, 필리핀 경제개발을 위해서도 항상 우선했다. 세 번째 발표가 이어졌다.

"독일 호흐티에프사가 제시한 금액은 1억2천200만 불입니다."

백델사 회장과 실무자들은 이미 국제입찰에 나선 여러 건설업체와 담합을 하였기 때문에 다른 회사들의 입찰금액은 백델사보다 높을 수밖에 없었다. 백델사는 담합에 참가하지 않은 프랑스의 부이그사와 한국의 L건설만이 걸림돌이 된다고 생각했지만 부이그사의 입찰금액이 백델사보다 높자, 이미 백델사의 회장과 실무자들은 결정이 난 것과 다름없는 축제 분위기였다. 루퍼스 회장은 한층 기분이 고무된 듯 주변 사람들로부터 축하인사를 받고 있었다.

이경범과 정 상무는 다음 발표를 기다렸다. 세계굴지의 건설업체들과 이름도 제대로 알려지지 않은 한국의 조그만 건설업체와의 입찰 대결은 가히 상상도 할 수 없는 일이었다. 그런데 한 가지 주의해서 살펴볼 것은 중국 1위의 건설업체인 중국 건축공정총공사의 리밍 회장은 이번 입찰에서는 특이한 일이 일어날 수도 있다는 기자회견을 발표한 적이 있었다. 기분이 들떠있는 백델사의 실무진들과 지지자들은 마지막 발표에 조소를 보내고 있었다. 싱릭크 참모장은 차분한 표정으로 입찰 서류에 적힌 금액을 읽어나갔다.

"코리아 L건설이 제시한 금액은 1억1천5만 불입니다."

이경범과 정상무와 L건설 실무자들의 환호성이 실내에 가득 울려퍼졌다. 벡델사 루퍼스회장의 얼굴이 순간 일그러졌다. 도대체 있을 수 없는 일이 일어났기 때문이었다.

여인의 질투

채린은 밤늦게까지 에디토와 가진 깊은 애정행각으로 피로가 겹쳐서인지 커튼사이로 아침햇살이 환하게 비치도록 침대에 얼굴을 파묻고 있었다. 에디토가 침대 곁으로 다가와 가볍게 채린의 몸을 흔들었다. 반백의 에디토에게 채린은 생명을 이어주는 윤활유 같은 존재였다. 채린이 에디토 이마에 가벼운 키스를 했다. 침대에서 일어나 에디토가 들고 온 쥬스를 마셨다. 에디토는 채린의 마음이 상하지 않게 부드러운 소리로 중얼거렸다.

"채린, 이번 입찰 건에 한국기업에 대해 말들이 많은 것 같아요. 당분간 조심스럽게 행동해야 돼요!"

채린이 고개를 끄떡거리며 애정이 깃든 눈빛으로 에디토 눈을 바라봤다. 오래전, 한국을 떠나기 전 사랑했던 사람의 눈을 에디토에게서 느꼈기 때문이다.

혜린의 맥심호텔 카지노에서의 배팅 액은 나날이 늘어나 걷잡을 수 없을 만큼 고액의 배팅으로 많은 돈을 잃기 시작했다. 하루가 멀다 하고 면세점에서 고가의 가방등과 사치품들을 사재기 하며 사치와 낭비로 혜린의 카드는 서서히 고갈되어갔다. 맥심호텔 로얄빌라의 하루 방값이 2만 불 이상이었고 하인들과 경호원들에게 지출되는 돈도 만만치 않았지만 그 많은 지출을 채린이 결제하고 있었다. 일주일에 몇 차례씩 늦은 밤에 호텔을 빠져나와 루손섬 근처 에디토의 별장에서 아토르 대통령을 만나는 일이 혜린이 하는 일의 전부였다.

아토르 대통령이 에디토의 집을 떠난지 서너 시간이 지났다. 혜린을 태운 채로키 지프차는 어두운 밤길을 달리고 있었다. 도로의 길가에는 어른 키보다 더 큰 사탕수수 밭이 즐비하게 늘어져 있었다. 그 사이로 속도를 내면서 달리던 차가 급정지로 멈추어 섰다. 혜린이 타고 있는 차에서 강렬한 헤드라이트 불빛이 주위를 비추고 있었다. 갑자기 요란한 총소리가 들려왔다.

앞차에 타고 있던 경호원들이 습격을 받은 탓인지, 총소리는 어두운 적막을 타고 번져나갔다. 혜린과 같은 차에 타고 있던 경호원들이 헤드라이트 불빛을 끄고 혜린을 차에서 내리게 하여 사탕수수 밭으로 피신시켰다. 여러 발 총소리가 울린 후 쥐 죽은 듯이 조용해졌다. 경호원들은 위급함을 알아차리고 혜린을 데리고 사탕수수 밭 안으로 질주하기 시작했다. 앞차에 타고 있던 경호원들이 모두 다 사살되었는지 뒤를 쫓는 여러 괴한들의 목소리가 어둠을 타고 들려왔다.

"여자를 놓치면 안 돼!"

자기들끼리 주고받는 소리가 바람을 타고 수수밭으로 들려왔다. 경호원이 혜린의 등을 낮추고 거의 바닥을 기다시피한 자세로 사탕수수밭 안으로 깊이 도망쳤다.

"여자를 생포해야 돼! 죽여서는 안 된다고 보스가 말했어! 산 채로 잡아가야 돼!"

사내들은 자기들끼리 말을 주고 받으며 뒤를 쫓기 시작했다. 가끔씩 사탕수수 가지가 옷에 스치는 소리가 들렸다. 혜린의 온몸은 땀투성이었다. 입고 있던 드레스가 찢겨나가 너덜거렸다. 얼마쯤 사탕수수밭 안으로 도망친 후, 일행들은 가쁜 숨을 내몰아쉬며 조용히 주위에 귀를 기울였다. 날이 새기 전에 이곳을 빠져나가야 한다는 생각이 들었다. 한 경호원이 무전을 치기 시작했다. 무전기의 음파소리가 적막을 타고 어둠에 번졌다.

"여기는 퀸! 여기는 퀸!"

위급함을 알리는 경호원은 상대방이 전파를 잡고 빨리 응답하기를 기다렸다. 몇 차례의 불균형한 전파소리가 끝나자, 상대방이 무선소리가 들렸다.

"여기는 본부, 감 잡았다. 오버, 퀸 말하라! 퀸."

"공격을 받고 있다. 위치는 알 수 없다. 킹하우스 도로에서 좌측으로 이동하고 있다. 킬러들이 뒤쫓고 있다. 지원 요청바람. 오버."

"알았다. 오버."

짧고 긴박한 무선교신이 이어졌다. 한편 공군 제600사단 휘하의 크락크 경제개발 특수 임무대에 긴급한 교신이 이어졌다.

"퀸이 공격받고 있음."

보고는 신속하게 이루어져 싱릭크 참모장에게 보고되고 싱릭크 참모장은 에디토 장군에게 긴급전화를 넣었다. 요란한 전화벨소리가 에디토 장군의 침실에 울려퍼졌다.

"퀸이 공격을 받고 있습니다. 장군께서 긴급한 조치를 내려주셔야 할 것 같습니다."

싱릭크의 보고는 에디토에게 충격적이었다.

"누구로부터 공격을 받고 있나? 위치 파악은 되었나?"

"아직 공격자들의 신원은 알 수 없으나 이쪽 지리에 밝은 자들인 것 같습니다."

"그래, 위치를 파악한 후, 증원 팀을 즉시 보내라! 교신은 항상 열어놓고!"

"네!"

싱릭크 참모장은 긴박한 상황 앞에 자기의 미래가 걸려있기에 더욱 혜린을 보호해야만 했다. 다시 교신이 이어졌다. 혜린의 경호원들이 무선을 받았다. 싱릭크 참모장이 차분한 목소리로 중얼거렸다.

"퀸, 하늘의 별을 봐라!"

경호원이 싱릭크 참모장의 교신을 받으며 하늘을 바라보았다. 밤하늘에는 밝은 별들이 유난히 밝게 빛나고 있었다.

"퀸, 별을 보고 있다. 현재 위치가 북두칠성 별자리 위치, 어느쪽에 속하느냐?"

"꼬리부분의 좌측에 속한다."

"알았다. 계속 좌측을 따라 이동하라!"

싱릭크 참모장은 좌표(군에서 사용하는 특수지형 지도)를 움직이며 대원들에게 긴급지시를 내렸다. 임무를 받은 특수대원들이 민첩한 몸놀림으로 차에 올라타 속도를 내고 달렸다. 긴박한 시간이 흘러갔다.

한편 혜린을 습격한 습격자들은 어딘가로 무선교신을 했다. 여러 차례 불발음이 들리며 상대방과의 무선이 연결되었다.

"여기는 알파!"

"알파! 퀸의 습격이 불발되어 뒤를 쫓고 있음. 퀸을 발견시 사살해도 좋은가? 오버."

잠시 후 무선교신이 이어졌다.

"절대로 사살해서는 안 된다. 현재, 뒤쫓고 있는 위치는 어딘가? 오버."

"위치를 알 수 없으나 루손섬 남쪽 방향으로 뒤쫓고 있음. 오버."

"절대로 먹이를 놓쳐서는 안 된다! 알겠는가? 오버."

"알았다. 오버."

무선을 받고 있는 쪽도 퀸의 납치를 위해 최선을 노력을 다하고 있었다. 긴박한 쫓고 쫓김이 이어졌고, 그 배경에는 막강한 세력들이 이들을 뒷받침하고 있었다.

한편 혜린을 보호하고 있는 경호원들은 숨소리를 죽여가면 사탕수수밭을 조심스럽게 헤치며 나아가고 있었다. 뒤를 쫓는 습격 자들도 사탕수수 가지를 헤치는 소리와 거친 숨소리를 '씩씩' 내며 얼굴은 땀으로 범벅이 되어 혜린의 뒤를 쫓았다. 혜린의 드레스가 갈기 갈기 찢겨져 어둠속에서도 하얀 피부가 드러나자, 경호원은 입고 있던 옷을 벗어 혜린의 몸을 감싸주었다. 한편 싱릭크 참모장은 군사 지도를 펼쳐 좌표를 살펴보았다. 옆에 있던 부관이 지도의 한 부분을 가리키며,

"참모장님, 조금 전 경호원들과 나눴던 교신에 의하면 현재 이 부근 어딘가로 퀸이 움직이고 있는 듯합니다."

"그래? 경호원들과의 거리를 최대한 줄이고 손바닥 보듯 철저하게 수색해 나가도록! 암호명은 퀸이다. 알겠는가?"

싱릭크의 명령이 떨어지기가 무섭게 대원들은 빠른 몸놀림으로 사탕수수밭을 헤집고 들어가기 시작했다. 혜린의 경호원이 무선신호를 보내자, 싱릭크 참모장이 무선기를 받았다.

"지금 퀸의 위치는 어디쯤인가? 현재 위치한 별자리를 말하라! 오버."

경호원이 하늘의 별을 바라보고 빠른 어조로 말했다.

"별자리가 바로 위에 보인다."

"알았다. 우리가 긴급 신호탄을 발사하겠다. 그 방향으로 움직여라."

싱릭크는 부관에게 신호탄을 발사하라고 지시했다. 부관이 하늘을 향해 신호탄을 발사하자 신호탄이 붉을 빛을 내며 하늘 높이 날

아 손바닥 모양으로 붉은 빛을 발산하며 흩어졌다. 혜린과 경호원들이 가까운 거리에서 신호탄을 바라보고 안도의 숨을 내쉬며 불꽃이 떨어지는 방향으로 몸을 움직이기 시작했다. 혜린의 뒤를 쫓고 있던 습격자들의 무선기에 교신 음이 들려왔다.

"여기는 알파. 알파 퀸의 추격을 중지하라! 흔적을 남기지 말고 철수하라!"

습격자들은 퇴각하라는 무선연락을 받자, 불만을 드러내며 빠른 동작으로 다른 방향으로 몸들을 움직이기 시작했다. 신호탄을 발사한 지점과 혜린의 경호원들과의 거리가 차츰차츰 좁혀지자 앞쪽에서 사람들의 말소리가 들렸다. 무선병이 다시 무선을 보냈다.

"여기는, 여기는 퀸. 거리가 좁혀졌다."

"신호탄 두 발의 총을 쏘겠다."

"알겠다."

싱릭크는 부관에게 신호탄을 발사하라고 지시했다. 잠시 후 신호탄이 하늘높이 올라가며 주변에 밝은 빛이 비추어졌다. 경호원은 두 발의 총을 쏘았다. 싱릭크는 경호원들이 쏜 총소리를 듣고 안도의 숨을 내쉬며 사탕수수 숲을 헤집는 소리에 귀를 기울였다. 경호원들이 혜린을 바닥에 엎드리게 한 채 큰소리로 외쳤다.

"여기는 퀸. 여기는 퀸이다. 암호명을 제시하라!"

싱릭크가 경호원들의 암호를 듣고 응답의 신호를 보냈다.

퀘존로드리게스(성 루크 메디컬센터)의 특실에는 여러 명의 경호원들이 병실입구에서 철저한 경호를 하고 있었다. 의료진과 간호사들은 병실을 출입할 때마다 철저하게 신원을 확인하면서 의아심을 드러내기도 했다. 필리핀에서도 최고의 의료기술과 의료장비를 갖춘 병원이라 그런지 의료진들과 간호사들이 매우 친절했다.

혜린이 사지에서 구출된 후, 의식을 잃은 채 병원으로 옮겨진지도 벌써 서너 일이 지나갔다. 죽음에 대한 공포에서 벗어난 탓인지 다른 사람들과 대하는 것이 무서워졌다. 하루빨리 몸이 완치되면 한국으로 돌아가고 싶은 마음뿐이었다. 채린이 곁에서 혜린의 아픈 마음을 살피며 위로했지만 혜린은 습격 받은 악몽을 쉽사리 벗어날 수 없었기에 에디토 장군과 아토르 대통령이 몇 차례 다녀갔지만 완치되면 하루빨리 이곳을 떠나고 싶었다.

* * *

채린의 사업은 불붙은 용광로에서 불길이 타오르듯 급속도로 번져나갔다. 필리핀 내에서는 크고 작은 이권사업에 채린의 입김만 닿으면 모든 일이 일사천리로 이뤄져서 채린과 인맥을 쌓기 위해 룸살롱을 밥 먹듯이 찾아드는 사람들로 즐비했다. 술값 또한 만만치 않게 비쌌지만 기업인들은 감수해야 했다.

윤희는 싱릭크 장군과 급속도로 가까워져 휴일이면 채린과 에디토 장군과 함께 필리핀 최고의 부촌에 위치한 써밋 골프장에서 골프를 치는 것이 즐거움이기도 했다. 써밋 골프장은 수영장과 노래방 등 최고급의 숙박시설을 갖춘 마닐라 동남쪽에 위치한 최상의 골프장이었다. 채린은 골프를 치기 하루 전날에는 골프장 클럽하우스에서 윤희를 머물게 한 후, 싱릭크 장군을 그곳으로 보내곤 했다.

한국에서 도피하기 전에도 권력자들에게 자기사업의 목적을 위하여 돈과 여자, 사치를 적절하게 제공하며 이용할 줄 아는 여자라서 그런지 그녀만의 독특한 처세술에 주변 사람들은 호기심을 가지고 빠져들었다. 골프가 끝나고 나면 채린과 윤희는 써밋 골프장의 클럽하우스에서 수영을 즐기며 무용과 체조로 다듬어진 아름다운 몸매를 과시하며 욕정에 끓고 있는 사내들의 내면에 숨겨져 있는 욕망을 들여다보고 싶었다.

채린은 마닐라의 부촌 알라망에 지혜와 명희, 윤희가 머물도록 예쁜 정원과 수영장이 딸린 큰 집을 장만해 주었다. 윤희는 잔디 깎는 기계로 정원을 손질하는 것이 취미였다. 야자수 나무 사이에 걸쳐놓은 간이 그네를 타며 책을 읽고 있던 지혜는, 윤희가 잔디를 깎을 때마다 나는 기계 소리에 언제나 이맛살을 찌푸리며 윤희에게 핀잔을 주곤 했다.

명희는 채린이 만들어준 간이 골프연습실에서 싱글에 들기 위해 하루에도 네다섯 시간씩 스윙연습을 열심히 했다. 필드에 나가면 채린을 포함하여 세 사람이 막상막하의 실력을 갖춘 골퍼들이었다. 맥심 호텔 내에 뷰티샵과 맛사지샵을 오픈한 채린은 윤희와 지혜, 명희를 최상의 여자로 만들려는 야망을 가지고 시간표를 만들어 관리를 시켰으며, 골프와 승마, 포커 등 최고급의 옷과 가방, 의상 등에 들어가는 모든 비용을 채린이 모두 부담했다.

필리핀은 총 41개의 사립 특별경제지구가 있으며 가장 규모가 큰 곳은 카비테의 제너럴 트리아스에 있는 게이트웨이 비즈니스파크였다.

에디토는 정계에 입문하여 필리핀 총 41개의 사립 특별경제지구의 총 내각책임자가 되었으며, 싱릭크는 장군으로 승진하자 에디토의 뒤를 이어 크라크 경제개발지역구의 책임자로 부임하였다.

채린이 거느리는 미녀들이 하루 밤 마닐라 여러 곳의 카지노와 면세점, 뷰티샵에서 뿌리고 다니는 돈은 필리핀 여성노동자 수천 명의 하루분 급료에 맞먹는 돈이기도 했다. 어찌 보면 채린의 사업은 사치와 낭비 등으로 침몰의 위기를 끌어안고 향해하는 배와 같아 보였다.

채린은 새벽해가 떠오르기 전, 풀장에서 수영을 하며 몸을 푸는 습관이 있었다. 언제부턴가 채린과 함께 생활하는 지혜와 명희, 윤희도 풀장에서 하루를 시작하며 채린으로부터 하루일과를 들었다. 예쁜 린넷 치마를 두른 하녀들이 주스 잔을 받쳐든 쟁반을 들고 조심스럽게 풀장으로 다가섰다. 물에서 나온 채린과 그녀들은 하인들이 건네주는 주스를 마셨다. 하인들은 큰 타월로 그녀들의 몸에 묻은 물방울을 정성스럽게 닦아주자 채린이 지혜와 일행들에게

"오늘은 특별한 손님들과 미팅이 있으니까 의상과 몸치장에 각별하게 신경을 쓰도록 해! 그리고 지혜! 너는 카지노에서 큰 게임이 벌어질지도 모르니까 상대방들의 표정 하나하나를 놓치지 말고 체크하고! 명희는 뉴욕에서 맞췄던 크림화이트 랩 원피스(여자의 목선

과 앞부분이 드러나 보이는 야한 드레스)를 입고 윤희는 대통령 궁 만찬회에서 입었던 벌보네제 바이콜롬보(드레스의 등 라인이 허리 선까지 파여져 있어 아찔한 섹시미를 발산시키는 이태리 명품드레스) 검정색 드레스를 입도록 해."

채린의 말이 끝나기 무섭게 윤희가 입을 삐죽 내밀며,

"언니, 너무 야하지 않을까? 대체 어떤 손님이길래. 벌보네제 드레스까지 입어요? 카지노 게임에서 특별하게 시선을 끌만한 사람이라도 되나요?"

채린이 윤희의 말을 맞받아치며 말했다.

"그럼, 오늘밤 특별한 사내와 카지노 게임이 잡혀있으니까 최대한 윤희와 명희는 그 사내의 시선을 끌어야 해!"

지혜는 금융업에 종사했던 여자라서 그런지 셈이 빠른 여자였다. 채린이 지혜를 유달리 아끼는 것도 다른 아이들에 비해 기억력과 눈 맵시가 좋고 빠른 후배였기 때문이었다. 포커 실력도 윤희와 명희는 지혜에게는 못 미쳐서 큰 게임을 할 땐 지혜가 도맡아 배팅을 했으며, 윤희와 명희 둘은 게임 판에 참석한 갬블러들의 시선을 간간히 흩트러놓는 역할만 했다.

장 상무의 패배

K철강의 장 상무는 맥심호텔 스카이라운지에서 마닐라 시티의 야경을 바라보며 깊은 회상에 잠겼다. 곁에 있던 K철강 마닐라 지사장 장혁은 눈을 감고 있었다.

장 상무가 한국을 떠나 필리핀에 도착한 지도 여러 날이 지났지만 아직까지도 철강 수출 건에 대해서 필리핀 정부 측으로부터 이렇다할 명확한 답변을 듣지 못했다. 장 상무는 조바심이 극도로 민감해져 연일 폭음을 하며 지냈다. 한국을 떠나기 전 K철강의 창업주이신 아버지 장승 회장님으로부터 필리핀 최대의 해군기지였던 수빅만 항구를 수출항으로 개조하는데, 사용될 철근수출에 대한 임무를 부여받고 온 지도 여러 날이 지났지만, 장 상무는 아직도 실무자들과 접촉조차도 제대로 하지 못하고 소일했다. 그러던 중 장혁 지사장이 채린의 만남을 주선한 것이었다.

"지사장! 오늘 만나기로 한 채린이라는 여자는 도대체 누굽니까? 그 여자가 이곳 정부 각료들을 움직일 능력이 있는 여잡니까?"

장 상무가 채린의 능력에 대해 미심적인 투로 말했다. 장혁은 정색을 하며 장 상무의 말을 되받았다.

　"상무님, 외람된 말씀이지만 잠시 후에 만나기로 약속 되어있는 채린씨라는 분에 대해서는 회장님께서도 충분하게 설명하셨으리라 압니다만, 필리핀 내에서 진행하는 크고 작은 국영사업에 대해서는 그 여자 입김이 닿기만 하면, 마치 찜요리가 오븐에서 익어 나오듯 성사되곤 합니다. 필리핀에서 로비에 있어서는 가히 여자로서 최고의 실셉니다."

　장 상무는 장혁의 말에 시큰둥한 표정을 지었다. 채린과 일행들이 자기들이 사용하는 맥심호텔 VIP카지노 룸에서 누군가를 기다리고 있었다. 몇 달 전 채린은 맥심호텔 카지노 측과 VIP룸 세 곳을 사용하는 디포짓(deposit 일정금액의 보증금을 카지노 측에 지불하고 테이블에서 발생하는 이익금을 받는 것)계약을 체결하였다. 계약조건은 손님들이 잃은 돈의 40%를 카지노 측에 주는 조건이었다.

　세계적으로 유명한 카지노에서는 크레딧이 좋은 갬블러나 매니저에게는 VIP 카지노 룸을 대여해주는 정킷계약을 체결하고 그들이 끌어들이는 손님들이 룸에서 잃고 가는 돈의 일정부분을 마진으로 떼어주는 것이다.

　카지노 측으로부터 룸을 임차한 갬블러나 매니저들은 손님들의 질에 따라 카지노에서 사용할 수 있는 일정액의 칩을 빌려주고 후일 현금으로 돌려받는 것이다. 일명 롤링이라고도 하고 원정도박이라고도 한다.

장 상무와 장혁이 VIP룸 안으로 들어서자 이미 룸 안에서는 게임이 시작되고 있었다. 눈썰미가 유독 매섭게 보이는 딜러가 매끄러운 손놀림으로 카드를 셔플(Shuffle 카드를 고루 섞는 것)하는 소리가 부드럽게 장 상무의 귀를 자극했다.

도박꾼들은 도박판에서 카드 셔플소리만 들어도 아드레날린이 솟구쳐올라 도박심리가 작용한다. 채린이 두 사람을 향해 가벼운 미소로 인사를 나누자 장 상무는 장혁으로부터 사전에 충분하게 채린에 대한 예우와 카지노에서 자기가 할 역할에 대하여 들은 바가 있어 가벼운 눈인사를 마친 후, 비워 있는 테이블에 앉자, 게임을 주도하는 룸 매니저가 장 상무 앞으로 다가와 예의를 갖춘 정중한 자세로 말을 꺼냈다.

"테이블머니(table money 게임을 시작할 때 테이블 위에 올려 놓는 기본금액)는 10만불부터 시작합니다."

룸 매니저의 말이 끝나자 장 상무가 알았다는 듯이 고개를 끄덕거렸다. 장혁은 들고 있던 검정색 가방의 시건 장치를 열고 그 안에서 한 뭉치의 체크 수표를 끄집어내서 매니저에게 건넸다. 매니저는 빠른 손놀림으로 1000불짜리 체크수표를 세기 시작했다. 은행에서 돈을 셀 때 사용하는 지폐계수기와 맞먹을 정도로 돈을 세는 속도가 빨라보여 채린과 여자들은 흥미롭게 매니저와 장 상무의 얼굴을 번갈아 쳐다보며 관심을 보였다. 매니저가 수표 금액의 확인이 끝난 사인을 딜러에게 보내자 말쑥한 차림의 남자 딜러가 준비해 놓은 칩을 장 상무 앞에 올려 놓았다. 카드의 셔플을 마친 메인 딜러가 테이블 위로 카드를 한 장씩 돌리기 시작했다. 장 상무는 자기 앞에 수북하게 놓여있는 칩을 만지작 만지작거리며 여유러운 표정으로 채린과 여자들이 펼쳐놓은 카드의 무니와 숫자를 눈여겨보았다.

지혜는 장 상무가 속으로 '이런 풋내기들 쯤이야' 라는 생각을 하고 있다는 느낌이 들어 배팅을 서두르지 않았다. 여러 차례 카드 판이 되풀이되었다. 윤희와 채린이 한두 끗 차이로 장 상무에게 패하면서 테이블 앞에 수북하게 쌓여져 있던 칩들이 장 상무 앞으로 넘어가기 시작했다.

장 상무는 윤희와 명희가 간간히 배팅을 하기 위해 테이블 앞으로 바짝 다가서며 머리를 숙일 때마다 그녀들이 입고 있는 앞부분이 푹 파여진 드레스 사이로 간간히 드러나 보이는 우윳빛 뽀얀 젖무덤에 시선을 뺏기곤 했다. 이런 장 상무의 음흉스러운 눈빛을 모를 리가 없는 여자들은 시간이 더 할수록 농도도 짙어갔다.

장 상무 앞에 수북하게 쌓여져 있던 칩이 봄날에 눈 녹듯이 줄어들며 지혜 앞으로 넘어갔다. 장 상무와 지혜의 불꽃튀는 배팅과 레이스가 반복되자 카드 판은 더욱 흥미로워져 숨소리조차 들리지 않을 정도로 긴장감이 흘렀다. 장 상무 앞에 놓여있던 칩들이 거의 바닥이 드러나자 장혁이 재빠른 동작으로 가방 안에서 한 묶음의 체크 수표를 끄집어내어 매니저에게 전해주었다.

장 상무 앞에 또 다시 칩이 쌓여지자 여간해서 카드 판에서 이성을 잃지 않는 장 상무도, 지혜의 배팅과 레이스에는 밀린다는 인상을 받았는지 얼굴 표정이 약간씩 굳어지기 시작했다. 몇 시간이 흘렀다. 장혁이 귓속말로 장 상무에게 무엇인가를 말했다. 장 상무는 채린과 지혜에게 부드러운 미소를 보낸 후, 단 한 마디의 말도 하지 않고 무표정한 자세로 게임을 끝내고 룸 밖으로 걸어나갔다.

이날 장 상무는 장혁이 준비한 20만 불과 채린의 보증으로 차입한 30만 불 도합 50만 불의 돈을 몇 시간 만에 지혜와 채린과 명희에게 넘겼다.

장 상무와 장혁이 카지노를 빠져나가자, 채린은 의미모를 웃음을 입가에 지으며 어딘가로 전화를 걸었다. 전화를 받고 있는 상대방은 채린의 통화내용에 대하여 공손하게 대답을 하고 있었다. 서로 간에 대화를 나누는 통화가 아니라 채린이 거의 일방적으로 상대방에게 의사를 전달하는 내용이었다. 상대방의 목소리가 수화기를 타고 들려 왔다. 채린의 말이 이어질 때마다 사내는 '네네' 하며 복종의 의사를 보였다.

채린이 장혁에게 전화를 걸었던 때는 사내와의 전화가 끝나자마자였다. 통화를 마친 장혁이 지금 진행되고 있는 일에 대하여 자세하게 장 상무에게 설명하자 장 상무는 채린을 브로커 역할만 하는 하찮은 여자라고 생각했던 자신의 부족했던 판단에 부끄러움을 느꼈다.

수빅만 철강 입찰 계약이 K철강으로 확정되고 필리핀을 떠나던 날, 장 상무가 공항에서 채린에게 전화를 걸었다. 장혁이 장 상무의 얼굴을 바라보며 옅은 미소를 보였다. 통화음이 울리자 채린이 전화를 받았다.

"지금 떠나시나요? 장 상무님과 카지노에서 가졌던 게임은 참 즐거웠습니다. 그리고 저희들 모두가 멋진 분이라 생각한답니다."

장 상무는 채린에게 더 이상 할 말이 없었다. 채린의 대화에서는 지저분한 군더기를 찾아볼 수가 없었다. 잠시나마 그녀를 성적으로 비하했던 자신의 모습이 부끄럽다고 생각되며,

"고마웠습니다. 회장님."

장 상무는 전화를 끊고 자신의 손에 닿을 수 없는 먼 곳에 있는 채린에 대하여 좀 더 알고 싶은 욕망을 억제하며, 공항게이트를 향해 걸어 나갔다.

정치권력을 손아귀에 넣고 무소불위의 칼자루를 휘두를 수 있는 자리에 있는 권력자들은 세계 어느 국가를 막론하고 막강한 힘을 가지고 있다. 그들은 그 권력을 기반으로 국내외에서 일어나는 크고 작은 이권에 눈독을 드리며, 그 이익을 쟁취하기 위해서는 자기의 세력에 도전하는 무리들에게 냉혹하고 비정하게 척결하는 것이 권력자들만이 갖고 있는 공통된 습성이었다.

얼마 전 채린의 부탁을 거절해서 혼쭐이 났던 맥심호텔 카지노와 마닐라 리조트호텔 카지노의 중국계 사장 필립스는 그날의 악몽을 지울 수가 없었다. 필립스는 카지노 지분 30%와 경영권을 채린에게 넘기던 날 그녀를 향한 복수의 칼날을 가슴으로 갈았다.

채린은 여느 때와 다름없이 에디토가 출근할 때면 현관 앞까지 따라나서 에디토가 탄 차가 시야에서 벗어날 때까지, 앙증스럽게 손

을 흔들며 그를 배웅했다. 아침에 출근하던 에디토는 채린의 기분이 매우 언짢아 보였는지 차안에서 경호원에게 물었다.

"오늘, 허니(채린의 별명)가 기분이 안 좋아 보이던데, 자네가 볼 때는 어떤가?"

경호원은 에디토가 군인이었을 때부터 데리고있던 참모여서 채린과 생활한 지도 벌써 10년이 넘은 사이라 채린의 얼굴 표정만 봐도 그녀의 기분정도는 알아차리는 사람이었다.

"저… 실은 얼마 전에 마님께서 카지노 사업을 확장시키기 위해 맥심호텔 사장을 만난 이후부터 기분이 매우 언짢아 보이셨는데, 제가 알기로는 마님의 부탁을 거절한 것으로 알고 있습니다."

경호원은 이미 채린으로부터 충분하게 지시를 받고 있는 자라 에디토의 심기를 적당하게 건드리며 화를 돋웠다.

"자네, 지금 뭐라고 말했나? 카지노사업 때문에 맥심호텔의 사장을 만났다니 자세하게 설명을 해봐."

에디토는 채린을 위해서라면 자기의 목숨까지도 아깝지 않게 내놓을 사람이었다. 경호원은 내심 자신의 생각이 맞아떨어졌다는 만족감에 채린이 알려준 얘기들을 차근차근 설명하기 시작했다. 경호원 얘기를 다 들은 에디토는 고개를 끄덕거리며 무엇인가를 생각하는 듯 아무런 말도 하지 않았다. 총리실에 들어선 에디토는 약간 기분이 상기된 듯 어딘가로 전화를 걸었다. '따르릉' 하는 신호음이 울리자마자 상대방의 목소리가 수화기를 통해 들려왔다.

"네! 총리님, 국세청장입니다."

"음, 국가의 세정을 책임지느라 수고가 많네!"

"아닙니다! 총리님. 총리님께서 베풀어 주셔서 이 자리에 있지 않습니까."

수화기를 통해 들려오는 사내의 목소리에는 충성심과 아부가 곁들어 있었다.

"자네가 그렇게 생각하니, 내 마음이 한결 편안하구만… 대통령님께서도 자네가 세정관리를 잘하고 있다는 칭찬이 있으셨네. 참! 그리고 특별한 지시가 있으셨지만 요즘 외국계 카지노 기업들의 탈세가 공공연하게 벌어지고 있어 각별한 단속이 필요하시다는 말씀이 있으셨다네! 맥심호텔과 마닐라 리조트호텔 등 사전에 문제가 될 만한 외국계 기업부터 철저한 세무조사를 실시해서 언제라도 대통령님께 보고할 수 있도록 만전에 준비를 갖추어 두게! 그리고 조사 자료가 완료되면 나에게 직접 가지고 오도록 하고!"

에디토는 짧은 통화로 맥심호텔과 마닐라 리조트호텔의 세무조사를 극비리에 시켰다.

맥심 호텔의 카지노 지분

맥심호텔의 카지노 사장 필립스는 얼마 전 채린이 제의한 카지노 공동사업에 대하여 냉정하게 거절한 적이 있었다. 중국계 필립스 사장은 마카오, 홍콩, 중국, 심천 등에서 마카오 카지노재벌 스탠리 호의 똘마니 생활을 하며, 커온 사람이었다. 중국 본토와 홍콩과 마카오에서는 삼합회를 등에 업고 매춘, 도박, 마약과 돈이 될 만한 일이라면, 사람의 목숨 따위는 아랑곳하지 않고 죽여왔던 냉혹한 성격의 소유자였다. 필립스의 오른팔이며 중국 본토 삼합회의 부두목인 캉링은 침울한 표정으로 창밖을 내다보는 보스의 곁으로 다가서며 살기 어린 눈빛으로 중얼거렸다.

"보스, 권력자중 누군가가 우리 기업을 표적으로 삼고 있는 것 같습니다. 소나기는 피하라고 하지 않았습니까?"

필립스는 캉링의 말을 들으며 무덤덤한 표정으로 아무런 말도 하지 않았다. 그러나 무엇인가 비장한 결단을 내려야 한다는 생각에 잠겼다.

얼마 전 채린이 제의해 왔던 카지노 사업에 대하여 냉정하게 거절하였던 역풍이 이렇게 심하게 휘몰아칠 줄은 예상하지 못했다.

"캉링! 지금은 참자! 여기는 본토가 아니야. 맹랑한 년들… 얼굴 반반한 것들 앞세워 우리들을 찍어내리려고 해, 하기야 품속에 계집의 부탁을 안 들어줄 사내들이 어디 있겠어, 마치 뱀이 먹이를 공격하기 위하여 똬리를 틀고 기회를 노리듯이 계집년들도 사내들을 조종하여 먹잇감을 노리는 것이야 당연한 것이 아니겠어. 캉링! 채린이라는 계집 말이야, 날이 갈수록 흥미가 생기는데 그 년이 노리는 지분이 얼마나 되는거야?"

"저희 주식 지분 40프로를 요구하고 있습니다."

"뭐? 40%씩이나? 정신이 나간 년이 아니고서야, 어떻게 그런 제의를 해? 하룻강아지 범 무서운 줄 모른다고, 몸뚱이 하나 가지고 여기 와서 많이 컸구먼!"

필립스는 얼마 전 채린의 제의에 이를 갈며, 분노를 쏟아냈었다. 하지만 그는 치밀한 사업가였다. 솟구쳐 오른 분노를 자제한, 차분한 어조가 귓전에 와 닿았다.

"캉링! 채린을 만나 지분을 조정하고 돈 관리는 우리가 하겠다고 말하고…"

캉링은 보스의 뜻밖의 말에 정색을 하며 물었다.

"보스? 지분을 넘겨주시다니… 그 년 제의를 들어주자는 겁니까?"

"그래, 지금은 참아야 돼! 필리핀에서는 채린이라는 여자가 서태후(중국 청나라 말기 47년간 정치의 실권을 쥐었던 함풍제의 세 번째 황후)같은 여자야."

필립스는 이를 갈며 채린의 제의를 받아들였다.

캉링이 채린에게 호텔카지노 지분의 30% 조건으로 공동사업 계약서를 작성하는 날, 의미있게 "화무십일홍"(열흘 동안 붉은 꽃을 피는 예는 없다는 뜻으로, 한번 성한 것은 얼마 못가서 반드시 쇠하여짐을 비유적으로 이르는 말)이라는 한 귀절의 중국속담을 건네자, 채린 역시 캉링에게 부드러운 미소를 풍기며 "누란지위"(층층이 쌓아 놓은 알의 위태로움이라는 뜻으로, 몹시 아슬아슬한 위기를 비유적으로 이르는 말) 답례의 말을 건넸다. 순간 캉링의 얼굴색이 창백해지며 분노로 일그러졌다. 그러나 끓어오르는 분노를 애써 참으려는 모습이 역력하게 드러나 보였다.

캉링은 더 이상 채린과 대화를 나누다 보면 가슴 속에 감추고 있는 비수를 금방이라도 끄집어낼 것 같아 가벼운 인사를 마치고, 채린의 살롱을 걸어 나오면서 속으로 '언젠가 기회가 오면 네 년의 몸뚱아리를 잔인하게 짓밟아 줄 때가 올 거다'라며 중얼거렸다. 채린 역시 자신의 앞에서 감정을 삭이며 유유하게 걸어 나가는 캉링의 뒷모습을 바라보며 싸늘한 냉소를 던졌다.

캉링은 채린으로부터 심한 모욕을 당한 후, 도무지 채린을 그냥 놔둘 수만은 없었다. 그래서 캉링은 보스(필립스)의 지시 없이 단독으로 채린을 처리해야겠다는 생각에 분노에 찬 목소리로 부하인 강조위를 불렀다.

"강조위! 입이 무거운 애들을 데리고 작업을 좀 해야겠다."

캉링이 채린의 사진을 강조위 앞으로 휘익 내던졌다. 강조위는 고개를 숙여 사진을 집어들었다. 강조위는 묵직한 톤으로 물었다.

"이 년입니까?"

"음, 아주 맹랑한 년이지. 몸뚱이 하나 가지고 필리핀의 정경을 움직이고 있어! 게다가, 이제는 우리의 영역까지 파고들어 카니발 피쉬(식인물고기)처럼 우리 살을 뜯어 먹으려고 덤벼드니 살집이 많은 자네가 그 년에게 살을 좀 내줘야겠다!"

캉링은 강조위에게 채린을 제거하라는 지시를 묵시적으로 내렸다.

그녀는 격동기의 삶을 불사조처럼 살아온 여자였다. 한국과 필리핀의 정보를 손아귀에 넣은 정치권력의 실세들과 살을 섞었다. 온갖 풍랑의 세월을 헤치며 살아온 여자라, 필립스와 카지노 공동사업의 계약을 체결하던 날부터 필리핀 최고의 국가정보원 DOC를 매수하여, 그녀의 부탁을 받은 DOC정보원들은 민첩하게 필립스와 그의 부하들이 움직이는 동선에 따라 세밀한 조사와 도청을 해가면서 그들의 일거수일투족을 관찰하고 있었다.

마닐라시 외곽에 자리잡고 있는 DOC본부 도청실에서는 조금 전 캉링과 강조위가 나눈 대화내용을 가지고 정보원들 간에 긴박한 회의가 이뤄지고 있었다. 신경질적이며 예민하게 생긴 도청담당자가 녹음기의 스위치를 켜며 대화내용을 설명하기 시작했다.

"캉링이라는 자가 부하인 강조위에게 총리님의 부인을 암살하라는 지시를 내린 말입니다."

DOC간부들은 도청담당자의 설명에 촉각을 곤두세우며 팀장인 듯한 사내가 주위를 둘러보며,

"그 말이 사실이라면 총리님께 먼저 보고를 하는 것이 옳지 않겠나?"

모두들 팀장의 말에 쉽사리 말문을 열지 않고 동료들의 얼굴만 쳐다보고 있었다.

"제 생각엔, 부인께 우선 말씀드려 움직이실 땐 조심하시게 하고, 그 다음 관계기관과 협조하여 저들이 행동하는 순간, 체포를 하는 것이 어떤는지요?"

한순간 심각한 표정으로 얼굴색들이 굳어져 있던 동료들이 신참 정보원의 얼굴을 쳐다보며 웃음을 터트렸다.

이 날의 회의는 에디토 총리에게 이 사실을 알리고 채린에게는 민첩한 경호원들을 붙이는 것으로 회의를 끝냈다. 그날 저녁 보고를 받는 채린은 팀장의 얼굴을 바라보며 되뇌었다.

"고맙습니다. 제가 누군가로부터 총을 맞던 칼에 찔리던 간에 그것은 개의치 않습니다만, 저로 인하여 총리님의 정치적인 생명이 위협을 받게 될 수 있다는 것이 제가 슬퍼하는 가장 큰 이유입니다."

그랬다. 채린과 에디토 총리는 육체만을 갈구하는 사이가 아니었다. 그들의 사랑은 어찌 보면 모진 풍파를 거친 세월의 연륜이 만들어낸 슬픈 사랑의 결정체인지도 모른다.

캉링으로부터 채린을 암살하라는 지시를 받은 강조위는 채린이 잘 다니는 미용실과 골프장과 면세점등을 세밀하게 살핀 후, 자신이 묵고 있던 호텔방에서 늘 즐겨 쓰던 소형 권총을 꺼내들고 목표물을

겨냥하며 발사하는 연습을 되풀이했다.

새벽녘 캉링과 강조위가 머물고 있는 마닐라시의 한 호텔 앞에 검정색 체로키 짚차가 현관 앞에 조용히 멈추어서자, 차 안에서 한 무리의 사내들이 민첩한 동작으로 내려 호텔 안으로 들어갔다. 입구를 지나 로비를 거쳐 엘리베이터를 타기까지 그들의 동작은 일사불란했다. 사내들이 탄 엘리베이터가 몇 층인가 올라가 멈췄다. 사내들은 서로의 얼굴을 쳐다보며 사인을 주고받았다. 그중 한 사내가 고개를 끄덕거리며 신호를 보내자, 사내들은 민첩한 동작으로 엘리베이터에서 내리자마자, 좌우로 나뉘어 호텔방 앞에 붙어있는 객실 번호를 확인하며 걸어갔다. 몇 군데의 방을 지나쳐 자기들이 찾고 있던 방 번호가 눈에 들어왔다.

문 앞에 다다른 한 사내가 재빠른 동작으로 주머니 안에서 열쇠 꾸러미를 꺼내, 그중 한 개를 열쇠 구멍에 밀어넣자 '철커덕' 하는 시건 장치가 풀리는 소리가 들렸다. 한 사내가 빠르게 문을 열어제치며, 방안으로 들어가자, 일행들도 민첩하게 사내의 뒤를 따랐다. 침대 위에는 실오라기 하나 걸치지 않은 남녀가 밤새 나누었던 정사를 연상할만큼 어지럽게 있었다. 한 사내가 뒤엉켜 있는 캉링과 여자의 몸을 떼어내기라도 하듯 총구로 캉링의 몸을 툭툭 건드리자, 캉링은 잠에서 덜 깬 모습으로 눈꺼풀을 껌벅거리며 반사적으로 몸을 움직였다.

한 사내가 여자의 머리 밑에 깔려있던 베개를 뽑아 캉링의 얼굴을 덮었다. '탕 탕' 총소리가 그다지 크게 들리지 않았다. 킬러인 캉링이 대항도 제대로 하지 못하고 비참하게 총에 맞아죽은 것은 상대를 너무 얕봤기 때문이었다. 캉링의 죽음을 확인한 사내들은 침대에 누워있던 여자를 포박한 후 방안을 빠져나와 또 다른 방 앞에 다다르자 조금 전과 똑같은 방법으로 문을 열고 방안으로 들어갔다.

캉링의 부하로서 중국과 마카오에서도 강조위는 전설의 킬러였다. 부두목인 캉링의 지시라면 자기의 형제도 죽여야 했던 강조위였다. 두 발의 총소리가 침대에 얼굴을 파묻은 여자의 고막을 파고들었다.

맥심호텔의 카지노 사장 필립스가 캉링과 강조위가 살해되었다는 보고를 받은 시각은 오전 10시 쯤이었다. 평소 필립스의 뒤를 도와주며 거액의 용돈을 받아쓰던 마닐라 경찰청의 간부가 이 사실을 알려주었다.

"필립스, 더 이상 문제를 확대하지 마십시오. 당신은 사업가입니다. 이곳(필리핀)은 군부가 실세를 잡고 있는 나라입니다. 캉링과 강조위의 죽음 뒤에는 막강한 세력이 뒷받침하고 있습니다."

간부는 자기의 목을 손으로 치는 흉내를 내며 말했다. 필립스는 얼마 전 캉링이 자기에게 넌지시 채린에 대하여 불만을 털어놓았던 일을 떠올렸다.

'그 여자가 그렇게 무서운 여자였단 말인가? 아니야! 필경 그 여자의 배후에서 무서운 세력이 그녀를 돕고 있을 뿐… 그 여자는 사람을 죽일 인물이 되지는 못해!' 하고 중얼거렸다. 채린을 만나본 사내들은 그녀의 어디에서도 남에게 해를 끼칠 것 같은 느낌을 받아본 사람들이 없을 정도로 그녀는 항상 남에게 인자하고 상냥해 보였다.

채린의 얼굴이 오늘은 유난히 밝아보였다. 어제 저녁 한국에 있는 택이로부터 전화를 받은 탓인지, 아침 일찍부터 채린은 여느 때와는 달리 미용실에서 머리를 가꾸는 등 외모에 신경을 썼다.

"언니, 오늘 무슨 일 있수? 새서방님이라도 만나는 게유?"

곁에 있던 지혜가 능글스럽게 말했다.

"얘! 언니한테 새서방이 어디 있겠어, 총리님께서 들으시면 너는 아웃이야."

지혜가 말했다.

채린은 동생들의 수다를 들으며 왠지 기분이 좋아졌다. 그녀는 피붙이 하나 없는 이역만리에서 가진 것이라고는 부모님이 물려주신 예쁜 미모와 몸매 하나로 욕정과 탐욕에 빠져있는 거친 사내들 틈새에서 억척스럽게 살아온 풍난과 같은 여자였다.

그날 오후 채린은 지혜, 명희, 윤희와 함께 클라크 국제공항에서 누군가를 기다리고 있었다.

잠시 후 출구 쪽으로 승객들이 짐 가방을 끌고 나오고 있었다. 얼마만큼의 승객들이 출입구를 빠져나갔을 무렵 훤칠한 키에 몸매가 날렵해 보이는 젊은 승객이 맵시있는 검은 안경을 쓴 채, 출입구를 걸어 나오자 채린이 그 사람 앞으로 다가갔다. 사내가 먼저 채린을 발견하고 쓰고있던 안경을 벗어들고 채린을 향해 깡패들이 자기들 선배들에게 예의를 표하는 인사 동작으로 허리를 구십도로 꾸뻑 숙이며 인사를 건넸다.

"삼촌 잘 왔어요."

사내에게 다가서 포옹을 했다. 곁에 있던 동생들의 눈이 휘둥글리며 둘의 포옹을 지켜보았다. 명희와 지혜, 윤희는 언니의 유난히 깊어보이는 검은 동공 속에 고인 눈물을 처음 보았고 낯선 사내와 포옹을 하는 모습도 처음 보았다. 궁금했다. 언니와 이 사내의 정체에 대해서….

클라크공항에서 호텔로 향하는 차 안에서도 사내는 채린의 가냘픈 어깨를 자기에게 기대게하며, 채린을 마치 귀여운 아기 달래듯 소중하면서도 조심스러운 동작을 취했다. 채린은 아무 말 없이 사내의 어깨에 머리를 기대고 잠이 들은듯 미동이 없었다. 사내는 속삭이듯 나지막한 소리로 말했다.

"형수님은 옛날이나 지금이나 하나도 변하신 것이 없으시군요…"

십수 년 전의 택이의 기억이 회상되었다. 채린이 인기 절정의 탤런트 시절 자기의 분신 같았던 영등포 대호파 두목 훈이가 중앙정보부 대공분실 과장 광천의 사주로 신민당 부대표 박한상의원의 유세장에서 그를 테러했던 일로, 훈이 일본으로 밀항했을 때부터 채린을 도와왔던 택이었다. 훈이와 채린의 슬픈 운명의 사랑을 아는 사람은 오직 택이 뿐이었다. 훈이 감옥에 갇히던 날 채린을 떠나보낼 때에도 택이는 채린을 위해 슬퍼했고 채린이 박부장의 곁을 떠날 때에도 택이는 채린을 향해 진심으로 행복을 빌어주었다. 자기의 두목이었던 훈이를 잊는 것만이 채린을 진심으로 위로하는 것이라고 생각했던 택이었다.

택이의 변신

그날 저녁 맥심호텔의 레스토랑에서 조촐한 식사자리가 마련되었다. 택이는 감색 스트라이프 셔츠에 연한 하늘색 바지를 입고 식당에 나타났다. 채린이 알 수 없는 미소를 지었다. 지혜와 명희, 윤희는 공항에서 모습과는 전혀 다른 분위기를 풍기며 식탁에 앉은 택이를 주시하며, 그에 대해 알고 싶어 하는 궁금증이 더해갔다.

"오늘 삼촌 입맛에 맞을 것 같아 알리망고(진흙 게)라는 게와 라푸라푸(다금 바리 비슷한 생선) 생선을 준비시켰어요."

마닐라의 밤의 여왕, 어느 누구에게도 자존심을 굽혀 본적이 없는 도도한 여인, 무수한 사내들의 유혹에도 눈길 한 번 주는 일 없었던 냉혹한 여인, 그런 채린이 이렇게 자존심을 버리고 사내에게 친절히 대하는 이유를 알 수 없었다. 채린이 보기 드물게 많은 말을 쏟아놓았지만 택이는 갑갑하게 보일정도로 말이 없었다. 그랬다. 택이는 위로의 말보다는 훈이를 대신하여 최선을 다해 채린의 곁에서 그녀를 도왔다.

식사가 끝나고 노래방으로 자리를 옮겼다. 분위기 메이커인 윤희가 선곡으로 멋지게 노래를 부른 후, 택이에게 마이크를 넘겼다. 채린이 빙긋이 웃어보이며 노래를 권했다. 윤희가 택이의 선곡을 틀어주자 반주가 흐르기 시작했다. 1960년도와 70년도 최대의 히트작이었던 남진의 '가슴 아프게'였다. 택이는 반주가 흘러나오자 애드리브를 섞어가며 1절은 한국어로 2절은 일본어로 노래를 불렀다. 한국 속담에 뚝배기보다는 장맛이라고 무뚝뚝하게 보이는 외모에서 어쩌면 저렇게 노래를 슬프게 부를 수 있는지… 택이를 평범한 남자로 보았던 자신들의 생각을 미안해했다.

채린이 택이와 그리고 자기가 사랑했던 남자와 얽힌 스토리를 얘기하자, 여자들의 눈에는 눈물이 글썽했다. 채린이 분위기를 바꾸기 위해 멋들어지게 노래를 부르고 나자, 여자들은 채린의 기분을 맞추기 위해 온갖 애교를 섞어가며 노래와 춤을 추었다.

택이가 필리핀에 도착한지 서너 달이 지났을 무렵부터 한국에서 여러 명의 사업가들이 팀을 짜서 택이를 찾아오기 시작했다. 택이는 채린의 카지노 사업에 박차를 가하기 시작했다.

롤링이란 카지노에서 게임을 처음 시작할 때, 돈으로 바꾸는 칩이 롤링칩이며 이때 카지노측은 본인이 칩을 바꾸든 에이전시가 바꾸든 간에 돈을 칩으로 바꾸는 금액에서 1%의 마진을 적립시켜주며 게임을 하다가 손님들이 돈을 딸 경우에 카지노에서 지불하는 칩이 캐시칩이다.

롤링을 알선하는 사람들은 현지 카지노 시장을 잘 알고 있는 사람들로서 대부분 카지노에서 많은 돈을 탕진한 사람들이 여력이 없어지자, 카지노 부근을 배회하며 온갖 감언이설로 지인과 가족 친지 누구든 돈을 가지고 있는 사람들에게 끊임없이 유혹의 손길을 뻗어 카지노 부근으로 호객하는 사람들이다.

마카오와 필리핀 카지노를 둘러싸고있는 롤링업계에서 채린과 택이의 신용도는 트뤼플 이상이었다. 거기에다 에디토 같은 정치적인 실세가 그들을 뒷받침하는 한 채린과 택이의 카지노 롤링사업은 순풍에 돛단배와 같이 사세를 뻗쳐 나가는데 어려움이 없었다.

택이는 자기가 불러들인 손님들이 필리핀에 머무는 동안 골프에서부터 안마, 여자, 차량과 경호원들의 배치 하나하나에 이르기까지 치밀한 계획 하에 롤링 손님들을 관리하였다. 가끔씩 운수나 요행을 바라는 손님들이 카지노에서 천문학적인 돈을 잃고서도 혹시나 하는 요행의 꿈을 버리지 못하고 무리하게 게임을 하다가 단돈 1원도 없이 빈털터리로 돌아가는 사람들도 많았다.

채린보다 몇 년 앞서 필리핀에 들어와 교민들을 등에 업고 기반을 잡은 이리파의 행동대장 성일은 성깔이 사나운 똘마니들을 몇 명 데리고 택이를 만나려고 호텔로 찾아왔다. 성일은 거드름을 잔뜩 피우며 빈정거리는 말투로 손짓을 섞어가며 폭력 세계의 선배인 택이에게 들이대듯이 비아냥거렸다.

"앗따! 형님 오랜만이여… 한국에서 돈께나 챙기셨다면서 그 돈 엇따 다 쓰실 라고 여기까지 오셨소 잉~ 은행(교민들을 상대로 한 이권사업)을 통째로 삼켜 보실라고 여기까지 오신게요? 워메, 워쩌면 좋소잉~ 은행은 나가 다 장악하고 있는디~ 형님이 쬐…끔 늦어구만요잉~ 오신 김에 떡 감들이 많이 있응게 떡(섹스)이나 많이 치고 가시요잉~ 앗따, 제가 크게 쓰지요잉~ 형님 떡값은 제가 지불하겠승께…"

성일은 한껏 거드름을 피우며 거만한 태도로 택이를 향해 기득권을 챙겨보려는 듯이 거칠게 놀았다. 폭력세계에서는 때로는 말로써도 사람을 깎아내리며 후려치는 법이라, 후배 뻘에 속하는 녀석이 거친 말을 써가며 인사를 건네자, 택이가 성격상 반격을 하지 않고 넘어갈 리가 없었다. 이쯤 되면 후배 뻘에 속하는 성일이 폭력세계의 선배 뻘에 속하는 택이에게 도전장을 내밀은 것과 다를 바 없었다.

"그래! 내가 돈 좀 벌었지. 그런데 너 성일이, 많이 컸네! 니가 똘만이 시절을 잃어버린 것 같구나! 사람이 타지에서 오래 살다보면 고향도 부모도 형제도 다 잊고 산다지만 그래도 깡패는 서열을 잊고 사는 게 아니야! 니도 감방에서 성경 많이 읽었잖아! 엉! 성경에 이런 말이 있째 굴러온 돌이 모난 돌을 빼뿌린다는 말을 니는 안 읽어봤나? 환경이 바뀌면 사람의 심성도 바뀐다지만 니는 심성이 더럽게 바꼈네. 조케 말할 때! 돌아가거라 엉~,"

테이블 주위에 앉아있던 험상궂게 생긴 십여 명의 사내들이 빠른 몸놀림으로 자리를 박차고 일어나 성일과 똘만이들이 앉아있는 테이블 쪽으로 순식간에 다가섰다.

성일과 똘만이들은 사내들이 입고 있는 양복의 왼쪽 상단에 꽂혀 있는 배지를 보는 순간 얼굴색이 창백하게 변해버렸다. 사내들은 거친 동작으로 성일과 똘만이들의 허리춤에 손을 집어넣어 그들이 차고 있던 소형 권총을 빼앗아 자기들의 양복주머니에 집어넣고 수갑을 채운 후 호텔 밖으로 끌고나갔다. 택이는 사내들의 손에 끌려 나가는 성일과 똘만이들의 뒷모습을 바라보며 의미 모를 냉소를 지어 보였다.

호텔 밖으로 성일과 똘만이들을 끌고나간 사내들은 거친 동작으로 호텔 입구에 대기 중이던 군용 차량에 그들을 태우기 시작했다.

"이 쌔끼들아! 죽기 싫으면 빨리 타!"

한 사내가 큼직한 권총을 꺼내들고 성일과 똘만이들의 머리에 총구를 쿡쿡 쑤셔대며 금방이라도 죽여버릴 것 같이 위협했다. 새파랗게 주눅이 들은 성일과 똘만이들은 앞 다투어 차에 올라탔다. 그중 인솔자로 보이는 한 군인이 자리에 일어나, 거친 손놀림으로 성일과 똘만이들의 눈에 검정색 안대를 씌웠다. 성일은 시야가 가려져 어느 곳으로 자신들이 끌려가는지 파악할 수 는 없었지만 지레짐작으로 호텔에서부터 서너 시간은 더 달려왔다는 느낌이 들었을무렵 차가 멈추어 서자 군인들은 성일의 몸에 좌우로 달라붙었다.

이미 때는 늦었다. '채린의 그림자도 밟아서는 안 된다는 것을 왜 깨닫지 못했을까?' 하는 후회와 자책감이 들기 시작했다. 얼마 전 갓 태어난 아이의 재롱떠는 모습이 클로즈업 되었다. 자신이 잠시 후면 죽을 수도 있다는 공포감에서 오는 두려움이 성일의 뇌리를 지배하고 있었다. 성일의 생각이 맞았다. 잠시 후 일행들을 태운 배가 떠난다는 느낌이 들었다. 비릿한 바다 냄새가 성일의 코끝을 스쳤고 이따금 갈매기 소리도 들려왔다. 파도가 뱃머리를 칠 때마다 성일의 몸은 반사적으로 움직였다.

성일 사건이 일어난, 며칠 뒤 맥심호텔 카지노 VIP룸에서는 택이의 소개로 한국에서 찾아온 두세 명의 롤링 손님들이 테이블에 둘러앉아 골프장에서 있었던 얘기들을 호들갑스럽게 나누며 게임을 같이 할 손님들을 기다리는 중이었다.

지혜는 부드럽고 민첩한 눈초리로 사내들이 딜러로부터 카드를 받은 후 배팅을 시도하는 동작 하나하나 놓치지 않고 은밀하게 살펴보고 있었다.

여러 차례 판이 무르익었을 무렵 지혜가 앞에 앉은 명희와 윤희에게 얼굴 캉(얼굴 표정으로 사인을 보내는 것)을 보내자 명희와 지혜도 알았다는 캉을 보냈다. 조금 전 지혜가 명희와 윤희에게 보낸 캉은 상대방들이 허슬러(hustler 속임수를 쓰는 도박꾼)나 그리프터(grifter 사기꾼)가 아니니, 맘 놓고 게임을 하라는 사인이었다.

지혜와 명희, 윤희는 모나코 몬테카를로 카지노 게임의 전설로 이름이 나있는 대모 앙드레 핀세이 여사로부터 몬테카를로 스프링 클럽에서 수 개월간 카지노 판에서 벌어지는 수십 가지의 카드기술을 하루에도 여러 시간에 걸쳐 교습을 받았다. 지금도 채린이 얻어준 대저택에 앙드레 여사와 그의 친구 헨시 여사를 모셔가며 카드

기술을 전수받고 있기 때문에 카드판이 몇 차례 돌아가다 보면 상대방이 쥐고 있는 카드 패 정도는 보지 않고도 알아차릴 수 있는 눈치가 빠른 여자들이었다. 게임이 매끄럽게 진행되었다.

여러 시간이 흘러감에 따라 사내들의 앞에 쌓여져 있던 칩의 높이가 봄눈 녹듯 줄어들기 시작했다. 몇 차례인가 사내들은 호스트를 통해 크레딧 용지에 사인을 한 후, 칩을 되받아 게임에 몰두했으나 명희와 윤희, 지혜의 부드러우면서 정교한 배팅과 레이스에 밀려 사내들의 칩들이 그녀들에게 넘어가기 시작했다. 얼마만큼의 시간이 지나, 사내들의 크레딧 라인(credit line 고객에 대한 신용대출 한도)을 초과하여 돈을 차용하자 택이가 게임을 중단시켰다.

사내들은 아쉬운 표정을 지으며 게임을 조금만 더 하면, 잃어버린 돈을 얼마만큼은 찾을 수 있을 것 같다는 생각에 아쉬운 표정으로 택이의 얼굴을 번갈아 쳐다보았다. 지혜와 명희, 윤희는 사내들에게 가벼운 인사를 끝내고 룸을 빠져나갔다.

그중 한 사내가 동료들의 얼굴을 쳐다보며 한쪽 눈을 찡긋거렸다. 약간 불만스러운 표정을 섞어가며 농담반 진담반으로 그녀들이 카드를 치는 폼이 세련되었다고 말하면서 아쉬운 여운을 남기자 택이가 불끈 화를 내며 사내의 얘기를 뭐라고 맞받아쳤다.

조금 전 사내의 말속에는 그녀들이 카드를 전문적으로 치는 프로 갬블러 같다는 투의 내용이 담겨져 있었다. 택이가 사내가 내뱉은 말을 조리있게 지적하며 나무랐다.

택이는 돈을 잃은 갬블러들에게 패한 이유에 대해서 한 가지 한 가지를 모션으로 차근차근히 설명해주었다. 도박에서 이기고 지는 것은 그날의 운세지만 도박판에서 얼마나 인내심을 가지고 자기의 감정을 억제하는가에 따라 승패가 갈라지는 모습을 너무나 많이 보아왔던 택이었다.

한편 신원을 알 수 없는 군인들에게 체포되어 끌려가던 성일은 뱃멀미를 하기 시작했다. 군인들은 이맛살을 찌푸리며 자기들끼리 말을 주고받았다.

"이 놈들을 어떻게 처리하려고 그러지?"

"죽일 거면 이쯤에서 쇳덩어리를 발목에 채워 바닷물에 쳐박아 넣으면 흔적도 없이 죽어버릴텐데…"

그들은 팀장 지시에 못마땅한 눈초리로 불만을 털어놓았다. 성일은 더 이상 토사물을 쏟을 수가 없었다.

얼마쯤인가 속도를 내고 달리던 배가 목적지에 다다랐는지 엔진을 멈추었다. 뱃머리가 선착장에 닿는 소리와 함께 여러 명의 사내들이 배에 달라붙어 로프를 감고 있는지 시끄러운 소리가 들렸다. 군인들은 빠른 동작으로 성일과 똘만이들의 좌우에 달라붙어 팔을 꽉 낀 채로 거친 동작으로 배에서 끌어내렸다. 군용트럭에 성일과 똘만이들을 태웠다. 팀장이 출발하라고 큰소리로 외쳤다. 운전병은 팀장을 향해 얼굴을 찡긋거리며 악세레터를 힘차게 밟았다. 비포장 도로를 달리는지 차가 덜컹거리며 충격이 심했다.

성일과 똘만이들은 밖을 내다볼 수가 없어 궁금증이 더해갔지만,

자기들을 바다에 처넣지 않은 것만으로도 죽음에 대한 공포에서 잠시나마 숨을 돌릴 수가 있었다. 막연하게나마 자기들을 죽이지 않을 수도 있다는 일말의 기대감에 희망을 걸어볼 수밖에 다른 어떤 생각도 해볼 여력이 없었다.

성일은 꽤 깊은 산중으로 들어간다는 느낌을 받으며 후회가 막심했다. 성일과 똘만이들을 태운 군용차량은 빽빽하게 우거진 열대림사이를 헤치며 얼마쯤인가 달리다가 목적지에 다다랐는지 거칠게 급브레이크를 밟는 소리가 밀림사이로 번져나갔다. 군인들이 성일과 똘만이들의 안대를 벗겨주었다. 햇볕에 눈이 부셔 성일은 얼굴을 찡그리며 한손으로 눈앞을 가렸다.

잠시 후 성일은 눈을 찡그리며 주위를 둘러보았다. 빽빽한 열대림으로 둘러싸인 한가운데를 중심으로 여러 채의 막사가 지어져 있었고 여러 명의 군인들은 위장복을 착용한 채 모자와 의상에 나뭇잎 등으로 위장되어 있었다. 차에서 내린 성일과 똘만이들을 쳐다보는 군인들의 눈초리에서 섬뜩한 살기가 풍겨졌다. 막사 군인들에게 성일과 똘만이들을 인계한 군인들이 부대를 떠나자 분대장인 듯한 사내가 섬뜩한 말투로 부하에게 명령을 내렸다.

"저놈들이 말라 비틀어 죽을 때까지 우리 속에 처넣고 독사와 맹수들이 좋아하는 음식들을 놈들의 우리 주위에 풀어놓아 짐승들의 밥이 되도록 해라! 알겠나!"

분대장의 명령이 떨어지자, 군인들은 성일과 똘만이들을 고리에 매인 짐승 다루듯 질질 끌어서 막사 부근의 어스름한 우리 속에 쳐넣었다. 우리 안의 닭들과 돼지 등이 성일과 똘만이들이 들어가자 요란한 소리를 내며 이리저리 날뛰었다.

잠시 후, 군인들은 작은 쇳덩어리가 촘촘하게 박혀있는 쇠사슬로 성일의 손목과 허리와 다리 사이를 일정한 간격으로 묶은 후 열쇠로 고정시켰다. 군인들이 쇠사슬로 묶여진 성일과 똘만이들을 분대장 앞으로 끌어냈다.

채린과 택이의 카지노 롤링사업은 성황을 이루었다. 지혜와 명희, 윤희가 적절한 찬스마다 제각기 한 몫을 곁들이며 멋지게 바람을 잡는 탓에 채린이 운영하는 카지노 VIP룸과 살롱은 한국에서 찾아오는 사업가들로 날로 번창했다. 카지노에서 고객들이 잃고가는 돈의 30%만 필립스에게 돌아가고 나머지는 채린이 관리하여 에디토 총리와 그를 따르는 정관계의 각료들과 장성들, 정보관계자들에게 골고루 배분하여 가히 채린의 로비에 대적할 만한 상대는 필리핀에서는 찾아볼 수가 없었다.

사기도박과 속임수

이른 아침에 택이에게 호텔 룸으로 전화가 걸려왔다. 택이가 필리핀에 도착하여 채린으로부터 처음 소개를 받았던 필리핀 특수정보기관의 과장 루이첸이었다. 루이첸의 약간 경앙된 목소리가 수화기를 통해 들려왔다.

"미스터 택, 하우 아유. 아임 루이첸. 어제 저녁 범죄인들이 독사에 물려 죽었습니다."

간단한 인사 겸 보고였다. 택이는 더 이상 이리파 행동대장 성일의 죽음에 대하여 물어보지 않았다.

얼마 전 수빅만 공사 철강공급 계약을 체결한 후, 한국으로 돌아갔던 K철강의 장 상무가 그 공적으로 전무로 승진이 되어 필리핀을 다시 찾았다. 장 전무는 공항과 가까운 거리에 있는 맥심호텔에 숙소를 잡았다. 장혁 지사장도 상무로 승진되어 아시아 총괄 본부장을 겸임했다.

"지사장님, 채린씨는 잘 계시나요? 그때 이후 별도로 전화를 드릴 처지가 못되어 소식을 못 드려서, 서운하게 생각하지는 않았는지요?"

장혁 본부장은 장 전무가 내심 하고 싶은 말을 뒤로 감춘 채, 형식적으로 안부만 묻는다는 생각이 들었다.

"저 역시 그날 이후로는, 자주 만나 뵙지는 못했지만 종종 안부는 나누고 있습니다. 워낙 바쁘신 분이시라… 참! 그리고 이번에 채린 회장님께서 이 호텔 카지노 지분을 흡수하셔서 카지노 사업도 하고 계신답니다."

맥심호텔의 5층 레스토랑에는 연한 청녹색의 실크드레스를 입은 채린이 의자에 앉아 있었다. 장 전무는 몇 달 만에 보는 채린이었다. 하지만 그때와는 전혀 다른 감정을 채린에게서 느꼈다.

장 전무는 안주머니에 곱게 포장된 작은 케이스를 꺼내 채린에게 건네주었다. 채린이 하얀 이를 살포시 드러내며,

"어머! 회장님께서 선물까지 보내주시다니, 너무 감사하네요!"

채린은 소녀 같은 해맑은 웃음을 지었다. 포장케이스를 서둘러 풀어 케이스 뚜껑을 열었다. 큼직한 다이아몬드 반지가 빛에 반사되어 영롱한 광채를 내뿜고 있었다.

한국에 있는 장 회장이 채린의 마음을 훤하게 꿰뚫어보고 있는 듯했다. 채린은 울컥 눈물이 솟구쳐올라 장 전무의 얼굴을 바로 쳐다볼 수가 없었다. 장 전무는 이런 채린의 여린 마음을 이해한 듯 케이스 안에서 반지를 꺼내 채린의 손가락에 끼어주었다.

"아버님께서 골라주셨지만 회장님께 너무나 잘 어울리는 반지군 요."

장 전무는 손수건을 꺼내 채린의 눈물을 조심스럽게 닦아주었다.

"회장님께 너무 고마워서 어쩌죠? 그리고 전무님한테도 고맙고 요."

채린은 손을 올려 반지를 쳐다보았다. 다이아몬드에서 분출되는 영롱한 광채에 아주 오래전 기억에서 사라져버린 한 사내의 얼굴이 떠올랐다.

앙드레 핀세이 여사와 헨시 여사는 카드를 셔플할 때에 최소한 밑장 서너 장 정도는 눈 깜짝할 사이에 파악해 두었다가 자기편이 카드를 나눠주는 사람에게 캉(사인을 보내다)을 보내면 카드의 밑장에서 두 번째 카드를 그리크 딜(greek deal 밑장 뽑기)로 은밀하게 뽑아주는 기술과, 적당한 찬스마다 카드를 바꿔치기하는 쿨러 무브(cooler move 손기술)와, 자신의 패가 상대방보다 불리할 때 상대를 다이(die 기권)시킬 목적으로 거짓으로 좋은 패를 가지고 있는 것으로 위장하여 강한 배팅이나 레이스를 하는 블러핑(bluffing 허세, 엄포))과, 카드를 나누어 줄 때 손바닥에 카드를 감추거나 카드를 순간적으로 바꿔치기 하는 것을 전문적으로 하는 카드 속임 기술 핸드 머커(hand mucker 카드 속임수 꾼) 등을 전반에 걸쳐 지혜와 명희 윤희에게 실전처럼 혹독하게 연습시켜 나갔다.

핀세이 여사는 지혜에게는 특별하게 자신이 모나코 몬테카를로스 스프링 클럽에서 세계적인 부호 아랍 에미리트의 왕족들과 게임을 할 때, 써먹었던 착시를 일으킬 만큼 눈 깜짝할 사이에 테이블 위에 놓여있는 카드를 바꿔치기하는 쿨러 무브의 손기술을 습득시켰다. 명희에게는 카드를 바꿔치기하기 위하여 정해진 순서대로 섞어놓는 일명 탄이라는 기술을, 윤희에게는 카드 위에 인디아 잉크나 에닐린 연필, 또는 그 밖의 형광색 물질을 카드의 뒷면에 발라놓아 렌즈를 끼고 자기편끼리만 볼 수 있도록 표시를 해놓는 일명 페인터(painter 카드 조작 꾼)라는 속임수 등을 중점적으로 연습을 시켰다.

핀세이 여사는 지혜와 명희, 윤희에게 혹독한 카드연습을 시킬 때마다 하는 말이 있었다.

"내가 너희들에게 이런 카드 기술을 가르쳐 주는 것은 남에게 카드를 칠 때 속임수를 당하지 말라고 가르친다는 것을 잊지 말아야한다. 만약 너희들이 누군가를 속여 돈을 벌기 위해서 이 기술을 사용한다면 너희들 목숨은 카드 판에서 잃을 수도 있다는 것을 명심해야 한다."

핀세이 여사는 카지노 판이 벌어지기 몇 일전 모나코 최대의 폭력조직인 이태리 나폴리 카모라파의 두목 파스칼 레스코티로부터 협박을 받았던 일이 어렴풋이 떠올랐다. 레스코티는 이태리의 악명 높은 시실리 섬의 마피아 보스 베르나르도 프로벤자노 콜레오네(영화 '대부' 의 주인공) 패밀리의 부하였다. 그는 자기의 보스 프로벤자노 못지않게 카모라 조직의 이익을 위해서라면 사람 목숨 따위는 짐승 죽이듯 하는 자였다. 당시 모나코 왕국은 이태리와 프랑스 사업가들을 유치하여 관광 사업과 카지노 사업을 비롯한 물류. 의류. 곡물과 심지어 채소류까지의 사업권을 쥐고 폭력조직을 이용하여 세금을 거둬 드리며 유지되고 있었다.

핀세이 여사는 레스코티를 처음 만났던 날, 누가 보아도 그가 사람 목숨을 짐승 죽이듯 할 사람으로 보이지 않을 정도로 용모가 반듯하고 멋진 사람이라 느꼈다.

레스코티가 머무는 집은 모나코 왕궁과도 가까운 거리의 해변이 내려다 보이는 야트막한 산 위에 있었다. 수천 평은 넘어보일 듯 한 정원에는 다양한 종류의 열대나무와 식물들이 조화롭게 심어져 있었다. 아치형의 고풍스럽게 꾸며진 정문입구에는 검은 복장을 한 경호원들이 총을 차고 출입자들의 신원을 일일이 확인하고 있었다.

핀세이 여사가 탄 차가 정문 안으로 들어서 천천히 저택 안쪽으로 다가서자, 레스코티와 경호원들이 현관 입구에 서서 핀세이 여사를 기다리고 있었다.

레스코티는 손을 내밀어 핀세이 여사를 현관 쪽으로 안내를 했다. 핀세이 여사가 실내로 들어서자, 예쁜 빛깔의 세라복을 곱게 차려입은 서너 명의 여자들과 사내들이 머리를 조아리며 정중하게 인사를 했다.

모두가 가족 같은 분위기였다. 이태리 시칠리 섬 마피아들의 특성은 가족들로 구성이 되어있는 것이 조직의 특성이었다. 핀세이 여사는 레스코티에게서 악명 높은 마피아의 두목이라는 느낌을 찾아

볼 수가 없었다. 실내에는 고풍스러운 미술품들이 조화롭게 걸려 있었다. 언뜻 보아도 누구의 작품인지 알 것 같은 진귀한 조각품들이 거실의 곳곳에 진열되어 있었다.

레스코티는 간절한 마음을 담아 핀세이 여사에게 도움을 청했다. 핀세이 여사는 레스코티의 눈을 응시했다.

"저에게 카지노 게임에서 허슬러(hustler 사기도박 꾼)나 스캠 (scam 겜블링 상대방에 대한 속임 행위 방법과 계획)을 하라는 말인가요?"

레스코티는 고개를 숙였다.

"부탁드립니다. 몇 번만 도와주시면 저희 카모라 패밀리들이 위기에서 벗어날 수가 있습니다."

이태리 나폴리 카모라 마피아의 두목 레스코티는 조직을 위해 진심을 담아 핀세이 여사에게 간절한 부탁을 했다. 십여 년 전 이태리의 악명 높은 마피아의 보스 베르나르도 프로벤자노(영화「대부」의 주인공)의 부탁으로 그리스 선박의 거부 오나시스를 비롯하여 여러 명의 이태리 거부들을 그리스의 유명한 휴양지 로도스 섬의 아크로폴리스 호텔 카지노에서 수백만 불을 잃게 했던 기억이 떠올랐다. 핀세이 여사는 고개를 가로 저으며 레스코티의 부탁을 거절했다.

"전에도 나는 당신과 친밀한 콜레오네 패밀리의 베르나르도 프로벤자노 보스의 부탁을 지금처럼 들었던 적이 있었습니다. 그 결과 저는 남편과 하나밖에 없는 아들을 아무런 이유도 모른 채 테러를 당해 잃어야 했습니다."

핀세이 여사는 지난날 있었던 얘기를 털어놓으며 두 눈에 작은 슬픔의 눈물이 고였다.

레스코티는 지금까지 자기 앞에서 당당하게 자기의 부탁을 거절하는 사람을 보지 못했지만, 분노보다는 깊은 공감을 느껴서인지 자신도 모르게 눈물을 글썽였다. 자신이 아주 어릴 때 시칠리아 섬에서 소작을 하시던 부모님들이 일 년 내 거두어드린 농작물을 모두 빼앗기고 아버지와 어머니가 쟁기를 들고 농장주를 찾아갔다가 그의 하인들에게 매를 맞아 피투성이가 되어 농작지에 버려졌던 모습이 순간 떠올랐기 때문이다.

핀세이 여사는 레스코티가 눈물을 보이자, 너무 당황한 나머지 들고 있던 찻잔을 양탄자 위에 떨어트렸다. 레스코티가 자리에서 일어나 펜세이 여사의 곁으로 조심스럽게 다가서 그녀에게 버버리 로고가 새겨진 수건을 건네주었다. 핀세이 여사는 레스코티의 부탁을 물리칠 만큼 심성이 강하지 못했다. 카모라 마피아의 보스 파스칼 레스코티의 눈물 속에서 패밀리들을 지키고자 하는 한 사내의 진실의 눈물을 보았기 때문에 핀세이 여사는 조심스럽게 말을 꺼냈다.

"보스의 부탁을 들어주는 대신, 이 일이 끝나면 아무도 모르는 동양의 어느 곳이라도 좋으니 그곳에서 여생을 살게 해 주실 수 있겠습니까?"

레스코티가 잔잔한 미소로 답했다.

콜레오네 마피아의 두목

십여 년 전 세계적 휴양지인 그리스의 로도스 섬 부두에는 유럽 각지에서 찾아드는 호화스러운 요트와 배들로 가득 차있었다.

신이 빚어낸 조각품 중에서도 가장 아름다운 것을 들라치면 단연코 그것은 아름다운 여성의 나체일 것이다. 해변에 누워 햇볕을 쪼이고 있는 여성들이 누구의 여자이든지, 그것은 그리 중요한 것은 아니다. 자연이 가져다준 천년 고도의 섬에서 아름다운 여성들을 볼 수 있는 것만으로도 행복해질 수 있기 때문이다.

밤만 되면 호사스러운 요트와 배 위에서는 화려하게 밝은 불들을 밝혀 놓고 선상파티를 벌이는 배들로 해안의 밤은 붉게 물들어 있었다. 아크로폴리스 호텔 카지노 스페셜 룸 안에서는 유럽의 각지에서 모여든 갑부들이 게임을 하고 있었다. 이따금씩 '빙고' (배팅한 것이 맞는 것) 소리가 터지면서, 여자들은 환호성을 지르며 기뻐했다. 환락과 사치, 허영이 소용돌이치는 무리 속에서 여자들은 사내들의 숨겨진 욕망의 도구일 뿐이었다.

스페셜 룸 안에는 오나시스를 비롯한 이태리 자동차의 거부 몬테 제롤로를 비롯하여 아랍 에미리트의 석유왕 용수르 왕자의 아버지, 핫센 용수르 등 중동의 석유 메이저 총수들이 한테 모여 휴가 겸 카지노를 즐기고 있는 자리였다. 카지노 제너럴 매니저(총지배인)가 핀세이 여사와 헨시 여사를 소개했다.

　　"핀세이 여사님은 피렌체의 고성 럭셔리 리조트의 백작부인이시며 헨시 여사님는 천년의 역사를 지닌 피렌체의 고성 포르데자다바소의 공작부인이십니다."

　　소개하고 그들의 자리에 앉혔다. 거부들은 그녀들이 역사 속에서 존재했던 백작과 공작부인의 칭호와 현재 고성을 소유하고 있는 상류층의 여성들이라는 점에 매력을 느꼈다. 핫센 용수르는 핀세이 여사와 헨시 여사에게 아랍 특유의 말로 '앗살라무알라이쿰'(신의 축복이 있으시기를)라며 인사했다. 매니저가 게임의 진행에 대해서 간단한 설명을 했다.

　　"테이블 머니(처음 시작할 때 놓고 하는 금액)는 십만 불로 하며, 커미션(돈을 딴 갬블러로 부터 받는 금액)은 3%로 합니다."

　　실상 이 게임은 콜레오네 패밀리의 두목 베르나르도 프로밴자노가 주도하는 것이라, 핀세이 여사와 헨시 여사가 따는 모든 돈은 그의 수중으로 들어가는 것이었다. 핀세이 여사와 헨시 여사는 그날로부터 며칠 사이에 네 사람으로부터 오천만 불을 땄다. 그녀들은 일년에 단 몇 차례만 세계굴지의 카지노에서 게임을 할 뿐, 그 외의 시간은 자기들이 소유하고 있는 피렌체의 고성에서 농사를 지으며 소박한 삶을 보내는 여자들이었다.

그녀들은 또다시 프로벤자노의 부하였던 카모라 마피아의 두목 레스코티의 부탁을 들어줘 모나코 몬테카를로스 스프링클럽 카지노에서 수천만 불을 따서 레스코티의 사업에 기여를 했다. 그 후 레스코티는 자기와 친분이 있는 채린이 머무는 조용한 나라 필리핀에서 그녀들이 살 수 있도록 배려를 해주었다.

카지노 VIP룸에는 K철강의 장 전무와 택이가 유치한 롤링손님들이 자리를 잡고 있었다. 몸매가 날씬해 보이는 여자 호스트가 손님들에게 연신 애교를 떨어가며 관심을 끌고 있었다. 카지노 경험이 풍부한 딜러가 테이블 위에 카드를 준비한 후, 호스트가 손님들 사이를 오고가며 분주하게 움직이며 다과와 차를 제공하는 것을 바라보고 있었다. 잠시 후 지혜와 명희, 윤희가 들어섰다. 먼저 자리에 앉아있는 장 전무와 손님들을 향해 가볍게 인사를 건넸다. 그녀들이 자리에 앉자 호스트가 게임을 설명했다.

"테이블 머니는 십만 불 단위로 하며 프레이어의 커미션은 3%로 합니다."

장 전무와 사내들이 호스트가 건네준 크레딧(신용대출) 페이퍼에 사인을 해 되돌려주자 호스트는 칩이 들어있는 큼직한 케이스 통에서 여러 종류의 칩을 꺼내 테이블 위에 올려주었다. 지혜와 명희, 윤희는 앙증맞은 가방 안에서 천 불짜리 체크수표 한 다발씩을 꺼내 호스트에게 건네주었다. 딜러가 셔플이 끝난 카드를 슈(shoe 게임

에 사용되는 카드를 담아두고 한 장씩 나오도록 만든 도구)에 넣은
후 카드를 한 장씩 뽑아 조심스럽게 테이블 위로 밀어주었다.

카드를 나눠주는 딜러의 왼쪽부터 오른쪽으로 원을 그리며, 베팅
이 돌아가는 게임이었다. 장 전무는 딜러가 나눠주는 한 장 한 장씩
의 카드를 받으며 카드 패를 확인하는 갬블러들의 눈동자와 눈 주위
의 미세한 움직임을 순간적으로 파악했다. 택이의 롤링손님들도 장
전무에 못지않은 하이롤러(high roller 한 번에 많은 돈을 베팅하
는 플레이어)들이었고 어느 정도 이상의 실력은 가지고 있는 자들이
었다. 오히려 그들의 눈에는 명희와 윤희는 초짜 같이 보였고 지혜
는 카드를 조끔 칠 줄 아는 여자로 보였다.

장 전무와 사내들을 지난번에 지혜에게 패한 적이 있어 오늘은
작심을 하고 지혜의 카드에 온 신경을 곤두세우고 배팅과 레이스에
신경을 쏟고 있었다. 장 전무와 사내들은 상대방에게 기세에 밀리지
않을 정도로 레이스와 배팅을 번갈아 주고받는 혈전을 이었다.

장 전무와 사내들의 눈에는 명희와 윤희는 초짜 같아 보였기 때
문에 전혀 그녀들의 배팅과 레이스에 대해 민감하게 주시하지 않았
다. 오늘은 지혜가 무리한 배팅과 레이스를 시도하다가 몇 차례인가
장 전무와 사내들에게 큰돈이 걸린 판이 넘어갔다. 장 전무는 다섯
차례 이상 크래딧을 받아 칩을 올려놓았다.

택이의 롤링 손님들 중 두 사람 앞에는 수북하게 칩들이 쌓여 있
었고, 한 사내는 여러 차례 크래딧을 사용하고 있었다. 롤링을 하는
사내들은 돈을 따기 시작하자, 여유있는 표정으로 시계를 들여다 보

며 고의적으로 시간을 끌어가며 긴장을 풀고 있었다.

게임이 중반을 조금 넘자, 장 전무와 사내들은 오늘 지혜의 카드가 잘 맞아떨어지지 않는다는 것을 알아차리고 지혜가 배팅을 치고 나오면 레이스를 걸어 판돈을 키워나갔다. 명희가 '콜' 하며 돈을 집어넣자, 그 다음 자리에 앉자있던 사내가 약간 흥분한 표정으로 '레이스'를 외치며 테이블 위로 던져넣은 돈의 액수를 계산하여 그 돈의 두 배를 테이블 위에 올려놓았다.

지혜와 명희, 윤희는 사내들이 카드를 짜고 치는 모습이 눈에 선하게 드려다 보였지만 조금도 그런 느낌을 겉으로 드러내지 않았다. 사내들은 자기들이 레이스를 부르며 고액의 칩으로 배팅을 하면 명희와 윤희는 포기할 줄 알았는데, '올인'(자기 앞에 놓여있는 칩을 전부 넣고 승부에 참석하는 것)하며 게임에 뛰어드니 약간 당황한 표정을 보였다.

지혜가 자신이 없어 보이는 표정으로 카드를 테이블 위에 펼쳐놓자 장 전무가 힐긋 지혜가 펼쳐놓은 카드를 바라보며 자기의 카드를 까보였다. 장 전무의 옆자리 사내가 미소 지으며 장 전무보다 더 높은 카드를 까보이자 장 전무는 실망스러운 표정으로 입맛을 다시며 신경질적으로 담배를 피워 물고 다음사람이 까놓을 카드패로 시선을 돌렸다. 명희의 카드패가 사내의 패보다 더 높은 패임을 확인하고 일행들은 모두가 놀라는 표정으로 명희의 얼굴을 바라보았다.

마지막으로 카드를 오픈 할 윤희가 어정쩡한 손놀림으로 카드를 손바닥 위에 올려놓고 테이블 위에 펼쳐 있는 다른 사람들의 카드숫자와 무늬를 비교하며 살펴보고 있었으나 일행들은 윤희의 카드는 볼 것도 없다는 무관심한 표정을 지었다.

윤희는 서툴러 보이는 동작으로 자기의 카드를 테이블 위에 펼쳐 보였다. 윤희는 게임을 하는 중에는 말을 하지 않았다. 윤희가 제일 높은 페이스카드(숫자가 높은 카드)를 손에 쥐고 있었다. 윤희는 신이 난 듯 작은 손으로 테이블 위에 수북하게 쌓여 있는 칩을 자기 앞으로 모으기 시작했다. 칩을 놓을 자리가 비좁은 윤희가 서둘러 옆에 있던 호스트에게 '캐시인'(cash in 칩을 돌려주고 현금을 받는 것)하자, 호스트는 빠른 손놀림으로 윤희의 칩을 분류하여 금액을 확인시킨 후, 매니저에게 통보를 하였다.

윤희의 칩 정리가 끝날 때까지 장 전무와 사내들은 담배를 꺼내 물고 입맛을 쩍쩍 다시며 애송이한테 큰 판을 빼앗겼다는 자괴감이 들어 어두운 표정들을 짓고 있었다. 하지만 그다지 염려하지 않는 표정들이었다.

지배인도 윤희가 거액의 돈을 땄다는 사실에 놀라는 표정을 지었다. 윤희가 호스트와 딜러와 매니저에게 천불짜리 칩을 한 개씩 집어 팁으로 주었다.

호스트가 정해진 시간이 다 되었음을 알리자, 칩을 만지작거리던 윤희가 자리에서 일어나 가벼운 인사를 마치고 테이블 위에 남겨져 있던 칩을 챙겨 문밖으로 걸어나갔다. 뒤이어 지혜와 명희가 장 전무와 사내들에게 다시 한 번 만나자는 약속을 하고 룸을 빠져 나갔다. 장 전무는 허탈한 모습으로 어깨를 축 늘어뜨린 채 사내들에게 눈길조차 주지 않았다.

'이 놈의 카지노와는 상대가 맞지 않아 재수가 옴 붙었구면! 두 번씩이나 이 판에서 깨지다니…'

채린이 알라망의 부촌에 마련해둔 저택에 명희와 윤희, 지혜가 테이블에 둘러앉았다. 핀세이 여사와 헨시 여사에게 오늘 카지노에서 일어났던 게임에 대하여 자세하게 설명을 하고 있었다.

"지혜, 오늘 카드를 정말 잘 쳤어요! 지난번 게임에서 지혜가 이 겼으니까 상대방들이 지혜를 지나치게 의식하면서 카드를 치는 것 은 당연한 거예요. 도박꾼들은 게임에서 자기에게 이겼던 사람들과 다시 게임을 갖게 되면 은연중에 상대를 필요이상으로 의식하며, 경 계를 하는 버릇이 있어요. 이번만은 이기고 말거라는 오기에 가까운 자긍심을 갖는 거죠"

"그런 심리적인 내부의 압박감이 일종의 적대적인 감정으로 은 연중에 겉으로 표출되는 거예요. 진정한 프로 갬블러들은 자기의 감 정을 겉으로 드러내지 않는 수련을 철저하게 자기 자신과 먼저 해야 돼요."

장 전무와 사내들이 지나치게 지혜에게 관심을 쏟고 있다는 점 을 이용하여 윤희가 마지막 카드를 바꿔치기 하려는 순간 지혜가 (스틸러steerer 도박판의 바람잡이) 카드를 집기 위해 테이블 앞으 로 다가서며 젖가슴이 거의 보일 정도로 허리를 숙이며 바람을 잡는 순간 장 전무와 사내들의 시선이 그쪽으로 쏠리자, 명희가 똥카드

(다음 카드를 받기 위해 버리는 카드) 를 테이블 위쪽으로 던지며 그 중 한 장을 윤희 앞쪽으로 가게 하자 윤희가 빠른 손놀림으로 그 카드를 집어오는 낙엽일(바꿔치기)을 한 것이었다.

카드 판에서 카드를 순간적으로 바꿔치기하는 손기술인 갱일(쿨 러무브)을 펼칠 때에는 공범들이 어수선하게 바람을 잡는 순간 산만한 틈을 노려 카드를 바꿔치기 하는 것이다. 핀세이 여사는 채린에게 장 전무와 사내들과는 카드를 그만하라고 충고를 했다. 채린은 핀세이 여사의 말에 고개를 끄덕거렸다. 세계의 어느 카지노 판에서든 큰 게임에서는 반드시 속임수가 있는 법이다.

도박은 사람의 정신을 파멸시키는 행위이며 그 끝자락에는 깊은 수렁과 나락만이 있을 뿐이다. 카지노 도박판을 찾는 대다수의 사람들은 게임에서 돈을 딸 수 있다는 막연한 기대감에 승부수를 걸어보지만 속임수가 만연한 도박판에서 돈을 딸 수 있는 확률은 거의 없다고 봐야한다. 그래도 카지노 판을 기웃거리는 도박꾼들은 재산을 불릴 수 있다는 확신과 확률에 희망을 걸지만 그 허상의 기대와 확률이 자신을 파괴시키고 자멸의 길로 끌려가고 있다는 것을 실감하지 못한 채 서서히 죽음의 불로 날아드는 불나방 같이 파멸의 장소로 들어가고 있는 것이다.

위험한 사랑의 종말

이른 아침 새벽녘부터 요란한 총소리가 마닐라 인근의 수도권 전역으로 퍼져나갔다. 총소리에 놀란 윤희가 잠자리에서 벌떡 일어나 커튼을 열어제치고 창밖을 내다보았다. 도로 위에는 몇 대의 군용차량이 화염에 휩싸인 채 검은 연기를 내뿜고 있었다. 총에 맞은 사람들의 비명소리가 단말마처럼 바람을 타고 들려왔다. 윤희가 필리핀에 처음 도착했을 때, 채린의 소개로 영어교사 마리아 시손을 만났다. 시손의 아버지 호세마리아 시손은 필리핀대학의 정치학교수이자, 국민들의 우상인 민족시인이며 작가였다.

훤칠한 키에 지성을 지닌 시손은 영국 게임브리지대학의 석사과정을 마친 후, 아버지의 명성에 못지않게 게임브리지대학의 교수 제의도 거절한 채, 독재와 빈곤의 굴레 속에서 벗어나지 못하고 있는 필리핀 국민들의 정신적 혁명 대열에 앞장서고 있는 아버지를 돕기 위해 모든 부귀영화를 내려놓고, 아버지가 창설한 공산당의 무장조직인 신인민군 (NPS)의 예술부장 자리를 맡고 있었다.

대학에서 문학과 예술 공부를 했던 윤희의 감성으로서는 시손의 순수한 열정에 빠져들 수밖에 없었다. 시손의 허스키하면서도 감미로운 목소리와 유난히 검고 깊어 보이는 동공 속에 투명한 눈빛, 그 눈빛 속으로 빨려드는 자기의 얼굴을 느끼곤 했다. 윤희는 시손에게서 떨어질 수 없는 흡입력에 온몸의 기능이 마비되곤 했다. 아무런 두려움도 느끼지 않고 마닐라에서 한 시간 반 남짓한 거리에 있는 반군의 총사령부가 밀집해 있는 잠보앙카나 남부의 타위타위 섬으로 여행을 다니며 시손을 따라다녔다. 열대림에서 반군의 생활은 빈곤하기 그지없었다.

한편, 필리핀 정보사령부 내에서는 반군과 도시 게릴라들만을 특별하게 관리하는 부서인 DOC 정보1실 안에서는 얼마 전에 들어온 정보에 촉각을 곤두세우고 심각한 토론을 하고 있었다. 팀장인 듯한 사내가 정보책임자에게 무겁게 말을 꺼냈다.

"그렇다면, 이 여자가 싱릭크 장군에게 반기를 드는 것이 아닌가?"

"네, 그렇습니다. 반기를 드는 것뿐만 아니라 어쩌면 싱릭크 장군님께서도 그 여자와 함께 간첩죄가 성립될 수도 있습니다."

"그토록 심각할 정돈가?"

"네! 그렇습니다. 문제가 더 이상 확대되기 전에 이 사실을 장군님께 보고를 드리고 그 여자에 대하여 극단의 조치를 취해야 할 것 같습니다."

팀장은 심각한 딜레마에 빠져 들어가는 자신의 안위를 먼저 생각해야했다. 싱릭크 장군은 팀장의 상사로서 자기를 이 자리까지 이끌어준 은인이었고 싱릭크 장군의 위에는 에디토 총리가 버티고 있었으며 총리 위에는 아토르 대통령이 군림하고 있었다.

자기의 보고여하에 따라 싱릭크 장군과 에디토 총리 등은 심각한 타격을 입게 될 것은 자명한 사실이었다. 팀장은 정보책임자에게 이 정보를 제공한 자가 누구인가를 심각한 표정으로 물었다.

"네, 저희들에게 정보를 제공하는 반군의 첩자입니다."

"그래! 정보 대가는 돈인가?"

"네, 그렇습니다. 한 건당 이백 불씩을 주고 있습니다."

"그 자를 만날 수 있겠는가?"

"그렇다면 내가 직접 그를 만나 정보가 사실인가를 확인해 보겠다."

"네! 만날 수 있도록 조치하겠습니다."

정보책임자는 팀장의 지시를 받고 민첩하게 사무실을 빠져나갔다. 팀장은 싱릭크 장군의 집무실로 긴급전화를 넣었다.

"싱릭크 장군님 실입니다."

"나 DOC 정보팀장이다. 장군님 계시는가?"

전화를 받고 있는 부관은 정중한 목소리로 대답했다.

"네! 지금 집무실에 계십니다. 연결해드릴까요?"

"음, 연결해!"

부관은 민첩한 손놀림으로 팀장실로 전화를 연결했다. 싱릭크 장군은 여유로운 표정으로 수화기를 집어들었다.

"장군님! 정보팀장입니다. 그동안 건강하셨습니까?"

"음, 중요한 보고라도 있는게지? 전화상으로는 그렇고 우리가 즐겨찾는 그곳으로 할까?"

"네, 그렇게 하겠습니다."

싱릭크 장군은 군인생활 30년에 온갖 경험과 감각을 두루 거친 유능한 장군이었고 팀장은 장군의 휘하에서 이십 년간을 부하로 지내온 충복이었다.

팀장은 통화를 끝내고 사무실을 빠져나가 부대 안에 주차해 두었던 자기의 차를 손수 몰고 정문을 빠져나가자 운전수가 의아한 표정으로 정문을 바라보며 고개를 갸웃거렸다.

한편 같은 시간, 싱릭크 장군도 집무실을 빠져나오자 부관이 허둥거리며 운전병을 찾고 있었다. 예정에 없던 움직임이라 부관이 당황한 듯 장군의 눈치를 흘끔흘끔 살피며,

"장군님, 혼자 보내드릴 순 없습니다. 그것이 저의 사명이자 제가 지켜야할 충심입니다."

장군은 더 이상 부관을 설득할 수가 없었다. 몇 해 전 남부 타위타위 홀로섬에서 이슬람 반군세력인 밤사모르 자유전사(BIFF)들이 한국인 여행객들을 납치하여 돈을 요구했다. 이들을 구출하기 위하여 이슬람 반군들과 총격전이 벌어졌을 때, 정부군의 선봉에 앞장섰던 싱릭크 장군이 수세에 몰려 이슬람 반군들에게 체포되기 직전 여러 발의 총알을 맞아가며 장군을 피신시켰던 유명한 일화를 남겼던

부관이라, 장군은 그런 부관의 말을 거절할 수가 없었다.

"좋다. 자네가 차를 몰아라!"

장군이 명령을 내리자 부관은 빠른 동작으로 차에 올라타 시동을 걸었다. 부관은 번잡한 시가지를 벗어나 루손 섬으로 향하는 길로 차를 몰았다. 어른 키만큼이나 높게 자란 사탕수수 밭을 끼고 한적한 도로 공터 앞에 다다르자 장군은 차를 세우라고 했다. 공터 앞에는 이미 한 대의 군용차량이 서 있었다.

이 지역은 이슬람 반군과 도시 게릴라들이 종종 출현하는 지역이라 군용차량을 세워 두는 것은 위험한 일이었다. 앞차에 타고 있는 사람은 차에서 내리지 않아 신분을 확인할 수 없었지만, 부관은 만일에 대비하여 차안 작은 트렁크 안에서 소형 기관단총(mac10 잉그램)을 꺼내 총알을 장진하고 차에서 내려 장군의 뒤를 따라갔다. 부관의 얼굴에는 긴장감과 장군을 지키고자 하는 결연한 의지가 돋보였다. 장군이 차에 다다르자 차안에 있던 사내가 차문을 열어주자 장군은 스스럼없이 차 안으로 들어갔다.

"장군님 오랜만입니다."

사내가 정중하게 오른손을 눈썹 언저리에 올리며 거수경례를 했다. 장군도 답례했다.

"그래! 여간한 일이 아니면 자네가 이곳에서 나를 보자고 하지는 않을 테고… 긴장하지 말고 말해봐."

장군이 팀장의 얼굴을 바라보며 온화한 표정이었다. 정보팀장은 장군을 연민스러운 얼굴로 바라보며 말을 꺼냈다.

"장군님, 제가 장군님 밑에서 군 생활을 시작한지도 어언 이십 년이 넘었습니다."

"음! 벌써 그렇게 됐나? 자네를 만났을 때가 엊그제 같다는 생각이 드는데… 세월이 참 빨리 흘러가는구먼."

"장군님, 거두절미하고 보고를 올리겠습니다. 현재 장군님과 관련된 분께서 국가반란죄에 해당하는 용의자 선상에 올라 있습니다. 물론 장군님도 관련이 되십니다."

장군은 정보팀장이 말을 끝내자 경악스러운 표정으로 되물었다.

"아니? 자네 지금 뭐라고 했나? 국가반란죄라니? 뜸들이지 말고 자세하게 내막을 말해봐!"

장군은 팀장의 보고가 심각한 사안임을 느낄 수가 있었다.

"네! 윤희라는 한국인 여성이 공산당의 당원과 연인사이이며 이미 국가반란죄에 해당되는 심각한 상태로 전이 되었습니다. 더구나 그 상대가 저희 정부를 상대로 십 수 년간 무장활동을 전개해온 호세 시손의 아들 시손이라는 점에서 더욱더 놀라움을 금치 못할 일입니다."

장군은 팀장의 입에서 공산당의 대장 호세 시손이라는 말이 나오자, 두 눈을 둥그렇게 뜬 채로 어안이 벙벙하여 한동안 말을 꺼내지 못했다. 호세 시손은 중국 모택동의 마오시즘을 추종하는 필리핀 공산당을 1980년 중반에 재건한 이래로 필리핀의 육십 개 주에 거쳐 국토의 사분의 일을 장악하고 오천여 명의 무장 반란군들을 총지휘하는 대장이었다.

싱릭크 장군은 자기가 아끼고 사랑하는 여자인 윤희가 시손의 아들과 염문에 빠져있다는 사실만으로도 자기의 군생활은 막을 내리게 될지도 모른다는 불길한 예감이 들었다.

"그래? 자네의 생각은 어떤가? 구속시킬 생각인가?"

"구속만으로는 이 위기를 벗어날 수 없습니다. 더 이상 말이 번지지 않도록 저희 방식을 택해야 합니다."

팀장은 칼날이 서슬 퍼렇게 서도록 차가운 어조로 말했다. 부하들의 처리 방법을… 장군은 차마 자기가 키워온 부하에게 위엄을 잃고 싶지는 않았다. 그렇지만 그녀를 살리고 싶었다. 장군은 나지막한 소리로 말을 이었다.

"그 여자를 살려서 이 나라를 떠나보냈으면 하네…"

노장군인 싱릭크가 쓸쓸한 여운을 남겼다. 정보팀장은 가슴이 뭉클할 정도로 슬픔이 저려왔다. 자기들의 방법대로라면 그녀를 죽여 흔적을 남기지 않아야만 장군을 지키며 보호하는 길이기 때문이었다. 장군은 차문을 열고 나와 천천히 부관이 기다리고 있는 차 쪽으로 발걸음을 옮겼다.

윤희가 까르륵하며 자기의 품에 안겨 웃음을 짓던 모습이 떠올랐다. 그녀의 작디작은 몸속으로 핏줄이 벌겋게 달아 오른 성난 심벌을 밀어넣을 때마다 그녀는 표현할 수없는 환희를 터트리며 온몸을 부르르 떨곤했다. 때로는 장군의 허리가 끊어지도록 휘감아칠 때마다 곤욕을 치렀지만 그녀는 장군에게 있어서는 환희와 기쁨과 새로운 생명의 불씨를 안겨주는 소중한 여자였다.

DOC 팀장은 부하직원을 시켜 자기들에게 정보를 제공한 첩자와 접촉을 시도시켰다. 팀장의 지시를 받은 부하들은 민첩한 동작으로 차에 올라타 번화한 시가지를 빠른 속도로 질주하여 필리핀 최대의 슬럼가인 나보타스로 차를 몰았다. 나보타스로 들어가는 길가를 따라 마치 게 껍질처럼 다닥다닥 붙어있는 집들은 조금 전 보았던 휘황찬란한 마닐라 시가지의 풍경과는 전혀 다른, 낡은 판자와 양철조각 등으로 얼기설기 허접스럽게 지어져있었다. 금방이라도 허물어질 것 같은 집들 사이로 여러 갈래의 작은 골목길들이 미로처럼 어지럽게 얽혀 있었다.

그 길을 들어서니 시큼한 시궁창 냄새가 코를 찔렀지만, 사람들은 생활에 찌든 탓인지 무표정한 얼굴로 지나가는 차들을 힐끗힐끗 쳐다보며 바쁘게 지나다녔다. 남루한 의자에 앉아있는 노파를 바라보고 물었다.

"케리를 만나러 왔는데, 안에 있소?"

노파는 부하직원들의 무뚝뚝한 물음엔 관심이 없다는 듯 두 눈을 끔뻑 끔뻑거리며 손바닥을 내밀며 돈을 달라는 표정을 지었다. 노파는 누런 이를 씩 내보이며 손가락으로 안쪽을 가리켰다. 부하직원들이 천막을 제치고 안으로 들어서자 매캐한 냄새가 코를 찔렀다.

천막의 안쪽에는 사람 한두 명이 간신히 들어갈 수 있는 비좁은 서너 개의 방들이 조잡하게 만들어져 있었고 방 입구는 야한 색깔로 물들인 조잡한 천으로 가려져 있었다. 방안에서는 실오라기 하나 걸치지 않은 남녀가 가쁜 숨을 몰아쉬며 괴성을 질러가며 화끈하게 흘레를 하고 있었다. 사내의 큼지막한 엉덩이가 숨 쉴 사이도 없이 위아래로 흔들어 댈 때마다 밑에 깔려 있는 여자는 비오듯 땀에 젖어 괴성을 내지르며 양손과 두 다리로 사내의 몸과 허리를 악착같이 감싸 안은 채 놓아주지 않았다. 부하직원이 한참 엉덩이를 들썩거리는 사내의 등 뒤에서 머리채를 낚아채고서 뒤로 잡아당기며 얼굴을 확인했다.

여자의 배 위에서 심하게 요동을 치고 있던 사내는, 갑자기 머리가 뒤로 젖혀지자 하던 동작을 멈추고 몽롱한 시선으로 사내들을 바라봤다. 그의 눈은 마약에 취한 탓인지 초점을 잃고 있었으며 반쯤 넋 나간 표정으로 머리채를 놔주기를 바라는 애원의 눈빛이었다. 부하직원들은 품에서 총을 꺼내 사내의 머리에 총구를 들이댔다. 사내는 그때서야 사태가 심각함을 깨닫고 엉거주춤거렸다. 여자의 배 위에서 몸을 떼었다.

여자 역시 초점이 흐려있었고 히쭉거리며 부하직원들을 바라보며 손가락으로 자기의 불두덩을 가리켰다. 더덕더덕 허연 분비물이 묻어 있었다. 여자는 자기의 몸에서 떨어져 나간 사내의 몸뚱이를 잡으려고 연신 두 손을 휘저었다. 부하직원들은 사내를 일으켜 세운 후, 옷을 입히고 문밖으로 끌고 나왔다.

한편, DOC 정보과에서는 윤희를 비롯하여 그녀와 관련이 있는 모든 사람들에 대하여 감청과 미행이 암암리에 전개되고 있었다. 이를 알 리 없는 윤희는 평소와 다름없는 생활을 하고 있었으며, 자신을 감싸고있던 정치권력으로부터 차츰차츰 소외되고 있음을 전혀 눈치 채지 못하고 있었다. DOC 정보과에 전화벨소리가 울리자 상대방의 허스키한 목소리가 수화기를 타고 들려왔다. 매일 이 시간이면 윤희와 시손 사이에 통화가 이뤄지고 있음을 알아차린 정보원들이 여러 날 시손으로부터 전화가 걸려올 때까지 감청기에 촉각을 곤두세우며 긴장하고 있었다.

알라망의 윤희가 거처하는 집으로 시손의 전화가 걸려왔다. 먼 곳에서 걸려온 전화인지 감이 좋지 않았다. 윤희가 수화기를 집어 들고 상대방을 확인하듯 물었다.

"손? 보고 싶었어요! 잘 계시죠?"

시손은 윤희의 목소리를 확인하자 대답을 했다.

"윤희, 잘 있었소? 보고 싶었소."

"저도요. 조만간 마닐라에 나갈 것 같소! 그때 만나요."

"네."

간결한 통화였다.

도시 게릴라

정부군의 정책은 반군과 도시 게릴라들이 반항하거나 저항을 할 때에는 가차 없이 사살을 하는 것이 불문율로 정해져 있었다. 한편, 정보국 내의 지하취조실에서는 반군들과 연락을 주고받던 첩자를 심문하는 중이었다. 인상이 험악하게 생긴 정보원이 금방이라도 죽여 버릴 것 같은 동작으로 첩자의 몸과 얼굴을 몇 차례 걷어차며,

"간단하게 묻겠다. 시손은 지금 어디에 있나?"

첩자는 험상궂은 정보원이 금방이라도 자기를 향해 주먹이 날아올 것 같은 두려움을 느끼고 잔뜩 겁을 먹은 채, 정보원의 얼굴을 바라보고 더듬거리며 대답을 했다.

"지금은 시손이 어디 있는지 모릅니다. 나는 단지 당신들에게 돈을 받고 반군의 정보를 제공하는 첩자일 뿐입니다."

조금 전까지만 해도 마약에 취해 횡설수설하던 첩자는 태도를 돌변하며 말했다. 정보원은 첩자가 의외의 말을 내뱉자, 팀장은 약간 난감한 표정을 지었다.

"잠깐, 내가 물어 보마,"

옆에서 이를 지켜보던 팀장이 정보원을 제치고 첩자에게 부드럽게 말했다.

"부하들이 자네에 대해서 미처 몰랐던 점이 많은 것 같구먼."

팀장은 시손과 윤희가 함께 찍힌 사진을 첩자 앞에 내보이며,

"이 여자와 이 남자가 깊이 사귀고 있는 연인 사이라는 것이 확실한 정본가?"

"네, 맞습니다. 제 정보는 지금껏 단 한 차례도 헛된 보고가 없었지요. 첩자라는 것이 뭡니까? 남의 비밀을 제공해서 돈을 버는 직업이 아닙니까? 목숨을 걸고 이 사진을 찍었습니다."

첩자는 팀장이 관심을 보이자 의기양양하게 기세가 되살아나 수다를 떨었다. 팀장이 재차 되물었다.

"언제부터 이들이 사귀던 사이인가?"

"네, 제가 알기로는 꽤 됐습니다, 이 여자는 시손이라는 사내를 따라 반군들이 점령하고 있는 웬만한 섬들은 다 찾아다니며, 활동을 해서 웬만한 지역의 반군들도 이 여자에 대해서는 잘 알고들 있고 인기도 좋습니다. 거기에다 시손과 이 여자가 반군지역을 순회할 때마다 술과 고기들을 맘껏 먹을 수 있는 축제가 벌려 진답니다."

팀장은 더 이상 윤희와 시손에 대한 연인 사이를 부정할 만한 어떠한 흠집도 첩자에게서 찾을 수가 없었다. 팀장이 지갑에서 몇 장의 달러를 꺼내 첩자에게 건네주자 첩자는 누런 이빨을 드러내 보이며 팀장에게 비굴할 정도로 머리를 숙이며 취조실 문을 열고 걸어나갔다.

마치 자신의 신변에 위험한 일이 닥치리라는 것을 예견한 사람처럼 첩자가 빠른 걸음으로 부대 밖으로 빠져나와 몇 발짝을 옮겨놓았을 무렵, 한 대의 검정 체로키 짚차가 맹렬한 속도를 내며 첩자가 걸어가는 차로를 따라 돌진했다. 요란한 총소리가 울려퍼졌다. 총을 맞은 첩자의 얼굴은 형체를 알아 볼 수 없을 만치 처참하게 일그러져 있어 행인들은 비명을 지르며 외면했다.

시손은 윤희와 전화를 나눈 후, 반군의 본부가 있는 잠보앙카에서 사복으로 갈아입고 마닐라로 향했다. 햇볕에 적당하게 구슬린 구릿빛 피부와 검정 숯같이 짙은 구레나룻이 한층 더 시손의 얼굴을 야성적으로 돋보이게 했다. 윤희도 시손을 만난다는 기쁨에 들떠 밤잠을 설친 탓인지 눈자위가 부시시 부어올라 가볍게 샤워를 끝낸 후, 화장대에 앉아 얼굴을 매만지고 있었다. 차는 속도를 내기 시작했다. 시손이 좋아하는 향수냄새가 바람에 윤희의 코끝을 스쳤다.

납치와 유괴가 빈번한 거리를 윤희 혼자서 차를 몰고 나선다는 것을 채린이 알았더라면 극구 말렸을 것이었다. 시손이 모는 자동차가 잠보앙카를 출발하여 시부카이 고속도로로 한 시간 가량 달렸을 무렵, 시손의 차 뒤로 적당하게 거리를 유지하며 추적하는 차가 있었다. 잠보앙카에서 마닐라까지는 차로 한 시간 반가량 걸리는 거리였다. 시손은 빠른 속도로 차를 몰아 마닐라 근교 말라떼로 들어섰다.

말라떼는 마닐라에서도 유명한 관광지로서 많은 관광객들이 찾아드는 도시라, 맛있는 음식점들이 여러 군데 있었고 그중 유명한 맛 집인 마닐라 잠보앙카 레스토랑은 바다가재와 게요리로 명성이 자자한 곳이었다. 기분이 약간 들떠 있는 표정으로, 가게 안으로 들어섰다. 가게 안에는 많은 관광객들과 원주민들이 함께 어우러져 큼직한 바다가재와 게요리 등을 맛있게 먹고 있었다. 시손이 주위를 둘러보며 안쪽으로 들어서자 종업원이 시손을 아는지 고개를 굽실거리며 아부의 인사를 한 후, 한쪽 방을 손으로 가리키며 의미있는 웃음을 보였다. 이미 시손보다 먼저 도착해서 의자에 앉아 있던 윤희가 시손을 보자, 의자에서 벌떡 일어나 시손에게 다가서며 그의 품에 안겼다.

누가 먼저라 할 것 없이 서로의 부드러운 혀를 입 속 깊숙이 밀어 넣고 혀에서 분비되는 페로몬 향기에 도취되어 시손은 두 손으로 윤희의 연약한 몸을 으스러지도록 끌어안았다. 윤희는 시손의 큼직한 입에 혀를 넣은 채 넓은 가슴에 한 마리의 어린 짐승마냥 평온하게 안겨있었다. 문 쪽으로 시손의 큼직한 등이 보였다. 반군 대장의 아들과 정부군 장군이 사랑하는 여자와의 긴 입맞춤 속에는 어떠한 이념도 사상도 들어있지 않았다. 그 어떠한 권력의 힘도 그들의 사랑의 긴 입맞춤을 떼어놓을 수는 없었다. 이 시간 오직 그들에게 필요한 것은 서로를 사랑하고 확인하는 육체적인 관계일 뿐 이었다.

그때 조용히 문을 열고 한 사내가 들어섰다. 시손이 인기척을 느끼고 윤희를 꼭 껴안은 채 머리를 천천히 뒤로 돌렸다. 이미 때는 늦었다.

시손은 자기가 반항을 하게 되면 사내는 아무런 거리낌 없이 총을 쏴댈 것이다. 죽음의 기로에 놓인 전사로서 비겁하더라도 이 여자만은 살려야 한다. 시손은 조용한 목소리로 윤희가 알아듣지 못하도록 사내에게 타갈로그(필리핀 어)로 중얼거렸다.

"이 여자만은 살려주시오! 지금 당신이 방아쇠를 당기게 되면 이 여자도 총상을 입게 됩니다. 전사로서 마지막 부탁이요."

시손은 고개를 돌려 총을 쥐고 있는 사내에게 눈빛으로 애원을 했다. 시손의 눈에는 사랑하는 사람을 끝까지 죽음 앞에서 지키고자 하는 용암보다 더 뜨거운 눈물방울이 맺혀 있었다. 총을 든 사내가 시손에게 고개를 끄떡였다.

"윤희, 내가 너무 힘차게 끌어 안아서 숨이 막히지요? 조금 떨어지면 고개를 돌리지 말아요! 그리고 슬퍼하지도 눈물도 흘리지 말…"

윤희는 시손으로부터 타갈로그어를 배워 처음부터 둘이 나누는 대화를 알고 있었다. 시손이 윤희의 몸을 떼어놓으려고 팔을 풀어 윤희를 밀려고 하자, 윤희는 야윈 두 손으로 온 힘을 다하여 시손의 몸을 끌어안았다.

사내는 임무를 완수해야했다. 더 이상 이곳에서 지체하다가는 반군에게 공격을 받을 수도 있다는 두려움이 스며들었다. 사내가 시손의 등 뒤에서 방아쇠를 당겼다. 연거푸 두 발의 총소리가 룸 안에서 들렸다. 시손과 윤희의 입에서 붉은 피가 벌컥벌컥 쏟아져 나왔다. 사내는 방아쇠를 더 당길 수 있었지만 두 발만을 쏜 채 문을 열고 빠르게 식당을 빠져나갔다. 어쩌면 사내는 명령에 의해 총을 쏴야했지만 둘을 치명적으로 죽게하지는 않았는지도 모른다. 시손과 윤희의 입에서 쏟아져 나오는 붉은 피가 서로의 가슴을 더욱 더 뜨겁게 적시고 있었다.

"윤희, 정신 차려요! 절대로 눈을 감으면 안 돼요! 당신은 죽지 않아요, 내가 있잖아요."

시손은 윤희의 몸을 흔들며 애절하게 의식을 잃어가는 윤희에게 생명의 끈을 놓지 않도록 안간힘을 쏟았다. 시손의 입에서 붉은 피가 울컥 쏟아졌다.

"아…시손 사랑해요."

윤희는 희미해져가는 시손의 눈에서 너무나 안타까워 이대로 죽을 수 없다는, 살고 싶어 하는 간절함이 깃든 눈물을 보았다. 윤희는 자기가 서 있는 땅 밑으로 점점 온 육신이 꺼져 들어가는 느낌이 들었다.

시손은 직접적으로 총을 맞은 탓에 윤희보다 더 심한 총상을 입었다. 총소리를 들은 종업원과 주인이 부리나케 룸 안으로 들어왔다. 잠보앙카는 반군이 오십 프로를 지배하는 곳이었다. 윤희가 피투성이가 된 채로 쓰러져 눈만 껌벅거리며 종업원을 쳐다보며 살려달라는 애원의 눈빛을 보냈지만 종업원은 어찌 할 줄을 몰라 허둥거리며 요란법석만 떨었다. 그때, 가게 밖에서 차에 대기하고 있던 사내들 중 한사람이 살아있다는 확인이 끝나자 사내는 윤희를 두 손으로 들쳐안고 밖으로 뛰쳐나와 차에 싣고 빠른 속도를 내며, 시가지 쪽으로 달렸다. 수많은 인파들이 몰려들어 레스토랑 안에서 무슨 일이 일어났는지 궁금해 하는 표정들이었다. 채린은 윤희가 총격을 당한 서너 시간이 지나 싱릭크 장군으로부터 전화가 걸려와 이 사실을 알게 되었다.

"윤희씨가 신원을 알 수 없는 괴한들에게 두 발의 총상을 입어 병원에 입원시켰으나 지금은 제가 나서기에는 입장이 매우 곤란하니, 채린씨께서 각별히 도와 주시기 바랍니다. 그리고 자세한 내용은 저녁에 별도로 찾아뵙고 말씀드리겠습니다."

싱릭크는 오랜 세월동안 군생활로 다져진 절개가 있는 군인이었지만 이번 윤희의 사안만큼은 심각하게 생각해야 한다고 판단해서인지 채린과의 전화에서 약간은 거리를 두는 느낌이 들었다. 채린의 발 빠른 포섭이 시작되었다. '따르릉' 전화벨 소리가 DOC 정보과에 울려 퍼졌다. 굵직한 목소리의 사내가 수화기를 집어 들었다.

"안녕하세요? 저, 맥심카지노의 채린입니다."

"아니! 사모님께서 어쩐 일로 전화까지 다주시고…"

사내는 채린의 얼굴을 볼 수는 없지만 채린이 자기에게 전화를 걸어주었다는 사실은 가히 충격적인 일이라 수화기를 잡고 있는 손이 가볍게 떨렸다.

사내는 비굴함이 깃들은 목소리로 물었다.

"네, 제가 조금 알고 싶은 일이 있는데 좀 뵐 수 있을까요?"

"저를요?"

"지금 맥심에서 뵙고 싶네요! 금방 오실 수 있죠?"

"바로 출발하겠습니다."

부대와 호텔의 거리는 십 분밖에 걸리지 않는 짧은 거리였다. 과장이 카지노 안에 호화스럽게 차려놓은 채린의 사무실로 들어섰다. 채린이 자리에서 일어나 반갑게 과장을 맞았다. 과장은 먼발치에서 채린을 여러 차례 본 적은 있었다. 과장은 얼굴이 벌겋게 달아오르고 심장이 두근거려 제대로 말이 나오질 않았다. 채린은 이런 군인들을 어떻게 다뤄야 하는지 너무나 잘 알고 있는 여자였다.

"과장님, 저와 만나는 것이 부담스럽지 않으시죠?"

과장은 채린이 다그쳐 자기의 의사를 타진하자, 숨 돌릴 겨를도 없이 채린의 화술에 빠져들었다.

"저는, 앞으로 과장님과 친하게 지내고 싶어요. 서로 간에 격의 없이 도울 수 있는 일이 있다면 돕고 사는 것이 좋지 않겠어요?"

"싱릭크 장군님으로부터 말씀을 들었지만 제 동생 윤희는 살아 있는 거죠?"

채린이 옆에 놓아둔 검정색 가방을 과장에게 넘겨주며,

"이건, 과장님 승진비용으로 적절하게 쓰시도록 하세요. 그리고 과장님과 저는, 앞으로 서로 돕는 사이가 됐으면 합니다. 그러니, 혹시 부탁할 일이 있으시면 부담 없이 바로바로 말하기에요. 제가 사이드에서 도울게요."

"제가 어찌…"

"부담 갖지 마세요. 그리고 과장님, 제가 지금 윤희가 있는 병원으로 간다는 것은 여러 가지 오해를 불러올수도 있으니까… 과장님께서 부하직원들을 붙여 별도로 관리 좀 잘 해주세요! 혹시 사태가 심각한 사안이 있으면 시간 가리지 마시고 연락주시고요."

채린은 생면부지의 사내들을 자기 사람으로 만들 때는 빠른 속도로 말하고 적절한 물질을 공세하며 처리하곤 했다. 과장은 채린에게 처음부터 윤희가 총상을 입을 때까지의 있었던 일과 현재 병원에서 치료를 받고 있는 상태까지 소상하게 털어놓았다. 직접적으로 총상을 입지 않고 시손의 몸을 관통한 총알이 오른쪽 갈비뼈와 복부에 맞아 생명에는 지장이 없었다.

필리핀 클락크 군 후송병원은 미국이 월남전 때 만들어 놓은 병원이었으며, 미 공군이 관리하는 병원이었다. 한때 월남전에서 부상당한 파병 군인들을 이곳으로 옮겨 치료를 받게 한 후 각자의 나라로 돌려보내던 곳이다. 병원 5층 VIP 병실에는 하늘색 가운을 입은 의사와 간호사들이 분주하게 병실을 드나들고 있었다. 간호사는 의사의 물음에 손에 쥐고 있던 진료차트를 펼쳐 보이며 환자의 수술상태를 설명했다.

"폐와 늑골사이로 파고들었던 총알을 제거한 이후 약간의 폐부종과 늑골 파열로 인한 증세가 남아있습니다만, 하복부의 수술은 비교적 안정적 입니다."

명석하게 생긴 의사는 간호사의 설명을 주의있게 들으며 청진기로 윤희의 심장 박동상태를 체크한 뒤, 수술부위를 조심스럽게 살펴보았다.

의사가 영어로 가볍게 물었다.

"숨을 쉬는 데는 불편이 없나요?"

윤희가 고통을 호소하며 약간의 호흡이 곤란하다고 말했다. 오후 늦게 싱릭크 장군이 채린의 사무실로 찾아왔다. 채린은 근심이 가득 차 보이는 싱릭크 장군에게 위로의 말을 꺼냈다.

"장군님, 장군님께서 지금 윤희를 돕지 않으신다면 장군님의 명예도 한 순간에 실추할 수도 있습니다."

채린이 거듭해서 윤희에 대해 우유부단한 태도를 보이는 싱릭크 장군에게 쐐기를 박는 얘기를 매몰차게 건넸다. 싱릭크는 채린의 말에 화가 난 듯 언성을 높이며,

"제가, 반군과 애정놀이를 한 여성을 보호해야 한단 말입니까?"

"뭐라고요? 보호라니요? 제가 윤희에 대한 책임을 장군님께서 지시라는 게 아닙니다. 남녀 간에 나눴던 색정도 사랑일 수 있습니다. 그런 사랑의 감정을 손바닥 뒤집듯 하지 마시라는 겁니다. 다만 저는 장군님께서 윤희를 어떠한 경우에도 외면하지 마시고 총상을 입은 한국인이 관광지에서 괴한들에게 피습을 당한 것이라고만 말해주세요. 그 이상은 장군님에게 기대하지 않겠습니다. 지금 이 시간부터 장군님은 윤희의 병문안을 오셔서는 안 됩니다."

채린은 머리 회전이 빠르게 돌아가는 여자였다. 채린이 일방적으로 쏟아놓는 말을 두서없이 듣기만 하던 싱릭크 장군은 풀이 죽은 채 사무실을 나왔다.

그날 저녁 필리핀의 유명한 일간지 필리핀 스타지와 마닐라 블러틴과 교민일보 등에 윤희의 사진이 찍힌 기사가 전면을 장식했다. 한국인 연기지망생이 필리핀 어학연수를 왔다가 납치직전에 용감한 SAF 경찰특공대의 도움으로 구사일생으로 생명을 건졌다. '이 여자

176

는 생명에는 지장은 없으나 심한 총상으로 수 개월간 물리적 치료와 정신적 치료를 병행해야 하며 정신적인 트라우마로 인하여 빠른 시일 내에 한국으로의 귀환이 불가피하다' 는 의사의 소견이 실린 기사가 신문 전체를 도배했다.

채린은 후송병원의 병원장과 주치의를 별도로 만나 군용기를 이용하는 방법 등을 소상하게 알아낸 후, 정보과장과의 발 빠른 물밑작업을 맞춰두었다. 한국 외교부와 필리핀 총영사관에도 한국인 납치 피해자에 대한 조속한 귀환조치를 촉구하는 메시지를 필리핀 정부에 전달하는 민첩한 조치들을 조용하게 돈의 힘으로 해결해 나갔다. 그러나 이를 알 리 없는 필리핀 정부는 외국의 관광객들에게 이 기사로 인하여 막대한 피해를 불러 일으킬 만한 요소가 되었다. 며칠이 지나 에디토 총리는 한국 외교부에 공식적인 사과문을 보내게 했고, 필리핀 교민일보와 일간지를 통하여 필리핀 정부는 범죄인들로부터 외국인과 내국인들의 보호를 위한 치안 유지를 철저하게 해나가기 위한 SAF 경찰특공대의 수를 늘려 나갈 것을 공식적으로 발표하기에 이르렀다.

채린은 싱릭크를 만난 다음날 클라크 미 공군기지의 데이비드 할렘 사령관을 만났다. 할렘의 부인 데이비드 에드린 여사는 필리핀 내추럴 푸드 컴퍼니의 대표였으며, 주말이면 채린과 골프를 즐기는 막역한 친구이자 사업파트너였다. 할렘 사령관은 한때 한국에서 근무했던 경험이 있어 채린에 대해 무척 호감을 가지고 있었다. 할렘이 먼저 말문을 열었다.

"미시즈 채린 만나서 반갑습니다. 에드린으로부터 당신의 얘기 많이 들었습니다. 당신이 선물한 도자기로 에드린이 매일 한국 차를 끓여줘 맛있게 마십니다. 내가 당신을 도울 일이라도 있는지요?"

할렘은 한국어도 곧잘 하는 편이라서 서투른 한국어로 말했다.

"미스터 할램, 고맙습니다. 당신의 친절에 깊이 감사드립니다. 제가 당신께 부탁드리고 싶은 일이 있습니다. 말해도 될런지요?"

"네, 괜찮습니다."

"제 동생이 이곳으로 유학을 왔다가 얼마 전에 괴한들로부터 납치직전에 총을 맞아 현재 클라크 후송병원에 입원 중에 있습니다."

"그런데 주치의사의 말로는 하루빨리 한국으로 돌아가 가족들이 보살피는 치료를 받아야 한다는데… 지금 몸 상태로는 일반 비행기를 탈수도 없어… 막막할 지경입니다. 사령관님께서 도와주시면 환자도 생명을 되찾을 수 있을 것 같습니다. 도와주실 수는 없나요?"

채린은 간절함을 담아 할램에게 부탁을 털어놓았다. 에드린의 커다란 눈에 눈물이 글썽거렸다. 할램은 애드린을 아끼고 사랑하는 사람이었다. 에드린의 얘기라면 불속에라도 뛰어들 할램은 에드린이 눈물을 보이자, 당혹감을 감추지 못하고 그녀를 달래기 시작했다. 에드린이 채린의 말을 곁들여 할램에게 말했다.

"파파, 이분의 동생을 도와주실 거죠?"

할램은 에드린을 달랜 후, 채린에게 자기가 어떻게 하면 도움을 줄 수 있는가를 물었다.

"사령관님, 현재 공군에는 위급한 환자를 실어 나르는 의료수송기가 있지 않습니까? 월남전에서 부상을 당한 군인들을 실어날랐던 비행기 말이에요?"

미처 그 생각을 하지 못했다는 당혹감에 머쓱한 태도를 보이자 채린이 다시 말을 이었다.

"사령관님? 한국에 주둔하고 있는 미군 병사들 중 위급한 환자가 발생하면 군용 수송기로 이곳 후송병원으로 이송시킨다는 애기를 들었는데 현재, 한국에서 급히 데려올 환자는 없는지요? 혹시라도 환자를 데리러갈 때 제 동생을 태워 갈 수는 없을까요? 사령관님이 도와주시면 제 동생이 빠른 시일 내에 완치될 수 있을 겁니다."

말을 끝낸 채린이 할렘의 얼굴을 애절하게 쳐다보았다. 할렘이 채린의 말을 듣고 난 후, 에드린의 얼굴을 바라보았다. 에드린이 부드러우면서도 깊은 애정이 깃든 눈빛으로 할렘에게 부탁을 하는 듯했다. 할렘이 무엇인가를 결정한 듯 수화기를 집어 들고 어딘가로 전화를 걸었다. 한참 동안 통화를 나눈 후, 수화기를 내려놓으며 채린에게 밝은 미소를 띠우며 말했다.

"미시즈 채린 너무 걱정하지 마십시오, 나는 에드린의 눈물을 처음 보았습니다. 마침 이번 주말 한국으로 출발하는 의료수송비행기가 있다고 하니 환자의 수송 절차를 필리핀 당국과 협의를 해봐야 할 것 같습니다."

에드린과 채린은 할렘의 승낙을 듣자 두 손을 꼭 쥐고 기쁨을 표시했다. 채린은 신의와 의리는 사내들만의 전유물이 아니라는 생각이 들었다.

윤희의 귀환

  며칠 후 클라크 공군기지의 활주로에는 출발을 앞둔 거대한 병원수송기가 요란한 굉음을 뿜어내며 프로펠러가 돌아가는 소리가 활주로 주위에 바람을 일으켰다. 잠시 후 활주로 저편에서 군용 앰뷸런스 한 대가 속도를 내며 비행기 트랩이 있는 쪽으로 달려왔다. 흰 가운을 입은 남자 의사와 간호사들이 민첩한 동작으로 이동식 침대의 체인을 끄른 후, 조심스럽게 차에서 침대를 내린 후 트랩을 올라 비행기 안으로 옮겼다.

  비행기 안에는 병원의 시설물들을 그대로 옮겨놓은 듯 다양한 의료시설들이 갖추어져 있었다. 미 공군 이니셜이 들어간 모자를 쓴 매력적인 간호사와 의사가 빠른 손놀림으로 이동침대의 체인을 끌르고 비행기에 설치되어 있는 의료 침대로 윤희를 조심스럽게 옮긴 후 링겔병을 고리에 고착시켰다. 이러한 병원수송기로 베트남 전쟁과 그 외 지역에서 발생하는 자국과 동맹국의 환자들을 신속하게 옮겨 치료를 받게 하는 의료 수송제도를 수십 년 전부터 시행하고 있었다. 비행기 안에서 후송병원의 의사와 간호사들이 윤희를 인계한 후 트랩을 내려서자 비행기의 이륙 사인이 끝났는지 몇 명의 군인들이 재빠르게 비행기 옆으로 다가와 트랩을 치우자 비행기가 서서히 속도를 가하며 이륙 준비를 하고 있었다. 윤희를 태운 병원수송기는 요란한 굉음을 내며 하늘로 날아올랐다.

필리핀 정세는 정부군과 반군세력인 이슬람 밤사모르 자유전사(BIFF)와 공산당(NPS) 무장조직들 간에 하루가 멀다한 무장투쟁으로 민다나오 섬과 남부의 타위타위 홀로 섬에서 삼만 명이 넘는 군인과 국민들이 희생되었다.

한국교민들은 이러한 위험이 따르는 가운데서도 관광지를 상대로 돈이 될 만한 사업은 거의 장악하고 있었다. 마가티 시를 비롯하여 마닐라의 호화스러운 거리에는 한국인들이 펼쳐놓은 맛사지 매춘업소와 불법 인터넷 도박장, 매춘을 겸한 노래방 등이 수십 군데가 넘을 정도였고 매춘골프를 소개하는 여행사들이 우후죽순으로 늘어나 한국의 색골 골퍼들을 필리핀으로 끌어드리기에 혈안이 되어갔다. 심지어는 그럴듯한 문화, 교육, 이벤트를 내세우며 청소년들을 미끼삼아 영어교육의 바람을 불러일으켜, 하잘것 없는 영어교육기관을 만들어놓고, 유학이라는 명목으로 한국의 졸부 어머니들로부터 거액의 돈을 가로채는 학원사기꾼들도 판을 쳤다.

필리핀인들의 생활수준은 하루 2달러 정도로 살아가는 사람들이 전체인구의 70%를 차지했다. 그런 반면 한국인들이 사치와 낭비로 뿌리고 다니는 돈은 가히 천문학적인 수준이라 그들의 눈에 보이는 한국인들은 모두가 다 돈뭉치를 차고 다니는 금고 같아 보였다. 알카에다 자금으로 조직된 이슬람반군 아부샤아프는 사백 명의 대원을 유지하기 위하여 마닐라 여객선을 폭파하였다. 활동자금을 충당하기 위하여 한국인 골퍼들을 민다나오섬과 코티바토에서 납치하여 몸값을 노렸다. 필리핀을 찾는 한국인들은 그다지 위험에 대하여 민감한 반응을 보이지 않았다. 그러다가 실상 자신이 위험에 처하게 되면 그때 가서야 위기를 느끼고 후회하는 청개구리 같은 심성의 소유자가 대부분이었다.

채린은 몇 푼의 달러에 사람의 목숨을 죽이고 살리는 이렇게 위험한 광란의 도시에서 악착같이 이를 악물며 버텨왔다. 그런데 이제는 그 운이 다한 것 같다는 느낌이 들어서인지 빠른 시일 내에 결단을 내려야겠다는 생각이 들어, 한참 영업이 성행중인 카지노 지분과 그 외의 사업을 매각하기로 결심하였다. 채린은 사업적 수완이 뛰어난 여자였다. 윤희가 떠난 며칠 후 에디토의 반대세력은 여론몰이로 윤희의 사건을 부각시키며 숨 가쁘게 채린을 조여오기 시작했다.

에디토도 근심스러운 얼굴로 채린을 위로했지만 더 이상 여론의 공세를 받지 않기 위해서는 당분간은 채린의 활동을 자제시켜야겠다는 생각이 들었다. 잠자리에 누운 에디토가 채린의 귓불을 이빨로 부드럽게 씹어가며 말했다.

"채린, 내 말을 잘 들어요, 지금 세간에서 윤희의 일로 말이 많아요. 그리고 윤희의 뒤에는 당신이 있었다는 것을 내가 모르는 게 아니에요. 그래서 하는 말이에요. 당분간은 활동을 자제하고 어디 좋은 곳으로 여행이라도 잠시 다녀와요. 그러면 당신이 돌아올 때까지

내가 수습을 해놓을게요. 알겠지요?"

에디토는 십여 년이라는 긴 세월동안 채린과 헤어져 본 일이 없을 정도로 채린이 자기 곁에 없으면 늘 불안하고 아무 일도 손에 잡히지 않을 정도로 채린에게 모든 것을 의존하는 사람이었다. 그런 그가 이런 결정을 내렸을 때에는 사태가 얼마나 심각한 것인가를 채린은 느낄 수 있었다.

"고마워요. 당신이 이렇게 나를 사랑하는데 내가 무엇이 두렵고 무섭겠어요, 하지만, 나로 인해 혹시라도 정치를 하시는데 누가 될까봐 나는 그것이 두려울 뿐이에요. 그렇게 하죠. 당신은 언제나 나를 위해 살아왔잖아요."

그날 밤 에디토와 채린은 십 년의 세월동안 감아놓은 긴 실타래의 묶음을 밤새워 격정을 몸부림으로 풀어헤쳤다.

혜린도 아토르 대통령의 숨겨진 여자로서 언론에 보도가 나간 이후 많은 정신적 방황과 위험이 늘 따라다녔다. 채린이 떠날 채비를 서두를 때 혜린이 찾아왔다. 혜린이 채린의 얼굴을 쳐다보며 더 이상 말을 꺼내지 않자, 채린이 물었다.

"애, 언니 얼굴 뚫어지겠다. 니가 무슨 말을 할런지 니 얼굴만 봐도 언니는 다 알거든! 그러니까 시간 끌지 말고 얘기해봐?"

"나는… 언니가 없는 세계에서는 살 의미가 없어. 언니도 내 맘과 같잖아!"

채린이 혜린의 손을 꼭 쥐어 주었다. 필리핀을 떠날 땐 자신과 동행할 것을 눈치 챈 혜린은 서두르며 재촉했다.

"언니, 빨리 떠나자."

"혜린아, 어느 누구에게도 니가 이곳을 떠날 거라는 모습을 보여서는 절대로 안 돼! 사람이든 동물이든 등을 보이면 공격을 받게 되는 거는 너도 잘 알잖아."

채린은 신중했다. 평소에도 모든 은행거래를 외국계 은행과 해왔고 검은돈 대부분은 스위스 츄리히 은행계좌로 입금시켜 주도면밀하게 자금관리를 해왔다. 카지노 주식과 회사와 룸살롱 영업권도 발빠르게 미국계 대형 로펌 회사로 대리권을 양도해주었다.

이제는 떠나는 날만 남았다. 채린은 경찰과 군 수사기관은 물론이고 야당의 거물급들을 별도로 만나 거액의 정치자금을 건네주었고, 언론도 돈이라는 재갈로 입막음을 해두었다. 채린이 모든 준비가 끝내고 어딘가로 전화를 걸었다. 전화벨 소리가 부드럽게 채린의 고막을 파고들었다.

"회장님! 내일 아침 일찍 필리핀 클라크 공항으로 작은 전세기한 대 부탁드립니다. 물론, 회장님께서 타고 오시면 더욱 좋겠고요. 요즘 이탈리아 피린체에 저희 지인이 새로운 호텔과 골프장을 오픈했어요. 공기도 너무 좋고 해서 혜린이가 회장님을 그곳에서 뵙고 싶다고 하내요. 내일, 골프 준비하셔서 서너일 쉬실 준비하시고 출발하세요. 이따 도착시간 알려주시고요."

채린은 전화를 받는 사내가 말할 틈도 주지 않고 전화를 끊어버렸다. 채린이 별도로 지혜와 명희, 혜린에게 전화를 걸어 내일 아침 출발이 잡혔음을 알려주었을 무렵, 전화벨이 울렸다.

수화기를 집어든 채린이

"네 저에요."

"내일 아침 일곱 시 도착. 출발은 탑승 즉시입니다."

이미 전화를 걸은 회장은 필리핀 이미그레이션과 공항 활주로 관제탑 센터에 비행기의 입출국 신고를 해둔 상태였다. 세계의 모든 자가용비행기를 소지한 사람들은 입출국 신고서를 입출국 하루 전에 도착국가의 공항 이미그레이션과 관제탑에 무선으로 신고를 하면, 도착즉시 공항직원들이 이착륙하는 비행기에 올라와 탑승객들의 편리를 봐주어, 전용비행기를 가진 사람들이 편리하게 국제공항의 활주로를 이용할 수 있는 것이다.

다음날 아침, 여느 날과 다를 바 없이 채린은 에디토가 출근을 하기 위해 현관을 나서자 아침 인사를 했다.

"잘 다녀오세요. 참! 아빠, 저 오늘 골프 치러가서 며칠 있다 올 거예요. 전화 자주 할게요."

채린은 조금도 감정을 드러내지 않고 말했다. 에디토가 채린의 귓불에 입맞춤하며 속삭이듯 말했다.

"당신이 어디에 있든 그리고 어디에서 살던 당신은 늘 내 가슴 속에서 살고 있어요. 나의 모든 삶의 분신 같은 채린, 나를 믿고 기다려줘요."

채린이 에디토의 가슴에 얼굴을 묻고 두 손으로 그의 머리를 어루만졌다.

"사랑해요, 에디토. 내, 이 작은 가슴에 당신을 언제나 안고 있을 거예요."

에디토가 문을 나서자, 채린의 차가 현관에 도착했다. 십 년동안 정들었던 집을 떠나 언제 돌아올지도 모르는 긴 여정의 길을 떠나는, 채린은 한 치의 흐트러짐도 보이지 않았다. 채린의 차가 공항에 도착하자, 이미 공항에는 혜린과 명희, 지혜, 앙드레 핀세이 여사와 헨시 여사가 화려한 골프차림을 한 채 채린이 도착하기를 기다리고 있었다.

혜린의 주위에는 검은 안경을 쓴 날카롭게 보이는 여러 명의 경호원들이 혜린의 주위를 둘러싸고 있었다. 그리고 경찰관들이 별도로 채린과 일행들의 출국을 돕기 위해 채린을 기다리고 있었다. 이미 대기 중이던 이민국의 직원이 채린에게 다가와 고개를 숙이며 인사를 한 후, 일행들의 여권을 받아 출국심사의 스탬프를 찍은 후, 포터에 짐을 싣게 한 후 출국장 쪽으로 나가는 에스컬레이터에 일행들이 타도록 안내를 했다.

일행들은 짐을 내린 후, 대기 중이던 이동버스에 몸을 실었다. 일행들은 태운 버스가 다음 목적지를 향해 출발을 준비 중인 대형 비행기들이 줄지어 서 있는 게이트를 벗어나 활주로 가까운 곳으로 속도를 줄인 채 달리기 시작했다. 활주로 부근에 대형 버스만큼이나 커 보이는 외관이 미끈하게 빠진 비행기가 몸체를 드러냈다.

일행들을 태운 버스가 비행기 트랩 앞에 멈추어 섰다. 경찰관들이 빠른 동작으로 채린과 여자들의 짐을 비행기 위로 옮겨주었다. 짐을 다 실은 것을 확인한 경호원이 채린과 혜린에게 정중하게 예의를 갖추어 거수경례를 했다. 채린이 가방에서 봉투 두 개를 꺼내 경찰관에게 건네주며 고맙다는 인사를 카티로그어(필리핀 어)로 말했다. 모든 일이 계획된 대로 차질 없이 이루어졌다.

한 경호원이 비행기 앞으로 나아가 두 손을 흔들며 출발을 서두르라는 신호를 했다. 비행기 안에는 몸매가 날씬하고 매력적으로 생긴 스튜디어스와 남성적인 사내다움이 물씬 풍겨나는 스튜어드가 채린과 여자들에게 친절하게 웃음을 보이며 벨트를 채워주었다.

조종사들이 관제탑에서 이미 출발신호를 받아둔 상태라 승무원들이 서둘러 채린과 일행들의 벨트가 채워진 것을 확인했다. 캡틴이 승객들의 출발준비가 끝났음을 확인하고 이륙 사인을 부조종사에게 보냈다. 젊은 부조종사는 '굿' 사인을 캡틴에게 다시 보내자 서서히 비행기 엔진이 열을 가하기 시작했다. 비행기가 활주로 선상에 들어서자, 캡틴이 속도를 가하는 레버를 힘차게 잡아당기자 비행기는 활주로에서 요란한 굉음을 가하며 달려나갔다.

채린의 몸이 순간 '훅' 하고 떠오르는 느낌이 들어 좁은 창문으로 밖을 내다보니 비행기가 이미 공항을 떠올라 하늘로 날아올랐다. 창밖에는 부챗살 모양의 구름이 하늘을 아름답게 수놓았다.

채린이 비행기 아래로 내려다보이는 마닐라를 둘러싼 크고 작은 섬들을 바라보며 조용히 눈을 감았다. 십년 전 채린은 가방 하나 달랑 들고 쫓기듯 비행기에 몸을 실어야 했고 지금도 그때와 다를 바 없이 타의에 의해 이곳을 떠나는 비행기에 몸을 실어야 했다. 모든 것이 다 자기의 운명이 야박하기 때문이라는 생각에 누구를 탓할 것도 없다고 생각했다.

핀세이 여사와 헨시 여사

비행기가 아드리아 해협을 지나서 네덜란드 암스테르담 공항 상
공에 이르자, 스튜어디스가 방송멘트를 통하여, 오랜 시간 비행을
한 조종사들과 비행기가 두 시간 가량 암스테르담 공항에서 휴식과
급유를 취한 후, 출발한다고 말해주었다. 서울에서 필리핀을 거쳐
오랜 시간 동안 비행을 해온 조종사들은 전혀 피로한 기색이 보이지
않았고, 조종석에서 나와 노회장과 일행들에게 불편함이 없었는지
물었다. 노회장과 일행들은 엄지손가락을 곧추세우며 조종사들을
추켜세웠다. 이미 활주로에는 소형 리무진 버스가 이들을 기다리고
있었다.

암스테르담 스키폴 공항은 유럽의 관문으로서 이태리를 찾는 대
부분의 비행기들이 이곳에 이착륙한 후, 다음 목적지로 출발하는 공
항이라 터미널에 즐비하게 늘어선 유명 브랜드 매장에는 신상품들
이 진열되어있어 고객들로 북새통을 이루고 있었다. 여자들의 사치
는 가방에서부터 시작된다는 말이 있다. 참새가 방앗간을 피해갈 수

없듯이 채린과 일행들도 화려한 가방들이 진열되어있는 매장 앞을 그냥 지나칠 수는 없었다. 예쁜 유니폼에 비해 얼굴들은 별로 예쁘지 않았으나 손님들을 볼 줄 아는 센스는 뛰어나 보이는. 여직원이 일행들을 향해 '곤니찌와'(일본인들의 점심인사)하며 서투른 일본어로 친절한 목소리로 인사를 했다.

"와다시다찌와 간꼬꾸징 데스.(저희들은 한국인입니다)"

가방을 살펴보는 일행들의 움직임을 눈여겨보고 있었다. 매장의 쇼윈도우와 진열대 위에는 멋을 내는 사치스러운 여성들이라면, 한 번쯤 갖고 싶어 하는 심플하고 깔끔한 오렌지색의 토고가죽으로 만들어진 켈리백과 검정색의 벌킨백, 헤르메스의 전통을 이어주는 숄더백들이 여자들의 마음을 유혹하고 있었다. 채린은 혜린의 마음을 읽은 듯,

"너를 위해 만들은 가방 같구나. 혜린아!"

"그래?"

여직원은 혜린이 가방을 맘에 들어 하는 것을 약삭빠르게 알아채고 희멀건 눈동자를 굴려가며, 채린과 혜린의 얼굴을 번갈아 쳐다보며 구매를 재촉하는 눈빛을 보였다. 지혜와 명희도 혜린과 색깔이 겹치지 않은 검정색의 벌킨빽과 켈리빽을 집어 들고 폼을 잡아보였다.

한참 멋 부릴 나이였고 여자에게 있어 빽은 사회적 신분을 나타내는 징표이기도 해서 화려함과 사치를 좋아하는 여성들이 한번쯤 갖고싶어 하는 것이 헤르메스의 여성용 빽이었다. 채린이 핀세이여

사와 헨시 여사에게는 별도로 숄더백을 골라주자, 그녀들은 기쁜 마음으로 채린의 마음을 받아드렸다. 곁에서 이를 지켜보던 노회장이 지갑을 꺼내 결재를 하려들자, 혜린이 달갑지 않은 표정으로 채린의 얼굴을 바라보았다. 채린은 면세점을 둘러보며 일행들에게 신상품으로 나온 호화롭고 사치스러운 의류들을 손수 골라주며 시간을 소일했다.

잠시 후 쇼핑을 마친 일행들은 한결 기분이 고조되어 대기 중인 버스를 타고 비행기로 돌아왔다. 비행기가 암스테르담 스키폴 공항을 이륙한지 두세 시간 남짓 지났을 무렵 해안을 끼고 즐비하게 들어선 도시의 상공을 지나 이태리에서도 가장 아름다운 호수로 정평이 나있는 수목이 우거진 틈사이로 천연적으로 조성된 가르다 호수의 전경이 눈에 들어왔다.

시가지의 중심지인 시뇨리아 광장 앞에는 피렌체의 공화국 중앙청사와 대리석으로 만들어진 정부 회의장이었던 대청홀이 있었으며 베키오궁과 고대로부터 현대에 이르기까지 유명한 미술작품들을 전시한 우피치 미술관이 위용을 드러낸 채 자리잡고 있었다. 이러한 건물들은 14-15세기 이탈리아 르네상스의 상징물로 마리아델 피오레 성당과 쌍벽을 이루며 피렌체를 대표하는 고딕건물로서 수백 년의 세월이 흘렀음에도 아직까지도 웅장함을 그대로 드러내 보였다. 일행들이 탄 차가 성당 앞에 멈췄다. 핀세이 여사는 차에서 내려 채린과 혜린의 차로 다가와 문을 열어주며, 주위를 둘러보고 눈물을 글썽거렸다

"채린, 혜린, 이 성당 안에는 나의 가장 사랑하는 남편과 아들이 잠자고 있어요. 보고 싶지 않아요? 내가 말했지요? 이태리에 가게 되면 제일 먼저 찾아 갈 곳이 있다고 했던 말…"

명희와 지혜도 차에서 내려 핀세이 여사 앞으로 다가갔다. 채린이 고개를 끄덕거리며,

"그럼은요! 당신이 사랑하고 보고 싶은 사람을 저희들이 함께 볼 수 있어서 얼마나 좋은지 몰라요."

핀세이 여사는 채린의 위로에 감동을 받은 듯 화색이 밝아졌다. 핀세이 여사는 성당 앞에 화강석을 조각하여 만들어진 아름다운 마리아상에 경건하게 성호를 긋고 기도를 한 후, 성당 안으로 들어갔다. 산타크로체 성당 내부에는 단테(철학가)의 가묘를 비롯해 피렌체를 대표하는 수백 명의 별들이 고이 잠들어 있는 곳이기도 했다.

성당의 입구에서부터 왼쪽으로 웅장하게 조각된 단테의 가묘를 비롯하여 천지창조를 그린 미켈란젤로, 지동설을 주장하다 종교재판까지 받았던 갈릴레오, 예루살렘에 입성하는 예수의 그림을 그렸던 치콜리, 화석 및 사암 위에 수태고지 (대천사 가브리엘이 처녀인 마리아에게 예수가 잉태되었음을 알리는 장면을 그린 가톨릭 예술에서 가장 많이 다루어지는 작품)를 조각했던 도나 테로, 등이 잠들어 있는 거의 공동묘지 수준의 성당이었다.

핀세이 여사가 성당 안으로 깊숙이 들어가다, 한 곳에 멈추어 섰다. 우측 벽면에 어른 키만큼이나 높은 곳에 화강석으로 조각한 두 부자의 조각품이 눈에 들어 왔다. 조각품 중간부분에는,

피렌체의 시민을 사랑한 앙드레 백작과

그의 아들 앙드레 제놀을 기리며

– 앙드레 핀세이 및 프로벤자노 콜레오네 패밀리 일동 –

 망자를 기록하는 글문이 평평한 대리석 돌판 위에 새겨져 있었
다. 일행들은 가묘 앞에서 경건하게 성호를 긋고 묵념을 했다. 나폴
리 카모라 패밀리의 두목 레스코티 부하들은 자기들의 세계에서 전
설적인 신화를 남겼던 시칠리 섬의 마피아 대부였던 콜레오네 패밀
리의 두목 프로벤자노가 경건하게 조문에 남긴 글을 읽으며, 카모라
패밀리 보스인 레스코티가 핀세이 여사를 왜 이렇게 극진하게 모시
는지를 알게되었다.

나른한 포만감으로

지난 10여 년 동안 이태리를 둘러싸고 있는 마피아의 세계에서도 세상을 놀라게 할만한 다양한 변화가 일어났다. 뉴욕발 독일항공에 실린 금괴와 은행으로 송금하는 수천만 불을 강탈했던 콜레오네 패밀리의 두목 프로벤자노와 그의 후계자인 안토니오 로툴러가 미국 FBI에 체포되자, 이태리의 마피아들로부터 미움을 받고있던 팔코네 판사 인질사건을 주도했던 전설적인 살바토네 리나가 명실상부한 이태리 마피아의 최고 보스 프로벤자노를 밀어내고 자신의 후계자인 데나로를 보스의 자리에 앉았다.

그는 프로벤자노 밑에서 똘만이 생활을 할 때부터 자기의 조직이 어려움에 처할 때마다 핀세이 여사의 도움을 받았고, 나폴리를 배경으로 움직이는 카모라 패밀리의 보스 레스코터 또한 수년전 핀세이 여사로부터 도움을 받아 가족들이 해체되지 않고 지금까지 건장할 수가 있었음을 잘 알고 있는 보스였다.

일행들이 모처럼 자연 속에서 말과 함께 어우러져 행복한 시간을 보내고 돌아오자, 카페에는 여러 명의 낯선 사내들이 앉아 있었고, 그 주위를 경호원들이 에워싸듯 둘러싸고 있었다. 그 중 한 사내가 핀세이 여사를 바라보자, 자리에서 벌떡 일어나 달려오듯이 다가와 머리를 정중하게 숙이며 인사를 했다.

"마님, 이렇게 뵙게 되어서 정말 감격스럽습니다."

"오! 데나로. 정말 반갑구나! 반가워, 이게 얼마만이냐?"

핀세이 여사는 야윈 두 팔을 벌려 데나로의 큼직한 가슴을 안았다.

"데나로 고생이 많았지? 내가 너의 식구들의 도움만 받고 갚은 것이 없구나. 그래! 몸은 괜찮고?"

"예, 건강합니다. 마님,"

데나로의 눈에서 눈물이 글썽했다. 핀세이 여사는 데나로의 몸을 이리저리 더듬어보며 힘차게 끌어안았다.

"채린, 데나로는 내 자식 같은 사람이야! 내가 맞을 총을 대신 맞고 감옥에도 나 대신 갔다온 사람이지."

십수 년 전 프로벤자노의 부탁을 들어줘 그리스의 휴양지인 로도스섬의 아크로폴리스 카지노에서 많은 돈을 땄다는 이유로 총격을 받았을 때, 데나로는 핀세이 여사를 경호했던 자식 같은 사람이었다. 그리고 데나로의 할아버지와 아버지도 앙드레 백작 가문에서 3대에 걸쳐 함께 해온 가족 같은 사이였다. 둘은 손을 꼭 잡고 안으로 들어갔다.

그날 저녁 연미색 대리석으로 장식된 큼직한 연회장에서 축하의 파티가 벌어졌다. 노회장과 조종사들과 승무원들이 함께한 파티였다. 백발이 무성한 지배인 겸 소믈리에가 핀세이 여사에게 다가와 닳아서 빛깔이 바랜 가죽으로 만들어진 두툼한 메뉴판을 내밀었다.

"시뇨레 반가워요!"

"오랜만입니다."

"마님, 마님께서 좋아하시는 태탱제 1943년산 블랑드 블랭 브뤼엘을 준비했습니다. 식사는 전채요리에 송아지 안심구이와 후식은 젤라또로 하겠습니다."

"고마워요. 시뇨레!"

핀세이 여사와 헨시 여사가 주문을 마치자, 채린과 혜린은 전채요리는 캐비아로 식사는 유자소스가 곁들인 살짝 구운 안심으로 후식은 산딸기 아이스크림으로 주문을 했다. 일행들은 기분 좋은 얼굴로 담소를 나누며 만찬을 즐겼다. 간간이 노회장이 혜린을 응시하며 눈길을 주었으나 혜린은 뾰로통한 표정으로 눈길을 흘기듯이 노회장을 바라보곤 했다. 데나로와 그의 부하들은 정중함을 잃지 않은 채 주변사람들에게 조금도 부담을 주지 않고 마치 한 가족 같은 분위기로 일행들과 그녀들의 비위를 맞춰주었다.

몇 사람의 연주가들이 하모니를 이루며 감미로운 음악을 연주했다. 피렌체 고성에서 가진 파티는 젊은 여성들에게 사랑의 감정이 샘솟을 만큼 아름답게 가슴에 남을 소중한 시간이었다. 핀세이 여사와 데나로는 많은 대화를 나누며, 가끔 심각한 표정을 짓기도 하다가는 금새 웃음을 터트리며, 데나로는 핀세이 여사에게 마치 어린애 같은 모습을 보였다.

채린이 두 사람 사이에 얽힌 얘기들을 들으며, 두 사람이 혈육으로 맺어진 피붙이는 아니었지만, 생사의 갈림길에서 피붙이 이상으로 서로를 소중하게 지켜주며 살아온 사이라는 것을 감지할 수 있었다.

"데나로! 이제부터는 나를 대하듯 이분을 가족처럼 생각하고 보호해야한다."

데나로는 머리를 깊숙이 숙여 채린에게 예의를 표했다.

"이제부터 마담을 저희 가족같이 모시겠습니다."

그랬다. 마피아의 세계에서 가족이란, 의미는 생명을 함께 나눌 수 있는 혈연과 같은 의미로 맹서하는 서약과 같은 말이다. 데나로는 채린의 두 손을 꼭 쥐고 눈을 똑바로 뜬 채 채린의 얼굴을 바라보며 주문을 외우듯 가족 의식을 가졌다. 채린은 이 의식을 통하여 데나로(소레라 마르지오레)의 누이가 되었다.

채린이 혜린이 다가오는 모습을 보며 입가에 잔 미소를 지었다. 노회장이 약간 당황한 듯 자리에서 일어나 혜린을 지켜보고 있었다.

"회장님? 제가 여기에 앉아도 되지요?"

"그럼은요."

노회장은 뜻하지 않게 혜린이 말을 다가오자, 약간 당황한 듯 의자를 잡아당겨 혜린이 자리에 앉도록 배려해 주었다. 혜린이 자리에 앉아 채린을 바라보며 말했다.

"언니! 우리는 참 기구한 운명을 타고 난 사람들 같아! 언니는 그렇게 생각하지 않아? 여자들치고는 스케일도 크고 욕망도 하늘처럼 높은데⋯ 사랑이라는 이름의 굴레에서 벗어나지 못하는 점은, 언니 나 나나 마찬가지라는 생각이 들어. 사랑이 뭘까?"

"글쎄! 언니도 아직까지 사랑이 뭔지 모르겠어. 아마도 언니의 사랑은 소중했던 사람과 가졌던 시간들을 기억하고 있는 추억일 뿐 이야. 추억 말이냐."

"그래? 언니. 추억도 사랑일 수 있겠구나?"

"그럼! 우리가 이렇게 만날 수 있는 것도⋯ 그리고 함께 기쁨의 시간을 가질 수 있는 것도 어찌 보면 다 사랑일 수 있는 거야. 소중 했던 사람과의 만남도 함께했던 세월도 시간이 지나고 세월이 흘러 가면 모두가 다 소유할 수 없는 추억으로 각인될 뿐이야. 그래서 언 니는 지금 이 시간 이 순간의 만남을 소중하게 생각하며 살아가는 거야. 그게 언니의 사랑이야."

혜린은 채린의 말을 들으며 노회장에게 미안한 생각이 들었다. 노회장이 채린의 도움으로 클라크 공군기지 개발에 참여하여 공군 의 주택시설과 골프장과 콘도시설들을 지어 필리핀을 찾을 때마다 채린은 혜린을 대동했고, 노회장은 정성을 드려가며 혜린에게 마음 을 전달했지만 대통령의 숨겨진 여자로서 기세가 등등하던 혜린은 노회장의 눈에 보이지 않는 구애를 조롱하듯이 받아드리지 않았다.

"혜린아! 내일이면 회장님께서 여기를 떠나셔야해. 회장님이 너 와의 만남을 소중하게 생각하시고 어떠한 장소에서든 너를 생각하 고 기억하는 사이였으면 좋겠다는 생각이 들어."

혜린은 말이 없었다. 노회장이 자리가 어색한지 분위기를 바꾸듯 중얼거렸다.

"채린씨! 인생이라는 것이 별 것 아닙니다. 건강하게 활동할 수 있을 때, 마음껏 움직이고 돈도 벌 수 있을 때 물불 가리지 않고 벌어서 가치있게 쓰며, 사는 것이 인생이라는 생각이 들어요. 자린고비하며 허리띠 졸라매고 한 푼 두 푼에 발발 떨며 살던 마누라가 죽고 나니까 그게 그렇게 애석할 수가 없어요. 자식새끼들 잘 키워 놓으니까 이제는 제멋대로 제 잘나, 큰 줄들 알면서 벌써부터 제 몫을 챙기기에 혈안이에요. 채린씨가 말한 사랑의 표현… 참! 감동적입니다. 지금 이 시간 이 순간을 소중하게 생각하지 않는다면 무슨 미래의 시간들이 소중하겠습니까? 다들 부질없는 말 뿐이겠지요."

노회장이 진심을 담아 자신의 가슴을 무겁게 억누르고 있던 인생관을 실타래 풀듯 훌훌 풀어헤치며 말하자, 혜린은 서너 잔의 와인을 주고받으며 그동안 마음에 담고 있던 노회장에 대한 편견들을 베를린 장벽을 허물 듯 소리 없이 허물어가며 소중한 사람으로 잇는 끈처럼 차츰차츰 이어갔다.

채린이 눈을 찡긋거리며 자리에서 일어나 핀세이 여사와 헨시 여사가 앉아있는 쪽으로 자리를 옮겼다. 데나로는 핀세이 여사가 열심히 무엇인가를 설명하는지 두 눈을 빤짝거리며 주시하고 있었다. 이태리어라 잘 알아들을 수 없지만 무슨 지시를 내리는 것 같아 보였다. 헨시 여사도 가끔씩 데나로에게 뭔가를 묻곤 했다.

"네, 마님! 지시만 내려주십시오."

핀세이 여사는 빠른 어투로 데나로에게 여러 사람의 이름을 거론하며 지시했다.

"첫째, 모나코 몬테 카를로스호텔 그랑카지노와 국립카지노에 손이 달만한 플로어퍼슨(카지노 바카라나 블랙잭 테이블에서 딜러와 손님들을 감시하는 사람)과 이름 있는 딜러와 핏 보스(카지노 최고 감시 감독자)의 이름과 성격과 사진 등을 준비해 주고 둘째, 그리스 로도스섬의 아크로폴리스 호텔카지노의 바카라 테이블 수와 셋째, 플로어퍼슨이나, 유명한 딜러를 포섭해서 큰판을 벌리는 손님들을 위주로 최고의 고객이 찾아오는 날짜와 이름을 알아보고 넷째, 칸느 영화제가 열릴 때, 니스와 도빌(프랑스 남부휴양도시)에 찾아오는 큰손들도 체크해 줘! 그리고 이 사람들도 찾아보도록… 아마 카지노 부근을 수소문 해보면 쉽게 이 자들의 연락처들을 알 수 있을 거야."

핀세이 여사는 깨알 같이 작은 글씨로 써내려간 메모장을 데나로에게 건네주었다. 지시를 내리는 핀세이 여사의 눈에서 한때, 유럽 최대 도박사의 예리한 눈빛이 그대로 살아나 보였다.

"채린, 이제 유럽에 왔으니까… 여기서 멋진 게임을 한번 벌려봐야지. 인생은 모두 도박 같은 거야. 정치도 예술도 문학도… 남이 소유하고 있던 물질을 또는 창작을 자기 것으로 만들고자하는 야누스(두 가지의 얼굴을 가진 짐승)적인 욕망에서 비롯된 것이지. 모든 인생의 삶이 다 그런 것 아니겠어?"

채린도 이런 점에서는 핀세이 여사와 같은 마음을 가지고 있었다. 해마다 피서철이나 휴양을 즐기기에 알맞은 시즌이 돌아오면 세계의 돈 많은 갑부들은 호화로운 유람선이나 자가용 비행기를 몰고 유럽의 이름난 휴양지와 관광지로 때지어 몰려들어 휴양을 즐기며 카지노에서 도박으로 시간을 때우는 사람들로 북적거렸다.

유럽의 휴가 시즌이 다가오자, 핀세이 여사와 헨시 여사는 자기들이 수년간 심혈을 기우려 키워온 채린과 지혜, 명희, 혜린을 유럽의 최고 카지노 무대에 세우고 싶어 카지노 판에서 일어날 수 있는 여러 가지 위험요소들을 사전에 제거하기 위해 만반의 준비를 서두르고 있었다. 데나로는 얘기가 끝나자, 정중하게 인사를 마치고 몇 명의 부하들을 데리고 성문을 빠져나갔다.

노회장과 혜린은 성 안을 빠져나와 잔디밭 위로 걸었다. 하늘의 별이 유난히 밝아 보였고 그 별이 닿는 끝까지 한없이 걸어가고 싶었다. 잔디에 발이 밟힐 때마다 느껴오는 포근함이 좋았고 자기를 소중하게 생각해주는 사람과 함께하는 이 시간이 좋았다. 이런 감정을 사랑이 아니라고 해도 좋았다. 혜린에게 있어 이 시간은 사랑의 감정 이상으로 그녀를 행복에 젖게 하는 마법의 선물 같았다. 누가 먼저라 할 것없이 둘의 입맞춤이 이뤄졌다. 혜린의 포도알 같이 달콤하고 상큼함이 풍기는 혀가 노회장의 입속으로 스며들었다. 흘레를 하는 한 쌍의 뱀같이 한 몸으로 엉킨 둘은 입안 가득히 채워진 혀를 서로 빨아가며 숨이 막힐 듯 감미로운 촉감을 느끼는, 짜릿한 쾌감이 혜린의 등줄기를 타고 온몸으로 번져나갔다. 혜린은 숨이 가빠오자, 노회장에 대한 지금까지의 감정과 의지를 무너뜨리고 잔디에 풀썩 드러누웠다.

노회장이 혜린의 두툼한 귓불을 잘근잘근 씹으며 흰 목선을 따라 뱀처럼 부드러운 혀로 애무를 시작했다. 혜린의 호흡이 차츰차츰 거칠어지며 발정 난 암고양이가 내지르는 울음처럼 알아들을 수 없는 소리가 자신의 의지와 관계없이 별처럼 쏟아져 내렸다. 혜린이 풀 위에 쓰러진 채로 하늘을 바라보았다. 수많은 별들이 아름답게 밤하늘을 수놓았다. 노회장의 두툼한 손가락이 혜린이 입고 있는 블라우스의 버튼을 조심스럽게 열어 제치고 젖꼭지를 감싸고 있는 브래지어의 끈을 살짝 밀어 올리며 자신의 뜨겁게 달아오른 입술을 봉긋이 솟아오른 젖무덤에 갖다 얹고 부드러운 애무가 이어졌다.

아주 어렸을 때 엄마의 젖을 빨던 아기처럼 노회장의 애무는 열정적이며 격렬하게 리듬을 타고 연주하는 연주가처럼 혜린의 세포 하나하나에 정성을 쏟았다. 혜린의 심장이 터질듯이 불타올라 억제할 수 없는 지경에 이르렀다. 노회장은 서두르지 않고 마치 악기를 연주하는 노련한 악사처럼 혜린의 몸을 악기를 다루듯이 했다. 탯줄을 잘라낼 때, 생긴 자그마한 배꼽에 혀를 집어넣고 돌리자 혜린은 간지러운 듯 몸을 비틀며 신음소리를 내뱉었다. 서서히 그는 혜린의 치마로 손을 넣어 그녀의 신비스러운 음문에 손을 얹었다.

이미 그녀의 음문은 촉촉한 단비로 젖어 있었다. 노회장이 그녀의 앙증맞은 팬티를 끌어내리고 두 다리를 양 갈래로 벌린 채, 그녀의 촉촉하게 젖은 음문에 입술을 갖다 대고 소처럼 긴 혀를 그녀의 음문 깊숙이 밀어넣고 아주 달콤한 젤라또(이이스크림)를 조금씩 조금씩 핥아먹는 어린아이처럼 혀를 돌려가며 애무했다. 혜린은 참을 수 없는 비명을 질러가며 그의 머리를 힘주어 끌어앉고 놓아주지 않았다. 그녀의 음문에서 바닷가의 싱싱한 해초냄새가 풍겨왔다. 그녀의 음문입구에 우뚝 솟은 돌기(크리톨리스)를 이빨로 잘근잘근 깨물었다. 그녀의 온몸은 전기에 감전된 듯 자지러지며 온 세포가 움츠러들었다. 세포 하나하나마다 흥분의 땀구멍이 열렸고 음문 주위는 그녀가 쏟아낸 패로몬 향기의 액체가 흥건히 젖어 해초의 냄새를 풍기며, 주인이 문을 열고 들어설 때를 기다리고 있었다. 노회장이 시바의 음경상처럼 핏줄이 붉게 돋아난 성난 음경을 그녀의 음문 안쪽으로 조심스럽게 밀어넣었다.

혜린의 신음이 터져 나왔다. 뻐근하면서도 팽만감이 느껴졌다. 혜린이 극도로 흥분이 달아올라 항문에 힘을 조이자 음문 안으로 침입한 음경이 목줄이 막힐 정도로 옥죄어 왔다. 노회장은 자신의 음경이 혜린의 음문 안으로 빨려 들어가는 블랙홀 같은 느낌을 받았다. 언젠가 사내들끼리 음담패설을 주고받을 때 어떤 사내가 했던 말이 순간 생각이 났다. 명기는 사내의 음경이 음문 안으로 침입하면 꽉 힘을 주어 대문을 조이는 통에 음경이 성기 속에서 숨이 막힐 정도로 질식을 한다. 사내들이 일평생 한번만이라도 그런 여자를 만날 수 있다면 대단한 여복이 있는 거지.

노회장은 자신의 음경을 그녀의 음문 안에서 자유자재로 움직이며 강약을 조절하며 부드럽게 리듬을 탔다. 혜린도 흥분이 극치에 달아오르는지 온몸의 힘을 다 쏟아 노회장의 어깨를 끌어안고 오르가즘의 정상을 향해 질주했다. 혜린은 알 수 없는 말들을 수없이 쏟아냈다. 노회장은 맹수를 다루는 노련한 조련사처럼 성에 눈뜨지 않은 혜린의 세포 하나하나마다 흥분의 불씨를 피웠다. 앞으로 뒤로 측면으로 한 다리를 들어 올리고 노회장의 음경은 맹렬하게 음문 안으로 뻗어져 있는 미세한 세포들의 주위를 휘저으며 공격했다. 음경의 수그러들 줄 모르는 잔인한 횡포에 혜린은 온몸을 파르르 떨며 음문을 죄고 있던 항문의 괄약근의 힘줄을 풀어버렸다. 혜린의 온몸은 기쁨과 희열이 수반한 땀투성이로 번졌고 나른한 포만감으로 하늘 위에 떠있는 느낌이었다.

노회장은 혜린이 숨을 고르자 자신의 바지에서 손수건을 꺼내 혜린의 이마와 음문을 부드럽게 닦아 주었다. 노회장이 말했다.

"이럴 생각이 아니었는데… 미안하오!"

혜린이 피식 웃었다.

"그런 말은 우리의 행위를 모독하는 말이에요. 당신은 오래전부터 나를 안고 싶었잖아요? 그렇게 오랜 세월동안 뜸을 드리면서 말이에요? 제가 당신에게 그만한 가치가 있는 여잔가요? 이렇게 저를 위해 힘을 쏟게?"

혜린은 사내들이 욕망을 이루고 난 후, 달라지는 마음을 알고 있었다. 그래서 자기는 사내들과 성교가 끝나면 조금도 상대방에게 비굴하게 속박되어 버리는 나약한 모습을 보이지 않으며 살아왔다. 그냥 자기를 좋아하는 사람과 뜨거운 열정을 나눴다는 것만으로도 행복할 수 있었기 때문이다.

혜린이 풀밭을 손으로 더듬어 팬티를 집어 양다리에 끼고 입으려

하자 노회장이 손으로 팬티를 입혀주었다. 그리고 그녀의 음문에 입을 갖다 대고 뜨거운 입김을 불어넣었다. 혜린은 갑자기 뜨거운 입김이 음문 안으로 스며들자, 양다리를 옥죄며 노회장의 얼굴을 끌어안았다. 혜린은 두 손으로 부드럽게 노회장의 머리를 쓰다듬었다. 또다시 사그라졌던 정욕의 불씨가 서서히 불 피듯 피어올랐다. 노회장은 자신이 조금 전 입혀줬던 팬티를 또다시 끌어내리고, 그녀의 음문을 애무했다. 혜린의 신음이 푸른 잔디밭 위로 퍼져나갔다. 누군가 랜턴을 비추며 혜린을 찾고 있었다. 노회장이 기척을 느끼고 빠른 손놀림으로 팬티를 찾아 다시 입혀주었다. 혜린이 웃음을 터트렸다.

"봇물(농번기에 물을 대려고 막아논 수로를 말함)이 한번 터지니까 계속 물고(물을 막아논 수로를 여는 것)를 내려고 하는군요."

"그게 아닙니다. 제가 혜린씨를 이렇게 안을 수 있다는 것에 도취해서 그만… 지나친 욕심을 부렸군요! 미안합니다."

"그만큼 나를 가지고 싶었던 거죠?"

"그럼은요! 제가 얼마나 혜린씨를 오랜 세월 동안 가슴에 안고 살았는지 모르시죠? 필리핀에서 혜린씨를 간혹 보고 한국으로 돌아오면 때로는 혜린씨가 풀장에서 수영을 하던 모습을 생각하며 주책없이 자위도 하곤 했답니다. 사내들의 내면에 감춰진 성욕이라고 할까요? 어떤 흠모하는 대상을 상상하며 성적으로 빠져들어 수음을 하는, 남성들의 성도착이라고 할까… 신분이 높을수록 사회적 또는 환경적으로 드러낼 수 없는 위치에 있는 사람들이 의식의 밑바닥에서 꿈틀거리는 성욕을 음란한 대상을 생각하며 쏟아내려는 일종의 음란증이라고 할까요, 아무튼, 사내들은 겉으로는 다들 그렇지 않는 척 내색을 하지 않지만 속내들은 다들 음란증을 앓고 있는 환자들이 대부분이랍니다."

노회장은 진실하게 자기가 가지고 있었던 의식의 추한 밑바닥까지 혜린에게 털어놓았다.

"저는, 회장님이 뭐라 그러서도 좋아요. 제가 회장님을 좋아하고 사랑하고 있으니깐요."

"어머! 여기 있었구나. 얼마나 찾았는지 아니?"

채린이 두 사람의 다정한 모습을 보았다. 농섞인 말을 건넸다.

"회장님! 혜린이는 마음이 여리고 아직도 세상을 잘 몰라요. 그리고 사내들도 잘 모른다고 봐야죠. 저도 회장님을 잘 모르지만, 회장님께서 흔쾌히 비행기를 몰고 와 주신 열의를 보면 회장님의 신의는 대단하다고 생각하거든요. 물론, 거기에는 혜린을 생각하시는 마음이 극진하기 때문이라는 생각도 들고요. 어때요? 제말이 틀리지는 않았지요?"

"채린씨가 족집게 도사님 같군요. 제 마음을 속속들이 파헤치고 계시니까."

"아무튼 고맙습니다. 이렇게 저희들을 도와주셔서…"

채린이 정중하게 노회장에게 감사의 인사를 건네자, 노회장은 자기가 채린에게 필리핀에서 진 빚을 갚으려면 아직도 모자란다고 몇 번이나 말하며 겸손을 보였다. 성안으로 돌아오는 길에서도 노회장과 혜린은 두 손을 잡고 걸었다.

"노회장님, 제가 조금 질투가 나는데요! 그 손 좀 놓고 걸으시면 안 되나요?"

"아, 그렇게 하죠."

노회장이 더듬거리며 혜린의 손을 빼려고 하자 혜린이 말했다.

"언니두, 참… 회장님! 우리가 잡고 있는 이 손은 마음과 육체를 함께할 수 있는 사람들이 가지는 숭고한 예식과 같은 것이에요. 어느 누구라도 우리의 손을 떼어놓을 순 없어요. 언제든지 회장님이 이 손을 놓으시면 저는 아무런 부담도 없이 훌훌 회장님의 곁을 떠날 수 있어요. 그러니까 어느 누가 뭐라고 해도 이 세상의 시선이 우리를 어떻게 바라보든 이 손을 놓아서는 안 돼요. 제 말 아시겠죠?"

혜린이 힘주어 말했다. 노회장은 혜린의 손을 더욱 힘주어 잡으며 종알거렸다.

"그럼은요! 얼마나 소중하게 이뤄진 사랑인데 제가 이 손을 놓겠습니까."

노회장은 혜린이 혹시라도 마음에 상처를 입을까봐 억양을 높여가며 자신의 의지를 강하게 나타냈다. 채린이 유쾌해졌다.

"혜린아 미안! 언니는 너와 회장님 사이가 이렇게 돈독한 사이인지 미쳐 눈치를 못챘어… 미안."

어둠이 짙게 깔린 하늘 위에는 유난히 별들이 반짝거려 보였다. 다음날 아침 일찍 노회장이 채린의 방문을 노크했다. 채린이 방문을 열자, 문 앞에 노회장이 한 움큼의 꽃을 들고 서있었다. 혜린이 좋아하는 빨간 카네이션과 거베라와 데이지등과 클라디오르스를 성의

있게 섞어 만든 꽃다발이었다. 채린이 깜작 놀라며,

"어머! 회장님. 이런 꽃들을 밤새 어떻게 구하셨어요?"

채린도 정말 놀랐다. 어떻게 이런 꽃다발을 생각했는지. 혜린을 사랑하는 그 깊이가 천길만길의 깊은 호수와 같아 보였다. 혜린은 일찍 일어나서 자기를 아껴주는 사람의 떠남을 보기 위해 화장도 서둘러 마쳤다. 이를 알 리 없는 채린이 방밖에서 머뭇거렸다. 혜린이 안에서 문 입구로 걸어 나와 두 팔로 노회장의 목덜미를 감싸 안았다.

"들어오세요!"

혜린 특유의 비음이 섞인 예쁜 목소리였다.

"언니, 미안!"

노회장이 머뭇거리자 혜린이 노회장의 손을 잡고 방안으로 잡아당겼다. 노회장이 이끌리듯이 방안으로 들어오자, 채린이 빙긋이 웃음을 지었다. 노회장이 안주머니에서 한 묶음의 수표책을 꺼내 혜린에게 건네주었다. 노회장이 멋쩍은 표정으로 머리를 긁적거리며 말을 이었다.

"내가 한국으로 돌아가면 혜린씨가 아무래도 외국에서 생활하다 보면 용채가 필요할 것 같아, 이곳으로 오기 전에 한국에서 혜린씨 이름으로 체크카드와 몇 가지 카드를 만들어 왔던 겁니다."

노회장은 하얀 봉투 하나를 건네주었다. 곁에서 이를 지켜보던 채린이 말을 받았다.

"회장님, 그렇게 하지 않으셔도 저희들도 충분하게 여유 돈이 있어요."

혜린이 성격상 자존심이 강해서 남들에게 쉽사리 도움을 받는 성격이 아니라서 어떻게 받아드릴지… 혹시 맘이라도 다칠까 하는 걱정에 채린은 난감한 표정을 지으며 혜린의 얼굴을 쳐다보았다. 노회장이 다시 말했다.

"혜린, 당신이 말했잖아요. 사랑하는 사람끼리는 소중하게 지켜주는 것이라고… 그런데, 왜 내 사랑의 감정을 무시하려드는 거지요? 잘못했지요?"

노회장은 때로는 부성애다운 자애로움으로 혜린을 대했다. 혜린이 더 이상 거절한다는 것은 사랑의 감정을 상하게 하는 것이라는 생각이 들어 고개를 끄덕거렸다. 미국 스탠다드 은행에서 발행한 1000불짜리 20장 묶음의 수표책 아래는 혜린의 영문 이니셜이 새겨져 있었다.

채린과 일행들은 이별의 인사를 나누었다. 노회장은 조금도 주위를 의식하지 않고 혜린에게 말했다.

"첫째, 건강하고 둘째, 항상 나를 생각해야 해요."

혜린이 어린애 같은 노회장의 순수함에 미소로 답변했다. 노회장과 일행들이 공항 안으로 들어가, 모습이 보이지 않을 때까지 혜린은 그 자리에 서 있었다. 채린이 혜린의 손을 잡고 공항의 현관문을 열고 나와 작은 광장 앞에서 하늘을 쳐다보았다. 얼마쯤의 시간이 지나자 한 대의 비행기가 요란한 굉음을 내며 페레톨라 공항을 날아올랐다. 혜린이 손을 흔들었다.

채린과 일행들은 차에 올라 피렌체로 돌아왔다.

혹독한 카드 연습

헨시 여사가 일행들을 한 자리에 모았다. 꽤 넓은 응접실 안에는 카지노판을 그대로 옮겨놓은 듯 둥근 원탁 테이블과 바카라와 불랙잭을 할 수 있는 매끈하게 다듬어진 타원 테이블이 놓여있었다. 헨시 여사와 핀세이 여사가 카지노에서 사용하는 칩과 동일한 모조 칩을 커다란 통에서 한 움큼씩 끄집어내서 일행들에게 나누어 주었다. 칩의 종류는 앞면에 100프랑에서 부터 500프랑 1000프랑까지의 금액이 표시되어 있었다. 핀세이 여사가 굳은 표정으로 바카라 게임에서 특별하게 주의할 점을 설명을 했다.

"바카라 게임을 시작할 때, 자리 배정은 내가 캉(신호)을 보낼 때까지 자리에 앉지 말고 테이블 주위를 살피면서 시간을 끄세요. 뱅커와 쿠루피어(딜러)가 테이블에 미리 앉아 있으면 뱅커 오른쪽은 내가 앉을 거예요. 그리고 뱅커 맞은편에는 혜린이 앉고 혜린의 다음다음 자리에 지혜가 앉아야 해요. 그리고 채린과 명희는 다른 플레이어들이 자리에 앉는 대로 사이사이에 끼어들어 적절하게 앉도록 하구요, 헨시 여사는 자신이 선택해서 앉을 거예요. 모두가 자리에 앉게 되면 쿠루피어가 테이블 위에 놓여진 여러 목의 카드를 개봉해서 샤프를 한 후 슈(카드를 집어넣고 뺄 수 있도록 만들어진 기구)에 넣을 카드를 오른쪽으로 밀어놓게 되면, 내가 카드의 중간부분을 떼어 테이블에 앉아있는 사람들에게 보일 때, 나는 이미 카드 밑장 서너 장의 숫자는 밑장보기로 파악하고 있으니까, 내 캉에 따라 채린과 혜린, 명희와 지혜가 적절하게 자연스럽게 모션을 취하며 배팅을 하면 되는 거예요."

바카라 게임에서는 첫 번째 손님이 카드를 받지 않으면, 다음 번 자리에 앉은 사람 앞으로 선택권이 돌아간다. 그 다음 손님 역시 카드를 패스하면, 그 다음 사람으로… 이런 식으로 카드의 진행이 이루어지며 뱅커가 걸어놓은 돈의 액수만큼 테이블에 앉은 손님들이 돈을 걸지 않으면, 테이블 뒤에 서서 게임을 지켜보는 사람들도 배팅을 할 수 있다. 그러나 큰판에 앉은 플레이어들은 뱅커가 많은 금액을 판돈으로 걸고 시작하면 그 돈을 따기 위해, 적절한 배팅과 함께 승부를 걸기도 하는 것이다.

그 날의 게임 운에 따라 뱅커와 플레이어와의 확률은 50 대 50이지만 뱅커는 플레이어보다 약간은 유리한 입장이며, 플레이어들이 두 장의 카드를 받은 후, 점수가 좋지 못해 남은 한 장의 카드를 더 받을지 안 받을지를 결정할 때, 눈치 빠르게 이를 간파해서 플레이어들이 잡고 있는 점수를 대충 감각으로 알아차리고, 자기가 받은 카드의 점수가 5점일 때, 한 장의 카드를 받아야 할지, 안 받고 그대로 오픈을 해야 할지를 결정할 때, 이런 점에서는 약간은 뱅커가 유리한 것이다.

지혜는 상대방이 카드를 받을 때, 일어나는 예민한 반응을 체크하여 상대방이 잡고 있는 카드패의 점수를 어림잡아 알아맞힐 수 있는 초인적인 카드감각을 지니고 있었다. 그런 감각으로 뱅커와 플레이어들이 카드를 받아 테이블에 깔아놓은 카드패의 무늬와 숫자를 체크하여 적절한 찬스마다 판을 키우기 위해 명희에게 캉을 보내면, 명희는 배팅을 고액으로 걸며 판돈을 키우는 것이었다.

바카라 게임은 뱅커와 플레이어가 각각 두 장의 카드를 받은 뒤, 먼저 플레이어가 두 장을 합산한 접수가 8점이나 9점을 잡았을 때, '내추럴'이라고 하면서 카드를 뒤집어 테이블 위에 펼치면, 이때 뱅커가 자신이 잡은 카드의 점수가 동점일 때는 타이라고 해서, 그 카드를 테이블 위에 펼쳐놓고 각각 한 장의 카드를 더 받아 나오는 점수로 승부를 가르고 플레이어가 두 장을 합산해서 7점을 잡게 되면, 나머지 한 장의 카드를 받을 수 없어 카드를 테이블에 내려놓고 카드의 앞면을 두드리면 그때서야 뱅커는 자기의 카드를 볼 수 있는 것이다. 이때 뱅커도 7점을 잡았을 때에는 다시 새롭게 카드를 받아 승부를 가르는 것이다.

만약 플레이어가 5점을 잡았을 때는 한 장의 카드를 더 받을 수 있으며 만약 플레이어가 5점 만으로 승부를 가르고자 할 때는 뱅커는 직관으로 플레이어가 몇 점을 잡았는지를 판단해서 자신이 5점의 카드를 손에 쥐고 있을 때, 한 장의 카드를 더 받을지 안 받을지는 플레이어들의 카드 하는 습관을 눈여겨보면서 판단하는 것이다.

만약 뱅커가 판단을 잘못하여 플레이어가 석장을 합하여 높은 점수인 7점 이상으로 잡은 것으로 오인하여 한 장의 카드를 더 받아 5, 6, 7, 숫자의 카드를 받게 되면 마지막으로 높은 점수 7점을 더한다 해도 3점밖에 안되어 게임에서 패하는 것이다. 바카라는 카드 두 장을 보고 두 장을 합한 점수가 8점이나 9점이면 내추럴이라고 해서 승부에서 이기는 것이며 석장의 카드를 받아 10자리숫자를 뺀 나머지 9점을 잡은 사람이 게임에서 이기는 단 한판의 승부로 거액을 가져올 수 있는 도박사들의 게임이다.

핀세이 여사는 바카라 테이블에서 일어나는 여러 가지의 변화에 맞춰 적절하게 대응하며 치고 빠지는 방법과 주로 뱅커에게 이길 수 있는 전략을 주야로 중점적으로 연습시켰다. 간간히 틈을 내어 헨시 가족과 함께 성 밖을 맘껏 달리며 유럽의 카지노 판을 휩쓸 계획을 철저히 해나갔다.

데나로에게 지시를 내린지 수일이 지나자, 메모에 적힌 인물들이 속속들이 성으로 찾아들어 핀세이 여사를 찾았다.

"에쎄라(반갑다), 볼세이카, 말로이, 다비노"

핀세이 여사는 중후한 노년의 신사, 숙녀들의 이름을 한 명 한 명 불러가며 그들에게 다가가 포옹하며 기쁜 표정으로 인사를 건넸다.

볼세이카는 러시아 도박사로서 이태리에 거처를 가지고 있으며 유럽의 카지노계에서 한때 명성이 자자했다. 특징은 상대방의 미세한 눈꺼풀의 움직임 만으로도 그가 좋은 점수를 잡았는지 나쁜 점수를 잡았는지를 알아내는 예리한 도박사로서 주로 모나코와 니스, 도빌 등의 카지노를 찾아다니며 축제 시즌마다 한 탕씩 털어가는 카지노 계에서는 꽤 명성이 나 있는 사람으로 평가받는 도박사이다. 특기는 팔소매에 카드를 숨겨두었다가 바꿔치기 하는 매직탄의 명수였다 .

　말로이, 몸집이 비대하고 위트 넘치는 성격을 가진 자로서, 한때 프랑스 니스파의 깽 조직으로 활동하다, 휴가철이나 관광시즌이면 프랑스의 니스, 도빌, 그리스 로도스섬 등의 카지노를 순회하며 크게 한탕씩 찍어가는 도박사이며, 특징은 카지노에서 번 돈의 50프로는 쿠루피아나 플로어퍼슨 등과 핏보스 등에게 나눠주는 의리파라 카지노 직원들로부터 후한 대접을 받는 도박사다. 니스파는 프랑스 하류조직의 마피아들이며, 주로 매춘과 마약을 취급하는 저급의 갱단이다.

　에슬리는 스웨덴 왕족의 육촌으로 서민출신인 릭토리아 여왕과 친밀한 관계를 유지하며 볼보그룹의 합작회사로서 항공기 주력사업을 이끄는 사그랜사 대표의 부인이며, 젊었을 때는 유럽의 유명모델로서 인기를 끌었던 여자이다.모델시절부터 승마, 요트, 카지노에 흠뻑 빠져 부친의 많은 재산을 탕진하였지만 스웨덴과 잉글랜드에 아직도 많은 부동산의 재산을 가지고 있는 지적인 매력과 세류미가 넘쳐흐르는 여자다. 카지노 실력은 보통급이나 일단 게임을 시작하면 끈기를 가지고 물고 늘어지는 성격에 가진 돈이 다 털릴 때까지 일어서지 않는 카지노에 흠뻑 빠진 여자이며, 유럽의 카지노 판에서는 매너가 좋은 손님으로 이름이 나 있으며, 그녀의 매력에 푹 빠진 정부가 생활비와 카지노 자금을 대주고 있었다.

매년 5월 중순부터 말일 경까지 프랑스 남부의 휴양 도시인 칸느에서 영화제가 열릴 때마다, 세계의 많은 영화인들과 관련자들이 칸느로 몰려들어 크로아제트대로의 선착장에는 유럽과 세계의 곳곳에서 몰려든 호화로운 요트와 유람선들로 가득 차 있었다. 해변을 따라 화사한 꽃들과 종려나무들이 즐비하게 늘어서 있는 거리 한쪽으로는 고급 호텔과 화려한 상점들에는 유명브랜드 상품들이 호화롭게 진열되어 있었다. 배우들과 관광객들의 호주머니를 터는 가게들이 만들어져 있었다.

한편 미모의 영화배우들이 머무는 호텔 등을 맴돌며 고급차량 등을 제공하며 접근하는 뷰티샵의 마담들과 샤갈이나 마티스의 위조미술품을 교묘한 방법으로 변형시켜 전문가조차도 감정이 어려울 정도로 위조된 작품을 고가의 미술품에 섞어 보석 등을 제공하며 유인하는 고급 갤러리상들과 마약상 등도 많았다.

몇 년 전 러시아의 유명한 여배우가 보석상으로부터 5캐럿의 다이아몬드 반지를 선물 받고 그의 요트로 초대되었다가 보석상이 건넨 음료수를 마시고 깜박 잠에 취한 사이에 여러 명의 사내들에게 겁탈을 당하고 나체사진까지 찍혀 신고도 못한 채 귀국했던 쇼킹한 사건도 있었다.

핀세이 여사는 세 사람의 애기를 다 듣고 난 후, 성문을 지키는

214

수비 대장처럼 힘이 들어간 목소리로 말을 꺼냈다.

"볼세이카는 그리스 로도스섬의 아크로폴리스 호텔카지노의 플로어퍼슨을 포섭해서 큰판을 벌릴 수 있는 바카라 게임의 뱅커자리를 잡을 수 있도록 힘써주세요. 물론, 부자들이 앉아야하는 자리여야 됩니다. 기간이 더 짧아 질 수도 있겠지만 그것은 그때 가서 판단하고요."

볼세이카는 얼굴에 화색을 띠며 싱긋 웃었다.

"예, 마담! 실수없이 진행하겠습니다."

"그리고 말로이는 몬테카를로스 그랑카지노와 디 파리스호텔 카지노에 손이 닿는 직원을 포섭해서 칸영화제가 끝나고 모나코로 몰려드는 고급 손님들과 게임을 할 수 있도록 바카라 뱅커 자리를 일주일간은 무슨 일이 있더라도 두 자리 이상은 우리가 확보할 수 있도록 주선하세요. 돈이 얼마가 들더라도 이 시즌을 놓쳐서는 안됩니다."

프랑스 남부지방의 지중해를 끼고 해변으로 연결되어 있는 칸느에서 모나코까지는 차로 약 20분 거리이며, 칸영화제에 참석한 배우들이나 부호들의 대다수가 니스와 모나코를 들려 휴양 겸 카지노에서 관광을 즐기는 것이 코스였다. 핀세이 여사는 그리스 로도스섬의 아크로 폴리스호텔 카지노를 우선 순으로 잡았다.

예리한 도박사

니스에서 그리스 로도스 섬까지의 거리는 쾌속정으로 8시간 거리의 천혜의 섬으로 그리스나 프랑스, 이태리 그 외에도 중동의 갑부들이 호화유람선을 몰고 찾아드는 유럽최고의 휴양지 겸 카지노 판이 벌어지는 곳이기도 했다.

핀세이 여사는 에슬리의 얼굴을 쳐다보며 부드럽게 말했다.

"에슬리는 당신 남편의 회사이름으로 칸영화제가 열리는 날부터 5일간만, 그랜드 하얏트 칸 호텔의 펜트하우스 스위트룸을 예약해 주세요. 가급적이면 회사이름으로 예약을 해야 합니다."

칸영화제가 열리기 수개월 전부터 최고급 호텔에 누가 묵을 것인가 하는 것도 영화제에서는 큰 이슈였다. 그랜드 하얏트 칸 호텔의 펜트하우스는 환상적인 지중해의 풍경을 껴안고 있으며 4개의 침실과 욕조를 갖추었다. 두 개의 라운지와 서재, 터키식 욕실, 샤워 시설 그리고 라운지형 사우나에 나무 테크로 된 테라스가 딸려있었고 대리석으로 된 침실은 아르데코 풍 가구로 꾸며져 있었으며 욕실에는 피카소, 마티스 같은 거장들의 판화작품을 감상할 수도 있게 꾸며져 있었다. 루프탑 가든에는 지중해의 코발트색 빛깔의 칸느 해변의 멋진 바다를 바라보며 지쿠지(건물의 최고 높은 곳에 만들어놓은 노천탕)에서 욕조를 즐길 수 있는 최상의 호텔이었다.

영화제가 열리는 칸느 크로아제트 거리는 세계에서 몰려드는 유명인사와 영화배우들이 숙박하는 최고급 호텔을 비롯해 고급 레스토랑과 헤어 뷰티크 등이 가득했다. 핀세이 여사는 채린에 대해서는 씀씀이가 워낙 통이 큰 여자며, 과시욕과 허영을 적절하게 이용하며 여자들의 최고의 무기인 미를 가꾸고 지켜가면서 최대한의 실익을 뽑아내는 여러 번의 행동을 수 년간 지켜보면서 혀를 내두르며 감탄을 할 때가 한두 번이 아니었다.

칸 영화제가 열리기 전 5월 초부터 그녀들이 머무를 곳은 그리스 로도스 섬의 아크로폴리스 호텔과 칸의 하얏트호텔 스위트룸과 모나코 몬테카를로스 디 파리스 호텔 스위트룸 3곳으로 정해졌다. 핀세이 여사가 일행들의 얼굴을 바라보며 강조하듯이 말했다.

"모든 경비는 저희들이 부담합니다. 그리고 이번에 거둬드리는 이익금 중 경비를 뺀 나머지 금액은 식구들과 공평하게 나눌 겁니다. 물론 이익이 많을 수도 있지만 게임이 잘 풀리지 않을 때는 적을 수도 있습니다. 특히 주의할 것은 철새(시즌마다 찾아다니는 전문 도박사)들이 카지노 판에 앉았을 때는 무슨 일이 있더라도 적당한 이유를 내세워 판을 쫑(끝내는 것)내야 합니다. 우리는 조직을 갖춘 전문 도박사들입니다. 나 한 사람의 실수가 조직전체를 위기에 몰아

넣을 수도 있다는 것을 명심하고 침착하게, 그리고 여유를 가지고 카드를 하셔야 합니다."

얘기를 마치자, 핀세이 여사는 채린과 혜린과 지혜를 응접실 안으로 불러들여 인사를 시켰다. 에슬리가 그녀들의 의상과 몸매를 훑어보며 미소를 지으며,

"동양의 미인들이 돈푼깨나 있는 유럽과 중동 사내들의 가운뎃다리를 움켜쥐겠군요."

핀세이 여사가 에슬리의 농섞인 말을 들으며 웃음을 터트렸다. 대화를 마친 볼세이카와 말로이, 에슬리 여사가 차에 오르며 위트를 곁들여 말을 건넸다.

"아플로디데의 여신들을 보는 것 같아 유럽의 카지노 판이 어떻게 전개될지 흥미가 느껴지는 군요."

핀세이 여사가 웃음을 머금으며 그녀들이 타고 있는 차로 다가서 흰 봉투를 하나씩 건네주었다.

그들이 떠나고 난 다음날 해질녘 무렵, 데나로와 그의 부하들이 탄 차들이 소음을 줄인 채 미끄러지듯 줄지어 성 안으로 들어와 현관 앞에 멈추어 섰다.

앞서 차에서 내린 부하인 듯 한 사내가 서둘러 중간부분에 있는 차로 다가서 차문을 열자, 데나로가 여유로운 표정으로 차 밖으로 나왔다. 멋진 밤색 스프라이터의 재킷이 검정 구레나룻와 조합을 이루어 한층 위엄이 돋보였다. 미리 약속이 된 듯 핀세이 여사와 채린이 반가운 기색을 보이며 이들을 맞이했다.

핀세이 여사를 포옹하며 볼에 입맞춤을 했다. 데나로가 채린에게 다가서서 부드러운 목소리로,

"차오벨라(누님)"

두 팔로 채린의 몸을 감싸안고 가볍게 볼에 입맞춤했다. 채린도 가족을 만난 듯 친근감이 물씬 묻어난 표정으로 데나로의 인사를 받아드렸다. 부드러운 천으로 감싸져있는 가방이었다. 채린이 만족한 모습을 보이자, 데나로가 기분이 좋은 듯 얼굴에 미소를 지어보였다.

핀세이 여사가 손짓으로 안쪽을 가리키자, 데나로와 일행들이 일사불란한 동작으로 현관문을 열고 안으로 들어가 레스토랑에 앉았다. 핀세이 여사와 채린이 그들이 앉은 자리에서 조금 떨어져 있는 테이블에 앉자, 데나로가 자리에서 일어나 그녀들 쪽으로 다가와 미소를 지으며 자리에 앉았다.

"그래! 데나로, 내가 알아보라고 한 것은 충분하게 알아봤겠지?"

"저희들이야 괜찮습니다만! 로도스 섬은 공항시설이 없다보니 교통편이 여간 불편한 게 아닙니다. 마님께서 움직이시기가 좀 불편하시겠지요. 그리고 요즘 로도스 섬의 카지노를 찾는 손님들이 부쩍 줄어들어 큰 판이 벌어지는 일이 드물다고 합니다."

데나로가 그리스 로도스 섬의 카지노에 대한 부정적인 시각을 드러내자, 핀세이 여사의 얼굴이 순간 굳어져보였다.

"마님! 또한, 유럽의 카지노 판들도 예전과 같지 않아 좀바리 (작은)판들이라 모나코와 칸과 니스(프랑스 남부지방의 휴양도시)를 제

외한 마드리드나 바르셀로나 같은 대도시의 카지노에서 가끔씩 큰 판이 벌어지기는 하지만 워낙 실력이 뛰어난 유럽의 도박사들이 신분을 감추고 카지노 판에 거머리처럼 끼어드는 참에 웬만한 실력으로는 게임에 이길 확률이 그다지 높지 않을 거라고 카지노 직원들이 말했습니다."

데나로는 핀세이 여사가 유럽을 떠난 지 10년 만의 귀향이라 옛날의 향수에서 벗어나지 못하고 있다는 느낌을 받았다. 잠자코 데나로의 애기를 듣고 있던 핀세이 여사가 냉정하게 현실이 파악 되었는지 고개를 끄떡거리며 데나로의 애기에 공감을 표했다.

"데나로, 니스나 칸느, 모나코에서 활동하고 있는 프랑스 계열의 마피아들과는 친분관계가 있느냐?"

핀세이 여사는 자기들이 혹시라도 그들이 고용한 도박사들과 맞붙게 될 경우에 좋지 않은 일이 일어 날 수도 있을 것 같아 물었던 것이다.

데나로는 근래에 보기 드물게 목줄이 돋아날 정도로 힘주었다.

"마님, 지금은 저희들의 세계가 옛날과는 전혀 다릅니다. 마님이 카지노에서 한참 명성을 날리셨을 때만 해도 쥐꼬리만 한 이익을 얻기 위해 목숨들을 걸고 총격전을 벌렸지만 이제는 극한 상황이 아니면 서로 간에 총질은 거의 하지 않는다고 봐야죠. 하지만 서로 이해를 달리할 때는 그 버릇이 어디 가겠습니까. 조직의 이익을 위해서는 총질을 해야겠지요."

"그럼, 프랑스 마피아들과는 유대가 좋다는 건가?"

"그렇다고 보시면 됩니다. 특히 칸느와 니스, 모나코는 프랑스에서도 악명 높기로 이름나 있는 코르시카 마피아인 유니온 코르스파와 마르세유 갱단인 라온 하르트 패밀리와 부르고뉴 갱 블랙드골과 함께 프랑스의 3대 마피아들이 남부지방을 본거지로 활동하고 있어 그들 조직이 개입되지 않는 한 저희들과는 좋은 관계를 유지하고 있어 별다른 충돌은 일어나지 않을 것입니다."

핀세이 여사가 데나로의 얼굴을 뚫어지게 쳐다보았다. 그녀의 두 눈에서 번지는 섬뜩한 분노와 울분의 시선이 데나로의 등줄기를 타고 짜릿하게 느껴졌다. 데나로가 경직된 목소리로 물었다.

"벤디타(복수)를 원하시는 겁니까?"

"데나로, 나는 지금까지 10년 전 비참하게 총에 맞아 죽어간 우리의 가족들을 단 한 순간도 잊어 본적이 없다. 그런데 너의 얼굴 어디에서도 가족들의 죽음을 안타깝게 생각하는 모습이 보이지 않는구나."

10년 전 말을 타고 초원을 달리던 앙드레 백작과 아들이 괴한들의 총에 맞아 죽어갈 때 마구간 일을 하던 데나로의 아버지도 괴한들에게 말을 내주지 않으려고 버티다가 마구간에서 여러 발의 총알을 맞고 죽었다. 데나로는 얼굴을 들 수가 없었다. 그리고 마음속으로 말했다.

'마님 제가 왜 가족들의 억울한 죽음을 잊었겠습니까. 마님이 한 순간도 잊지 않고 살아오셨듯이 저 역시 가족들의 비참한 죽음을 잊어 본적이 없답니다. 그런데 상대방들이 누구인지 어떤 조직이었는

지 수 년을 알아 봤지만 알 수가 없었답니다.'

핀세이 여사가 데나로의 얼굴을 두 손으로 쓰다듬었다.

"내가 너에게 마음의 상처를 준 것 같구나! 나이가 들다보니 불현듯 가족생각이 떠올라, 그만 속내를 드러내고 말았구나."

핀세이 여사는 데나로의 얼굴에 뺨을 비비며 형체를 알 수 없는 가슴속 깊은 곳에서 솟구치는 슬픔의 눈물을 닦아내렸다. 데나로가 핀세이 여사의 야윈 몸을 두 손으로 감싸안으며 말했다.

"어머니, 마피아란 말의 뜻이 뭔 줄 아십니까? 사랑하는 자기 가족들을 지키기 위한 처절한 몸부림에서 나온 말입니다."

데나로는 가족들의 죽음을 잊고 살아 온 것이 아니었다. 주름진 핀세이 여사의 얼굴에 화색이 돌아 보였다. 핀세이 여사가 1차로 잡은 그리스 로도스섬의 아크로폴리스 카지노를 공략할 계획을 수정했다.

"데나로, 니스 부근에 전망이 좋은 집을 한 채 렌트하도록 해! 가급적이면 바다가 보이는 산 쪽이면 더 좋고…. 칸 영화제가 열리는 시기가 5월 14일부터 2주간 정도이니까 최소한 우리들이 니스에 머무는 기간은 10일 이내가 될 거야! 그리고 니스의 네그레스코 카지노와 콩테드 호텔의 카지노에서 판을 벌리고 5월 12일경은 칸느로 옮길 거니까. 우리들과 겹치지 않는 호텔 등을 니스와 칸느, 모나코에 얻어 놓도록 해! 가급적이면 코트다쥐르(지중해를 끼고 이태리 제노바에서부터 남프랑스 니스와 칸느 모나코를 잇는 해안을 끼고 있는 휴양지)쪽의 번화한 해변쪽 호텔을 선택해서 말이야. 그리고 차량은 최고급으로 준비하고 차 한대마다 운전수와 경호원은 3명으로 하되 외모가 뛰어난 애들로 준비하고 채린과 혜린이 한국의 영화배우들이니 만큼 모든 스케줄이 자연스럽게 이뤄져야 돼! 그리고 니스 네그레스코 호텔 카지노와 콩데트니스 호텔 카지노의 직원들을 포섭해서 그럴듯한 소문도 퍼트려놓고 큰 판에 앉는 사람들의 정보도 알아보면서, 사전에 큰 게임을 할 거라는 적당한 소문도 풀어놔! 그래야 큰 판에 앉을 사람들이 몰려들지 않겠어? 참 그리고 용모가 단정한 헤어디자이너와 맛사지 걸도 각각 한 명씩 준비해주고!"

핀세이 여사는 조금 전 슬픔을 보였던 모습은 찾아볼 수가 없을 정도로 열정을 풍기며, 데나로에게 빠른 어투로 주문을 했다.

"저희들이 특별하게 달리 준비해야 할 것이 있습니까?"

핀세이 여사가 고개를 끄덕거리며 무엇인가를 생각한 듯 커다란 두 눈을 끔벅거리며 말했다.

"잘 물어줬구나. 내가 깜박 잊어버린 것이 있었네. 사람의 일이라는 것은 모르는 거야! 행운과 불행은 뜻하지 않은 곳에서 바람처럼 찾아들 수도 있다는 것을…"

만약 불시에 니스나 칸느, 모나코에서 극한 상황이 벌어지게 되면 육로로 그곳을 벗어나는 것보다는 해상으로 벗어나는 것이 한결 위험이 적었다.

"데나로, 만약을 대비해서 속도가 빠른 다인승 요트도 준비해둬야 할 것 같구나."

데나로는 핀세이 여사의 지시를 받으면서도 속으로 이해가 되지 않는 점이 많았다. 데나로가 핀세이 여사로부터 충분한 설명을 듣고 자리에서 일어나자, 채린이 작은 가방 하나를 데나로에게 건네주었다.

"사랑하는 동생을 얻게 되서 기뻐요."

채린이 건네는 가방을 받아쥔 데나로의 얼굴에 감사함이 물씬 풍겨졌다. 가벼운 이별의 입맞춤을 나누고 데나로는 차에 올랐다. 핀세이 여사와 채린 그리고 명희와 지혜가 손을 흔들어 주었다.

차가 요란한 엔진소리를 내며 성 밖으로 달려나갔다. 핀세이 여사가 서둘러 응접실 안으로 들어서 어딘가로 전화를 걸었다. 수화기를 타고 신호음이 들렸다. 잠시 후 수화기 속으로 말이 흘러나왔다.

"에슬리입니다."

핀세이 여사가 기쁜 듯이 인사말을 건네고 말을 건넸다.

"에슬리! 스케줄이 변경되었어요. 일행들에게 전해줘요. 그리스 로도스 아크로폴리스 카지노는 지금 좋은 손님들이 몰려들지 않는데요. 그래서 니스와 칸느 그리고 모나코로 스케줄을 변경했어요. 호텔 콩테드 니스 카지노 등 두 곳에서 판을 벌리고 5월 12일경 칸느로 옮길 거예요."

에슬리는 핀세이 여사의 주문을 이해한 듯 마지막 인사의 말을 끝내고 전화를 끊었다. 핀세이 여사가 말을 꺼냈다.

"가급적 오늘부터 살찌는 음식은 조절하고 체력을 충분하게 비축할 영양식으로만 먹도록 해요! 그리고 조금 있으면 멋진 분들께서 방문하시니까… 가급적 화장실에서 음식찌꺼기들을 말끔히 쏟아내도록 하고요!"

채린이 핀세이 여사의 말을 들으며 웃음을 지어보였다. 지혜와 명희, 혜린이 무슨 영문인지 몰라 어리둥절한 모습을 보이자 채린이 말해주었다.

"조금 있으면 이곳으로 크리스찬 라보르와르(프랑스의 유명디자이너) 선생님께서 방문하신데… 그러니까 여사님이 말씀하신거야."

명희와 지혜가 서둘러 자리에서 일어나 응접실을 부리나케 빠져나가자, 싱그러운 포도알 같은 여자들의 풋풋한 응석을 바라보며 핀세이 여사와 헨시 여사와 채린이 한바탕 웃음을 터트렸다.

린넨 치마를 두른 예쁜 소녀가 방문을 노크했다. 핀세이 여사가 직접 문쪽으로 다가서 응접실 문을 열자, 방 입구에 서너 명의 사람들이 서 있었다. 핀세이 여사가 그중 한 남성에게 다가서 '라보르와르' 하고 그의 이름을 부르며, 야윈 두 팔을 크게 벌리고 사내를 껴안고 인사를 나누었다. 사내는 50이 훨씬 넘어 보이는 중년의 사내였고, 머리 중간부분에 머리숱이 적어 옆머리를 길게 길러 중간부분을 커버를 했다.

혜린이 순간 자신도 모르게 웃음을 터트렸다. 라보르와르는 위트(재치)가 넘치는 디자이너였다. 왜 혜린이 웃었는지 알고 있는 듯 혜린에게 가까이 다가와 두 팔을 벌리고 인사를 받을 준비를 하고 있었다. 유창한 영어로,

"미스 혜린, 정말 보고 싶었어요. 핀세이 누님과 채린 회장님에게 듣던 대로 정말 아름답군요. 그리고 당신이 왜 웃었는지도 잘 알

아요. 내가 누군가와 닮았기 때문이죠."

그랬다, 한국의 유명한 디자이너 봉남이 오빠(고 패션디자이너 앙드레김)를 쏙 빼닮은 듯 라보르와르의 모습에서 앙드레 김 오빠를 보는 것 같아 웃음이 터져 나왔던 것이다. 봉남이 오빠는 한 번도 짜증을 내거나 화를 쏟는 것을 볼 수 없었다. 그렇게 앙드레 김은 채린과 혜린에게 오빠 이상으로 존경스러운 존재이었다.

라보르와르가 손바닥을 두드리며, 깊은 포옹 그리고 연신 채린의 이마와 볼에 입맞춤하며 둘은 떨어질 줄 몰랐다. 채린도 라보르와르의 품에 얼굴을 묻고 가만히 애완견처럼 있었다. 라보르와르와 채린의 관계를 잘 알지 못하는 혜린으로서는 두 사람이 연인 같아 보였다. 곁에 있던 헨시 여사에게도 라보르와르는 포옹을 하며 이마와 볼에 입맞춤을 했다.

소믈리에인 시뇨레가 쟁반에 포도주를 갖고 안으로 들어왔다. 오래전부터 소물리에인 시뇨레도 라보르와르를 알고 있는 듯 두 사람도 반가운 인사를 주고받았다.

라보르와르는 유리잔에 입을 갖다 대고 와인 맛을 음미했다.

"굳! 역시 시뇨레의 와인 선택은 언제나 엑설런트하군요."

혜린은 왜 그가 유럽에서도 한 번도 받기 힘든 오투퀴드르 황금 골무상을 두 차례에 걸쳐 받았는지 이해가 되었다. 사람의 마음을 얻을 수 있는 편안함… 그런 사람이 만든 옷에는 생명이 있었고 혼이 있기 때문에 오래토록 변함없이 그의 옷을 입고 싶어하는 사람들이 늘어나는 것이었다. 라보르와르가 혜린에게 다가와 손바닥을 두드리며 일어나라는 사인을 했다. 옆에 있던 보조디자이너가 혜린에게 입고 있는 옷을 전부 벗으라고 영어로 말했다.

혜린이 상의와 하의를 조심스럽게 벗어 소파에 올려놓았다. 라보르와르가 혜린의 앞뒤를 왔다갔다 상체의 부분 부분을 손가락으로 눌러가며 그녀의 몸 상태를 점검했다.

그동안 혜린은 수영과 승마, 골프, 요가 등으로 철저하게 자기관리를 해왔지만 만약 라보르와르가 자기 몸에 줄자를 갖다 대지 않으면 자기의 몸 상태는 다시 점검을 해야했다. 이마에 긴장감이 감도는지 땀이 송골송골 맺혔다. 모델과 디자이너가 한 몸이 되어 만들어낸 명품의 옷들이 세상 사람들은 우연한 기회에 만들어지는 것으로 생각하기 쉽지만 이를 만들어 내기까지는 당사자들에게는 피눈물 나는 절제와 산고를 통해 얻어내는 산물인 것이다.

라보르와르가 그녀의 이마에 맺힌 땀을 손가락으로 찍어 자기의 입술에 갖다 대고 맛을 음미하는 듯 했다. 영어로 말했다.

"오늘부터 영화제가 끝나는 날까지 절대로 노 잇 솔트(소금기가 들어간 음식금지)"

혜린이 그의 말을 이해한 듯, 얼굴 표정으로 대답을 했다. 라보르와르가 손을 내밀자, 곁에 있던 보조디자이너가 눈치 빠르게 줄자를 건네주었다. 숄더 라인 어깨선부터 줄자로 혜린의 몸을 재기 시작했다. 브레스트 라인과 힙 라인 등 체스트 시스템(가슴둘레를 기준으로 비례하여 재단하는 방법)을 기준으로 하여 특별하게 어깨부분과 겨드랑이가 들어나 보이는 보텀 암 홀리(어깨 및 겨드랑이를 살린 봉재 기법)에 신경을 썼다.

라보르와르가 만든 드레스나 무대복은 배우들이나 세계의 유명한 여성들이라면 누구나 한번쯤은 입고 싶을 정도로 우아하고 아름다워 선망의 대상이었다. 발목사이즈와 발사이즈까지 세밀하게 체크했다. 한 사람의 장인이 세상에 명성을 떨치기까지는 온 열정과 정성을 다 쏟아붓는 열의가 없이는 이루어 낼 수 없다는 것을 느낄수 있었다.

혜린의 몸 체크가 끝나자 명희와 지혜가 조심스럽게 문을 열고들어왔다. 그가 부드러운 시선으로 두 사람의 몸매를 위 아래로 훑어보며 엄지손가락을 추켜세웠다.

"엑설런트해요!"

얄팍한 입술에 우뚝하게 솟은 콧날에 이지적인 매력이 물씬 풍기는 보조디자이너가 명희와 지혜에게 두 손을 펼쳐 보이며 영어로옷을 벗어달라고 했다.

가슴 깊은 곳에

　명희와 지혜는 아직 익숙하지 않은 요구라 약간 머뭇거리며 혜린을 바라보았다. 혜린이 미소를 보이며 눈짓으로 동조하라고 했다. 명희와 지혜가 뒤로 돌아서 상의와 치마를 벗었다.

　적당하게 굴곡진 허리와 암말의 엉덩이처럼 쩍 불거진 자태에서 유난히 섹시함이 풍겨졌다. 명희와 지혜의 얼굴에 부끄러움 탓인지 약간 홍조가 돌아 보였다. 익숙지 않은 탓인지 몰라도 혜린의 여유로움보다는 약간 뒤쳐진 듯한 느낌이 들었지만 세련미는 혜린 못지않게 우아해 보였다. 라보르와르가 그녀들의 몸을 손가락으로 쿡쿡 찔러가며 줄자로 그녀들의 몸 치수를 재기 시작했다. 그날 라보르와르는 마지막으로 채린의 드레스 치수를 쟀다.

　라보르와르가 디자이너에서 벗어나 처음 회사를 만들 때, 채린은 아낌없이 그를 후원했었다.

　"피팅(옷의 재단이 끝난 후 다시 점검하는 것)은 다음 주 쯤에 다시 와서 하도록 하죠."

라보르와르가 말하자. 채린이 대답했다.

"고마워요, 선생님께서 이렇게 저희들을 배려해주시니!"

라보르와르는 예의를 갖추어 인사를 마치고 일행들과 함께 응접실을 빠져 나갔다. 헨시 여사와 채린과 그녀들은 현관입구에서 라보르와르가 성문을 벗어나 시야에 보이지 않을 때까지 그 자리에 서서 그를 전송했다. 라보르와르가 봉제를 마친 지 십 여일이 지나자 드레스가 도착했다. 드레스를 입어볼 겨를도 없이 니스로 출발을 앞둔 며칠 전 데나로가 채린을 찾아왔다.

공항에서 처음 보던 순간부터 코카인이 주는 쾌감에 비할 수 없을 만치 데나로의 외모에서 풍기는 로맨틱한 남성미가 채린의 대뇌에서 무수한 페닐에틸아민(대뇌에서 천연각성제 역할을 하는 물질)을 쏟아냈다. 서서히 그의 매력에 빠져 들어가는 자신을 발견하면서 제어하기 힘든 열정의 옥시토신의 호르몬(성적흥분 등 오르가슴을 유발하는 뇌하수체의 정신적 물질)이 채린의 뇌에서 별처럼 분출되었다.

이제는 그를 보는 것만으로도 행복감에 젖어들 정도로 채린의 마음 한 구석에 데나로가 남성으로 자리잡기 시작했다. 채린이 데나로를 대하는 태도가 전 같아 보이지 않았다. 남녀 간의 사랑의 감정이 싹트는 것은 아무도 예측할 수 없는 가운데에서 일어나는 자신들의 뇌에서 분출되는 호르몬의 변화이지만 데나로를 껴안고 싶은 충동과 성적인 욕구가 끓어오를 때마다, 채린은 자기의 젖가슴과 크리톨리스를 만지며 데나로의 모습을 떠올렸다.

그를 만나고 나서부터는 밤새워 잠자리를 뒤척이기가 일쑤였고 그의 몸짓 하나하나를 떠올릴 때마다 불현듯 성적인 욕구가 일어날 때도 많았다. 자위란 남자들만의 전유물이 아니라는 생각이 들 정도로 데나로를 안고 싶었다. 하지만 겉으로 드러내지 못하는 안타까움이 채린의 얼굴에 그대로 묻혀 있었다. 헨시 여사가 두 사람의 미묘한 낌새를 눈치챘는지 채린에게 말했다.

"채린, 데나로와 산책이라도 즐겨요. 몇 일후면 우리도 이곳을 떠나야 할 것 같아요. 그때까지 헨시(말 이름)도 충분하게 타보고 좋은 추억들을 가슴에 남기고 이곳을 떠나야 하지 않겠어요?"

헨시 여사는 두 사람이 서로의 마음을 열고 맹독성 물질이 강하게 풍겨지는 로맨틱한 사랑이 아닌 인간적이며 원초적인 행복감을 느낄 수 있는 사랑을 하기를 바랬다. 잠시 후 두 사람은 각자의 방으로 들어가 옷을 갈아입고 나왔다.

"누님, 나가시죠! 헨시(말 이름)도 좋아할 거예요."

데나로가 채린에게 정감이 물씬 묻어났다. 채린이 데나로의 뒤를 따라 성 밖 막사 쪽으로 따라 나서자, 막사입구에는 할아범이 헨시와 그의 새끼를 데리고 데나로를 기다리고 있었다. 데나로가 부드럽게 말 고비를 잡고 채린이 말 잔등에 쉽게 올라타도록 해주자 채린이 능숙한 솜씨로 격자에 한발을 내딛고 말 잔등 위로 훌쩍 올라탔다. 데나로도 똑같은 방법으로 말에 오른 후, 두 사람은 천천히 무성하게 펼쳐진 잔디밭 사이로 말을 몰았다.

헨시 여사에게서 간간히 배웠던 이탈리아어로서는 소통이 완만

하지 못해 간간히 영어를 섞어가며 대화를 나누었지만 두 사람 사이에 많은 대화가 필요치 않았다. 지금 이 시간이 좋았고 데나로에게서 느껴지는 따뜻한 감정이 채린의 불안하고 초조하던 마음을 깨끗이 떨쳐버리게 하였다. 앞으로 전개될 카지노 게임에 정신을 집중하게 하는 정신적 힘이 되어 주었다. 두 사람은 훈훈한 바람을 가로 저으며 푸른 초원 위로 달려 나갔다.

얼마쯤 달리자, 데나로가 말고삐를 잡아당겼는지 헨시가 달리던 속도를 늦추고 멈춰섰다. 채린이 말에서 내리자, 데나로가 큼직한 두 손으로 채린의 뺨을 어루만지자 따뜻한 손길에서 데나로의 마음이 고스란히 채린에게 전해졌다.

에토르와 십 년의 세월을 같이하면서 그런 기분을 느껴보지 못했었는데 지금 이런 기분이 사랑이라는 것일까? 아주 낯설지 않는 느낌 가슴속 깊은 곳에 숨겨두었던 채린의 여린 성품이 데나로의 따뜻한 눈길과 손길에서 죽어있던 세포가 마치 되살아난 듯 마음을 열었다. 죽어가던 영혼의 숨길을 터게 했다. 데나로가 채린의 어깨를 포옹했다.

헨시 여사는 채린의 상처받은 영혼을 누구보다도 잘 알고 있는 여자였다. 데나로는 그 선을 넘을 수가 없어 끓어오르는 남성의 욕구를 자제해야만 했다. 채린이 데나로의 마음을 알고 있기라도 한 듯, 두 손으로 데나로의 얼굴을 감싸안으며 비단결처럼 보드라운 혀를 데나로의 입속으로 살며시 밀어 넣었다.

데나로가 채린의 혀가 자기의 입속으로 스며들자, 젤라또(아이스

크림)를 핥듯 부드러우면서도 감미롭게 채린의 혀를 흡혈귀처럼 빨아드렸다. 서로의 혀에서 분출되는 타액이 입안에서 넘쳐흐르며 온몸의 열기가 뜨겁게 달아올라 숨이 가빠지기 시작하자, 주체할 수 없는 성적 흥분으로 온몸의 피가 거꾸로 도는 것같이 아찔한 현기증이 감돌았다. 잔디에 누워있는 채린은 절망의 낭떠러지로 떨어질지라도 이대로 그 길로 치닫고 싶었다.

데나로의 묵직하게 달아오른 음경이 채린의 허벅지를 금방이라도 뚫고 들어오듯 지긋한 충격을 주었다. 그러나 그다지 싫지 않았다. 기대감이 감돌았다. 하지만 데나로는 자신의 욕구를 자제하며 채린의 가녀린 어깨를 살며시 놓아주었다. 밤하늘의 무수한 별들이 두 사람의 열정적이면서도 뜨겁게 달아오른 격정의 불꽃을 사그러듯이 밝게 비추고 있었다. 데나로가 혼잣말처럼 중얼거렸다.

"나는 당신을 사랑하기 때문에 당신을 지켜줘야만 합니다. 혹시라도 내가 뜻하지 않게 당신의 곁을 떠나더라도 슬퍼해서는 안 됩니다."

데나로는 자기 앞에 견딜 수 없을 만큼의 비애가 닥칠지라도 채린에게 슬퍼하지 말라고 말해주었다.

아주 오래 전에 채린을 사랑했던 사람도 채린의 곁을 떠나면서 지금 데나로처럼 말했던 적이 있었다. 그는 지금 누군가를 사랑하며 동시에 사랑하는 사람과의 이별을 예견하고 있는 듯했다. 마피아의 삶이란 내일을 기약할 수없는 부평초 같은 삶이라 지금 이 시간 이 순간의 기쁨과 희열만이 자기를 지탱하는 힘으로 생각하는 것이 마피아들의 생활 습관이었다. 패밀리의 이익을 위해서 누군가를 총으로 쏴야하는 자는 누군가의 총에 의하여 목숨을 잃을 수도 있기 때문에 마피아들에게 있어서 죽음 따위는 그다지 두렵게 생각하지 않는 것이다. 데나로가 자신의 목에 걸고 있던 낡은 목걸이를 끌러, 채린의 목에 걸어주었다.

"이제부터는 이 목걸이가 당신과 나를 지켜주는 징표라고 생각해요."

그 목걸이를 찼다고 해서 갑자기 엄청난 행운이나 마법과 같은 힘이 느껴지지는 않겠지만 채린은 그보다 더 큰 믿음을 얻을 수 있었다. 바로 자신감이었다. 물론 따지고 보면 그 감정은 목걸이에서 나오는 어떤 영험이 아니라 데나로에게서 전달되는 따뜻한 마음의 선물이라는 생각이 들었다.

채린은 불안하고 초조하던 마음을 깨끗이 떨쳐버리고 새로운 마음으로 앞으로 카지노에서 벌어질 일들에 정신을 집중할 수 있었다. 채린은 데나로가 자신을 진심으로 사랑한다는 사실을 알아차렸다. 데나로의 마음을 고스란히 느낄 수 있었다. 오랜 세월동안 그런 기분을 맛보지 못했다. 그것이 바로 사랑이었다.

환란의 세계

　유럽의 5월은 북 이태리의 연안과 지중해를 끼고 코트다쥐르 지방으로 연결되어 있는 남프랑스의 코발트 색깔의 푸른 바다의 해변가로 수많은 관광객들과 휴양을 즐기는 사람들이 몰려들기 시작하는 시절이기도 했다. 이른 아침 채린과 혜린, 지혜, 명희, 핀세이 여사, 헨시 여사는 화사한 옷차림을 한 채 니스로 출발을 앞두고 있었다.

　이태리 카모라 마피아의 보스 데나로와 그의 부하들이 현관 앞에 준비해 놓은 고급승용차의 트렁크에 여자들의 짐을 싣고 난 후 사인을 보내자, 일행들이 로비에서 나와 앞 다투어 차에 올랐다. 맨 앞 차에 타고 있던 데나로가 출발하자, 여러 대의 차들이 엔진소리를 뿜어대며 데나로가 탄 차를 뒤따라 성문을 벗어나기 시작했다.

　코카인의 유혹에서 쉽게 벗어날 수 없듯이 카지노와 환락의 세계에 이미 깊이 물들어 있는 핀세이 여사와 헨시 여사는 노후를 자기 가족들의 향수가 배어 있는 고궁에서 보낼 만큼 마음이 여유롭지 못했다. 특히 핀세이 여사는 남편과 아들을 잃은 아픔이 담긴 성에서 그들의 환영을 보는 것 같아 마음이 편치 못해 어딘가로 또다시 훌쩍 떠나야만 했다.

핀세이 여사가 채린의 얼굴을 쳐다보며 빙긋이 미소를 지었다. 피렌체의 산길과 해안 도로를 따라 제노바와 남프랑스의 지중해 해안으로 연결되어 있는 코트다쥐르 지방의 해안가에는 실오라기 하나 걸치지 않은 팔등신의 미녀들이 주위의 시선 따위는 아랑곳하지 않고 바위에 몸을 뉘인 채 일광욕을 하고 있다가 차 소리가 들리면 바다로 뛰어들어 수영을 즐기고 있었다.

채린도 이대로 저 바다에 뛰어들어 그녀들과 함께 자맥질을 하며 파도와 함께 어딘가로 묻혀가고 싶었다. 이번에는 핀세이 여사가 채린의 마음을 헤아린 듯 손을 꼭 쥐어 주었다. 얼마쯤 꾸불꾸불 굴곡이 진 산길을 따라 달리던 차가 정상에 다다르자 멀리 산등성 아래로 오밀조밀하게 들어서 있는 나지막한 건물과 집들과 넓게 펼쳐진 바닷가를 사이에 두고 부두에 정박해 있는 배들이 눈에 들어왔다. 제노바였다.

앞차가 도로의 한편으로 들어서자, 색깔이 바랜 간판 위에 로마 제노바 호텔이라고 큼직하게 쓰인 글자가 눈에 들어 왔다. 어림잡더라도 수십 년은 되었음직한 낡은 호텔이었다. 먼저 도착한 데나로가 차에서 내려 핀세이 여사와 채린이 탄 차로 다가와 손수 차문을 열어 주었다. 핀세이 여사와 채린이 차에서 내리자 데나로와 부하들이 그녀들을 호위하며 호텔 안으로 들어갔다. 실내는 고풍스러운 집기들로 장식되어 있어 외부에서 보았던 모습과는 전혀 다른 분위기가 풍겼고 거리가 보이는 창가 쪽으로 나 있는 아담하게 꾸며져 있는 레스토랑 안에는 여러 명의 사람들이 테이블에 둘러앉아 잡담을 나누며 식사를 하고 있었다.

채린이 고개를 흔들며 '당신이 주문하세요' 하는 암시를 보내자, 핀세이 여사가 빙긋이 웃음을 보이며 데나로에게 메뉴판을 건넸다. 데나로가 두 손으로 메뉴판을 받아 쥐고 알았다는 표정으로 음식을 주문하기 시작했다. 나이든 소물리에가 핀세이 여사 앞으로 다가와 머리를 숙이며 정중하게 인사를 했다.

"마님, 안녕하셨습니까?"

소물리에의 인사를 받은 핀세이 여사는 기억을 더듬듯 큰 눈을 껌뻑거리며 무엇인가를 생각하는 듯 보였다. 소물리에는 공손하면서도 예리한 시선으로 데나로와 그의 부하들의 움직임을 눈여겨보고 있었다.

"우리가 어디서 많이 본 것 같은데, 세월이 많이 흘러서 그런지 생각이 잘 떠오르지 않는군요."

"부인은 앙드레 백작님의 부인이 아니십니까? 마님을 십여 년 전 로도스 섬 아크로폴리스 카지노에서 첨 뵈었죠. 카지노 계에서는 전설 같으셨던 분을 제가 어찌 잊을 수가 있겠습니까?"

로도스 섬의 아크로폴리스 호텔 카지노 사건은 핀세이 여사에게 있어서는 큰 슬픔을 안겨준 사건이었다. 사내는 대충 인사를 마치고 안쪽으로 들어가더니 잠시 후 오른 손으로 도맨드라 로마네 콩티에서 생산된 78년산 몽량셰 백포도주와 유리글라스가 담긴 은색 쟁반을 받쳐들고 나왔다. 사내가 한 손으로 조심스럽게 포도주병을 조금씩 돌려가며 핀세이 여사에게 따라주었다.

"좋은 향기가 나는 포도주군요."

"옛날에 마님께서 유럽의 카지노 판에 회오리바람을 일으키실 때 즐겨마시던 술이었습죠."

핀세이 여사는 사내가 포도주에 얽힌 얘기를 꺼내자 그때서야 어렴풋이 사내가 어떤 사람이었는지 생각이 떠올랐다. 핀세이 여사가 두 손으로 사내의 손을 꼭 쥐고 흔들어대며 기분이 한결 고조된 얼굴로 말했다.

"미안해요. 정말 나이를 먹다보니, 이제는 좋은 사람들과 가졌던 추억조차 기억에서 희미하게 자꾸만 잊혀져가요. 그래 그 동안 어떻게 지내셨어요?"

"저야, 늘 이렇게 술과 함께 지냅니다. 좋은 손님들이 오시면 좋은 술을 내드리고 마음이 모진 손님들이 오시면 독한 술을 내드리지요."

사내의 말에는 깊은 의미가 담겨 있었다. 사내는 핀세이 여사가 로도스 섬의 아크로폴리스 카지노를 찾을 때마다 바텐더로서 핀세이 여사가 게임 중에 호스트를 통해 포도주를 찾을 때마다 78년산 몽량셰 백포도주를 은은하게 칵테일해서 순도를 최대한 낮추어 주곤 했다.

몽량셰 78년산 백포도주의 맛과 향기는 주변사람들에게도 후각을 곤두세울 정도로 훌륭한 포도주였지만, 독한 럼주를 섞어 희석시

키면 자신도 모르게 정신이 혼미할 정도로 사리분별이 정확하지 않게 되어 카지노에서 자기의 페이스를 잃게 되는 경우가 많았다. 헨시 여사와 일행들은 모처럼 좋은 포도주와 해산물을 곁들린 음식을 먹으며 사내와 많은 대화를 나누었다.

사내는 한때 콜레오네 마피아의 두목 프로벤자노의 부하의 일원으로 생활하다, 이 호텔의 주인이자 소물리에로서 노년을 보내고 있었다. 핀세이 여사와 채린은 사내로부터 니스와 칸느 모나코 몬테카를로스 등의 카지노 세계에서 돌아가는 얘기를 충분하게 들을 수 있었다.

옛날과 달리 카지노시설마다 최첨단 보안렌즈시설이 장착되어 있어 1분에 20회 이상으로 회전하며, 카지노에서 판을 벌리고 있는 상황을 보안실의 전문가들이 한눈에 볼 수 있도록 설치되어 있기 때문에, 옛날과 달리 여간해서 카드를 바꿔치기하거나 사기도박을 하는 것이 쉽지는 않다고 말해 주었다,

또한 현장에서는 카지노 직원들끼리 블랙리스트(위험한 사람)가 발견될 경우에는 딜러의 사인이나 플로어퍼슨(게임 테이블주위를 감독하는 1차 감독자)과 핏 보스(플로어 퍼슨을 감독하는 최고관리자)등의 사인에 따라 보안요원들이 즉각 출동하여 의심이 갈만한 자는 즉시 연행하여 보안실로 데리고 나가 카지노에서 추방하게 되어 있어 새로운 기술을 펼치지 않고서는 카지노에서 돈을 딴다는 것은 희박한 일이라고 말해줬다.

하지만 사내는 말을 머뭇거리며 주위를 둘러보았다. 핀세이 여사

가 사내에게 다시 물었다.

"이렇게 도움이 될 만한 얘기들을 말해줘서 고마워요. 우리는 옛날이나 지금이나 변함없는 식구예요. 여기 있는 예쁜 아가씨들은 사내들 못지않게 의리들이 있답니다. 한 마디로 아시아의 여자 마피아들이라고 생각하면 돼요."

핀세이 여사가 사내를 안정시키자, 사내는 니스와 칸느, 모나코에서 활동하는 사람들의 이름과 전화번호를 적어 핀세이 여사에게 건네주었다.

"이 사람들은 카지노 계에서 꽤 큰손들이며 명망이 높고 의리가 있는 사람들이라, 그 사람들과 손을 잡지 않고서는 유럽의 카지노 판에서는 승부로 돈을 딸 수가 없습니다. 설사 돈을 딴다고 해도 여사님과 이분들의 안전이 보장되지는 않습니다."

데나로가 사내에게 정중하게 예의를 표하며 다시 물었다.

"이 쪽지에 적어주신 분들께서는 이태리 사람들이신지? 아니면 프랑스 사람들이시지요?"

쉽게 말해서 마피아들이냐 라는 뜻이었다. 사내는 데나로의 얼굴을 쳐다보며,

"프로벤자노 이상으로 여러 사람들을 움직일 수 있는 분이십니다."

데나로는 말이 필요 없었다. 이태리 최고 마피아의 보스 프로벤자노를 능가하는 사람이라면 더 이상 무슨 설명을 필요로 할 것인가. 데나로는 한때 이태리 마피아의 선배였던 사내를 향해 정중한 인사를 건넸다. 호텔의 주인인 사내가 차들이 호텔에서 시야를 벗어날

때까지 손을 흔들어 주었다.

여러 시간이 지나 지중해의 따사로운 햇살을 받으며 해변가 도로를 따라 달리던 차들이 인적이 뜸한 도로에서 멈추어섰다. 채린이 제일 먼저 차에서 내려 해변가로 다가가 입고 있던 블라우스와 옷들을 모두 벗어버리고 온몸을 그대로 드러낸 채로 바닷가로 들어갔다.

코발트 색깔의 바닷물에 채린의 머릿결이 풀어져 산호초처럼 보였고 뽀얀 채린의 나신이 물속에서 한 마리의 인어처럼 유영했다.

혜린도 지혜도 명희도 차에서 내려, 해변가로 달려가 하얀 조개처럼 맑은 조약돌 위에 옷들을 훌훌 벗어버리고 바닷가로 뛰어들었다. 이런 돌발적인 행동을 수치스럽게 바라보는 사람은 아무도 없었다. 데나로와 그의 부하들 역시 처음에는 다소 의아한 시선으로 그녀들을 바라봤으나 지중해를 끼고 있는 코트다쥐르의 해변에서는 이런 모습을 종종 볼 수 있어 유럽인들에게는 지극히 자연스러운 모습이었다. 핀세이 여사가 가방 안에서 몇 장의 수건과 크림을 꺼내 바닷가로 다가갔다. 채린이 해변가에서 물장구를 치며 핀세이 여사와 헨시 여사를 불렀다.

"마담, 어서 들어와요!"

혜린과 지혜도 여사들의 이름을 부르며 물가로 그녀들을 유혹했다. 데나로가 물가와 가까운 바위 위에 앉아 채린의 수영하는 모습을 사랑스러운 눈빛으로 지켜보았다.

사내들은 데나로와 같은 마음으로 근거리에서 여자들의 안전을 지켜보고 있었지만 누구 하나 그녀들의 자연스러움을 방해하는 사람들이 없어보였다. 핀세이 여사가 채린이 물가로 걸어나오자, 타월을 건네며 크림을 등에 발라주었다.

"채린, 지중해의 햇살은 너무 뜨거워요. 이제 그만 옷을 입어야 해요! 그렇지 않으면 강한 햇살에 피부가 상하기 쉬워요."

채린이 고개를 끄덕거리며 수건으로 몸을 닦고 옷을 입었다. 혜린도 지혜도 명희도 맘껏 수영을 즐기고 물기가 젖은 채로 우뚝 솟은 유두, 거머누르께한 체모가 그대로 드러나 보였지만 그녀들은 주위의 시선 따위에는 아랑곳하지 않고 어떠한 형식에 구애되지 않은 당당한 모습으로 물가로 걸어나왔다. 물가로 나온 그녀들의 얼굴은 바닷가로 뛰어들기 전보다 한결 마음들이 맑아진 탓인지 용기가 솟아 보였다.

얼마쯤 달렸을까! 니스의 해안선을 따라 길게 늘어선 도로의 맞은편 쪽으로는 아름다운 꽃들과 식물들이 조화롭게 심어져 있었고그 길을 따라 호화로운 호텔들과 작고 아름다운 선물가게들과 카페들이 줄지어 늘어져 있었다. 도로 맞은편 해안가 선착장에는 막 입항한 요트들과 호사로운 유람선들이 줄지어 정박해 있었고 갑판 위에서는 비키니를 입은 여성들이 안락의자에 누워 썬탠을 즐기는 모습도 보였다.

일행들은 분홍색 돔 지붕이 크게 보이는 네그레스코 호텔이라는 간판이 쓰인 곳으로 접어들었다. 호텔의 중앙에는 니키드 생팔의 큼직한 동상이 깊은 우수를 안고있듯 서있었고 섬세한 조각품들과 꽃들이 주변의 경관을 한층 아름답게 조명하고 있었다.

차가 현관 앞에 멈추자 프랑스 궁정복과 걸맞은 복장을 입은 도어맨들이 차 앞으로 달려나왔다. 채린과 헨시 여사와 일행들이 차에서 내려 호텔로비로 들어서자 중년의 어시스트(고급손님을 관리하는 메니져)가 일행들을 반갑게 맞이했다.

프론트의 젊은 아가씨들이 체구가 아담한 동양의 미인들인 채린과 혜린을 번갈아 쳐다보며 미소를 지어보였다. 포터는 짐을 실은 행거를 밀고 일행들을 엘리베이터에 타게 한 후, 호텔의 최상층에 있는 펜트하우스로 안내를 했다.

호텔의 펜트하우스는 하루 방값만 해도 1만 달러가 넘는 최고급의 시설을 갖춘 호텔이었다. 객실의 배란다 앞면은 바닷가를 향하여 탁 트인 환상적인 지중해의 풍경을 바라보게 되어있었다. 터키식 욕실과 샤워시설의 라운지형 사우나에 향나무 테크로 된 테라스도 딸려 있었다. 대리석으로 된 침실은 로마네스코풍 가구로 꾸며져 있으며, 욕실에는 샤갈과 마티스 같은 거장들의 판화작품을 감상할 수도 있게 꾸며져 있었다. 옥외 최고 높은 곳에 만들어 놓은 가든에는 지중해의 코발트 빛깔의 니스 해변의 멋진 바다를 바라보며, 자쿠지 욕조를 즐길 수 있도록 최상의 시설이 갖추어져 있었다.

채린이 가방에서 지갑을 꺼내 몇 장의 달러를 포터에게 팁으로 건네자 앳돼 보이는 포터가 몇 번이고 고마움을 표시하며, 짐을 거실 안까지 옮겨주고 손가락으로 창 밖을 가리키자 일행들은 창으로 다가갔다. 니스의 해변 가에서 휴양을 즐기는 사람들이 자갈로 다져진 해변 가에 누워 선탠을 즐기는 아름다운 모습이 눈에 들어왔다. 칸느 영화제가 열리기 며칠 전부터, 영화제에 참석하는 많은 영화인들이 즐겨찾는 곳이다. 니스를 대표하는 최상급의 호텔 등이 줄지어 있었다. 영국인의 산책로 라고 불리기도 하는 프롬멘나드 대로(promenade des anglais)의 해변가를 끼고 3~5㎞에 달하는 니스의 해안은 바캉스를 즐기는 내국인과 외국인들로 붐볐다.

지중해의 바닷가를 끼고 만들어진 이 도로는 1820년도에 여행을 즐기던 영국인이 이곳에서 코트다쥐르를 개발하고 이 도로의 이름을 지었는데, 거리 곳곳의 무성한 가로수와 해변의 백사장이 남국의 정서와 분위기를 맘껏 풍기고 있었다. 폭넓은 보도와 해변을 끼고 정리되어 있는 도로를 따라 산책을 하기도 좋을 뿐 아니라, 마세나 광장과 작은 정원에 앉아 책을 읽거나 그림을 그리는 사람들이 눈에 띄었다.

데나로는 채린의 곁에서 루크르제 냄비(프랑스인들이 해산물을 끓일 때 사용하는 냄비)위에 부야베스스프와 수북하게 담긴 각종 해산물의 껍질을 두 손으로 까서 접시 위에 올려주었다.

채린에 대한 데나로의 사랑은 육체적인 결합을 뛰어넘어 관심과 이해와 포용의 감정이 가슴 밑바닥까지 깔려있는 연민적인 사랑이었다. 마피아의 세계에서 죽음을 담보하며, 온갖 거친 삶을 살아왔지만, 사람들로부터 조롱과 멸시와 천대를 받으며 굿굿하게 살아가는 길거리 여자들이 몸을 팔기 위해 천박하게 쏟아내는 웃음 뒤에 숨겨져 있는 슬픔과 그 여자들이 고향과 가족으로부터 이별을 고하며 쏟아내던 비감스러운 기억들이 데나로의 가슴에 자리 잡고 있어 데나로는 채린을 누이와 같은 마음으로 대하고 있었다. 식사를 마치고 채린과 혜린, 지혜, 명희는 데나로와 부하들의 보호를 받으며 니스의 해변가를 거닐었다.

광장 오른쪽 조각상

붉은 태양이 지중해 코발트 색깔의 푸른 바닷가와 어우러져 환상적인 꽃노을을 만들며 기울어가고 있었다. 많은 관광객들이 지는 해를 바라보며 소원을 빌기라도 하듯 걸음을 멈추고 바라보는 사람들도 많았다.

운명의 신은 채린의 영혼을 시기와 질투와 슬픔을 수반하는 우리 속에 가두어놓고 그녀 스스로가 선택한 사랑으로 고통 받는 일들에서 쾌감을 느끼며, 채린이 사랑하는 사람을 만날 때마다 그 신은 운명적으로 이별과 슬픔을 만들어냈고, 그녀가 사랑으로 고통 받기를 원했다. 어둠이 짙게 깔릴 무렵 니스 해변가의 끝자락에 다다르자, 큼직한 바위들이 군락을 이루고 있었고, 파도가 바위로 몰아칠 때마다 물보라가 하얗게 포말을 이루며 주위를 적셨다.

데나로가 상의를 벗어 채린의 어깨를 감싸주며 두 손으로 그녀의 양 볼을 가볍게 어루만지자, 채린이 데나로의 품에 캥거루의 새끼처럼 안겼다. 따스한 온기가 느껴졌고 그의 몸에서 느껴지는 페로몬의 체취가 후각을 파고들었다. 눈을 감았다. 파도가 바위를 때리는 소리가 들렸다. 데나로의 혀가 채린의 입속으로 조심스럽게 밀려들어왔다.

감미로웠다. 두 사람은 입안 가득히 채워진 혀를 서로 빨아가며 숨이 막힐 듯한 감미로운 촉감을 느끼고 있었다. 그 쾌감이 채린의 등줄기를 타고 짜릿한 전율로 온몸으로 번졌다. 숨이 가빠오고 콧등과 이마에 잔잔한 땀방울이 고였다. 데나로가 채린의 두툼한 귓불을 잘근잘근 씹으며 뽀얗게 드러난 목선을 따라 부드러운 혀로 애무를 시작했다. 채린의 호흡이 차츰차츰 거칠어지며 쏟아내는 울음처럼 자신의 의지와 관계없이 알아들을 수 없는 신음소리가 쏟아져 나왔다.

데나로는 억제할 수 없는 욕망의 포로가 되어 채린을 두 손으로 번쩍 안아 해변의 조약돌 위에 자신의 상의를 깔고 그녀의 몸을 뉘였다, 갓 떠오르기 시작한 별들이 밤하늘을 아름답게 수놓았다. 데나로의 두툼한 손가락이 채린의 젖은 블라우스의 버튼을 조심스럽게 끌러 젖무덤을 감싸고 있는 브래지어 끈을 살짝 밀어올리고, 에베레스트 정상처럼 솟아오른 젖무덤에 입을 살짝 갖다 얹고 부드럽게 혀를 놀리며 애무를 이어갔다. 데나로의 애무는 채린의 불거진 젖꼭지를 이빨로 잘근잘근 물어가며, 흡입력있게 열정적이며 격렬하게 리듬을 타고 채린의 세포 하나하나에 정성을 쏟았다.

심장이 터질듯이 억제할 수 없는 지경에 이르렀다. 데나로는 서두르지 않고 마치 악기를 연주하는 노련한 악사처럼, 채린의 몸을 악기를 다루듯이 애무했다. 탯줄을 잘라내며 생긴 자그마한 배꼽 구멍에 혀를 집어넣고 핥자, 채린은 간지러운 듯이 온몸을 비틀며 신음소리를 내뱉었다. 그는 서서히 채린의 치마로 손을 넣어, 그녀의 신비스러운 음문에 손을 얹었다. 부드러운 거웃이 손에 까칠까칠하게 닿았고 이미 그녀의 음문 입구는 촉촉한 단비로 젖어 있었다.

데나로가 그녀의 앙증맞은 팬티를 끌어내리고 두 다리를 양 갈래로 벌린 채 그녀의 촉촉하게 젖은 음문에 입술을 갖다 댔다. 부드러운 혀를 그녀의 음문 깊숙이 밀어 넣었다. 아주 달콤한 젤라또(아이스크림)를 조끔씩 핥아먹는 어린아이처럼 혀를 돌려가며 애무를 했다. 채린은 극도의 흥분이 달아올라 참을 수 없는 신음을 질렀다. 그의 머리를 힘주어 끌어안고 놓아 주지 않았다.

그녀의 음문에서 바닷가의 싱싱한 해초냄새가 풍겼다. 그녀의 음문 입구에 우둑 솟은 음핵(크리톨리스)를 이빨로 잘근잘근 깨물자, 그녀의 온몸의 세포가 전기에 감전된 듯 자지러지듯이 움츠러들었다. 흥분이 극도로 달아오르는지 음문 주위에는 그녀가 쏟아낸 페로몬 향기의 액체가 흥건히 젖어 해초의 냄새를 풍기며 그의 음경이 흘레를 향해 음문 안으로 들어설 때를 기다리고 있었다.

데나로는 핏줄이 붉게 돋아난 음경을 그녀의 음문 안쪽으로 조심스럽게 밀어넣기 시작했다. 채린의 신음이 터져 나왔다. 뻐근하면서도 팽만감이 느껴졌다. 채린이 극도로 흥분이 달아올라 항문에 힘을 조이자 음문 안으로 잠입한 음경이 목줄이 막힐 정도로 옥죄어왔다. 데나로는 자신의 음경이 채린의 음문 안으로 빨려 들어가는 블랙홀 같은 느낌을 받으며 자신의 음경을 채린의 음문 안에서 절구통에 절구를 찧듯 강약을 조절하며 리듬을 타기 시작했다. 채린도 흥분이 극치에 달아오르는지 온몸의 힘을 다 쏟아 데나로의 어깨를 끌어안고 오르가즘의 정상을 향해 질주했다. 채린은 알 수 없는 말들을 수없이 쏟아냈다.

데나로의 음경는 맹수를 다루는 노련한 조련사처럼 채린의 음문 안팎을 제집처럼 드나들며 흥분의 불씨를 피웠다. 그의 핏발선 음경은 후퇴할 줄 모르는 전사처럼 맹렬하게 채린의 음문 안으로 뻗어져 있는 미세한 세포들의 주위를 마구 휘저으며 순치했다. 음경의 수그러들 줄 모르는 잔인한 횡포에 채린은 온몸을 파르르 떨며 음문를 죄고 있던 항문의 괄약근의 힘을 풀어버렸다. 채린의 온몸은 기쁨과 희열이 수반한 땀투성이로 번졌고 나른한 포만감으로 하늘 위에 떠 있는 느낌이었다.

데나로는 채린이 숨을 고르자 자신의 바지에서 손수건을 꺼내 땀으로 번진 채린의 얼굴과 성기를 부드럽게 닦아주었다. 데나로가 말했다.

"이럴 생각이 아니었는데, 미안해요."

"나와 당신은 오래 전부터 서로를 열망하듯이 안고 싶었잖아요? 그런 감정을 가슴에 숨긴 채 말이에요? 제가 당신에게 그만한 가치가 있는 여잔가요? 이렇게 저를 위해 힘을 쏟게?"

채린은 사내들이 욕정을 이루고 난 후 달라지는 마음을 알고 있었다. 그래서 자기는 사내들과 이런 행위가 끝나면 조금도 상대방에게 비굴하게 속박되어버리는 나약한 모습을 보이지 않으며 살아왔다. 그냥 자기를 좋아하는 사람과 뜨거운 열정을 나눴다는 것만으로도 행복할 수 있기 때문이었다. 채린이 자갈밭을 손으로 더듬어 팬티를 집어 양다리에 끼고 입으려 하자, 데나로가 손으로 팬티를 입혀주었다. 그리고 그녀의 팬티 위에 입을 갖다 대고 뜨거운 입김을 불어넣었다.

채린은 갑자기 뜨거운 입김이 음문 안으로 스며들자, 양다리를 옥죄며 데나로의 얼굴을 끌어안았다. 채린은 두 손으로 부드럽게 데나로의 머리를 쓰다듬었다. 또 다시 사그라졌던 정욕의 불씨가 서서히 불 피듯 피어올랐다. 데나로는 자신이 조금 전 입혀줬던 팬티를 또다시 끌어내리고 그녀의 음문을 애무하기 시작했다. 채린의 신음이 파도소리와 함께 하모니를 이루며 바다로 퍼져나갔다. 오르가즘이 극도로 달아오른 후, 나른하게 느껴지는 희열이 마치 지상에 붕 떠있는 그런 느낌이었다. 주변에서 인기척이 들려왔다. 데나로는 서둘러 채린의 팬티를 다시 입혀주었다.

호텔로 돌아오는 내내 데나로는 가난아이처럼 응석을 부리는 채린을 업고 니스 해변가를 걸었다. 호텔로 돌아와서도 떨어지기 싫어하는 채린을 방 앞까지 데려다주고 가벼운 포옹을 마친 후, 로비로 내려와 데나로는 로마 제노바 호텔의 사내가 메모에 적어준 곳으로 전화를 걸었다. 몇 번의 신호음이 가자 상대방의 목소리가 수화기를 타고 들려왔다. 이태리 북부지방의 프랑스어로 꽤 거칠어 보이는 억양이었다. 데나로가 정중하게 말을 꺼냈다.

"코리앙씨를 부탁합니다."

"네가 코리앙이요! 내 이름을 아는 사람이 별로 없는데, 누구를 통해서 내 이름을 알았소?"

사내는 자신의 이름을 아는 데나로에게 무엇인가 의문을 가지고 물었다. 데나로가 조용한 목소리로 말했다.

"로마 제노바 호텔의 선배님을 통해서 소개를 받았습니다."

"아! 그래요? 나도 전화를 받았소, 백작부인의 일행들이시라고? 지금 어디시오?"

"네! 네그레스코 호텔입니다."

"그럼, 호텔에서 나와서 니스 해변가를 끼고 조금 걸어오다 보면 마세나 광장이 보일 겁니다. 그 광장 오른쪽에 조각상이 하나 있는데 그 아래 벤치에서 봅시다."

사내는 자기말만 끝내고 일방적으로 전화를 끊어버렸다.

데나로가 호텔 밖으로 나서려하자, 그의 부하들이 데나로의 뒤를 따라왔다. 데나로가 손을 들어 그들의 움직임을 제지하며 괜찮다고 했다. 그의 부하들은 자기의 보스가 밤늦게 호텔 밖으로 나가는 것이 염려스러운지 따라 나서려고 몸들을 추스르며,

"보스! 보스는 보스가 할 일이 있고 저희들은 저희들이 할 일이 있습니다. 부하들이 보스를 보호하는 것이 조직을 위하는 길이고, 가족들을 지키는 일입니다. 저희들이 보스를 따라 나서는 것은 당연한 일이며 저희들에게 주어진 가족들의 의무입니다."

"아는 지인을 만나러가는 것이니, 무기 같은 것은 소지하지 않아

도 될 것 같구나."

"그것도 저희들이 알아서 할 일입니다."

네그레스코 호텔에서 마세나 광장까지는 걸어서 5분 거리였다. 데나로가 광장의 분수대 앞 벤치에 다다르자, 한 사내가 벤치에 앉아 있었다. 사내에게 다가선 데나로가 정중하게 예의를 갖추어 인사를 건넸다. 사내가 손을 내밀며 먼저 말을 꺼냈다.

"만나서 반갑소."

"나, 코비앙이라고 하오."

조각상 옆에 세워져있는 가로등 불빛에 드러난 사내의 얼굴에서 깊은 연륜이 풍겨졌다. 사내가 자기의 소개를 마치자 데나로는 사내의 중압감 있는 말에 끌린 듯 무의식중에 대답을 했다.

"네,! 저는 데나로라고 합니다...."

"데나로? 좋은 이름이군...! 백작부인을 모시고 있다고 하던데, 그래? 부인을 모신지는 오래 됐소?"

코비앙은 핀세이 여사를 잘 알고 있는 듯 정곡으로 묻자, 데나로가 고개를 끄덕거리며 말했다.

"부인과는 3대에 걸쳐 인연을 맺고 있습니다."

"아! 그래요?"

코비앙은 데나로에 대해 신뢰를 느꼈는지, 마음을 여는 모습이 눈에 보였다.

"나도 한때는 부인에게 신세를 졌던 사람입니다. 그래 내가 당신들을 어떻게 도와야할 지 말해 주겠소?"

"부인과 함께하는 여자 분들이 계시는데, 니스와 칸과 모나코에서 큰 게임을 한번 하시기를 원하고 있습니다."

"그럼, 허슬러(카지노 사기도박)를 하자는 겁니까?"

"아니... 꼭 집어 그런 것은 아니지만 뱅커가 주도하는 큰 게임이라면 한번 식구들이 붙어보고 싶다고 하시는군요."

코비앙은 데나로의 말을 이해한다는 듯이 고개를 앞뒤로 흔들며 말을 되받았다.

"며칠 후면 칸느에서 영화제가 열리는데 지금부터 큰 게임을 주선한다고 해도 니스에서는 예정이 **빡빡**할 것 같고 천상 칸느와 모나코에서 큰 게임을 벌려볼 수밖에 없는데, 스틸러(한국에서는 방수잡이라고 함, 카지노와 도박장에 큰 게임을 알선하는 바람잡이)들이 움직여줄지 그게 의문이군요. 그래 판돈은 얼마나 예상하고 있습니까?"

코비앙은 유럽의 크고 작은 카지노판에 손님을 끌어 모으는 스틸러들의 총 보스였고, 니스와 칸느 모나코 등을 배경으로 하는 파트리크르부루파가 운영하는 마피아의 총 보스였다. 세계의 모든 카지노는 스틸러들에게 일정금액의 보수를 지불하고 그들이 알선한 카지노 손님들이 카지노에서 잃고 가는 금액의 일정부분을 마진으로 스틸러들에게 때어주는 것이 관례였다. 그래서 예상금액을 데나로에게 물어본 것이었다.

"약 500만불 정도를 미니멈으로 잡고 있습니다. 경우에 따라서는 판돈을 늘릴 수도 있고요."

코비앙은 데나로가 제시한 금액의 액수를 듣고 중얼거리듯이 말했다.

"500만 불이라! 글세, 스틸러들을 동원해서 벌리는 판은 최소한 1,000만 불 이상이 되어야 돈을 보고 질 높은 뱅커들이나 플레이어들이 달려들텐데! 그래, 스틸러들의 마진은 몇 프로를 생각하고 있습니까?"

코비앙은 이런 일을 평생해온 프로이다 보니, 이런 일은 일을 벌리기 전부터 분배를 정해놓고 시작하는 것이 불문율이었다.

"그것은 보스께서 해 오신 관례를 따르겠습니다."

니스파의 두목 코비앙은 데나로가 자기의 의사를 존중하자,

"그럼 저희들 측이 아무래도 사람들이 많다보니 60%로 하고 백작부인께서 나머지 이익 분을 가져가시는 것으로 하죠."

코비앙은 깔끔하게 이익분배에 대해 말을 마쳤다. 코비앙은 니스 네그레스코 카지노와 콩테드 호텔 카지노와 칸느와 모나코 등의 카지노 바카라 VIP룸을 일정 금액을 정킷(보증금을 카지노 측에 지불하고 VIP룸을 얻어 수입의 일정부분을 카지노 측에 주거나 뱅커들이 가지고 가는 방식)을 할 큰손의 뱅커를 수배하기로 약정을 맺었다. 데나로가 코비앙과 대화를 마치고 호텔로 돌아와 핀세이 여사가 머무는 스위트룸으로 올라갔다. 초인종을 누르자, 지혜가 달려나와 도어를 열어주며 질투가 섞인 시선으로 데나로에게 채린 쪽을 가리키며 입을 삐죽거렸다.

두 사람이 하나로

노트르담 사원 입구는 그리스도교 초기의 건축물인 로마네스코 풍과 고딕풍을 적당하게 배열하여 로마풍이라고 하는 형식으로 웅장하게 만들어져 있었다. 로마네스코풍의 성당들은 신비감과 웅장함을 나타내기 위하여 외부로부터 빛을 최대한 차단하기 위하여 두터운 벽을 쌓았고 아주 작은 채광만을 만들어 십자가를 걸어놓은 곳으로 작은 빛이 들어오게 하여 신비감을 느끼게 하였다.

성당의 외관이 어떻든 간에 사람들은 수백 년을 두고 이러한 성당을 통해 상처받은 영혼을 위로받으려 했다. 일행들이 성당으로 들어서자 핀세이 여사가 빠른 걸음으로 안으로 들어가 초로의 신부님을 모시고 나왔다. 이태리어를 유창하게 하시는 신부님이었다. 예쁘게 생긴 어린복자가 신부님의 곁에서 금빛이 물씬 풍기는 성수 잔을 들고 있었다. 일행들이 차례차례 신부님 앞으로 다가서자 신부님이 성수를 찍어 머리 위에 뿌려주며 성호를 그었다.

'이들의 죄를 사하여 주시고 이들의 앞날에 천주님의 뜻대로 살

게 해 주십시오!'

'지금 제 앞에 있는 사람들의 앞날을 지켜주시고 제가 하고자 하는 일에 위험이 따르지 않도록 도와주세요! 저는 천국을 원하지도 않습니다. 다만 살아있는 동안 사랑하는 사람들과 함께 살아가기를 원할 뿐입니다.'

신부님이 데나로와 채린의 이름을 부르며 제단 앞으로 나오기를 바랬다. 채린이 데나로의 얼굴을 바라보며 제단 앞으로 걸어나갔다. 두 사람이 제단 앞으로 나오자, 신부님은 성수를 찍어 두 사람의 머리에 뿌린 후, 양 손을 채린과 데나로의 머리에 얹고 기도를 했다.

"스포사레, 두 사람이 하나의 몸이 되었으니 서로를 아끼고 사랑하며 죽음이 다하는 날까지 서로의 사랑이 변치 않기를 천주님께서 지켜주시기를 바랍니다."

핀세이 여사와 헨시 여사와 데나로의 부하들이 신부님의 이태리어 기도를 듣고 박수로 환대했다. 채린이 불쑥 한 사람의 얼굴을 떠올리며 속으로 말했다.

'미안해요! 당신이 말했죠? 언제든지 제가 행복해질 수만 있다면 그 길을 걸어가야 한다고 말했던 것을… 이제 내가 사랑하는 사람을 만났어요. 그리고 오늘 이곳 성당에서 그 사람과 평생의 언약을 맺었고요.'

14년의 징역형을 받고 청송 교도소에서 살아가는 사랑했던 사람의 얼굴을 떠올리며 채린은 용서를 빌었다. 채린과 일행들이 호텔로 돌아오자, 후론트 앞의 소파에 앉아있던 매끈한 외모의 사내가 의자에서 일어나 데나로에게 다가와 작은 메모를 건네주고 호텔 밖으로 걸어나갔다. 데나로가 메모쪽지를 펴서 작은 글씨를 훑어 보고난 후 무엇인가 비밀스럽게 지켜야할 내용이 적혀 있는지 쪽지를 손가락으로 둘둘 말아 입 속에 넣고 우물우물 씹다가 침과 함께 삼켰다. 비밀이 담긴 쪽지가 흔적도 없이 목구멍으로 사라졌다.

부하들만 로비에 남기고 데나로와 채린과 일행들이 스위트룸으로 올라갔다. 쇼파에 앉아 데나로가 조금 전 사내가 건넨 쪽지의 내용을 전했다.

"마님 일이 잡혔습니다. 오늘 오후 5시부터 네그레스코 호텔 카지노 VIP테이블에서 게임이 벌어질 겁니다. 뱅커는 그리스에서 선박제조로 돈을 모은 오나시스의 외손녀 아테나 루텔 오나시스의 남자친구 피구라는 사람이 500만 불을 뱅커로 걸었고 게임에 참가하는 플레이어들도 유럽에서 돈푼깨나 굴리는 사업가들로만 짜여있습니다."

루텔 오나시스의 남자친구는 세계적인 관광지인 그리스 미코노스 섬의 절반을 소유하고 있는 부동산 갑부의 상속자로서 돈이 될 만한 유럽의 크고 작은 섬들을 다량 소유하고 있는 젊은 부동산 사업가였다. 데나로는 루텔의 남자친구 피구가 카지노에서 게임을 하는 성향에 대해서 코비앙으로부터 메모에 적힌 대로 핀세이 여사에게 자세하게 설명해줬다.

핀세이 여사는 10년 전 그리스 로도스섬 아크로폴리스 호텔 카지노에서 가졌던 게임을 떠올렸다. 유럽에서 유달리 큰돈을 가진 사람들이 많은 그리스의 부자들은 탈세가 일상화되어 크고 작은 일들을 벌리기 전, 충분한 파켈라키(뇌물)를 뿌리는 것이 몸에 배어있어 피구가 카지노에도 뱅커를 잡기 위해 카지노직원들과 플레이어들을 뇌물로 매수했을 수도 있다는 생각이 들었다.

코비앙의 메모에 의하면, 피구의 성격은 침착하며 여간해서 속내를 드러내지 않고, 게임을 시작할 때부터 끝날 때까지 흐트러지지 않는 포커페이스(포커를 칠 때의 얼굴모습)를 유지해서 여간해서 그의 속내를 알 수 없는 것이 그의 장점이었다. 단점은 피구가 일정시간이 지나 게임에서 돈을 잃게 되면, 자주 알 수 없는 약을 복용했다. 특별하게 미인들과 카드를 칠 때는 여자들에게 관심을 많이 가지는 것이 단점이기도 했다.

핀세이 여사에게 충분한 설명을 마친 데나로가 채린에게 가벼운 키스를 하고 문을 나서자, 채린과 핀세이 여사는 게임을 준비하기 위해 서둘렀다. 채린이 지갑에서 여러 개의 콩알만 한 GPS(위치추적수신기)를 꺼내 지혜와 명희, 헨시여사, 핀세이여사에게 건네주었다. 채린이 건넨 콩알만큼 작은 GPS를 받아든 지혜가 무슨 용도에 사용하는 물건인지 알 수가 없어 물었다.

"언니 이게 뭐야?"

"게임을 하다가 서로 헤어지는 일이 있더라도 서로의 위치를 알수 있는 위치수신기야. 그러니까 항상 외출하기 전에는 한 개는 팬티 속 어딘가에 넣어두고 또 하나는 브래지어에 작은 구멍을 뚫고 넣도록 해! 이건 매우 중요한 거야. 알겠지?"

채린은 만약에 사태를 대비해서 위치수신기 두 개씩을 일행들에게 나누어주었다. 명희가 웃음을 터트리며 농담을 했다.

"언니, 화장실에서 쉬 하는 소리까지 들리는 것은 아니겠죠?"

"자, 빨리 서둘러야 해! 지혜와 명희는 일전 밀라노에서 구입한 샤넬의 코코 블랙인 멜리사 노 카라 자켓(노 칼라에 라운드 네크라인을 살린 재킷)을 입도록 해! 아무래도 여성스러움이 돋보이는 것이 좋지 않겠어? 명희는 라보르와르의 파티복(가슴이 푹 파인 베이지색 드레스)에 상의는 가가블랙(앞여밈이 허리라인 정도 안쪽으로 후크 처리가 된 검정색상의 옷)을 거치는 것도 좋을 것 같아."

명희와 지혜는 서둘러 화장을 고치고 드레스 룸에 걸려있는 옷들을 골라 입기 시작했다.

"참! 언니가 준 GPS는 잘들 숨겼겠지?"

채린의 말에 지혜와 명희가 피씩 웃음을 터트리며, 오른 손가락을 자기의 팬티와 브래지어가 있는 성기와 유방 쪽을 가리켰다. 수개월 동안 은둔의 생활을 하면서 유럽에서 처음 가지는 게임이어서 그런지 앞으로 벌어질 게임에 대한 기대로 기분이 약간 들떠보였고 흥분이 고조된 탓인지 얼굴에 약간 홍조가 돋아보였다.

핀세이 여사가 게임이 시작되면 침착하게 평소에 해오던 대로 자기들의 페이스를 잃지 않을 것과 서로 간에 주고받는 캉(사인)을 바로 이해하고 절대로 독단적인 행동을 하는 일이 없도록 주의를 주었다. 채린이 마지막 점검의 말을 했다. 게임에서 돈을 잃는 것은 괜찮지만 마음의 상처를 절대로 받지 말고 게임이 안 풀리면 절대로 무리하게 베팅하지 말고 시간을 참고 기다리라고 당부했다. 일행들이 동시에 들어가는 카지노게임에서는 서로 주고받는 여러 가지의 캉이 잘 맞아야 게임이 잘 풀리는 것이었다.

채린과 명희와 지혜가 카지노 안을 빠른 시선으로 훑어보며 여직원의 안내를 받고 안쪽으로 들어갔다. 열댓 명은 충분하게 앉을 수 있는 모서리가 둥근 큼지막한 직사각형의 테이블들이 여러 대 놓여져 있었다. 금빛 색깔의 굵은 철망으로 엮어져 있었다. 망 옆으로는 사람이 드나들 수 있도록 작은 문이 만들어져 있었고 체격이 우람한 경비원이 문 입구에서 출입하는 사람들을 통제하고 있었다.

테이블 안에는 붉은 립스틱에 잘록한 허리의 매력이 넘쳐 보이는 딜러가 테이블 안쪽으로 들어오는 손님들을 바라보고 있었다. 잠시 후 핀세이 여사와 헨시 여사가 여유로운 자세를 보이며 카지노로 들어서 철망입구에 다다르자, 경비원과 젊은 호스트가 꾸뻑 인사를 한 후 문을 열어주었다. 채린과 지혜, 명희는 평소 연습을 해오던 대로 적당하게 자리에 앉아 빽 속에서 거울을 꺼내 얼굴의 표정을 점검했다. 테이블의 책임자인 중년의 플로어 퍼슨이 (딜러나 손님들을 감시하는 테이블 메니져) 망 안으로 들어와 정중하게 손님들에게 인사를 한 후,

"바이인(buy in 카지노 테이블에서 게임을 하기 위하여 최초로 칩이나 휠책을 구입하는 행위)을 하시기 위해서는 사전에 저를 통해서나 아니면 본인들이 직접 환전소를 통해서 준비한 캐쉬칩으로 해야 합니다. 단 게임이 진행 중에 체크수표나 뱅크가 발행한 수표 등

으로 칩 교환을 원할 시에는 패스포트의 제시를 요구하며 카지노로 부터 고객에 대한 신용을 조사하여 수표를 사용할 것을 결정하니, 이런 점 깊은 이해를 바랍니다."

플로어 퍼슨은 카지노 측의 진행에 대해 간결하게 설명을 했다.

"그리고, 오늘의 맥시멈 벳(시작할 때 테이블 위에 올려놓는 금액)은 10만 불 단위로 하며 뱅커가 걸은 총금액은 500만 불입니다."

이미 플로어 퍼슨은 채린이 칸영화제의 참석을 며칠 앞두고 니스를 찾은 것으로 알고 있어 흥미로운 시선으로 그녀들의 얼굴을 바라보며 관심을 보였다. 채린과 일행들이 핸드백에서 수표책을 꺼내 한 장을 떼어 사인을 한 후 플로어 퍼슨에게 주자 플로어 퍼슨은 수표를 받아든 후 일행들에게 패스포드를 요구하지 않고 친절한 태도를 보이며 망 밖으로 걸어나갔다.

행운의 숫자를 꿈꾸며

피부색이 유달리 희어 보이는 사내가 여러 사람을 대동한 채 테이블 망 입구로 걸어오고 있었다. 사내의 옆에는 보디가드인 듯한 험상궂은 얼굴의 사내가 검정의 가방을 들고 있었다. 카지노 직원이 큼직한 칩 케이스를 들고 망 앞에 다다르자, 케이스를 사내에게 건네주고 눈치를 보고 있었다.

케이스를 받아 쥔 사내는 자신의 능력을 과시하기라도 하듯 지갑에서 몇 장의 달러를 꺼내 직원에게 주자, 직원은 황제를 대하듯 사내에게 머리가 밑바닥에 닿을 정도로 숙여 감사를 표한 후, 다른 사람들에게 묘한 웃음을 지으며 망 밖으로 걸어나갔다.

몇 명의 사내들이 테이블 망 앞으로 다가왔다. 경비원이 이들의 신원을 확인한 후 문을 열어주었다. 사내들은 망 안으로 들어와 자리에 앉아 있는 사람들에게 친절하게 인사를 나눈 후, 비어있는 자리 쪽으로 갔다. 눈치 빠른 호스트가 의자를 빼주었다. 뱅커인 피구는 큰 눈을 껌뻑거리며 테이블에 둘러앉은 사람들의 표정을 빠른 시선으로 훑어보고 난 후, 플로어 퍼슨에게 신경질적으로 물었다.

"나머지 두 사람은 언제쯤 오는 겁니까?"

플로어 퍼슨은 비굴감이 짙게 묻어난 얼굴로 피구의 감정을 상하지 않게 답했다.

"글쎄? 제 시간에 맞춰 오시겠다는 전갈을 받았는데 조금 늦어지는 것 같으니 일단 게임을 진행하시는 것이 어떨는지요?"

플로어 퍼슨의 말에 뱅커가 화난 눈치를 보이자 핀세이여사가 피구의 약점을 발견하고 화를 돋우는 말을 꺼냈다.

"언제 올 줄 알고 기다립니까, 게임을 시작하시죠."

뱅커의 입장에서는 만약 게임을 시작하다가 중간에 판이 깨지기라도 하면 뱅커 지위를 잡기 위해 일정금액의 돈을 카지노 측에 주고 자리를 샀기 때문에 피구는 손실을 입게 되는 것이었다. 핀세이여사는 피구의 성질을 벌써 파악하고 심기를 불편하게 만들어가고 있었다.

뱅커가 옆에 앉은 딜러에게 사인을 보내자, 딜러가 빠른 동작으로 테이블 위에 놓아져 있는 여섯 벌의 카드의 껍질을 벗긴 후, 능숙한 솜씨로 섞어 셔플을 한 후 카드 한 벌을 핀세이 여사쪽으로 밀어주자, 핀세이 여사가 한 손으로 카드의 중간부분을 때어 기리를 한 후, 카드를 다시 딜러에게 밀어주었다. 딜러는 빠른 손놀림으로 카드 여섯 벌을 각각 슈 통에 넣었다. 뱅커가 테이블위에 500만 달러의 칩을 올려놓자, 플로어 퍼슨이 플레이어들에게 설명을 했다.

"지금 뱅커가 500만 불을 올려놓았습니다. 카드는 여러분들이 충분하게 확인하였고 딜러가 여러분들로부터 검증이 끝난 카드를 슈에 넣었으므로 지금부터 게임을 시작하겠습니다."

플로어 퍼슨의 말이 끝나자 채린은 50만 불을 핀세이 여사와 헨시 여사는 30만 불을 그리고 나머지 일행들은 테이블 위에 각각 10만 불 이상의 칩을 올려놓았다. 일반적인 바카라는 뱅커가 왼쪽과 오른쪽에 앉은 사람들을 상대로 각각 한 게임씩 총 두 게임을 할 수 있고, 뱅커는 양쪽 사람들을 상대로 게임에 모두 참여할 수 있기 때문에 왼쪽과 오른쪽의 두 사람들로부터 어부지리를 얻는 경우도 더러 있었다,

지금의 바카라 게임은 뱅커가 주도권을 가지고 판돈을 결정할 수 있기 때문에 뱅커의 자리가 조금은 유리한 편이었다. 게임을 할 때 걸리는 시간은 5분도 채 걸리지 않는다. 칩의 종류는 다양하지만 큰 판이라 1만 불에서 6만 불짜리의 칩도 있었다.

카드를 돌리기전 훤칠한 키에 은빛머리의 글래머한 여성과 50이 채 넘어 보이지 않을 듯한 사내가 가방을 들고 테이블 망 앞으로 다가와 거만한 표정으로 서있었다. 어림잡아 서른은 갓 넘어 보일 듯 했고 옷을 입고 있는 차림으로 봐서는 평범한 여자는 아닌 듯 해보였다.

여자가 테이블에 앉아있는 사람들에게 인사를 나눈 후, 뱅커의 오른쪽 자리가 비어있어 쌩긋 미소를 보이며 자리에 앉았다. 잇따라 두 사람이 들어와 좌우에 앉은 사람들에게 인사를 나눈 후, 비어있는 틈새에 자리를 잡고 앉았다. 뱅커의 얼굴에는 거만하면서도 상대

방들을 얕잡아보는 표정이 깔려 있었다.

오른쪽에서부터 글래머의 여자가 첫 번째 순으로 자리를 잡고 있었다. 글래머가 첫 카드를 받겠다는 사인을 하고 자기 앞에 놓인 만 불짜리 칩 다섯 개를 테이블 안으로 밀어 넣었다. 뱅커는 글래머가 카드를 손에 쥐고 패를 보는 순간, 조금 전까지의 여유롭던 모습은 간데없고 뱀처럼 날카로운 눈매로 글래머의 눈빛과 얼굴 표정 등을 번개처럼 빠른 시선으로 예리하게 훑어보았다.

핀세이 여사와 헨시 여사는 뱅커의 눈 깜짝할 사이의 시선을 놓치지 않고 체크했다. 뱅커는 보기와는 달리 예리하고 날카로움을 가지고 있었다.

모두의 시선이 헨시 여사에게로 쏠렸다. 헨시 여사가 밝은 미소를 지으며 테이블 앞으로 자기 앞에 놓아둔 칩 전부를 밀어넣었다. 첫 번째 자리의 글래머도 올인(모두 넣는 것)했다. 넙치 같은 사내도 그리고 채린도 자기 앞에 있는 칩을 전부 테이블 앞으로 밀어넣었다. 빅 판이었다. 헨시 여사와 채린의 돈 만해도 80만 불이 넘었고 글래머와 넙치의 돈도 만만치 않아보였다.

한때는 유럽 최고의 도박사로서 이름을 날리던 핀세이 여사와 헨시 여사의 날카로운 판단과 직관을 통한 게임의 흐름에 대한 판단력은 단 한 번도 벗어난 적이 없었다. 핀세이 여사와 명희, 지혜는 배팅을 하지 않은 채 흥미로운 얼굴로 헨시 여사와 뱅커의 얼굴을 번갈아 쳐다보았다. 플로어 퍼슨이 채린과 넙치 사내와 글래머와 헨시 여사가 배팅한 금액의 액수를 불러주었다.

"지금, 뱅커의 금액은 530만 불이며 플레이어들이 걸은 금액은 130 만 불입니다. 베팅을 더하실 플레이어들은 없으신지요?"

플로어 퍼슨이 의미 있는 웃음을 핀세이 여사에게 보냈다. 딜러가 슈에서 스쿠퍼(밥주걱처럼 편편하게 손잡이가 길게 달린 카드를 얹어 주는 도구) 위에 카드를 얹어 헨시 여사 앞으로 밀어주었다. 헨시 여사는 자기 앞으로 스쿠퍼가 다가오자, 조심스러운 손놀림으로 그 위에 놓여있던 카드를 왼손으로 잡자, 딜러가 다시 스쿠퍼의 손잡이를 잡아당겨 제자리에 돌린 후, 슈에서 카드를 뽑아 뱅커의 앞에 놓아주고 다시 한 장을 뽑아 스쿠퍼에 올린 후, 헨시 여사 앞으로 갈 수 있도록 손잡이를 밀었다.

헨시 여사가 스쿠퍼 위에 놓인 카드를 받아들고 딜러의 다음동작을 살폈다. 딜러가 스쿠퍼를 다시 원 상태로 돌린 후, 슈에서 한 장의 카드를 뽑아 뱅커의 앞에 놓아주었다.

130만 불의 거액이 실린 단 한판의 승부로 그것도 아주 짧은 몇 분 사이에 상대방의 표정을 살펴가며 승부를 가름하는 도박사들의 게임이었다. 뱅커는 핀세이 여사가 카드패를 보는 순간의 눈 동작과 얼굴의 표정, 눈 주위의 떨림 등을 파악해서 그녀가 잡고 있는 점수를 예측해 보려했지만 어떤 낌새도 알아챌 수가 없었다.

오히려 핀세이 여사는 뱅커가 초조함을 느낀 나머지 카드 패를 먼저 살펴보도록 유도하고 있었다. 헨시 여사가 카드를 보지 않았다. 뱅커가 헨시 여사의 얼굴을 빠른 시선으로 바라보며 자기의 카드를 테이블 위에 그대로 올려놓은 채 두 손으로 보일 듯 말듯 숫자를 확인하려고 시선을 카드로 가져가는 찰라, 이미 헨시여사는 엄지손가락을 살짝 들어 올리며 번개처럼 빠르게 카드 숫자를 파악하였다.

뱅커가 자기의 카드숫자를 파악하고 헨시 여사에게로 눈길을 돌렸지만 한 장의 카드를 더 받지 않겠다는 헨시 여사의 사인을 보았다. 뱅커의 눈동자가 무엇인가에 놀란 듯 두 눈을 둥그렇게 뜨고 헨시 여사를 응시했다. 그도 그럴 것이 카드패를 보지 않고 어떻게 나머지 카드 한 장을 받지 않겠다고 하는지 이해가 되지 않았다. 뱅커는 자기가 카드 패를 살펴보는 순간 이미 헨시 여사가 카드 패를 봤다는 것을 모르고 있었다.

헨시 여사는 뱅커가 혼동하는 눈동자를 읽었고 눈가의 미세한 떨림에서 긴장감을 파악했다. 실로 헨시 여사가 잡은 숫자는 크로바 2와 다이아 3으로 총 5점은 승부에서 이길 수 없는 게임의 터닝 포인트로써 확률로 보자면 나머지 한 장을 더 받아서 점수가 좋아질 수도 있지만 더 나빠질 수도 있는 어정쩡한 숫자였다.

뱅커는 상대방이 카드를 살피는 표정을 세밀하게 지켜보면서 상대방의 점수를 예측해서 자기가 5점 받았을 때, 상대방의 카드모션에 따라 나머지 한 장의 카드를 받을 지 안 받을 지를 결정하는 것인데 헨시 여사가 아무런 거리낌없이 두 장의 카드만으로 승부를 하겠다고 카드를 두드려 표시했던 것이다. 뱅커는 난감한 입장에 처했다. 뱅커는 스페이드 2와 하트 3 도합 5점을 잡았다. 5점으로는 승부에서 이길 수 없다는 판단이 들었는지 딜러에게 나머지 한 장의 카드를 요구했다. 딜러가 슈에서 카드를 뽑아 조심스러운 자세로 뱅커 앞에 카드를 놓아주었다. 만약 숫자 1만 들어와도 뱅커가 이기는 점수지만 높은 숫자인 6, 7, 8, 9,의 중의 숫자가 들어오면 점수에서 뱅커가 지는 것이다.

헨시 여사가 테이블 위에 두 장의 카드를 펼치자 뱅커와 멸치, 두 사내의 얼굴에서 경악스러운 표정이 순간 드러났다. 이럴 수가 5점으로 승부를 가르다니, 도대체 저 여자가 카드를 칠 줄 아는 여자인지 아니면 생판 모르는 여자인지 도대체 판단이 서지 않았다. 혼동이 왔다.

뱅커가 나머지 한 장의 카드를 신경질적으로 살폈다. 악마와 같은 검정 색깔의 스페이드 9였다. 도합 4점이었다. 뱅커는 1점 차이로 패했다. 어이가 없다는 듯 헨시 여사의 얼굴을 바라보았다. 그녀의 얼굴에서는 아무런 변화도 찾아볼 수가 없었다. 마치 카드를 전혀 모르는 백치와 같은 그런 모습이었다. 130만 불이 단 5분여 만에 뱅커의 손에서 플레이어들 앞으로 넘어갔다.

핀세이 여사가 호스트에게 포도주를 주문했다. 호스트가 망 문을 열고 나가 스낵바에서 빛깔이 좋은 포도주를 쟁반에 얹어가지고 들어와 테이블 옆에 올려주었다. 향기가 좋은 포도주였다. 뱅커도 호스트에게 워터를 주문한 후, 안주머니에서 작은 케이스를 꺼내 뚜껑을 열고 작은 알약 한 개 꺼내 입가에 물고 물을 기다리고 있었다. 그 만큼 뱅커는 지금 초조하고 속으로 안달이 나 있음을 알 수 있었다. 뱅커는 호스트가 물을 늦게 가져오자, 화를 벌컥 내며 호스트의 손에 들린 물 잔을 휙 낚아채 갈증 난 암소마냥 벌컥벌컥 마시고 유리잔을 거칠게 호스트에게 던지듯이 주었다. 뱅커는 서서히 페이스를 벗어나 침착함을 잃어가고 있었다.

여섯 번째 자리의 뱃살이 두툼하게 찐 비만의 사내가 만 불짜리 칩 5개를 앞으로 내밀며 카드를 받을 자세를 취했다. 뱅커도 딜러에게 사인을 보냈다. 딜러는 슈에서 카드를 뽑아 스쿠퍼에 올려 비만의 사내 앞으로 밀어주었다. 딜러가 스쿠퍼를 거둔 후, 다시 슈에서 카드를 뽑아 뱅커에게 건넨 후, 또 한 장을 뽑아 스쿠퍼에 올려 비만의 사내 앞으로 밀어주고 다시 한 장을 뽑아 뱅커에게 주었다. 사내가 두 손으로 카드를 쥔 채로 한참동안 카드를 살펴본 후, 테이블 위에 내려놓으며 한 장을 더 요구했다.

조금 전 받은 두 장의 카드점수는 도합 5점이었다. 새로 받은 카드의 숫자는 다이아 8이여서 도합 3점이었다. 사내는 아무렇지도 않은 표정으로 뱅커를 주시하고 있었다. 뱅커가 두 장의 카드를 살폈다. 도합 7점이였다. 뱅커가 카드를 받지 않겠다고 사인을 보냈다. 비만의 사내가 멋쩍은 표정으로 카드패를 펼쳤다. 3점. 뱅커는 볼 것도 없다는 듯이 카드 패를 휙 펼치며 딜러의 얼굴을 바라보았다. 뱅커는 그런 돈은 눈에 차지 않는다는 표정으로 딜러의 손놀림을 지켜보았다. 뱅커의 얼굴이 점점 달아올라 눈가에 붉은 색깔이 옅게 감돌았다.

노 프로블럼

딜러가 또 한 장을 뽑아 뱅커에게 준 후, 그리고 또 한 장을 뽑아 핀세이 여사 우측에 밀어주고 뱅커 앞에도 한 장을 놓아주었다. 핀세이 여사는 이미 두 장의 카드숫자를 파악했다. 행운이 따라주는 다이아 7과 또 한 장의 숫자는 크로바 1이어서 도합 8점의 내추럴이었다. 바카라 판에서 8, 9점은 최고의 점수다. 뱅커는 핀세이 여사가 카드를 펴볼 때까지 그녀의 동작을 살펴보려는 듯 핀세이 여사의 얼굴을 쳐다보았다. 핀세이 여사가 손가락으로 카드를 서너 차례 두드리며 나머지 카드를 받지 않겠다는 사인을 하자 뱅커는 당황한 기색을 보였다.

뱅커는 고심 서러운 표정으로 잠시 왼손을 이마에 얹었다 내리며 기세가 한 풀 꺾인 채 카드의 숫자를 살폈다. 첫 카드의 숫자가 크로바 5의 비교적 좋은 점수여서 그런지 뱅커의 눈 커플이 약간 떨려보였다. 또 한 장의 카드에서 낮은 숫자만 나와 준다면 승부에서 이길 수 있다는 기대감을 가지며 손바닥을 펼쳐 카드의 숫자를 확인했다. 검은 두건을 쓴 악마의 얼굴처럼 검정색의 스페이스 2가 눈에 들어왔다. 7점은 승부에서 이길 수 있는 좋은 점수여서 그런지 뱅커의 입가에 엷은 미소가 감돌았다. 뱅커는 승부를 확신한 듯 자신감이 묻어난 거만한 목소리로 핀세이 여사에게 '카드를 펼치시지요' 하고 말했다.

카드의 앞면을 테이블 위에 펼쳐놓았다. 뱅커는 어이를 상실한 표정으로 핀세이 여사의 카드를 넋 빠지게 쳐다보았다. 도대체 저 여자가 어느 사이에 카드의 숫자를 파악했는지 이해가 되지 않았다.

플로어 퍼슨이 승부를 걸은 플레이어들이 각각 테이블 앞에 걸어놓은 칩들을 빠른 손놀림으로 세어 금액을 알려주었다. 뱅커는 칩 스트레이(칩을 담아놓는 통)에서 칩을 꺼내 플레이어들 앞으로 거칠게 밀어주었다. 딜러가 조금 전 사용한 카드를 테이블 옆의 디스카드홀더(사용한 카드를 모아두는 통)의 작은 구멍으로 밀어넣었다. 카드가 금속성 철판의 밑바닥에 닿는 소리가 무겁게 들렸다. 딜러가 두 손으로 새로운 카드를 반으로 나누어 쥐고 양손으로 카드를 가운데로 몰아 손가락으로 튕길 듯이 엇갈리게 섞는 소리가 게임꾼들의 배팅을 자극했다.

게임에서 승패에 대한 책임은 본인 스스로에게 있는 것이며 어쩌다가 이길 때면 행운이 찾아온 것이라고 위로 받으려 하지만, 행운이란 말은 도박꾼들이 스스로 자위하기 위하여 만들어낸 허구일 뿐 도박에서 행운을 없었다. 가끔가다 게임에서 이길 때면 도박꾼들은 운이 좋아서 돈을 딴 것이라고 말하지만, 그러한 운은 더 많은 불행을 안고 오는 악마의 유혹일 뿐 행운과는 전혀 다른 것이었다. 도박꾼들의 패배는 그릇된 확률을 사실로 믿으려드는 혼동에서 오는 정신적인 착시의 현상이며 자신이 돈을 잃는 것은 행운이나 운이 따라 주지 않기 때문이라고 생각하는 오류에서 빚어진 산물이었다.

뱅커가 테이블에서 일어나 플로어들에게 양해를 구한 후, 망 문을 나서 화장실 쪽으로 걸어나갔다. 핀세이 여사가 캉을 보냈다. 자리를 한꺼번에 일어나지 말고 신중하게 처신하라는 사인이었다. 채린과 명희가 자리에서 일어나 망 문을 열고나서자, 테이블 밖에서 그녀들을 경호하던 데나로의 부하들이 민첩하게 자리에서 일어나 자연스럽게 그녀들의 주위를 둘러싸며 경호를 했다.

데나로가 채린에게 다가서며 작은 메모를 손에 건네주었다. 메모를 받아 쥔 채린은 화장실 안으로 들어갔다. 소변이 팬티를 내리고 용변기에 앉는 순간 폭포수에서 쏟아져 내리는 물처럼 요란한 소리를 내며 금방이라도 변기통을 부술 듯이 쏟아져 나왔다. 평상시 같으면 방광과 항문의 괄약근에 힘을 주어가며 오줌줄기를 조절했을 텐데 그럴 필요를 느끼지 않았다. 옆 칸에서도 명희의 오줌 소리도 소나기 소리처럼 들려왔다. 데나로가 건네준 메모를 펼쳤다. 영어로 쓰여 있었다.

'위험이 있을 수 있으니 위치수신기는 장착했어요?'

'당신이 벗겼던 팬티와 브라자에 잘 차고 있습니다.'

속으로 말하며 채린은 피식 웃었다.

화장실에서 가볍게 몸을 푼 채린이 자리로 돌아와 앉았다. 뱅커도 여유를 찾았는지 한 치의 흩어짐도 보이지 않는 꼿꼿한 자세로 문 안으로 들어서 테이블에 앉았다. 지금까지 돈을 잃은 사람은 뱅커와 멸치같이 생긴 두 사람 뿐이었다. 뱅커가 테이블 주위를 둘러보며 분노를 삼킨 목소리로 '몸이 불편해 다음날 게임을 다시 했으면 합니다' 하고 게임을 아웃하며 자리에서 일어나자, 옆에 있던 경호원이 뱅커의 앞에 어지럽게 놓여있던 칩을 거두어 칩스트레이에 담은 후, 뱅커의 뒤를 따라 테이블 밖으로 걸어나갔다. 뱅커는 게임을 중간에서 마치며 어떤 이유나 변명 따위를 늘어놓지 않고 군더더기 없는 매끈한 태도를 보였지만 게임을 중간에서 마칠 때에는 상당한 이유가 있는 것이었다.

멸치 같은 사내도 뒤이어 자리에서 일어나 다음날을 기약하며 문을 열고 테이블 밖으로 걸어나갔다. 채린이 자리에서 일어나자 데나로가 다가와 채린의 앞에 놓아진 칩을 칩스트레이에 담았다. 그의 부하들도 제각기 핀세이 여사와 헨시 여사, 명희, 지혜의 앞으로 다가와서 칩스트레이에 칩을 담은 후 캐셔(cashier 칩스를 현금화하는 환전소)쪽으로 걸어나갔다.

채린과 일행들이 캐셔에서 칩을 수표로 바꾼 후, 룸으로 돌아와 옷을 갈아입고 휴식을 취할 때, 데나로가 룸 앞에서 노크를 했다. 지혜가 문을 열어주자, 데나로가 거실 안으로 들어섰다. 핀세이 여사가 입을 열었다.

"수고 했구나, 데나로. 그래 일행들은 잘들 빠져나갔고?"

"네! 호텔 밖에 있던 코비앙의 식구들이 잘들 모시고 갔습니다."

"그래! 오늘 수고들이 많았구나."

핀세이 여사는 테이블에 앉아 조금 전 카지노 게임에서 일행들이 딴 돈을 셈했다.

칸영화제가 열리기 하루 전 니스의 거리는 세계 여러 나라에서 밀려드는 영화인들과 특히 아랍과 유럽의 부호들이 호화로운 요트나 유람선을 타고 몰려들어 선착장과 거리는 관광객들로 넘쳐나 보였고 니스 해안선을 따라 펼쳐진 가로수와 해변을 끼고 즐비하게 늘어서 있는 폭넓은 도로의 한 쪽으로 들어서 있는 고급 호텔등과 상점 등에는 손님들이 타고 온 고급 승용차들로 북새통을 이루고 있었다. 사전에 칸느에 숙박시설을 미리 잡지 못한 사람들이 동시에 몰려들어 칸영화제 전야제를 니스에서 보내는 영화인들과 관광객들로 거리는 축제의 분위기로 바뀌면서 타국에서의 즐거움을 맘껏 누렸다.

호텔 발코니에서 바라보이는 노을 진 니스의 해변은 코발트색 바다 위로 붉은 태양이 기울어지며 주황색의 고운 빛깔이 부챗살처럼 펼쳐져 바다와 해변을 아름답게 수놓았다.

채린이 앉아있는 의자 뒤로 데나로가 다가와 그녀의 어깨 위에 손을 얹으며 물었다.

"무엇을 그렇게 쳐다보고 있어요?"

"저녁노을이 너무 아름다워서요! 그래, 만나기로 했던 분들과는 얘기가 잘 됐나요?"

"잘 됐어요."

채린이 일어나 발코니 쪽으로 등을 돌린 채 데나로의 얼굴을 바라보았다. 사랑스러운 사람의 눈빛 속에 담긴 사랑을 갈망하는 애절함을 느끼며 두 사람은 주위의 시선 따위는 아랑곳하지 않고 서로의 몸이 으스러지게 끌어안으며 감미로운 키스를 나누었다. 혜린이 발코니 쪽으로 다가서며 두 사람의 모습을 지긋한 시선으로 바라보았다. 둘의 키스는 사랑을 뛰어넘은 운명적인 비애가 깔려있듯 혜린으로 하여금 슬픔을 자아내게 했다.

채린의 지나온 삶의 편린을 누구보다도 잘 알고 있는 혜린은 채린이 사랑을 하는 것 자체가 새로운 슬픔과 비극을 예견하며 받아드린다고 생각했으며 채린의 저 행복이 오래토록 소중하게 지켜질 수만 있다면 자기의 모든 것을 헌신할 수도 있으며 목숨까지도 바칠 수 있는 소중한 사람이라 생각했다. 혜린의 지긋한 장난이 발동했다. 성난 영화감독처럼 시나리오의 범위를 벗어나는 배우들에게 불호령을 치듯 큰소리로 '컷' 하고 외치자, 두 사람의 맞닿은 입술이 거리를 두고 떨어지며 혜린 쪽으로 시선을 돌렸다. 채린이 피식 웃으며,

"못된 계집애, 언니가 잘되는 것을 못 봐. 얘! 왜 하필이면 키스할 때 컷하니! 질투를 해도 유분수지…"

데나로가 멋쩍은 웃음을 보였다.

"레디 고우! 키스 씬, 다시 시작! 카메라, 부팅하고!"

데나로가 채린에게 물었다.

"무슨 뜻이죠?"

"당신하고 다시 키스하래요. 엄청나게 찐한 키스요."

세 사람은 모처럼 즐겁게 웃음을 터트리며 거실로 돌어와 소파에 앉았다. 명희와 지혜도 채린이 모처럼 즐거워하는 모습을 보며 기분들이 좋아진 듯 데나로에게 친절함을 보였다. 데나로는 코비앙에게 받은 수표를 핀세이 여사에게 건네주고 그의 얘기를 전했다.

"뱅커인 피구가 게임을 도중에 포기하는 일은 좀처럼 보기 드문 일이라, 저희들도 약간은 의문을 가지고 있습니다. 혹시라도 다른 마피아 조직과 연관을 갖는지 지켜보고 있습니다만, 아직은 별다른 징후가 보이지 않습니다. 다만 피구 쪽에서 내일 칸느 그랜드 하얏트 호텔 카지노에서 5시경부터 게임을 할 예정이니 참석자들을 사전에 알려주기를 바란다고 했으나, 핀세이 여사와 헨시 여사와는 게임을 원치 않는다고 말했습니다."

데나로의 얘기를 듣고 난 핀세이 여사가 입가에 웃음을 보이며,

"피구라는 사람이 꽤 여유를 보이며, 입맛에 맞는 생선들만 골라서 먹으려고 하는구먼. 데나로, 피구의 의사를 받아들이겠다고 코비앙에게 전하되, 다만 중간에서 게임을 끝낼 거면 관심이 없다고 말해!"

"게임시간을 정하시란 말 아닙니까?"

"그렇지, 돈 몇 푼 잃었다고 기분에 따라 판을 깨고 일어나는 것은 카지노 매너가 아니라고 전하고!"

평소에 성격이 온순한 핀세이 여사는 카지노 게임에 대해서만은 철저한 승부사의 기질이 그대로 드러났다. 데나로가 조용히 문을 열

고 나갔다. 핀세이 여사가 어딘가로 전화를 걸었다. 상대방의 목소리가 수화기를 타고 들려왔다.

"에슬리입니다."

"나, 핀세이 여사예요. 잘 있었어요?"

"그럼요. 여사님은요?"

"나도요. 참, 피구 쪽에서 나와 헨시 여사를 아웃시켰어요."

"그 애들이 좀 그래요."

"그러니까, 내일 게임은 에슬리와 말로이 볼세이카가 들어가요! 그리고 가급적 빠르게 승부를 내세요! 시간을 질질 끌지 말고. 캉은 에슬리가 맡고 게임을 주도하세요! 첫 자리에서부터 에슬리가 올인(자기 앞에 있는 칩을 전부 거는 것)을 해서 기를 꺾어 놓고 세 번째 자리에서 볼세이카가 배팅할 때 식구들이 하프 배팅(자기 앞에 있는 칩을 반만 거는 것)을 해서 승부를 걸도록 해요! 가급적 게임을 빨리 끝내는 것이 좋아요. 상대에게는 시간을 길게 잡으라고 말했으니까, 일정금액만 식구들이 따면 게임을 아웃하세요! 미니멈은 300만 불 내외예요."

핀세이 여사는 에슬리에게 빠른 말로 게임 주문을 했다. 에슬리가 핀세이 여사의 계획을 충분하게 이해했는지, 수화기를 내려놓는 소리가 들렸다.

앵벌이가 된 여인들

니스에서 셋째 날 저녁 네그레스코 호텔 레스토랑에서 여자들은 두 자리로 나뉘어 식사를 하고 있었다. 데나로의 부하들이 그녀들이 앉아있는 테이블 주위를 둘러싸듯이 앉아, 오고가는 사람들을 날카로운 시선으로 바라보고 있었다. 채린과 데나로는 이제 모든 사람으로부터 부부로 인정받는 사이다. 한참 식구들이 즐거운 식사를 하고 있는 자리로 몰골이 남루한 여인이 다가서자, 부하가 자리를 박차고 일어나 손을 뻗어 여자를 막아서며 다른 자리 쪽으로 가라고 손짓했다.

여인은 며칠째 머리도 못 감았는지, 수세미처럼 헝클어진 머리카락이 제멋대로 뻗쳐있었다. 젊은 웨이터들이 손님들에게 비굴할 정도로 머리를 굽실거리며 여인에게로 다가서 사납게 여인의 두 팔을 양쪽에서 끼고 레스토랑 밖으로 끌어내려고 했다. 여인은 안간힘을 쓰며 버둥거렸다.

"노, 노, 렛 고우, 렛 고우 오브 미.(안 돼, 안 돼, 날 놔줘요.)"

유창한 영어로 웨이터들에게 레스토랑 밖으로 끌려 나가지 않으려고 애원하듯이 몸부림치며 채린이 앉아있는 쪽을 바라보았다. 그러자 여인의 여린 팔을 비틀어 꺾었는지 순간, 여인은 고통을 못 이겨 비명소리를 내질렀다.

"아파요, 팔을 놔줘요. 나갈게요."

비명을 지르며 채린과 명희와 혜린이 앉아 있는 쪽을 연신 바라봤다. 여자가 무의식중에 고통을 호소하며 내뱉은 말은 한국어였다. 여인은 절규하듯이 말했다.

"난, 당신들을 잘 알아요! 그리고 당신들의 팬이었어요."

분명한 한국어로 그녀는 울부짖듯이 말했다.

"잠깐만요!"

채린이 자리에서 벌떡 일어나 그녀를 끌고 나가는 웨이터들에게로 다가가 팔을 잡았다. 웨이터들은 두 눈을 동그랗게 굴리며 연신 머리를 숙여 미안함을 보인 채, 그 여인으로 인하여 자기들을 나무라는 것으로 알고 다시 여인을 심한 몸짓으로 끌어내려고 했다. 데나로가 채린의 곁으로 다가섰다. 채린이 그 여자에게 물었다.

"당신은 한국인이시죠?"

여자는 금방 눈물을 글썽거렸다.

"네, 한국인이에요. 미안해요. 이런 모습을 보여서…"

힘없이 쏟아내는 목소리가 너무나 곱고 아름다웠다.

데나로가 여인이 팔을 거칠게 잡고 있는 웨이터들의 팔을 떼어내고 자리에 앉혔다. 채린의 눈가에 이슬 같은 눈물이 촉촉하게 고였다.

"허기지시죠?"

채린은 여인이 어깨에 걸치고 있는 누더기 같은 숄을 벗겨, 의자에 놓았다. 명희와 지혜 혜린이 다가왔다.

"언니, 우리, 룸으로 올라가서 옷 좀 챙겨가지고 올까?"

"그래줄래, 고맙구나. 너희들이 언니 맘, 이해해 줘서."

"언니 두, 참! 무슨 소리를 그렇게 섭섭하게 하슈. 우린 식구들 아니유! 식구!"

명희와 지혜가 채린에게 입을 비쭉거리며 빠른 걸음으로 레스토랑 문으로 걸어나갔다. 데나로가 웨이터에게 스프와 간단한 식사를 주문했는지 웨이터가 쟁반에 부드러운 스프를 가지고와 테이블에 놓아주었다. 여인는 몇 번이고 미안함을 표하며, 스프가 담긴 접시에 수저를 얹었다.

"어서 들어요!"

부담감을 느끼지 않도록 채린이 위로의 말을 하자 여인은 허기가 졌음에도 불구하고 스프를 수저로 떠서 소리 나지 않게 먹었다. 비록 의상과 몰골이 남루한 여인이었지만 스프를 수저로 떠먹는 격식이나 예절은 평범한 여인은 아니었다. 부드러운 식사가 나오자 채린이 쟁반에 담긴 음식들을 골고루 여인의 접시에 놓아주었다. 레스토랑의 매니저가 데나로에게 다가와 귓속말로 무엇인가를 말했다.

"하루에도 저런 한국인 매춘녀들이 열댓 명 이상 이곳을 기웃거리며, 어쩌다 한국 분들이 식사를 하는 것을 발견하면 저런 모습으로 달려들어 동정심을 유발하여 구걸을 한답니다. 개중에 마음이 약한 한국 분들은 저런 여인들에게 동정심을 느껴 몇 푼의 돈을 쥐어주기도 하지만, 결국 그 돈을 받아 쥔 여인들은 똥구멍 빠지게 카지노로 뛰어들어 코인으로 바꿔 돈을 먹는 빠찡꼬 기계에 쑤셔 넣는답니다. 이제는 저런 여자들을 밖으로 쫓아내는 데도 진저리가 났습죠!"

매니저는 고개를 설레설레 흔들며 여인의 행동을 멸시하는 눈으로 바라보았다. 데나로는 매니저의 말을 채린에게 그대로 전할 수가 없었다. 명희가 몇 벌의 옷을 가지고와 여인에게 건네주자 그녀는 숄을 어깨에 걸치고 채린이 건네준 돈을 황급히 받아 주의를 두리번거리며 옷섶 깊숙이 집어넣고 누군가에게 쫓기듯이 두려움을 느끼며 불안해하고 있었다.

핀세이 여사가 채린에게 다가와 귓속말로 데나로의 말을 전했지만 채린은 왜 그녀들이 이런 먼 나라까지 와서, 카지노 주위를 맴돌며 비참한 모습으로 구걸 아닌 구걸을 하며 살아가는지 알고싶었다. 명희가 건넨 옷으로 갈아입은 여인이 푸석푸석한 머리를 가지런히 빗어내렸다. 얼굴의 윤곽이 또렷하게 드러나 보였다. 푹 꺼져들어간 눈, 볼 살이 올랐을 때 도톰했을 법한 뺨은 지방이 빠져나간 탓인지 홀쭉하게 쭈그러들었고 이마와 턱밑의 주름은 굵게 패여있었다.

해안을 따라 도빌과 니스, 칸느, 모나코는 한 시간 이내로 오고 갈 수 있는 거리였다. 세계의 많은 관광객들이 즐겨찾는 곳이기도 해서 그런지 한국에서도 남국의 아름다움을 동경하는 여인들이 무리를 지어 여행을 하기도 하고 간간히 카지노에 들러 흥미로 슬로머신이나 룰렛을 하며 여행의 흥미를 돋우는 사람들이 많았다.

세계 어떤 나라이건 카지노 시설이 갖춰진 곳에서는 국가의 정책상 세금을 늘리기 위하여 사행사업의 일환으로 정부차원에서 적극적으로 지원하는 것이 카지노 사업이다. 카지노란 글자 그대로, 돈 놓고 돈 먹는 사업이었지만 엄연하게 말한다면 도박이며 국가가 시설과 여건을 갖춘 일정한 장소를 제공하여 일반사람들이나 기업인을 참여시키는 도박장소다.

도박은 특히 아시아의 문화에 있어 특히 한국과 중국의 문화생활에 있어 커다란 비중을 차지하는 하천민들의 놀이로서, 한국인들의 도박에 대한 관심은 역사를 거슬러 올라가 고구려 시대부터 전해지는 서민들과 양반들과 기생들이 즐겨하던 놀이이기도 했다.

카지노를 운영하는 사람들은 질 좋은 손님들을 유치하기 위하여 수단과 방법을 아끼지 않고 손님들을 유인하고 있는데, 그 중 제일 손쉬운 방법이 마피아나 여행사 안내원을 통해 일정 금액의 마진을 주고 손님들을 카지노로 끌어드리는 교묘한 방법까지 동원하고 있었다. 니스와 칸느, 도빌, 마카오 등은 질 좋은 손님들을 자기들의 카지노로 끌어들이는 전문 업자들을 고용하여 돈을 잃은 관광객들에게는 지역 마피아들이 개설한 사설 금융업체를 통하여 자동차와 요트, 여권이나 여자들을 담보로 해서, 즉석에서 돈을 빌려주었다.

레스토랑을 빠져나갔던 여인이 옷맵시를 가다듬고 한 묶음의 꽃을 들고, 채린이 앉아 있는 곳으로 찾아와서 채린과 혜린에게 건네주었다.

"혹시, 내일 영화제에서 상을 받으시나요?"

여인은 채린과 혜린이 칸영화제에 참석하기 위해 니스에 온 것으로 알고 있었다.

"아니요. 왜요? 영화제에 관심이 많으세요?"

명희가 안쓰럽게 물었다.

"그런게 아니라, 몇 년째 집에 소식을 주지 못해서 두 분께서 식장에 참석하시면 사진이라도 함께 찍어서 딸에게 보내려고 했어요!"

야윈 얼굴이었지만 기품이 있어보였다. 명희가 마음이 끌리는지 재차 물었다.

"왜, 이곳에 오시게 됐어요? 가족들이 있으신 것 같은데요?"

조금 전 어지럽게 헝클어졌던 머리와 옷맵시를 가다듬어서인지 여인의 얼굴은 가꾸기에 따라 천의 얼굴로 변할 수도 있다는 어느 화가의 말이 떠오를 정도로 달라진 모습이었다.

"무슨 낯으로 집으로 돌아갈 수 있겠어요? 이렇게 엉망진창으로 망가진 모습인데…"

여인은 자신의 현재 모습을 비감할 정도로 비탄해 했다.

"참! 내일 식장에 가시게 되면 머리를 손볼 헤어 드레서는 준비했나요? 니스와 칸느는 뷰티 헤어 드레샵이 부족해서 영화인들의 머리는 자기들이 데리고 온 헤어 드레서가 대체로 하는 편이에요."

명희는 자기가 여인에게 양파껍질을 한 겹 한 겹 벗겨 내듯이 여인의 숨겨진 비밀의 실타래를 풀어가자, 여인에게 관심이 기우려졌다.

"왜요? 저희들은 아무런 준비도 못했어요. 여기 오래 계셨으니까 혹시 아시는 분이라도 있으신가요?"

채린도 여인에게 묻고 싶었던 말이었다. 여인은 말을 머뭇거리며,

"제가, 한때 유럽에서 뷰티 헤어 드레서 공부를 한 적이 있었어요."

채린과 명희, 지혜, 혜린은 직감적으로 여인들만이 느끼는 감촉이 있었다. 명희가 탄성을 쏟아내며 물었다.

"공부는 오래 하셨나요?"

"네! 한, 이삼십 년 했어요."

채린이 두 눈을 둥그렇게 굴리며 물었다.

"혹시 70년 초, 명동에서 뷰티살롱을 하시지 않았나요? 낯이 많이 익어서요. 어디서 뵌 분 같은데…"

채린이 더 관심을 가지고 물었다. 여자는 몇 번이고 머뭇거리다가 자신의 정체를 밝혔다.

"채린씨, 나… 비달삿순 정이에요."

채린은 깜짝 놀라,

"어머! 언니, 저 채린이에요. 저 아시죠?"

"그럼은요! 내가 어떻게 채린을 몰라보겠어. 아까는 차마… 이렇게 망가진 모습으로 당신께 다가갈 수가 없어 몇 번이고, 레스토랑 앞에서 망설이다가 용기를 내서 들어간거야."

두 사람은 부둥켜 안고 울음을 터뜨렸다. 1970년과 80년 초반, 한국 미용계의 거장으로서, 뷰티아카데미의 최초의 창시자로서 미용계의 혁신을 가져왔던 비달삿순 정이었다. 그녀는 프랑스의 유명한 헤어디자이너 비달삿순(국제적 헤어 드레서)의 수제자로 뷰티공부를 마쳤으며, 그녀가 독특하게 개발한 퍼머넌트 웨이브와 모발에 손상을 입히지 않는 법위 내에서 최상의 헤어 드레싱을 연출하는 기법은 그 시대에 한국의 유명한 연예인들이나 복부인들이 몇 달을 기다려야만 그녀에게 머리를 맡길 수 있었다.

"어쩜! 언니, 이렇게 변했어! 응? 너무 마르고 야위었잖아! 불쌍한 언니."

채린은 정 여사를 끌어안고 놓아주지를 않았다. 채린이 70년 후반 한참 인기 절정일 때, 세 사람에게서 신세를 졌었는데, 한 사람은 패션디자이너였던 앙드레 김이었고 또 한 사람은 정 여사였다. 채린과 일행들이 서둘러 스위트룸으로 올라갔다. 방 앞에서 교대로 보초를 서고 있던 데나로의 부하들이 문을 열어주었다.

"언니, 어서 들어와요."

정 여사가 문 앞에서 머뭇거렸다. 채린과 혜린이 정 여사의 손을 이끌듯이 잡고 응접실 안으로 안내를 했다. 채린이 서둘러 말했다.

"지혜야, 욕실 물 좀 채워주고…"

"알았어요. 언니."

지혜가 욕실로 들어가자, 명희가 가운을 가지고와 정 여사에게 건네주었다.

"이걸로 갈아입으세요! 그리고, 맘 편하게 가지시고요!"

모두가 정성스럽게 정 여사를 대우했다. 데나로가 채린에게 다가가서 손수건을 꺼내 눈가에 묻은 눈물을 닦아주었다.

"고마워요, 데나로."

"채린, 울지 말아요! 당신이 눈물을 보일 때마다 내 마음이 너무 아파요. 가슴이 찢어지도록 말이에요."

말은 잘 통하지 않아도 사랑이란 만국어(여러 나라의 말)로 통했다. 네그레스코 호텔 스위트룸은 앞서 소개한대로 거실 앞 루푸탑 가든에 있는 자쿠지 욕조에서 니스해변의 멋진 노을을 바라보며 즐길 수 있어 일행들은 가운으로 갈아입고 욕조 안으로 들어갔다. 잠시 후, 명희도 정 여사를 모시고 욕조 안으로 들어왔다.

데나로는 조용히 문을 열고 밖을 나서며 부하들의 어깨를 두드려주고 엘리베이터 쪽으로 걸어갔다.

그날 밤, 그들은 많은 얘기를 나누었다.

정 여사는 프랑스 비달삿순의 수제자로서 파리 심포지엄에 참석했다가 니스와 칸느 그리고 모나코 등의 카지노를 출입하며 많은 돈을 잃게되었고, 결국 한국의 가족과 친지로부터 수많은 돈들을 송금받아 송두리째 카지노에서 탕진하고 말았다. 뿐만 아니라 정 여사를 비롯한 많은 한국여성들은 바닥끝까지 떨어져 몰락해서 심지어는 지역 마피아들에게 여권을 저당 잡히고 돈을 써서 제때 갚지 못하여, 말할 수 없는 수모를 겪어야 했고, 지금도 한국에서 온 여러 명의 여자들과 합숙을 하며, 카지노 앵벌이로 연명을 하고 있었다.

하루 수입은 마피아들이 짜주는 스케줄대로 카지노에서 손님들을 끌어드리기 위해 공짜로 발행한 30불짜리 코인을 마피아들로부터 받아 카지노 슬로머신기계 앞에서 하루 6시간 동안 기계구멍에 코인을 넣는 동작을 되풀이해야 했고, 카지노에 적당한 손님들이 차게 되면, 손님 곁으로 다가가 바람을 잡아 칸느나 모나코로 이동하기도 하며, 일이 없을 때는 한국인들이 많이 찾아드는 식당 등을 돌아다니며 구걸을 하기도 했다. 정여사의 말은 계속되었다.

"우리들 거처는 마땅히 정해진 곳이 없고 낡은 대형 버스를 개조하여 만들어 놓은 곳에서 집단적 생활을 하고 있으며, 운이 좋은 날은 돈푼깨나 있는 노인네들을 만나게 되면…"

정 여사는 말을 잇지 못했다.

"언니, 그만! 말하지 않아도 돼요. 얼마나 가슴이 찢어졌겠어요! 왜 경찰에 신고하지 않았어요?"

"이제는 돌아갈 곳도 없어… 그리고 너무 늦었고… 나를 받아줄 사람이 아무도 없잖아? 어떻게 이런 모습으로 가족들에게 돌아갈 수 있겠어? 남편도 나의 이런 추한 모습을 보고, 그 자리에서 쓰러져 심장이 멎어버렸어. 모든 것이 너무 허무해!"

정 여사는 더 이상 말을 잇지 못하고 깊은 탄식만 쏟아냈다.

"언니, 우리와 함께 돌아가요?"

"아니야! 그럴 수가 없어. 채린에게 폐를 끼칠 수는 없잖아!"

"폐라뇨! 당연히 언니를 도와야죠. 오늘밤 저와 여기에서 주무시고 내일부터 우리와 함께 움직여요. 여권도 찾고요,"

채린은 정 여사의 모든 이야기를 순수하게 받아주었지만 도박으로 망가진 여성들의 인간성이 얼마나 황폐하게 무너져 있는지를… 그리고 그런 여자들에게 몇 마디의 따스한 말이나 온정을 베푼다고 해서 나락 밑바닥까지 팽개쳐버린 이성과 황폐한 심성이 원래의 모습으로 돌아올 수 있을 거라는 생각은 채린의 순수한 사랑에서 오는 철저한 모순이자 착각이었다. 그날 밤 채린과 정 여사와 여자들은 포도주를 맘껏 마셔가며 지나온 가슴 아픈 얘기들을 비감스럽게 쏟아내며 그렇게 니스의 마지막 밤을 보냈다. 여자들이 어느 정도 분위기가 무르익자 데나로가 채린에게 키스를 하고 문을 나섰다. 채린이 문 앞까지 따라나서 배웅을 했다.

"내일봐요."

데나로가 채린을 끌어안으며,

"당신의 마음을 알아요."

채린은 데나로가 무슨 말을 하려는지 알고 있었다. 문이 닫히자 데나로가 부하들에게 작은 목소리로 말했다.

"누구를 막론하고 내일 아침까지 이 방에서 나가는 사람이 있을 때에는 철저하게 소지품을 검사하고 즉시 내 방으로 데려오도록 해!"

부하들은 보스의 명령에 충성심을 보이듯 조용한 목소리로 답했다. 데나로는 정 여사에게 이상한 징후를 느꼈었다. 정 여사는 채린과 대화를 나누는 과정에서도 불안한 눈초리로 연신 주위 사람들의 눈치를 살펴가며 마약환자들이 약기운이 떨어지기 시작할 때, 일어나는 반응 등이 데나로의 눈에 띄었다.

밤이 무르익어 갔지만 아래층 객실에 부하들과 함께 머물고 있는 데나로는 잠을 이룰 수가 없었다. 오랜 마피아 생활 속에서 수많은 매춘녀들이 도박과 마약에 중독되어 기회가 닿기만 하면 약값과 도박비를 얻기 위해 남의 물건을 훔치는 것을 보아왔던, 데나로의 직감으로 자기 눈에 보인 정 여사의 모습이, 그런 여자들과 흡사하게 닮아 보여 부하들에게 지시를 한 것이었다.

한참 밤이 무르익어 갈 무렵, 희끄무레한 물체가 채린의 침대 옆에서 조심스럽게 일어나 문 앞으로 살금살금 다가서 거실 문을 빠끔히 열고 응접실 주위를 살펴본 후, 문을 열고 나와 혜린이 잠들어 있는 방문을 고양이처럼 소리나지 않게 열고 들어갔다.

이런 동작을 되풀이하며 헨시 여사와 핀세이 여사가 자고 있는 방으로 들어가 한참 만에 나온 후 ,재차 채린의 방으로 다시 들어간지 몇 분인가 지나자, 채린의 옷으로 갈아입은 정 여사가 한쪽 손에 큼직한 가방을 들고 숨을 죽여가며 응접실을 조심스럽게 나와 문 입구에서 호흡을 가다듬고 도어 문을 열고 밖으로 나왔다. 문 앞 의자에 앉아있던 데나로의 부하들과 눈이 마주쳤다.

정 여사가 부하들에게 부드러운 표정으로 인사를 한 후 그들 앞을 지나치려고 했다.

떨리는 목소리

날카로운 눈매의 사내가 정 여사의 앞을 가로막으며 북부의 사투리가 약간 섞인 프랑스어로 물었다.

"밤늦게 어디를 가십니까?"

앞을 가로막은 사내가 거칠게 물어보자, 정 여사는 서둘러 변명을 늘어놓았다.

"오늘 스케줄 때문에 몽펠로우에 다녀올 일이 있어 코트다쥐르 공항으로 가는 중이에요."

사내는 정 여사의 말을 곧이곧대로 들어주듯이,

"그러시면 저희들이 차로 안내를 해드리지요."

정 여사의 가방을 낚아채듯이 가로챘다. 부하들이 정 여사를 좌우에서 호위하듯이 감싸며, 엘리베이터 안으로 밀어넣고 버튼을 눌렀다. 엘리베이터가 다음 층에서 멈추자, 정 여사가 놀라는 표정으로 사내들의 얼굴을 바라보았다. 사내들은 정 여사의 팔을 끼고 데나로 일행들이 머무는 방문을 열고 안으로 들어갔다. 데나로와 몇 명의 부하들이 소파에서 앉아 텔레비전을 보고 있다가 부하들이 정여사를 앞세워 응접실 안으로 들어서자, 데나로가 얼음장처럼 차거운 목소리로 정 여사에게 물었다.

"이런 새벽녘에 어디를 가시려고 무거운 짐까지 챙겨들고 나가시는 겁니까?"

데나로의 말은 듣기에 따라 부드러울 수도 있었고 가슴 밑바닥까지 얼음장처럼 차갑게 가슴을 후려파는 무서움도 동시에 깔려있었다.

"이리와 앉으시지요."

데나로가 손을 소파 쪽으로 내밀었다. 부하가 정 여사의 팔을 거칠게 잡아당겨 소파에 앉혔다. 정 여사는 마피아들의 잔인한 무서움을 겪어본 일이 있어 그들의 표정만으로도 두려움을 느끼고 있었다.

"나는 거짓말을 하는 사람들을 제일 싫어한답니다. 잘못을 했을 때는 용서를 빌어야지! 어떤 이유나 변명으로 잘못을 감추려 든다면 나와 내 부하들이 용서치 않을 겁니다. 어디를 가시려고 그렇게 무거운 짐까지 들고 나왔습니까?"

데나로가 정여사의 얼굴을 뚫어지게 쳐다보며 말했다. 정여사의 얼굴이 창백하게 초죽음이 되어 보였다.

"요… 용서해주세요!"

정 여사는 소파에서 일어나 데나로 앞에 무릎을 꿇고 앉아 두 손이 닳도록 비비며, 두려움에 가득찬 눈으로 데나로를 쳐다보았다.

부하가 가방 안을 뒤지자 어지럽게 쑤셔 넣은 여자들의 작은 가방들이 들어있었고 갖가지 패물들과 장신구들이 뒤엉켜 있었다. 부하가 정 여사의 몸을 뒤지려 하자 데나로가 손을 들며,

"그만 해라!"

무겁게 말하자, 부하들이 동작을 멈추고 정 여사의 얼굴을 바라보았다.

"여사님께서 혹시 몸속에 감추고 계신 물건이 있으면 스스로 내놓으시지요!"

정 여사가 데나로의 말에 침을 꿀꺽 삼키며 몸 안으로 손을 쑤셔넣고 꼼지락거리며 무엇인가를 끄집어내서 손바닥에 얹어 데나로에게 주었다. 채린이 왼손 약지 손가락에 끼고 있던 물방울 무늬의 큼직한 다이아 반지였다.

부하가 더 이상 정 여사를 믿을 수 없었는지, 여자의 몸을 거칠게 훑어내리며 샅샅이 뒤졌다. 팬티와 브래지어 안에서도 수표책과 귀금속들이 우수수 쏟아져 나왔다.

정 여사는 얼굴이 파랗게 사색이 되어 두려움과 공포로 가득찬 시선으로 데나로에게 손바닥을 비벼가며 용서를 빌었다. 데나로가 정 여사의 오른팔을 걷어올리자, 뼈만 앙상하게 드러나 보이는 야윈 팔뚝 위에 헤로인이나 코카인등을 맞은 시커먼 바늘의 흔적이 촘촘하게 있었다.

"두번 다시 채린씨 앞에 모습을 나타내지 마시오! 만약, 이를 지키지 않을 때에는 당신을 데리고 있는 사람들보다 더 무섭게 대하겠소!"

데나로가 말을 마치고 지갑에서 백 불짜리 몇 장을 꺼내 정 여사의 손에 쥐어주며,

"이 여자를 호텔 앞까지 바래다 줘라."

데나로의 명령에 정 여사가 부산하게 옷을 챙겨입었다. 사납게 생긴 부하가 그녀의 팔을 거칠게 잡아 방밖으로 데리고 나갔다. 호텔 로비를 빠져나와 현관 앞에 다다르자 정 여사는 데나로에게 받은 달러 몇 장을 황급히 브래지어 속에 쑤셔넣고 부하들에게 누런 이빨을 시익 드러내고 멋쩍은 웃음을 지으며 광장 앞으로 걸어나갔다.

광장 앞 도로가에는 봉고차 같은 승합차가 놓여있었고 몇 사람의 사내들이 차 주위에서 호텔 쪽을 연신 바라보며 얼쩡거리며 서있었다. 정 여사가 호텔을 빠져나와 차로 다가서자, 사내들은 기다렸다는 듯이 서둘러 차문을 열어주고 정 여사를 태운 후, 속도를 내며 출발했다. 정 여사를 태운 차가 도로에서 꼬리를 감추듯 멀리 사라지자, 데나로의 부하들은 씁쓸한 표정을 지으며 엘리베이터 쪽으로 발걸음을 옮겼다.

다음날 아침, 혜린의 방안으로 햇살이 커튼을 뚫고 스며들자 혜린이 부스스 흩어진 머릿결을 추켜올리며 침대에서 기지개를 펴고 일어났다. 밤늦게까지 과음을 한 탓인지 갈증이 밀려들어 테이블 위에 놓인 물병에서 물을 따라 벌컥벌컥 소리가 날 정도로 마신 후, 컵을 내려놓았다. 머리가 지근지근 거릴 정도로 두통이 밀려왔다. 한 손으로 관자놀이 부근을 지그시 누르며 창가로 다가가 커튼을 열어제치자, 눈부신 아침 햇살이 혜린의 얼굴을 덮쳤다.

혜린은 평소 아침마다 해오던 요가로 몸을 풀기 시작했다. 양다리를 펼치고 가슴을 바닥에 닿게 하는 유연한 동작에서부터 소림사 스님들이 즐겨하는 단전호흡을 통한 복식호흡 등의 동작으로 몸을 풀었다. 이마에 땀방울이 촉촉하게 고였다. 요가를 마친 혜린은 비취가운을 벗고 욕실로 들어가 정성스럽게 몸을 닦았다. 군더더기 하나 없는 아름다운 몸매였다. 이런 몸매가 탐이라도 나는 듯 노회장은 매일 서너 차례씩 혜린에게 전화를 걸어 자기와의 애정을 확인하려 들었다. 욕실을 나와 옷장을 여는 순간 옷장 안이 어지럽게 흩어져 있었다. 채린이 칸영화제 때, 사용하라고 사주었던 작은 악어가 죽 벌킨 백이 보이지 않았다.

"응? 이상하네. 내가 백을 어디다 두었을까? 그리고, 왜 가방이 열려있지?"

혜린은 옷가지 등이 어지럽게 흩어져있는 여행용 가방 안을 살펴보았다. 가방 안은 옷가지를 흩어놓듯이 어지럽게 뒤엉켜 있었고 평소에 사용하던 작은 가방과 백들이 눈에 보이지 않았다.

"어머! 어쩜 좋아! 도둑이 들었나봐. 내 소지품들이 다 없어졌어!"

혜린이 놀란 가슴으로 머리에 묻은 물기도 제대로 닦지 않고 응접실로 나와 채린의 방문을 소란스럽게 두드렸다.

"언니! 나야 들어가도 되지?"

혜린은 겁에 질린 듯 채린의 방문을 열고 후다닥 뛰어들어 채린의 침대 안으로 들어갔다. 채린은 혜린이 침대 안으로 뛰어들었다.

잠에서 깨어 몸을 추스르며,

"왜? 혜린아. 무서운 꿈이라도 꿨어?"

"아니! 그게 아니고 내 방에 가봐! 언니. 내 소지품들이 모두 없어졌어!"

"무슨 말이야? 소지품이 없어졌다니?"

채린은 혜린의 말을 믿으려 들지 않고 되물었다.

"언니, 그게 아니라니까. 정말로 가방 안이 어지럽게 흩어져 있고 언니가 사준 벌킨 백들도 모두 없어졌어!"

혜린이 두려운 모습으로 말했다. 옷장 안은 조금 전 혜린이 말했던 대로 똑같은 모습으로 어지럽게 흩어져 있었다.

"언니는?"

채린이 응접실 밖으로 나와 욕실과 화장실을 돌아가며 살펴보았지만 정 여사의 모습은 보이지 않았다. 잠시 후 지혜와 명희가 방문을 열고 나와 채린과 혜린의 당황하는 모습을 지켜보며 어리둥절한 눈빛으로 주위의 분위기를 살폈다. 채린이 핀세이 여사의 방을 두드리자, 헨시 여사가 문을 열고 나와 의아한 표정으로 물었다.

"무슨 일이 있어요? 다들 일찍들 일어나게?"

아직도 헨시 여사는 위기감을 느끼지 못하고 있는 것 같았다. 채린이 배란다로 나가서 햇살이 떠오르는 바닷가를 허탈한 모습으로 쳐다보았다.

"언니, 왜 그랬어요? 같이 해결하면 될 일을…"

채린은 정 여사의 아픔을 진실한 마음으로 같이 나누고자 했었다. 지혜와 명희도 밤사이 좋지 않은 일이 일어났음을 직감하고 방 안으로 들어가 옷장을 열어보았다.

"어머! 웬일이니…"

명희가 어지럽게 흩어져있는 여행용 가방을 펼쳐보며 어이없는 표정을 지었다. 명희의 여권과 지갑과 수표책이 담겨있던 헤르메스 백이 감쪽같이 사라졌다. 명희가 눈물을 글썽거리며 응접실로 나왔다. 누구보다도 더 정 여사가 겪었던 아픔을 위로하고 싶었던 명희였다. 채린이 응접실 안으로 들어와서 침체된 분위기를 되살리려는 듯,

"자! 다들 힘들 내고. 오늘은 오전 중에 칸느로 가야하니까 빨리들 서두르도록 해!"

채린은 하룻밤 사이에 모든 스케줄이 칡넝쿨처럼 뒤엉켜버리자, 사태를 빠르게 수습해야했다. 문 쪽에서 벨소리가 들리자 명희가 쪼르르 달려가 비디오 폰으로 밖을 확인한 후, 잽싸게 문을 열어 주었다. 부하들이 커다란 짐가방을 들고 미소를 보이며 들어왔다. 채린은 자신의 짐 가방임을 확인한 놀라움에 두 눈을 동그랗게 굴리며 어째서 부하들이 가지고 있었는지 의문스러워하는 눈치를 보였다.

"어떻게 된거죠?"

채린이 궁금한지 울먹이는 소리로 물었다. 데나로가 묵묵한 표정으로 아무 말도 하지 않은 채 호주머니에서 손수건을 꺼내 채린의 눈가에 묻은 눈물 자국을 닦아주며 우수에 젖은 시선으로 바라보자

채린이 데나로의 가슴에 달려들듯이 안겨 두 손으로 그의 가슴을 가볍게 두드리며 눈물을 흘리며 말했다.

"그냥, 언니가 가지고 가시게 내버려두지 그랬어요. 너무 불쌍하잖아요."

데나로가 채린의 머릿결을 쓰다듬으며 말했다.

"당신이 슬퍼하거나 눈물을 보이게 되면 당신과 함께하는 모든 사람들이 슬픔과 눈물을 보이는 거에요. 마피아의 여자는 절대로 슬픔을 겉으로 드러내거나 눈물을 보여서는 안 돼요"

데나로가 채린의 마음을 안정시킨 후, 혜린과 명희, 지혜가 엄지손가락을 치켜세우며 '형부 파이팅' 하며 방 앞까지 배웅을 했다. 가방 안에 어지럽게 흩어진 물건들을 추스르고 일행들은 식당으로 내려가 니스에서의 마지막 식사를 했다. 데나로의 부하들이 전날보다 배로 늘어나 레스토랑 안이 북적거렸다. 네그레스코 호텔에서 체크아웃을 한 일행들은 칸느로 출발했다. 채린과 일행들은 태운 차들이 해변가로 이어진 크루아제트 대로로 접어들자 큰 대로와 맞닿아 있는 선착장에는 수백 대의 호화로운 요트와 유람선들이 정박해 있었고 큰 거리의 한쪽 길을 따라 화사하게 꾸며진 정원들과 잎이 무성한 종려나무들이 촘촘하게 들어서 있는 아름다운 거리였다.

영화제 시즌이면 포토 파파라치들이 배우들의 사진을 찍으려고 유명 호텔마다 진을 치고 있었다. 호텔은 우유빛 대리석으로 프랑스 왕궁을 그대로 옮겨놓은 듯 아르테크 시설로 건축되어 있었다. 데나로와 부하들이 빠른 동작으로 트렁크에서 짐을 꺼내 벨 보이들이 대기하고 있는 카트에 짐을 옮겨싣고, 현관 안으로 들어서자 프론트 앞에서 에슬리 여사가 일행들을 기다리고 있었다.

"반가워요!"

에슬리 여사가 일행들을 반기며 말하자, 핀세이 여사가 에슬리 여사의 손을 잡으며 기쁨을 나눈 후,

"게임시간이 얼마 남지 않아 서둘러야 할 것 같아요. 체크인은 했나요?"

"그럼은요. 방 키를 받아 놨어요. 그리고 데나로씨의 방들은 한 층 아래에 잡아두었고요. 이 호텔 마르티네 프레지던트 스위트룸은 웬만한 빽 아니면 잡기 힘들어요. 특히, 영화제가 열리는 시즌에는 더욱 어렵기도 하고요."

에슬리는 은연중 자신의 입지를 드러내보였다. 이른 새벽부터 정 여사로 인한 긴장감이 풀리지 않은 탓인지, 채린의 컨디션이 좋아 보이지 않았다. 게다가 핀세이 여사와 헨시 여사까지도 피구 쪽에서 게임은 아웃시켜 승패를 가름할 수가 없었다.

메리어트 호텔 카지노

약속한 게임시간이 다가오자, 채린과 일행들이 거실에서 준비를 마치고 출발했다. 메리어트 호텔은 세계적인 영화배우들이 즐겨찾는 곳이어서 영화제가 시작되자, 호텔 앞에는 수많은 기자들과 관광객들이 스타들의 얼굴을 보려고 몰려들었다. 일행들이 차에서 내려 호텔 안으로 들어서 카지노장이 있는 지하계단으로 내려갔다.

로비를 지나 클럽으로 들어섰다. 프랑스 상징인 붉고 파란 조명빛을 현란하게 비추는 클럽이 있었고 클럽의 좌우 테이블의 공간을 지나면 360도로 회전하는 바(bar)가 있었다. 바에서는 젊은 남녀들이 샴페인을 마시며 디제이박스에서 흘러나오는 리듬에 맞춰 율동적으로 몸을 흔들어가며 춤추고 있었다.

"언니, 우리도 게임 끝나면 한번 흔들어 볼까?"

춤이라면 자신들 있는 여자들이었다. 하지만 지금은 그럴 겨를이 없었다. 기분을 전환시킨, 후 데나로는 일행들을 카지노가 있는 위층으로 안내를 했다. 카지노 안으로 들어섰다. 슬로머신 기계와 룰렛이 돌아가는 곳에는 이미 많은 손님들이 북적거리며 게임을 하고 있었다. 마바리(적은 돈을 걸고 하는 사람들이 앉은 테이블)를 지나 VIP 룸이라고 쓰여진 방으로 들어갔다. 채린과 명희, 지혜가 자리에 앉자, 데나로와 부하들이 환전소에서 교환한 칩을 칩스트레이에 가득히 담아 채린과 명희와 지혜 앞에 놓아주었다.

VIP 룸 안에는 서너 대의 큼직한 테이블이 놓여있었고 테이블마다 손님들이 자리에 앉아 게임을 하고 있었다, 그 뒤에는 체격이 우람한 경호원 같은 사내들이 룸으로 들어오는 사람들을 매서운 시선으로 쳐다보고 있었다. 테이블은 니스와는 달리 초승달 같은 반달형의 큼직한 테이블이었고 한 가운데에 인형 같은 모습을 한 딜러가 손님들이 자리에 앉기를 기다리고 있었다.

데나로와 부하들은 채린의 뒤에 조용히 앉아있었다. 약속한 시간이 다가왔다. 문이 열리며 허리를 꼿꼿하게 세우고 여유로운 모습으로 피구와 그의 경호원들이 테이블로 다가와 일행들에게 거드름을 피우며 자리에 앉았다. 피구의 표정은 자신감이 넘쳐보였고 그의 눈빛은 상대방들의 돈을 모두 따겠다는 이글거림으로 가득 차 보였다.

잠시 후, 에슬리와 말로이 볼세이카가 자리에 앉았다. 웨이브 머리를 한 금발의 매력적인 여성이 채린의 옆 자리에 앉았다. 여자는 유명모델을 연상할 만큼 훤칠한 키에 엉덩이가 보일 만큼 허연 허벅지가 그대로 드러나 보이는 짧은 실크치마를 입었으며 여자의 몸에서 풍기는 진한 향수냄새가 불쾌할 정도로 채린과 일행들의 코를 자극했다.

여자는 요염한 자세로 두 다리를 꼬은 채, 자리에 앉아 빽에서 금빛의 담배케이스를 꺼내, 담배를 입에 물고 입술을 뾰쪽 내밀며 연기를 품어댔다. 입모양을 보아 오랄 섹스는 잘할 수 있을지 몰라도 생긴 모습과는 달리 행동이 천박스러워 보였다.

딜러가 테이블 옆에 놓아둔 여섯 벌의 카드에서 두 벌씩의 카드를 앞면이 보이게끔 테이블 위에서 손으로 골고루 섞어 옆에 놓고 남은 두벌의 카드도 그런 식으로 섞은 다음, 두 벌씩 나눈 카드를 에슬리 여사의 앞에 놓자, 에슬리 여사는 카드의 중간부분을 떼어 다시 그 위에 올려놓았다. 플로어 퍼슨이 부드러운 목소리로 일행들에게 게임의 설명을 했다.

"테이블머니(처음 시작할 때 테이블 위에 올려놓는 돈)는 10만 불이며 맥시멈 뱃(게임에서 돈을 거는 최대한도)은 무한대이고, 뱅커가 300만 불을 크래딧라인(고객이 게이지에 보관시킨 돈)에 걸었으며, 카드는 여러분들이 보는데서 공정하게 기리를 했습니다. 리베이트머니(딴 사람이 카지노 측에 주는 돈)는 3%입니다."

게임이 시작되었다. 시작부터 긴장감이 흐르며 속도가 빠르게 진행되었다. 채린이 만 불짜리 칩 서너 개를 테이블 위에 올려놓았다. 서너 명의 플레이어들이 연달아 칩을 걸었다. 딜러가 부드러운 손가락으로 슈통에서 매끄럽게 카드를 뽑아 플레이어인 채린과 피구 앞에 각각 두 장씩의 카드를 놓아주었다. 채린은 상대방을 응시하며 오른손을 약간 오므린 채 재빠르게 카드의 숫자를 살폈다. 처음 받은 카드는 다이아 2였으며 또 한 장을 확인하자, 도합 6점이 되었다. 6점은 일반 플레이어들도 남은 한 장의 카드를 받을 수 없는 점수였기에 채린은 스텐드했다.

스텐드란 바카라 게임에서 합이 6. 7.점일 때에는 나머지 한 장의 카드를 받기가 어렵기에 플레이어가 스텐드하고 카드를 까고 뱅커도 카드를 깠을 경우, 같은 점수가 나오면 타이(합이 똑 같음)가 될 때 계속 게임을 시작하는 것이며, 플레이어가 5점이고 뱅커도 5점, 동점일 경우 플레이어가 다음 한 장을 받아 A,2,3,8,9,10이 나오면 뱅커는 카드를 받을 수 있고 4,5,6,7이 나오면 뱅커는 나머지 카드를 받을 자격이 없는 것이다.

뱅커는 채린의 눈을 응시하며 거드름을 피우면서 두 장의 카드를 펼쳤다. 3자와 5자, 도합 8점으로 뱅커가 무조건 이기는 점수였다. 딜러가 플레이어들이 테이블 위에 걸어놓은 칩을 모두 거두어 뱅커 앞으로 놓아주었다. 시간은 5분을 채 넘지 않았다. 딜러는 사용한 카드를 거둬 데드 카드(dead card 해당게임에서 이미 사용된 카드) 홀더에 집어넣었다. 다시 배팅이 시작되었다. 심한 냄새를 풍기는 여자가 만 불짜리 칩 서너 개를 집어 테이블 앞으로 밀어놓자, 말로이가 여자의 얼굴을 쳐다보며 '당신의 운을 한번 따라보겠소'하며 만 불짜리 칩 몇 개를 배팅하자, 나머지 일행들은 에슬리의 캉(사인)이 없자 돈들을 걸지 않았다.

딜러가 각각 두 장의 카드를 슈에서 빠르게 뽑아 냄새 나는 여자와 피구 앞에 놓아주었다. 여자는 카드를 받자마자 애무도 하지 않고 팬티를 홀러덩 벗어내리 듯이 아무런 표정도 없이 카드를 펼치며 뱅커의 얼굴을 쳐다보았다. 5점이었다. 그녀가 바카라 게임의 룰을 이해하지 못하고 머뭇거리자 딜러가, 그녀에게 카드 한 장을 다시 주었다. 크로바 9자를 받아 도합 4점이 되었다. 여자가 카드를 테이블에 내려놓자 뱅커가 손톱으로 카드를 튕기듯이 하며 폈다. 3자와 4자 도합 7점이었다. 뱅커가 이기자 딜러가 여자와 말로이가 걸어놓은 칩을 거두어 뱅커 앞으로 밀어주었다. 볼세이카가 에슬리에게 캉을 보내자, 에슬리의 눈빛이 뻔쩍거리며 다시 일행들에게 캉을 보냈다.

게임이 시작되면서 딜러가 카드를 골고루 섞어 에슬리 앞으로 기리를 하라고 내밀었을 때, 에슬리가 카드의 중간부분을 떼어 카드 밑에 넣을 때, 이미 몇 장의 카드숫자를 밑장(카드의 밑에 여러 장을 미리 보는 기술)보기로 파악했기 때문에 이 때쯤이면 자기가 밑장보기로 보았던 카드가 연속적으로 나올 시기가 되었다는 판단이 들자, 직감적으로 승부를 거는 매직탄(팔소매에 차고 있는 카드를 바꿔치기하는 기술)을 썼으면 해서 올인 캉을 보낸 것이다. 볼세이카가 자기 앞에 있던 칩을 반으로 나누어 테이블 앞에 배팅했다. 채린과 지혜도 가지고 있던 칩을 반으로 나누어 걸었다.

지금과 같이 뱅커가 일정금액을 걸고 하는 바카라 게임은 유럽에서 주로 큰 도박사들이 하는 게임이라, 첫 판과 두 번째 판에서 승부를 걸어야 승부를 걸 수 있으며, 세 번째 판으로 넘어가면 판돈을 적게 가지고 게임을 하는 사람들은 대부분 패하기 때문에 뱅커를 지

302

속적으로 꾸준하게 견제를 해야만 게임의 승부를 가를 수 있었다.

딜러가 플레이어들이 걸어놓은 칩을 뱅커 앞으로 밀어주었다. 뱅커는 아무런 표정도 드러내지 않고 자신의 감정을 억누른 채 다음 판을 기다렸다. 핀세이 여사와 헨시 여사가 없는 것이 이렇게 타격이 클 줄은 미처 예상하지 못했었다. 어림잡아도 50에서 60만 불의 칩이 단 한판에 뱅커에게로 넘어갔다. 에슬리 여사가 채린에게 캉으로 물었다.

'게임을 진행할까요? 아니면 파토를 낼까요?'

에슬리와 볼세이카 말로이는 채린이 돈을 대주면서 하는 게임이라 식구들이 돈을 잃게 되면 모든 손실은 채린 혼자서 떠안게 되는 것이었다.

'계속하세요.'

채린이 캉으로 말했다.

에슬리가 '자기가 승무를 걸겠으니 명희는 패스하라' 고 다시 캉을 보냈다. 지혜와 명희가 빠르게 카드를 패스했다. 에슬리 여사 앞으로 차례가 넘어갔다.

찐한 냄새를 피우는 여성이 담배연기를 연신 품어대며, 채린의 심기를 건드렸다. 피구가 데리고 온 바람잡이여서 그런지 눈에 드러나게 일행들의 심기를 건드려가며 게임을 하고 있었다. 피구 뒤에서 게임을 지켜보는 깡마른 체구의 사내들도 살기를 품은 눈빛으로 일행들의 동작을 살피고 있었다. 데나로가 나서려하자, 채린이 캉으로 말렸다. 에슬리가 캉을 보낸 후 자기 앞에 있던 칩을 올인(전부 거는 겄)하자 채린과 명희, 지혜, 말로이 볼세이카도 테이블에 한 푼도 남기지 않고 올인을 했다.

채린이 호스트에게 뜨거운 커피를 주문하자, 호스트가 문을 열고 밖으로 나갔다. 호스트가 커피를 가져오면 냄새를 풍기는 여자를 혼내줘야 하겠다는 생각을 가졌다. 뱅커가 딜러에게 여유로운 표정으로 사인을 보내자 딜러가 조심스럽게 슈에서 카드를 뽑아 에슬리 여사 앞에 놓아주고 또 한 장을 뽑아 뱅커에게, 다시 한 장씩을 더 뽑아 에슬리와 뱅커 앞에 조심스럽게 놓아주었다. 에슬리가 뱅커의 얼굴을 곁눈질하며 카드를 두 손으로 모아 쥐고 모서리 부분을 조금씩 밑으로 내리며 무늬와 숫자를 확인했다. 2자와 3자 도합 5점이었다. 에슬리가 카드를 펼쳐놓고 마지막 한 장의 카드를 더 받았다. 낮은 숫자가 나와 줘야만 승부에서 이길 수 있는 터닝 포인트 점수였다.

다이아 J가 눈에 들어왔다. J는 10으로 점수로 치지 않아 도합 5점이 되자 뱅커는 비웃기라도 하듯 여유로운 모습으로 카드를 펼쳤다. 다이야 4와 검정 악마의 얼굴을 닮은 스페이드 3이 얼굴을 드러냈다. 뱅커 7점. 채린과 일행들은 어이없이 두 판에 상당한 손실을 입었다. 두 게임에서 적어도 120만 불 이상의 손실을 입었다.

채린의 칩은 오뉴월에 눈 녹듯이 피구 앞으로 넘어갔다. 패배의 원인이 있다면 정신을 한곳으로 집중하지 못한 탓도 있었고 에슬리의 기리 실패와 볼세이카가 전문적 손 기술인 매직탄(양복 소매 안에 카드 한 장을 차고 있다가 바꿔치기하는 기술)을 제대로 발휘하지 못하였으며 특히 정여사 일로 아침부터 조짐이 좋지 않아 오늘 게임은 쉬어야 했었다.

　채린은 뱅커의 눈을 들여다 보았다. 검은 동공 속에서 먹이를 찾아 이글거리는 짐승의 눈빛을 보았다. 호스트가 뜨거운 커피를 쟁판에 받쳐 채린의 의자 옆에 놓아주었다. 채린이 커피를 잡는 척하며 커피 잔의 중간 부분을 여자 쪽으로 고의로 쓰러뜨리자, 뜨거운 커피가 희멀겋게 드러난 여자의 사타구니에 쏟아져 내렸다. 테이블 앞에서 이리저리 팔팔 뛰었다.

　희멀건 허벅지살이 들어나 보였던 여자는 아마 음문 부근에도 뜨거운 커피가 닿았는지 허벅지살이 드러난 부근을 안쪽으로 오므렸다 폈다하며 가방 안에서 손수건을 꺼내 음문 부근에 갖다 댄 후, 황급히 문 밖으로 달려나갔다. 피구를 따라온 험상궂은 사내들이 여자가 문밖으로 달려 나가자, 서둘러 여자의 뒤를 따라 나갔다.

　"이를 어쩌죠?"

　채린이 미안한 표정으로 뱅커의 얼굴을 바라보며 난감한 표정을 지었다. 채린은 여자의 직감으로 보아 피구와 조금 전 문밖으로 뛰쳐나갔던 냄새나는 여자와는 단순한 사이만은 아니라는 생각이 들었다.

　여자를 따라 나섰던 험상 궂은 사내가 룸 안으로 들어와 피구에게 귓속말로 속삭였다. 피구의 안색이 창백하게 변하며 일행들을 둘러보며 게임을 다음날로 미루어달라고 말하자, 약삭빠른 플로어 퍼슨이 사태를 수습하듯 일행들에게 피구의 입장을 전했다. 채린이 눈살을 찌푸리고 고개를 가로저으며 피구의 의사를 거절했다. 하지만 피구와 부하들이 채린과 일행들의 얼굴을 싸늘한 시선으로 바라보며 칩을 칩 스트레이트에 담고 룸 밖으로 사라졌다.

칸느 거리의 화단에는 화사한 꽃들이 만개하여 오고가는 사람들의 마음을 즐겁게 해주었다. 하지만 채린과 일행들은 침울한 기분으로 네그레스코 호텔로 돌아와 룸으로 올라왔다.

핀세이 여사가 채린의 가방을 받아주며 게임이 생각했던 시간보다 일찍 끝난 것이 의문스러운지 조심스럽게 물었다.

"채린? 오늘 게임이 별로 좋지 않았나보지?"

"아니요!"

"시간상으로 너무 일찍 끝났는데?"

"피구 쪽에서 또 게임을 파토냈어요."

채린은 게임의 패배를 식구들 탓으로 돌리지 않았다. 명희가 에슬리의 카드 기리와 볼세이카 매직탄 실수를 들먹이자, 채린이 말을 가로막았다. 한때는 유럽의 전설적인 카드 속임의 대가였던 에슬리와 볼세이카도 세월의 장벽을 뛰어넘을 수는 없었다. 카지노에서 카드 손기술을 펼칠 때에는 기술과 뱃장과 뚝심이 있어야만 카드 판에서 구라를 칠 수 있는 것이었다.

핀세이 여사와 헨시 여사는 자신들이 추천한 사람들이 제 몫을 감당하지 못해 승부에서 패한 것이라는 생각이 들었다. 일행들은 붉은 포도주가 가득히 담긴 크리스탈 잔을 들어 올리며 모나코를 향하여 건배를 들었다.

절망의 그림자

차가 디 파리스 호텔로 들어서 현관 앞에 멈추자 프랑스 궁정복에 걸맞은 복장을 한 벨보이들이 달려들어 차문을 열어주며 친절을 보였다. 일행들이 차에서 내려 로비로 들어서자 에슬리 여사가 웃음을 머금으며 후론트 앞에서 일행들을 기다리고 있었다. 니스에서 실수를 보인 탓인지, 채린과 핀세이 여사에게 겸연쩍은 모습을 보였다.

모나코는 인구 80만의 작은 나라로서 유럽의 전통적인 귀족들과 부자들이 오래전부터 휴양을 즐기기 위해 찾아드는 곳이었다. 우아하고 귀족적인 아름다움으로 찬사를 받았던 미국의 영화배우였던 그레이스켈리 전 왕비도 모나코의 매력에 푹 빠져 그의 남편 레이니에 2세의 구혼을 받아드렸던 일화는 너무나 유명한 로맨스였다.

모나코는 국가수입의 대부분을 카지노와 관광사업으로 충당하는 나라였다. 화려한 호텔을 상징하는 호텔 드파리 로얄 카지노는 모나코의 매력을 발산시키며 유럽과 중동의 거부들과 연예계 스타, 정치

문화계 인사들에게 사랑을 받아온 곳이었다. 이러한 모나코의 명성과 함께하는 루이 15세 알랭뒤카스 레스토랑 역시 모나코의 역사와 함께 상징적인 곳이었다. 일행들이 스위트룸에서 잠시 휴식을 취한 후 호텔 앞 광장에 자리잡은 루이 15세 알랭뒤카스 레스토랑으로 자리를 옮겼다.

호텔 드 파리는 1863년 유럽의 귀족들을 상대로 오픈한 로얄 카지노가 지어진 그 다음 해에 지어진 건물이었다. 호텔의 명성과 걸맞게 루이 15세 레스토랑은 그 시대의 귀족들과 거부들을 상대로 지중해에서 갓잡아 올린 신선한 해산물과 남프랑스의 농가에서 키운 신선한 야채들로 음식을 만들어내서 모나코의 자연과 품격을 한층 살린 리비에라 요리를 만들어냈다.

60이 넘어 보이는 쉐프가 정성스럽게 만든 음식을 내오자 핀세이 여사가 정중하게 쉐프에게 인사를 건넸다.

레스토랑 안 다른 테이블에서 코비앙이 이따금씩 얼굴을 찌푸리며 심각한 얼굴을 지었다. 데나로와 머리를 맞대고 대화를 나누고 있었다.

"데나로씨, 어제 일로 피구 쪽에서 사과를 요구했습니다."

"사과라뇨? 무슨 일로 사과를 하란 겁니까?"

데나로가 격하게 물었다.

"어제, 일행 중 한 분이 카지노에서 고의로 피구씨의 지인에게 커피를 쏟아 화상을 입혔다고 하더군요. 그 여자 분은 칸영화제에 참석하기로 한 모델이었는데, 그 일로 영화제 참석이 어렵게 되었다고 하더군요."

코비앙이 피구 쪽의 말을 그대로 전했다. 데나로가 어제의 일을 떠올리며 쏟아지는 웃음을 참아가며 말했다.

"그 여자가 칸영화제에 참석하고, 안 하고가 저희 쪽과 무슨 관계가 있습니까? 오히려 사과를 할 사람은 중간에서 두 번씩이나 게임을 끝낸 뱅커 쪽에서 해야하지 않나요? 그리고 커피를 고의로 쏟은 것도 아니고… 그런 말이라면 두 번 다시 거론하지 맙시다."

데나로는 피구의 여자에게 채린을 사과시킬 만큼 줏대가 약한 사람이 아니었다.

"그래, 오늘 게임은 어디서 준비가 되었습니까?"

"저희 쪽에서 피구라는 사람과는 게임을 거절했으니, 다른 사람을 선택해 주었으면 합니다."

데나로가 채린의 입장을 전했다. 코비앙은 난처한 표정을 지으며 채린과 혜린을 의식하고,

"오늘 저녁, 몬테카를로스 카지노에서 영화계 사람, 두 사람 정도 앉을 자리는 있습니다만… 하지만 유럽에서 이름께나 알려진 사람들이 하는 게임이라 승부를 예측할 수가 없습니다. 게임 중에 큰돈이 걸리게 되면 주위에 있던 다른 손님들도 배팅을 할 수 있으므로 약간 번거롭기는 하지만, 몬테카를로스 카지노 유명세 만큼 손님들도 다양한 사람들이 참석하니 흥미 있는 자리일겁니다."

코비앙은 채린이 피구와의 게임을 원치않자, 다른 사람이 주최하는 게임을 소개한 후, 대화를 끝내고 레스토랑 밖으로 걸어나갔다.

데나로가 채린과 혜린을 태우고 카지노 앞에 다다르자, 대기하고 있던 부하들이 차문을 열어주었다. 채린은 흰색 이브닝 드레스에 검정색 헤르메스 숄더 빽을 들고있었다. 채린과 혜린이 데나로의 호위를 받으며 카지노 안으로 들어서자 잰틀한 호스트가 그녀들을 VIP룸이라는 푯말이 붙어있는 곳으로 안내했다.

그들이 룸 안으로 들어서자, 테이블에서는 이미 게임이 진행되고 있었다. 직사각형의 큼직한 테이블에 둘러앉은 손님들이 긴장감을 드러내지 않고 채린과 혜린을 번갈아 쳐다보며 관심을 보였다. 뱅커인 듯한 사내도 어깨를 으쓱거리며 날카로운 매처럼 매서운 발톱을 감춘 채 채린과 혜린에게 가식된 미소를 지으며 먹이들이 자리에 앉기를 바라는 눈치였다.

채린과 혜린은 빠른 시선으로 테이블에 둘러앉은 도박사들 사이에 흐르는 긴장감을 감지했다. 몬테카를로스 카지노에서 VIP 손님들만 상대하는 플로어퍼슨이 뱅커가 걸은 금액을 채린과 혜린에게 말해주었다. 뱅커가 딜러에게 게임을 시작하라는 눈짓을 보냈다. 데나로가 칩스트레이(Chips Tray 게임테이블에서 칩을 담아 놓는 곳)에 바이인(Buy in 게임을 하기 위하여 칩을 구입하는 것)한 칩을 담아 채린과 혜린의 앞에 놓아주자 채린이 데나로에게 미소를 지었다.

플레이어들이 테이블 앞에 칩을 배팅하자, 딜러가 부드러운 손가락으로 슈 통에서 각각 두 장씩의 카드를 뽑았다. 데나로가 채린의 곁으로 다가와서 어깨 위에 걸친 숄을 벗기고 목선과 가슴이 환하게 드러난 재킷을 걸쳐주었다. 데나로의 부하도 혜린에게 똑같은 방법으로 크리스찬 디오르의 앞부분이 푹 파여진 벨벳 재킷을 입혀 주었다. 채린의 옆에 앉은 얼굴이 창백하고 표정이 어두워 보이는 사내가 힐끗 채린의 가슴선을 훑고 지나갔다. 사내의 눈빛은 번뜩였고 얼굴의 중심을 고정시켜 마치 미이라 같이 보였지만 예리함을 가지고 있었다.

채린과 혜린에게 있어 게임 판에 앉은 사람은 모두가 적이었다. 카지노의 도박판에 앉은 사람들은 서로의 감정을 속여가며 상대방의 돈을 따려는 사람들이라, 그들의 친절과 웃음 미소 뒤에는 항상 시퍼런 칼날이 도사려 있었다. 숨을 몰아쉬는 소리들이 끊임없이 룸 전체로 번져나가며 어두운 분위기를 만들어냈다. 얼굴이 갸름하고 턱선이 뾰족하게 튀어나온 중년의 여성이 뱅커에게 연거푸 무리하게 배팅을 하며 문어발처럼 악착같이 달라붙어 승부를 보려했지만 번번이 패하고 있었다.

그녀는 뱅커에게 많은 칩을 쏟아 붓자 감정을 다스리지 못한 탓인지 신경이 곤두선 채로 게임을 하고 있었다. 플레이어들이 6점을 잡으면 뱅커는 8점 이상의 내추럴이 나오고 동점을 잡아 한 장씩의 카드를 더 받는 스텐드를 하면 뱅커가 이기는 숫자가 나오는 등 전승의 가도를 달리고 있었다.

채린과 혜린은 테이블에 앉은 사람들의 배팅과 뱅커의 동작을 눈여겨보며 찬스를 기다렸다. 뱅커는 어림잡아 50만 불 이상의 칩을 따고 있었다. 그가 걸어놓은 300만 불의 칩에 비하면 얼마 안 되는 금액이지만 판돈을 자루에 쓸어 담으려는 듯 뱅커의 표정은 흔들림이 없는 바벨론의 탑과 같아 보였다. 그만큼 뱅커는 칩이 늘어나고 플레이어들은 칩이 줄어들어 조바심으로 무리한 배팅을 하게 되어 세 번째 순서에서는 거의가 다 뱅커에게 패하는 징크스가 있다.

첫 번째 게임을 그대로 지나쳤던 채린이 지금까지 바닥에 깔린 카드숫자를 눈여겨보고 혜린에게 캉을 보냈다.

슈통에는 여섯 벌의 카드가 넣어져 있어 숫자상으로 60판이 돌아갈 수 있었다. 뱅커와 딜러는 호흡을 맞춰가며 빠른 속도로 게임을 진행했다.

얼굴이 뾰쪽한 여자가 빽에서 한 묶음의 수표를 꺼내 플로어 퍼슨에게 건네자 수표를 칩으로 바꾸려고 문을 열고 나갔다. 혜린이 허리를 약간 숙이며 자기 앞에 있던 칩 전부를 밀어놓고 승부를 걸었다. 뱅커가 혜린을 곁눈질로 바라보며 야릇한 웃음을 보였다.

뱅커의 야릇한 눈웃음을 지켜보던 채린이 약간 화가 치밀어올랐다. 데나로의 얘기로는 영화계에 종사하는 사람들이라는 말을 들었는데, 그런 것만은 아닌 것 같았다. 몇 사람의 플레이어들이 혜린에게 동조하듯 눈웃음을 지으며 칩을 걸었다. 딜러가 슈통의 뒷부분을 가볍게 잡고 미끈한 손으로 부드러우면서도 빠른 동작으로 카드를 뽑아 혜린의 앞에 밀어주고 뱅커에게 건넨 후, 한 장씩의 카드를 뽑아 혜린과 뱅커 앞으로 밀어주었다.

혜린이 카드를 두 손에 모아 쥐고 빠른 시선으로 카드의 숫자를 확인했다. 다이아 4와 클로버 2, 도합 6점의 점수로서 나머지 한 장의 카드를 받을 수 없는 스탠드 점수였다. 혜린이 카드를 테이블 앞에 모아두고 나머지 카드를 받지 않겠다는 듯이 카드를 두드렸다. 아무튼 6, 7점 이상은 될 것이라는 판단이 들었다. 뱅커가 조금도 거리낌 없는 표정으로 카드를 살폈다. 딜러가 혜린의 카드를 뒤집으며 말했다.

"플레이어 6점."

뱅커의 카드를 뒤집었다. 순간 혜린과 공동으로 칩을 걸은 사내들의 눈이 휘둥그레지며 뱅커의 카드를 보았다. 다이아 5와 크로바 4, 도합 9점. 최상의 점수인 내추럴이었다. 채린은 뱅커의 검은 눈동자를 들여다보았다. 플로어 퍼슨이 얼굴이 뾰족한 여자 앞에 수표를 교환한 칩을 놓아주었다. 여자의 얼굴 생김새가 날치 같아 보였다. 몸에 걸치고 있는 패물들과 입고 있는 의상 등을 미루어 볼 때, 돈 푼깨나 굴리는 여자 같아 보였다.

딜러가 플레이어 앞으로 카드를 밀어주고, 또 한 장을 뱅커 쪽으로 밀어준 뒤, 똑같은 방법으로 각각 두 장씩의 카드를 플레이어와 뱅커 쪽으로 밀어주었다. 채린이 두 장의 카드를 얼굴이 뾰족한 여자에게 밀어주며 손짓으로 양보를 했다. 여자는 조금 전 수표로 바꿨던 칩 전부를 호탕하게 테이블 앞에 밀어넣고 채린과 함께 뱅커와 승부를 걸었던 것이다.

헤로인이나 환각제를 능가하는 신경물질이 뇌에서 분출되는 것이 도박중독이었다. 여자의 눈빛이 흔들리며 눈가에 미세한 움직임을 보이자, 채린은 실망감으로 고개를 옆으로 돌렸다. 여자가 두 장의 카드를 테이블 위에 거칠게 내려놓고 딜러에게 손가락을 내밀며 나머지 카드를 요구했다. 카드 숫자를 살핀 후, 가슴으로 숨을 몰아쉬며 마지막 받은 카드를 펴놓았다. 9자였다. 뱅커의 입가에 옅은 미소가 스쳤다.

뱅커가 두 장의 카드를 빠른 시선으로 살핀 후 카드를 테이블에 내려놓고 나머지 한 장의 카드를 받지 않겠다는 사인을 했다. 딜러가 빠른 손놀림으로 여자 앞에 놓여진 카드를 뒤집었다. 카드석장을 합한 점수가 3점이였다. 그리고 뱅커의 카드를 뒤집자 7점 스탠드로서 뱅커가 이기는 점수였다. 딜러가 손님들이 테이블에 걸어놓은 칩을 두 손으로 모아 뱅커 앞으로 밀어주었다. 얼굴이 뾰족한 여자는 입안이 타들어 가는지 연신 혀로 침을 삼키며 패배에 의한 충격 탓인지 허망한 눈빛으로 뱅커와 손님들의 얼굴을 번갈아 쳐다보며 떨었다.

채린은 게임이 무엇인가 석연치 않다는 생각이 들었다. 뱅커의 얼굴은 기세등등 해보였고 자기 앞에 수북하게 쌓여진 칩들을 손가락으로 만지작거리며 손님들의 얼굴을 둘러보고 있었다. 울분을 토해내듯 한숨이 섞인 연기를 토해냈다. 그녀의 얼굴에서 절망의 어두운 그림자를 보았다.

그녀는 자리에서 일어나지도 못하고 똥 싼 강아지 마냥 자리에서 머뭇거리며 테이블에 앉은 사람들의 얼굴을 쳐다보며 애틋한 미소를 지었지만 아무도 그녀에게 관심을 가져주지 않았다.

혜린의 눈빛은 게임을 끝내고 호텔로 올라가고 싶은 마음뿐이었다. 하지만 채린의 생각을 물어야 했다. 채린의 성격으로 보아 쉽사리 게임을 끝낼 사람이 아니었다. 모나코 카지노 판은 몇 푼의 돈으로 오락을 즐기는 것은 무리가 없을지 몰라도 도박사로 게임에서 이기기에는 언덕이 너무 높았다. 그리고 무엇인가 사기도박에 빠져든 느낌이 들었지만 그것을 밝혀낼 수가 없을 정도로 민첩한 손놀림으로 카드를 다루는 딜러의 손길을 채린과 혜린으로서는 찾아낼 방법이 없었다.

뱅커가 오른손으로 자기 앞에 수북하게 쌓인 칩을 여유롭게 세며 채린과 혜린의 얼굴을 번갈아 쳐다보았다. 시종일관 게임이 매끄럽지 않은 부분이 있었지만 채린과 혜린은 조금 전 자신들을 패배로 이끌었던 흔적을 잊어버리고 이길 수 있다는 신념을 가져야했다. 이대로 게임을 포기하고 자리를 털고 일어날 수는 없었다. 혜린은 게임이 잘 풀리지 않았다. 서러운 표정으로 채린의 얼굴을 바라보며 호텔방으로 돌아가야 할지, 아니면 금방이라도 이곳을 벗어나 어딘가로 목적도 정하지 않고 떠나야 할지, 여러 가지 생각이 들이 그녀의 머리에서 어지럽게 감돌았다.

채린은 뱅커가 일방적으로 승부에서 매번 이기는 게임에 대해서 의혹을 품었지만 이미 게임은 패배로 끝나버렸다. 딜러가 테이블 위에 수북하게 쌓여진 칩을 두 손으로 거두어 뱅커 앞으로 놓아주었다. 뱅커는 일부분의 칩만 테이블에 남겨둔 채 곁에 있던 그의 부하인 뜻 한 사내에게 지게 받지(딴 돈을 넘겨주는 것)로 넘겨주자 사내는 민첩한 동작으로 칩을 받아 가방에 담은 후, 룸 밖으로 쏜살같이 빠져나갔다.

채린은 앗차 싶었다. 이 게임은 무엇인가 허슬러(Hustler 사기도박꾼)들이 사전에 카드를 바꿔치기 하기 위해 쿨러(cooler 카드를 바꿔치기하기 위해 정해진 순서대로 썩어놓은 카드) 카드를 슈통에 넣어 게임을 한 것이라는 생각이 들었다. 채린과 혜린은 카드 판이 한참 벌어진 뒤에 자리에 앉았기 때문에 딜러가 카드를 꺼내 골고루 섞어 슈통에 넣는 과정을 지켜보지 못한 것이 잘못된 것이었다. 그런 생각을 하는 순간에 데나로와 펜시이 여사, 헨시 여사가 룸 안으로 들어왔다.

핀세이 여사가 테이블에 둘러앉은 손님들의 얼굴을 둘러보고 뱅커의 얼굴을 매눈처럼 매서운 시선으로 뚫어지게 쳐다보자 뱅커는 핀세이 여사와 헨시 여사의 시선을 마주치지 않으려고 가식적으로 자연스러운 행동을 해보였다. 그러자 핀세이 여사는 큰소리로 데나로에게

"데나로! 이 자들은 허슬러야. 그리고 탄을 넣은 카드를 썼어!"

핀세이 여사가 뱅커의 얼굴을 차갑게 쏘아보며 큰소리로 외치자, 데나로의 부하들이 문 입구를 막아서며 뱅커의 주위를 에워쌌다. 헨시 여사가 테이블에 앉아있는 중년의 사내에게 다가서 카랑카랑한 목소리로 사납게 말을 뱉었다.

"요사이도 사기도박을 한다는 얘기를 들었지만 설마 네놈들일 줄이야! 간땡이가 배밖에 나와도 유분수지 어느 놈부터 총알을 먹여 줄까?"

316

핀세이 여사가 분노를 삭이지 못하고 포악스럽게 말을 뱉어내자 사내는 잔인하기로 이름난 마피아들의 비호를 받고 있는 핀세이 여사의 배경을 잘 알고 있기에 주춤거렸다. 뱅커는 주위를 둘러보며 불안한 표정으로 이들의 대화를 눈여겨보고 있었다.

핀세이 여사가 뱅커와 예쁘장하게 생긴 딜러를 날카롭게 쏘아보며 말을 던졌다.

"네놈과 저년이 일꾼이구나. 데나로! 누구라도 반항하면 가차 없이 죽여 버려라! 특히, 저 년의 손목을 끊어 다시는 사기도박을 하지 못하게 하고! 고약한 년!"

핀세이 여사가 뱅커와 딜러에게 가혹하게 말을 뱉자, 두 사람은 초죽음이 된 자세로 바들바들 떨고 있었다. 핀세이 여사가 옆에 있는 데나로를 가리키며,

"내 아들인데, 성질이 아주 고약해서 몇 년 전에도 네 놈 같은 놈들 몇 명을 죽여 감방에서 몇 년을 썩다 나왔어. 그리고 저 애들은 내 아들의 처와 동생들이며 나포리 카모라 식구들이야! 너희들 보스가 상대를 골라도 잘못 골랐어!"

이태리 나포리 카모라 마피아의 전설적인 잔인성은 유럽에서 널리 퍼져있어 그들과 대립이나 충돌을 원하는 사람들은 거의 없다고 봐야할 정도로 조직의 이익을 위해서는 때와 장소를 가리지 않는 잔인한 마피아들이었다. 데나로는 부하들과 금방이라도 총을 꺼내 쏠 것 같은 자세로 가슴에 손을 넣고 표독스럽게 뱅커와 그의 일행들을 바라보며 소리쳤다.

"네놈들의 몸뚱이를 벌집처럼 만들어 주겠다. 너희들은 신뢰를 깨트리고 역 구라(같은 편인 척 하며 사기를 치는 것)를 했어!"

데나로와 안젤로는 핀세이 여사의 지시만 떨어지면 금방이라도 총을 쏴 댈 것 같은 험상 궂은 표정으로 그들을 압박했다.

"보스! 어떤 놈부터 죽여야 합니까?"

실내가 긴장감으로 가득 찼다. 여차하면 총알이 빗발치듯 사기도 박꾼들의 심장을 벌집처럼 만들어 놓을 것 같았다. 뱅커가 사기도박 을 했다는 증거는 없지만 테이블에 둘러앉은 도박꾼들이 한때는 유 럽에서 사기도박의 대가들이었다는 점을 미루어 볼 때 이 게임은 사 전 각본에 의해 짜여진 구라(사기도박)였다. 두목인 듯한 사내가 조 용한 목소리로 핀세이 여사에게 말을 꺼냈다.

"부인, 저희들은 그냥 동양의 돈 많은 재벌의 딸들이라고 해서 각(계획)을 잡았을 뿐입니다. 부인 식구들인지 사전에 알지 못했으 니 조용하게 해결하시죠."

헨시 여사는 무엇을 생각하듯 지그시 눈을 깜빡거렸다.

"당신도 아시다시피, 지금 이 자리는 카지노 보안실에서 모든 움 직임과 말들을 녹음하고 있으니 조용히 끝냅시다."

헨시 여사의 말이 떨어지자, 사내는 뒤에 서있던 기름기가 줄줄 흐르는 똘만이에게 눈짓을 보내자, 똘만이는 데나로의 부하들이 따 라 붙어 룸 밖으로 손살 같이 자취를 감췄다.

데나로의 부하들은 데나로의 사인만 떨어지면 언제라도 사기도 박꾼들의 심장을 향해 총을 쏠 준비를 한 듯 품속에 손을 집어넣고 싸늘한 시선으로 그들을 쏘아보았다. 뱅커는 등골이 오싹할 정도로 얼굴과 몸에서 식은땀이 흐르자, 연신 손으로 이마에 묻은 땀을 닦고 있었다.

문이 열리며 조금 전 칩을 담은 가방을 들고 나갔던 사내가 들어와 가방을 뱅커 앞에 놓아주었다. 사기도박꾼들의 두목인 듯한 사내가 조용한 목소리로 채린과 혜린이 잃은 돈의 액수를 물었다. 채린과 혜린이 잃은 돈의 액수를 말했다. 두목인 듯한 사내는 고개를 끄덕거리고 난 후, 가방에서 칩을 꺼내 뱅커 앞에 올려놓고 다시 카드를 시작했다. 카드가 몇 차례 돌아가고 여러 차례를 되풀이하며 딜러는 채린과 혜린이 잃은 돈만큼을 밀어주었다.

유럽의 사기도박꾼들이 카지노 VIP 룸을 정킷(일정금액의 보증금을 예탁하고 룸을 빌린 후 딴 금액의 30%에서 40% 내외의 이익금을 카지노 측에 지불하는 사기도박꾼들이 운영하는 카지노 룸)으로 빌린 후, 채린과 혜린에게 사기도박을 했던 것이었다. 구라꾼들은 자기들의 구라가 일단 발각되면, 가차 없이 이를 시인하고 수습에 나서는 것이 사고를 미연에 막는 방법이었다. 테이블에 둘러앉은 사람들은 돈을 잃고 자리에서 빠져나간 여자를 제외하고는 모두가 같은 공범들이었다. 사기도박의 두목인 듯한 사내가 어느 정도 잃은 돈을 되돌려 주었다. 핀세이 여사에게 부드럽게 말했다.

"부인, 오늘 경비는 부인 쪽에서 부담하시죠!"

핀세이 여사도 사내의 말을 거절하지 않았다. 채린은 혜린이 잃은 금액을 계산해 보니 대충 3만 불 정도의 손실을 입었다. 얼마나 다행스러운 일인가? 필리핀에서 실화와 구라를 번갈아 하는 카지노 판에서 남에게 사기도박을 안 당할 것이라고 자부했던 채린이었다.

그런데 아무런 경험도 없는 사람들이 관광이나 여행을 왔다가 카지노를 찾아드는 순간 그들은 세계의 어떠한 카지노에서든 간에 돈을 따는 횟수보다 잃는 횟수가 더 많을 것이며 그들은 믿을 수 없는 우연에 모든 재산을 걸고 그 돈을 잃어버리는 데에는 오랜 시간이 걸리지 않았다. 게임을 끝내고 방으로 돌아온 채린과 혜린은 씁쓸한 표정으로 핀세이 여사의 얼굴을 쳐다보았다.

"도대체? 왜, 코비앙이 우리를 배신했을까요? 그것도 실력이 뛰어난 조직들을 앞세워 우리들의 돈을 깡그리 먹으려고 했는지 말이에요?"

채린의 말을 듣고 있던 데나로는 코비앙에 대한 분노가 치솟아 올랐다. 자기가 코비앙과 대화를 나누었고 게임장도 그와 함께 의논하여 잡은 것이라 정신적으로 부담감이 더욱 더 몰려들었다. 마피아에게 있어 오메르타(동지적 연대감은 마피아의 불문율)는 마피아 조직을 지탱하는 힘이자 생명이었다. 오메르타를 배신하는 사람에게는 그에 대한 응분의 대가를 치러야만 했다.

허슬러의 심장

　호텔에서 바라본 몬테카를로스 시의 야경은 불빛을 뿌려놓은 듯 아름답게 빛나고 있었다. 카지노장에서 사기도박을 당했던 채린은 언짢은 마음으로 창밖을 내다보았다. 필리핀을 떠나온 지, 여러 달이 지나도록 에디토로부터 돌아와도 된다는 말을 듣고 싶었지만 아무런 회신도 없었다. 정치인들의 삶을 채린은 알고 있었다. 사랑과 우정을 나누었던 사람들일지라도 그 사람으로 인해 자기의 명예나 지위가 흔들릴 때에는 그들과 가졌던 사랑과 우정 따위는 한날 흘러가는 구름처럼 잊혀진다는 것을….

　데나로를 사랑하면서도 에디토에 대한 사랑의 잔재들이 아직도 마음속에서 자리잡고 있는 것이 여자의 슬픈 운명이 아닐까? 채린이 깊은 생각에 잠겼다. 데나로가 그녀의 뒷모습을 바라본 후, 조용히 문을 열고 나갔다. 데나로가 호텔 입구로 나서자, 그의 부하들이 데나로의 뒤를 따랐다.

　"안젤로, 차를 준비해라! 그리고 얘들도 충분하게 차에 태우고!"

데나로가 명령을 내리자, 안젤로는 서둘러 부하들에게 차를 준비시켰다. 데나로가 차에 올랐다. 옆자리에 앉은 안젤로가 물었다.

"보스! 누구를 치는 겁니까?"

안젤로도 코비앙이라는 사람이 자기의 조직을 배신했다는 것을 대충은 알고 있었지만 배신의 깊이가 어느 정도인지는 알 수가 없었다.

"코비앙이다. 그놈이 우리의 등 뒤에 칼을 꽂으려고 수작질을 부렸어. 교활한 놈이야, 그것도 나에게 역 구라를 쳤어!"

데나로는 안젤로에게 근래에 보기 드물게 격앙된 목소리로 말했다. 얼마전 핀세이 여사로부터 받은 수고비를 부하들에게 골고루 나눠주어 부하들도 채린에게는 가족과 같이 대하고 있었다. 보스의 명령이 떨어졌다. 안젤로는 품속에서 총을 꺼내 총알을 장전한 후, 품에 넣었다. 차가 모나코 시가를 벗어나 30십여 분 달려 칸느의 중심부로 접어들어 케널씨타라는 커다란 해산물 쇼핑센터 앞에 멈추어섰다. 쇼핑몰 안팎으로는 대낮처럼 밝은 불이 켜져있었다. 지중해에서 갓잡아 올린 신선한 해산물을 직접 먹을 수 있도록 쇼핑몰 안쪽으로는 작은 식당들이 여러 곳 있었고 시끌벅적거리며 음식을 먹는 사람들로 번잡했다.

데나로와 부하들이 쇼핑몰 구석진 자리에 칸 수산물이라는 작은 간판이 붙어있는 사무실 앞에 다다라, 주위를 관망한 후 데나로가 부하들에게 사인을 내리자 안젤로가 품속에서 총을 꺼내들고 민첩하게 사무실 안으로 뛰어들었다. 사무실 안에는 담배연기가 자욱한

가운데 여러 명의 사내들이 원탁 테이블에 둘러앉아 수다를 떨어가며 포커를 하고 있었다. 데나로와 안젤로가 기세를 놓치지 않고 테이블 쪽으로 다가서 사내들의 머리에 총구를 들어대며,

"움직이거나 반항하면 내 놈들의 머리통을 박살내버리겠다. 살고 싶지 않으면 반항해도 좋다."

한 사내가 머리를 치켜올리자, 안젤로가 총구을 머리에 갖다대고 금방이라도 방아쇠를 당길 듯이, 으름장을 놓자 사내는 기세를 사그라트리며 의자에 다시 앉았다. 안젤로가 사내들이 몸을 움직일 수 없도록 굵은 동아줄로 생선을 엮듯이 온몸을 포박한 후, 입에 재갈을 채워 구석진 자리에 무릎을 꿇리고 앉혔지만 사내들의 눈빛은 두려움을 느끼지 않아보였다.

"지금부터 묻는 말에 대답을 하지 않으면 네놈들의 몸통에 벌집을 만들어 주겠다."

안젤로가 무릎을 꿇은 사내의 머리를 잡아 거칠게 뒤로 제치며, 금방이라도 총을 쏠 듯한 자세로 물었다.

"코비앙에게 전화를 걸어 이곳으로 오게 해라. 딴 수작 부리면 내 놈의 다리부터 차근차근 박살내 버리마."

데나로의 부하가 포박을 풀어준 후, 전화기를 사내 앞에 놓아주자, 사내는 주위 사람들의 눈치를 살펴가며 다이얼을 돌리기 시작했다. 사내가 말을 머뭇거리며 대답을 주저했다. 안젤로가 총구로 사내의 머리를 강하게 밀어 붙이며 눈짓으로 말하라고 하자, 사내가 두려움을 느끼면서도 엉뚱한 말을 꺼냈다.

"보스! 지금 여기에 나그네(마피아용어 다른 파)들이 와 있습니다."

안젤로가 사내의 손에서 수화기를 홱 낚아채면서,

"코비앙! 지금 어디에 있나? 네놈이 꽁지를 감춘다고 해서 몸통이 안 드러날 것 같나?"

안젤로의 격앙된 목소리가 수화기를 타고 코비앙에게 전해졌다.

"내가 어디에 있건 그건 니들이 알 바 아니고 지금 네놈들은 엄청난 잘못을 범하고 있다. 니스와 칸느와 모나코는 내가… 이 코비앙이 관리하고 있는 지역이야. 간땡이가 배 밖에 나온 놈들이구나. 네놈들을 누가 보냈는지는 알 바 없고 더 이상 문제를 일으키지 말고 거기를 떠나라!"

코비앙은 마치 조무래기들을 타이르듯 말을 했다. 데나로가 안젤로의 수화기를 넘겨받으며,

"나, 데나롭니다. 당신을 신뢰했는데, 왜 우리를 배신했소? 그 이유나 들어봅시다."

데나로의 차분한 목소리가 수화기를 타고 들리자 코비앙의 목소리가 약간 머뭇거리는 투로,

"어쩔 수가 없었소. 나도 지금 위협을 받고 있소. 부하들은 아무것도 알지 못하니 해를 가하지 말고 모나코를 빨리 떠나시오. 내가 데나로씨에게 마지막 베푸는 호의요. 피구 쪽에서 막강한 자들을 고용했소."

코비앙은 니스와 칸느를 중심한 소규모적인 마피아조직 보스였

기에 프랑스 남부지방을 본거지로 막강한 조직과 자금력을 가진 라온하르트파와 부르고뉴 갱, 불랙드골파에게는 명암도 내밀지 못하는 처지였다.

"핀세이 여사에게 제 마음을 전해주시고 육로를 이용하지 말고 바다를 이용하시오! 선착장에 요트를 준비해 두었으니 그 배를 이용해서 몽펠로우 쪽으로 움직이는 것도 좋을 듯 싶소. 오늘 밤을 넘기지 마시오. 요트는 몬테카를로스 시 선착장 쪽에 있소. 부하를 바꿔주면 상세하게 알려주겠소."

코비앙의 목소리는 누군가에게 위협을 받고 있는 듯했다. 데나로가 코비앙의 부하에게 수화기를 넘기자, 몇 분간 통화가 이어졌다. 안젤로와 부하들이 총을 거두었다. 코비앙의 부하가 서둘러 앞장서서 데나로와 일행들을 안내했다. 데나로와 부하들이 쇼핑몰 앞에 대기 중인 차에 오르자 데나로가 큼직한 핸드폰으로 핀세이 여사에게 전화를 걸었다.

"데나롭니다. 마님, 서둘러 짐을 싸십시오! 부하들이 호텔 뒷문에 차를 대기시켜 놓을 겁니다. 서두르셔야 합니다!"

"데나로! 상태가 좋지 않은 게냐"?

"네, 자세한 것은 나중에 설명 드리죠. 서두르십시오!"

데나로는 전화를 끊고 인근호텔에 투숙해 있는 부하들에게 전화를 넣었다. 모토로라의 묵중한 전화기의 신호음이 들렸다. 부하인 듯한 자가 전화를 받았다.

"설명은 나중에 하마! 호텔로 가서 여자들을 보호하고 차에 태워 이태리 국경 쪽으로 넘어가야 한다. 가급적 우회적인 도로를 이용해라!"

"지금 말입니까"?

"그렇다. 서둘러라! 나그네들이 따라붙었다. 놈들은 나와 안젤로가 유인하마."

프랑스령 내에서는 이태리 마피아들이 프랑스 전통의 거대한 조직을 갖춘 마피아들을 상대로 이길 수는 없었다. 만약에 여자들을 끝까지 지켜주지 못하게 되면 마피아들의 장난은 불을 본 듯 자명한 일이였다. 여자들을 윤간하는 것은 물론이고 마피아들이 운영하는 사창가 등에 고가로 팔아넘겨 매춘을 시키거나 범죄자의 혐의를 씌어 일단 여자들을 옥에 가둔 후, 서서히 목줄을 죄어가며 가지고 있는 돈들을 송두리째 빼앗는 잔인한 방법을 쓰는 것은 자명한 사실이였다.

핀세이 여사가 채린을 깨워 데나로의 얘기를 전하자 채린은 조금도 당황하지 않고 혜린과 명희와 지혜를 깨워 짐을 싸게 했다. 데나로의 부하들이 노크를 하자, 채린이 인터폰을 확인한 후, 문을 열어주었다. 7, 8명의 부하들이 구두를 신은 채로 응접실로 들어와서 채린과 여자들의 짐을 들고 조용히 복도를 빠져나와 엘리베이터에 몸을 실었다. 부하들의 얼굴은 긴장감으로 가득 차 보였고 여자들을 안전하게 지켜줘야 한다는 굳은 의지가 확연하게 드러나 보였다.

잠시 후, 엘리베이터에서 내린 채린과 부하들이 뒷문 쪽으로 짐을 옮기려하자, 호텔직원이 의아한 시선으로 그들의 움직임을 지켜보고 있었다. 부하가 지체하지 않고 지갑에서 몇 장의 달러를 꺼내 직원의 손에 쥐어주었다. 영화제가 열리는 축제시즌에는 호텔사용료를 선불로 받고 있어 입·출입의 제한이 없었다. 빠른 시간 안에 모나코와 프랑스령은 벗어나야 했다. 채린과 일행들을 태운 차가 호텔 뒷문을 빠져나와 빠른 속도로 시가지를 벗어나고 있었다.

한편, 데나로가 칸느의 케널시티 쇼핑몰을 떠나 모나코로 향했다. 이들이 탄 차를 뒤쫓는 차량이 있었다. 안젤로가 뒤 차에 타고 있는 부하에게 전화를 걸었다.

"형님 접니다."

안젤로의 또렷한 음성이 수화기에 들렸다.

"얘들이 따라 붙은 것 같은데 차량이 몇 대나 되는지 살펴봐!"

"서너 대는 익히 되는 것 같습니다."

"서너 대라, 그럼 어림잡아 열댓 명은 넘겠구나? 뒤 차량이 옆으로 끼어들면 무조건 총을 갈겨! 놈들에게 선방을 줘서는 안 돼! 움직임을 잘 살피고 습격을 받으면 이미 전쟁에서 진 거야!"

안젤로가 힘주어 말하자, 부하인 듯한 사내가 사태의 심각함을 깨닫고 목에 힘을 주어 말했다. 긴장감이 흘렀다. 차가 속력을 내고 달리기 시작했다 칸느에서 니스의 거리는 약 30분 내외의 거리이며 모나코까지는 1시간 남짓한 거리였다. 안젤로가 총을 꺼내 코비앙 부하의 옆구리에 총신을 쿡 쑤셔 박았다. 차가운 금속성 물질이 피부에 와 닿자 사내의 온몸이 파르르 떨며,

"왜 그러십니까?"

사내는 약간 사태가 이상하게 돌아가자 불안한 마음으로 데나로에게 물었다.

"아까부터 너희 식구들 차가 우리를 따라붙고 있다."

"글쎄요? 그건 저도 잘 모르는 일입니다."

사내는 완강하게 부인했다. 하지만 그의 얼굴은 진실을 감추려는 거짓된 모습이 확연하게 드러나 보였다. 뒤 따르던 차들도 요란한 소리를 내며 부하들이 타고 있는 차의 꽁무니를 바짝 따라붙었다. 어둠이 짙게 깔린 도로에서 숨 막히는 추격전이 펼쳐졌다. 니스에서 생뽈로 빠지는 도로는 한적했고 속력을 내고 달리는 차 소리만 어두운 장막을 깨뜨리며 주위를 산만하게 흩어놓았다. 여러 발의 총소리가 들리며 브레이크 파열음이 고막을 찢어놓을 듯이 들렸다.

"안젤로, 놈들이 뒤차에 총을 쐈다. 더 이상 쫓겨서는 안 된다. 우측으로 차를 세워라!"

데나로의 말이 떨어지기 무섭게 브레이크 밟는 소리가 어둠을 뚫고 퍼져나갔다. 차가 멈추자 데나로가 빠른 동작으로 차문을 열고 뛰쳐나가 부하들을 뒤따르던 차량을 향해 총을 쏘기 시작했다. 불꽃 튀는 총격전이 어두운 밤하늘을 불꽃처럼 수놓았다.

"안젤로! 부하들은 괜찮은 게냐?"

"예. 이상이 없는 듯합니다. 워낙 놈들이 강하게 저항하니 시간을 끌수록 저희들이 불리할 것 같습니다. 총알도 거의 바닥이 났고요. 놈들은 저희들과는 다른 종류의 총을 사용하는 것 같습니다."

"그래! 나도 그런 생각이 드는구나."

안젤로가 인질로 잡고 있던 코비앙 부하의 머리에 난폭하게 총신을 쑤셔대며 금방이라도 방아쇠를 잡아당길 듯이 사납게 말했다.

"허튼 수작 부리지 말고 네놈의 동료들에게 말해라! 더 이상 총질을 하면 네놈의 몸뚱이가 벌집이 된다고!"

코비앙의 부하는 안젤로의 위협을 느끼면서도 데나로와 안젤로에게 타협을 하듯이 말했다.

"지금까지 쌍방 인명피해는 없는 듯하니 총격을 멈추고 타협을 하시오! 나도 저들이 내 편인지는 모르겠소만, 한번 말을 건네보겠소."

코비앙의 부하가 큰소리로 어둠속에 숨어있는 추적자들에게 말을 건넸다.

"나 코비앙이다. 총질을 멈춰라! 서로간에 인명 피해도 없는데 더 이상 문제를 크게 확대하지 마라!"

코비앙의 말이 상대들에게 전해졌는지 총소리가 멎었지만 추적자들은 아무런 대꾸도 하지 않았다. 고요한 정적이 흘렀다. 데나로는 자신의 처한 위기보다는 채린의 안전에 대한 생각으로 정신이 분산되었다. 코비앙이 나지막한 소리로 말했다.

"아마, 저들은 저희 조직원들이 아닌지도 모릅니다. 제 식구들이라면 내 말에 대해서 대꾸를 했을 텐데, 응답이 없는 것으로 봐서는 …."

코비앙은 자기 편이라는 확신이 들지 않는 듯 여운을 남기는 말을 했다.

"안젤로, 일단 여기를 빠져나가자! 날이 새기 전에 이태리 국경 안으로 들어가야지, 만에 하나 프랑스 국내에서 문제가 불거지면 수습을 하기가 어려워진다."

데나로는 프랑스 마피아와 경찰들의 유착관계를 잘 알고있어 시간을 지체할수록 자기들이 불리하다는 것을 잘 알고 있었다. 운전수와 안젤로가 날렵하게 차가 세워져 있는 곳으로 다가서려고 몸을 움직이는 순간 요란한 총소리가 들리며 추적자들의 찢어질 듯한 소리가 들려왔다.

"너희들은 우리의 손아귀에서 벗어날 수 없다. 계집을 넘기고 사기도박으로 가져간 돈을 돌려주면 목숨은 살려주마."

추적자들은 피구가 보낸 마피아들이었고 그들이 노리는 것은 채린과 피구에게서 딴 돈이었다.

육로보단 바다 쪽으로

데나로 부하들의 차에 몸을 실은 채린과 일행들은 어둠을 가르고 달리는 차안에서 숨 죽이며 부하들의 표정을 지켜보고 있었다. 운전수의 옆자리에 앉은 부하가 이곳 도로에 익숙한지, 연신 운전수에게 코치를 하고 있었다.

"속도를 좀 더 내봐. 날이 새기 전에 프랑스 국경을 벗어나야 돼!"

옆 좌석에 앉은 부하는 목소리의 톤을 높여가며 운전수에게 속도를 내라고 재촉을 했지만, 운전수는 낯선 도로를 접한 탓인지 속도를 제대로 내지 못했다. 채린은 속이 타들어갔다.

'어디서부터 일이 꼬인 것일까?'

이런 채린의 애끊는 마음을 꿰뚫어 보듯 핀세이 여사가 채린의 손을 꼭 쥐어주며 위로의 말을 건넸다.

"채린, 데나로와 부하들은 무사할 거에요."

핀세이 여사는 언제나 채린이 어려움을 겪을 때마다, 버팀목이 되어주었다. 달리는 차 속에서 부하가 데나로에게 몇 번 전화를 걸었지만 신호음만 울릴 뿐 연결되지 않았다. 얼마전 이 길을 달려왔을 때는 즐거움과 기쁨이 공존했었는데, 칠흑같이 어두운 도로를 쫓기듯이 달리는 차 속에서 만감이 교차했다.

어둠이 서서히 걷히고 지중해의 먼 바닷가에는 붉은 해가 푸른 수면 위로 조금씩 모습을 드러내고 있었다. 운전수가 룸 밀러로 채린의 얼굴을 바라보며 조심스럽게 말을 꺼냈다.

"코그나타(형수)님, 저 앞의 작은 이민국만 빠져나가면 이태리입니다."

도로의 우측에 작은 글씨로 이민국이라는 간판이 보였고, 그 앞에는 몇 대의 차들이 줄지어 있었다. 앞 차들이 빠져나가자, 운전수가 이민국 옆으로 차를 갖다대고 일행들의 여권을 사내에게 건네주자, 초소 안에 있던 사내가 차안에 타고있는 사람들을 빠른 시선으로 훑어보고 여권에 도장을 찍어주었다. 채린과 핀세이 여사는 이태리로 접어들었다는 사실만으로도 다소 마음의 안정은 찾았지만 데나로와 연락이 두절되어 온전하게 마음을 놓을 수가 없었다.

운전수는 빠른 속도로 로마 제노바 호텔 쪽으로 차를 몰았다. 채린과 일행들이 호텔에 들어선지 한 시간 남짓 지났다. 응접실 소파에 둘러앉은 채린과 일행들이 부하의 근심스러운 얼굴을 바라보며 물었다.

"데나로와 안젤로와 삼촌들은 도착했나요?"

부하가 채린이 묻는 말에 머뭇거리며 대답을 하지 못했다. 안젤로가 부하들의 호위를 받으며 방으로 들어섰다. 그리고 채린의 얼굴을 바라보며 죄스러운 표정을 지었다.

"삼촌, 형님은요?"

안젤로는 아무런 대답도 하지 않았다. 핀세이 여사가 이태리어로 다시 물었다.

"안젤로, 데나로는 왜, 안 보이느냐? 무슨 변이라도 당한 게냐?"

핀세이 여사의 목소리가 높았다.

"차에 모셨습니다."

"차에 모시다니? 안젤로, 무슨 말이냐? 속 시원하게 말해 봐라!"

안젤로가 핀세이 여사의 다그침에 보스를 끝까지 지키지 못한 죄스러움에 머리를 숙이고 말했다.

"보스는 저희들을 피신시키려다 총에 맞으셔서 운명하셨습니다. 최후를 마치는 시간까지 보스로서 용맹을 다해 부하들을 지켜줬습니다. 시신은 차에 모셔뒀습니다."

안젤로의 말이 끝나고 핀세이 여사가 눈길을 돌려 채린의 얼굴을 가여운 시선으로 바라보았다. 채린은 눈물이 왈칵 쏟아졌다.

"삼촌, 형님이 계신 곳으로 나를 데려다 주세요."

핀세이 여사가 안젤로에게 고개를 끄덕거리며, 안내를 하라고 사인을 하자, 안젤로가 채린과 일행들을 데리고 호텔주차장으로 내려갔다. 주차장에는 여러 명의 부하들이 데나로의 시신이 안치되어 있는 차 주변을 둘러싸고 다른 사람들의 접근을 막고 있었다. 안젤로가 데나로의 시신이 놓여 있는 차의 뒷문을 열어주었다. 제노바 호텔이라는 로고가 박혀있는 하얀 침대시트가 데나로의 시신 위에 덮여있었다. 채린이 시트를 조심스럽게 걷었다.

"아니야! 당신은 죽은 것이 아니야, 잠시 정신을 잃었을 뿐이야."

데나로는 잠들어 있는 듯 두 눈을 감고 있을 뿐 그의 얼굴은 호흡도 없었지만 살아있는 모습 그대로 보였다. 채린이 그의 얼굴과 몸을 손으로 애절하게 쓰다듬었다.

"이대로 당신을 보낼 수 없어요. 어떻게 당신과 맺어진 사이인데 나를 두고 당신만 떠나요?"

모든 희망과 사랑이 파도에 휩쓸려 포말처럼 깨져버린 지금 채린의 삶을 지탱할 수 있는 아무런 정신적인 의지도 힘도 남아있지 않았다. 채린은 비탄과 절망감으로 인한 실의와 충격으로 실신을 하고 말았다. 안젤로가 데나로를 껴안은 채로 실신한 채린의 몸을 데나로에게서 떼어내 호텔 방으로 옮겨 침대에 눕혔다. 핀세이 여사가 안젤로에게 빠르게 데나로의 장례식을 준비시켰다.

혜린과 명희, 지혜는 침대 주위에 둘러앉아 근심스러운 표정으로 채린의 몸을 주무르며 정신이 돌아오기를 걱정스러운 눈빛으로 지켜보고 있었다. 채린이 눈을 떴다. 그리고 다시 눈을 감았다. 채린에게 보이는 것은 데나로의 죽음과 그와 꿈꿔왔던 작은 사랑의 희망들이 깡그리 허물어져 버린 절망스러운 현실뿐이었다.

며칠 후, 제노바 산 로렌초 대 성당에서 데나로의 장례식이 거행되었다. 데나로는 어려서부터 용맹하기로 이름이 나 있어 붙여진 별명이 라이온이었다. 5세기 6세기 사이에 지어진 로렌초 성당 입구에는, 데나로의 별명에 걸맞게 커다란 사자상의 조각이 위용을 드러내보였고 성당 안은 프레스코화의 기법으로 1300년 전에 그려진 성 베드로와 성 게우르기오의 성인들의 초상화가 마치 살아있는 사람마냥 데나로의 죽음을 안타까워 하듯이 평화롭게 지켜보는 듯했다.

이태리 전설적인 카모라 마피아의 젊은 보스 데나로의 장례식은 그의 명성에 걸맞게 장중하면서도 엄숙한 분위기로 이어졌다. 산 로렌초 대성당 앞은 각지에서 몰려든 조문객들이 타고 온 고급차량으로 인산인해를 이루었고, 역대 이태리 최고의 마피아의 보스였던 콜레오네 마피아의 보스 돈콜레오네의 장례식에 버금갈 정도로 웅장하고 화려한 장례식이 거행되어 제노바 경찰당국도 비상경계를 펼치며 이들의 장례식을 지켜보고 있었다.

검정색 상복에 얼굴의 일정부분을 가리기 위해 넓은 챙의 망사가 드리워진 모자를 쓰고 있는 미망인의 얼굴을 제대로 볼 수는 없었지만, 조문객들은 전설적인 마피아 보스의 미망인에게 집중적으로 시선을 쏟았다. 운구를 실은 리무진 차량이 성당 입구에 도착하자, 검정 예복을 입은 부하들이 앞 다투어 차에 달려들어 운구를 내려 성당 안으로 들어갔다. 신부 앞에 운구가 도착하자, 사제들이 운구의 주위를 둘러싸고 고별식을 갖추었으며 곧바로 망인을 떠나보내는 고별사가 이어졌다.

"거칠은 세상에서 기쁨으로 태어나 어둠으로 갔지만 그의 영혼은 밝은 천주님의 곁에서 영원토록 기쁨으로 함께하실 겁니다."

예식이 끝나고 데나로의 육중한 관을 들은 부하들이 운구를 들고 성당 밖으로 걸어 나와 리무진 차에 옮겨 실었다. 5월의 화사한 이름 모를 꽃들로 가득 장식된 운구차량은 조문객들의 위로를 받으며 성당을 떠나 그의 고향 피렌체의 포르데자다바소 성 부근의 조상들이 묻혀있는 가족묘지로 향했다.

채린은 데나로의 장례식이 끝나고 안젤로와 부하들에게 보스가 베풀지 못했던 여러 가지의 경제적 지원을 아끼지 않았다. 안젤로와 부하들이 데나로의 복수를 극구 주장했지만, 채린은 더 이상 피를 부르는 비극을 되풀이하고 싶지 않았다.

안젤로와 부하들은 그녀들과 만찬을 나눈 후, 이른 아침 햇살이 떠오르기 전에 포르데자다바소 성을 떠날 채비를 마치고, 채린이 잠들어 있는 방 쪽의 창가를 향하여 고개를 숙여 보스의 부인에 대한 이별의 예식을 갖추었다. 채린이 커튼을 살짝 재치고 안젤로와 부하들의 떠나는 모습을 지켜보고 있었다.

'잘 가요. 안젤로. 그리고 삼촌들.'

채린이 커튼을 닫자, 안젤로는 다시 한 번 인사를 한 후 차를 출발시켰다, 안젤로가 떠나자, 혜린이 채린의 곁으로 다가왔다.

"언니, 할 말이 있는데 해도 돼?"

"뭔데?"

채린이 혜린의 홍조 띤 얼굴을 바라보며 물었다.

"나, 몸이 이상해?"

혜린은 속내를 드러내기가 멋쩍은지 채린의 눈치를 힐끔힐끔 살폈다.

"몸이 이상하다니? 응? 말해봐! 어디가 아픈 거니?"

"이번 달에는 그게 없어. 아마 임신한 것 같아."

"뭐! 임신을 했다고? 그럼 회장님의 애를 가진 거야? 응? 애, 그렇다면 얼마나 경사스러운 일이니."

채린은 자신이 아이를 가진 것보다도 더 마음이 들떠보였다.

"혜린아. 그럼 회장님에게 이 사실을 빨리 알려야지!"

"언니, 세간의 눈초리도 있고 드러내지 못할 아이인데… 조용하게 해결하자."

혜린은 이런 사실이 세간에 알려져 여론의 무차별한 공격과 팬들로부터 매도를 당해야 할 것을 생각하니, 아이를 가진 것이 축복스럽지만은 않았다. 거기에다 나이 많은 재벌총수의 자식을 불륜으로 가졌다는 것이 혜린의 마음을 더욱 무겁게 짓눌렀다. 혜린은 모든 사람들로부터 인정받는 결혼으로 사랑하는 사람과 소중하게 맺어진 아이를 갖고 싶었는데, 지금 자신의 처지가 아이를 가졌다는 것을 내세워 사랑을 가장한 가면의 탈을 쓰고 있는 것은 아닌지 배우로서의 모든 꿈이 허물어졌다는 생각이 그녀의 마음을 무겁게 짓눌렀다.

"혜린아, 니 맘, 언니는 잘 알잖니. 그래도 애기 아빠가 회장님이니만큼 이 사실을 알려줘야 하지 않겠니? 언니가 알아서 할게."

채린은 아이를 가진 혜린을 정신적으로 안정시켰다. 데나로를 잃은 슬픔 뒤에 한 생명의 탄생을 보는 것 같아 채린은 신을 부인하며 살아 왔지만, 우주의 섭리라는 생각이 들었다.

혜린이 입덧이 돋기 시작하며 여러 가지 갈등으로 괴로워했다.
채린은 혜린의 마음을 달래기 위해, 애 아빠인 노회장에게 전화를
걸었다. 수화기 너머로 신호음이 들리고 목소리가 아름다운 아가씨
가 전화를 받았다.

전화를 바꾸어 받은 노회장은 채린의 전화를 기다렸다는 듯이
목소리가 약간 들떠있었다.

"채린씨, 그동안 휴가를 잘 보내셨습니까?"

"참! 내 정신 좀 봐. 회장님이 듣고 싶은 목소리는 내가 아니라
혜린이 아니겠어요? 미안해요. 제가 센스가 없어서…"

"아, 아닙니다."

노회장은 채린이 멋쩍어하지 않게 배려를 하는 말씨였다.

"괜찮아요. 신경 쓰지 마세요. 혜린아! 회장님이셔…"

수화기를 혜린에게 넘겨주었다. 노회장의 흥분된 목소리가 들
렸다.

"그래 그동안 잘 지냈소?"

"네. 회장님도요?"

혜린은 다소곳한 목소리로 대답했다.

"나는 잘 지내지 못했소."

"왜요? 어디가 편찮으셨어요?"

혜린은 자신이 입덧을 하고 있다는 말을 꺼낼 수가 없어 간난아
이가 옹알이 하듯 입안에서 말을 머뭇거렸다. 곁에 있던 채린이 전
화기를 낚아채듯이 빼앗아 말을 이었다.

"회장님, 제 말 들으시고 놀라지 마세요, 저… 실은 혜린이가 회장님의 아이를 가졌어요."

채린이 까발리듯이 털어놓자 노회장의 놀라는 목소리가 수화기를 타고 들려왔다.

"아이를 가지다니! 그럼, 혜린이 임신을 했단 말이요?"

"네! 그래서 요즘 도통 식사를 하지 못하고 있어요."

채린은 노회장에게 할 말을 다했다는 듯이 눈을 찡긋거리며 수화기를 혜린에게 넘겨주었다.

며칠 후 노회장은 자신의 자가용 비행기로 피렌체 공항에 도착했고, 비밀리에 혜린을 만난 후, 채린과 명희, 지혜는 노회장의 자가용 비행기로 서울로 떠났다. 혜린은 이듬 해 2월에 핀세이 여사의 성에서 약물중독에 의한 충격으로 유산을 하고 말았다.

* * *

홍콩에서 서북쪽으로 64㎞ 해상에 두 개의 섬으로 이뤄진 마카오는 1887년 포르투갈령이었다. 그러나 1997년 정식으로 중국에 반환된 크기가 여의도의 4배, 제주도의 10분의 1정도로 중국의 특별행정구역이다. 홍콩과 마카오 사이에 승객을 실어 나르는 고속패리는 24시간 주야를 가리지 않고 운영하며 1시간 남짓 걸리는 도시이다. 마카오 선착장에 승객들이 내리면 입국 심사대를 통과해야 하지만, 몸수색이나 짐 검색이 일체 없으며, 수백만 달러의 현금을 가져가든

수표를 갖고 입국하든 아무도 체크하는 곳이 없다.

라스베가스를 능가하는 도박의 도시. 좁은 시가지를 둘러싸고 35개의 카지노를 겸비한 대형 호텔들이 밀집해 있으며 호텔들은 특히 한국 사람들을 카지노에 유치하기 위하여 치열한 수단과 방법을 가리지 않고 도박꾼들을 이용하고 있었다. 이 좁은 거리에는 도박꾼들을 둘러쌓고 빽치기(도박자금을 고금리로 빌려 주는 현지 사채꾼), 삐끼꾼(부두에서 손님들을 끌어드리는 사람), 앵벌이꾼(카지노에서 돈을 잃고 카지노주위를 배회하며 손님들의 잔심부름을 드는 사람들), 롤링꾼(카지노에 손님들을 끌어드리고 일정부분의 수수료를 받는 사람), 정킷방(일정금액의 보증금을 카지노에 지불하고 VIP 룸을 빌려 도박을 알선하는 라이센스를 가진 업자)들 외에도 도박꾼들에게 숙소와 차량을 알선하는 사람들과 매춘과 마약을 거래하는 쪽쟁이들이 벌떼처럼 카지노라는 먹이에 달라붙어 서식하고 있었다.

한국인들이 마카오에서 매년 잃고 가는 돈은 1조 4,285억 3,337만 원. 마카오 카지노를 찾는 사람들은 18만 5,002명 VIP 손님들은 1,260명 이르며(2011년 한국사행성 심의위원회 통계자료), 필리핀은 매년 6,644억 원에 카지노를 찾는 손님들은 3만 8,217명에 VIP 손님들은 690여명에 이르고 있는 실정이다. 또한 라스베가스를 찾는 한국인 도박꾼들이 뿌리고 가는 돈은 2,325억 원에 2,885명의 사람들이 카지노를 찾는 실정이다.

한 가지 더 부언하면 미국의 통계포털 스태디스타에 따르면 마카오 카지노에서 매년 벌어들이는 도박의 수익은 2007년 기준으로 103억 8,000천만 달러이며 한국인 원정 도박자는 1,200여명에 이르고 마카오 전체 매출에서 차지하는 비중은 5.8%로써 1,950명의 VIP를 포함한 한국인 22만 3,219명이 마카오의 카지노에서 뿌리고 가는 돈은 연 2조 939억 8,916만원, 이를 삐라 뿌리듯 잃고 간다는 사실이다. (한국사행산업 통합 감독위원회 2007년 조사자료)

정킷방 오픈식

마카오 MGM 호텔 2층 카지노 VIP 룸에는 한국에서 초청된 유명 탤런트와 가수들과 재계와 스포츠계의 인사들이 카지노 에이전시인 경수(가명)의 정킷방(카지노에 보증금을 걸고 VIP 룸을 임차하는 것) 오픈 축제에 참석하고 있었다. 마카오에서 MGM호텔과 캘럭시, COD호텔의 카지노는 한국인들이 즐겨찾는 곳이었다.

카지노 경영주들은 도박을 좋아하는 중국인들과 한국의 돈 많은 VIP들을 유치하기 위해 한국에서 진출한 3세대 조폭의 우두머리들을 포섭하여 호텔 측은 게임에 필요한 칩 관리인과 플로어 퍼슨, 딜러 등을 제공하고 정킷방에서 벌어드리는 돈의 40%는 호텔 측이 가지고 가며 일정금액의 보증금을 지불하고 손님을 끌어들여 운영하는 정킷방 사장은 60%의 이익금을 자신의 몫으로 가져가는 것이다.

오픈식이 벌어지는 정킷방 VIP 룸에는 경수로부터 초청받은 인사들이 반달모양의 테이블에 둘러앉아 칵테일을 마셔가며 분위기를 띄우고 있었다. 온갖 명품으로 치장한 경수는 부드럽고 온화한 얼굴로 반달테이블에 둘러앉은 손님들 앞으로 일일이 찾아다니며 정중하게 머리를 숙여 예의를 표했다. 한국의 조폭으로서 마카오에 진출해 이만한 기반을 닦기까지 경수의 처세술은 사람들의 마음을 휘어잡을 수 있는 독특한 카리스마를 가지고 있어 그의 호의에 의문을 가지는 사람은 아무도 없었다.

정킷방의 오픈식에 정식적으로 초대 받지는 않았지만 참가한 사람들 중에는 전직 2선 국회의원으로 노태우 집권 당시 한때 청문회 스타 국회의원이었던 전 정 의원이 거만스러운 표정으로 자리에 앉아 초청받은 사람들에게 달라붙어 롤링작업을 펼치고 있었다. 그는 한때 청문회의 스타로서 현역의원 당시 평택의 미군부대에서 슬롯머신을 하는 것이 방송에서 불거지자, 의원직마저 잃고 징역을 살고 나와 마카오를 떠도는 비참한 카지노 앵벌이꾼이 되어있었다. 과거의 유명세를 들먹이며 손님들의 시중을 드는가하면 그들이 게임을 하기 위해 현금을 롤링 칩으로 교환할 때마다 카지노 측에서 제공하는 1%의 롤링 마진을 멤버십 카드로 받아 일정 액수가 모이게 되면 카지노 안의 매점에서 멤버십카드를 사용하여 게임을 하거나 끼니를 때우며 살아가는 비참한 생활을 하고 있었다.

그러다 어쩌다가 카지노에서 게임을 하고 있는 사람에게 이빨이 먹혀들어 롤링 벌이라도 되는 날에는 한국인들이 얻어놓은 싸구려 아파트의 허스름한 방에서 혼숙을 할 수가 있지만 그도 여의치 않을 때에는 마세나공원의 벤치나 카지노 안의 VIP 화장실 안에 숨어들어 박스를 깔아놓고 새우잠을 자다가 경비원들에게 쫓겨나기도 하고 심지어는 당구장에서 당구를 치는 손님들의 점수를 관리하는 겜돌이 생활을 하며 간간히 받는 돈으로 숙박비를 충당하기도 했다. 그는 그동안 잃은 돈을 회복할 수 있는 길은 오직 카지노이며, 한방의 승부로 그동안 잃은 돈을 찾을 수 있다고 호언하며, 아직도 정신을 차리지 못하고 카지노를 찾는 한국인들의 곁에 달라붙어 앵벌이로 살아가고 있었다.

VIP 룸에 앉아있던 정 의원이 건수의 눈치를 힐끗힐끗 살펴가며 초청 인사들에게 찰싹 달라붙어 너스레를 떨어가며 작업을 펼치자, 보다 못한 경수가 매서운 시선으로 건수에게 눈짓을 보냈다. 건수가 보스의 사인을 받자, 다시 부하들에게 눈짓을 보냈다. 건수의 눈짓은 조금 전 부드럽게 손님을 대하던 태도가 아니었다. 건수의 눈빛에서는 비정함이 풍겼다.

"앗따! 정 의원, 노가리는 국회에 가서 풀고 그만 일어나시오! 잉! 씨잘 때 없이 웬 노가리다요? 청문회라도 온 것 같소? 잉!"

건수의 부하로서 사납기로 이름난 영수가 정 의원의 팔소매를 휘어잡으며 비아냥거렸다. 정 의원이 사람들 앞에서 모욕감을 당하자 영수에게 눈알을 찌푸렸지만 그의 그러한 기세는 잠시 뿐이었다. 잠시 후면 자기에게 돌아올 결과는 뻔했다. 카지노 경비원들에게 카지노 밖으로 질질 끌려 나가 일정기간 출입금지의 처분을 받든가, 아니면 영수의 꼬마들에게 카지노 밖으로 끌려나가 몰매를 맞든가, 둘 중에 하나를 당한다는 사실을 정 의원은 그동안 수십 차례 겪어온 경험이었다. 정 의원은 꽁지를 감추듯 자리에서 일어나 정킷방을 빠져나갔다.

마카오는 바야흐로 합법적 재화를 활용하여 조직규모를 줄여가며 나이는 어리지만 한국에서 진출한 4세대의 폭력조직이 전면적으로 부상하였고 그들은 마카오를 비롯해서 중국의 본토와 홍콩 등에서 움직이고 있는 폭력조직인 삼합회 신의안파와 협력을 하는 4세대의 무서운 폭력조직으로 뿌리내리기 시작했다. 홍콩의 삼합회인 신의안파는 홍콩과 마카오를 배경으로 기존에 해오던 매춘과 도박 유흥업을 뛰어넘어 건설과 제조, 부동산, 서비스업, 광고 프랜차이즈, 주식 등으로 사업의 확장을 넓혀가며, 마카오와 홍콩에서 오히려 한국의 4세대 폭력조직으로부터 자본과 오더를 받기에 이르렀다.

정 의원이 비참하게 룸에서 쫓겨나는 모습을 지켜보던 다희는 얼굴이 붉어졌다. 가름하고 지적인 미를 풍기는 다희는 미국에서 유학을 한 유학파로서 외국계 투자컨설팅회사에 근무했으며 가정환경도 좋은 편에 속했다. 다희가 마카오의 COD 카지노를 찾은 것은 몇 해 전부터 홍콩을 드나들며 압구정동에서 수입의류매장을 하던 대학동창인 희진의 권유로 홍콩을 따라 나선 때부터였다.

이미 희진은 마카오에서 많은 돈을 잃은 뒤였다. 더 이상 여력이 없어지자 카지노 부근을 배회하며 온갖 감언이설로 지인들과 가족 친지는 물론이고 동창을 비롯하여 돈을 가지고 있는 사람들에게 끊임없이 유혹의 손길을 뻗어 마카오 카지노 부근으로 유혹을 하기에 이르렀다. 희진은 다희의 아빠가 교육자로서 재산도 있으며, 다희도 외국계 기업에서 꽤 많은 돈을 모았다는 정보를 알게 되어 다희를 타깃으로 삼아 작업에 들어갔다. 희진은 유명브랜드 샘플들이 홍콩 시장에 풀리면 제일 먼저 구입을 해서 다희에게 선물로 주곤 했다. 도박에서 망가진 이런 희진의 숨은 의도를 알 수 없었던 다희는 희진이 유도하는 대로 홍콩을 방문했고 마카오의 COD 카지노에서 게임을 하기에 이르렀다. 다희의 카지노 게임실력은 초보수준에 가까웠지만 희진이 유도하는 대로 다희는 바카라 게임에 빠져들기 시작했다. 가끔씩 푼돈을 따기는 했지만, 그것은 이기는 것이 아니라 더 크게 돈을 잃을 준비일 뿐이었다. 서울에 있는 부모들에게 사업자금의 핑계를 대며 환치기들의 통장을 통해 송금을 받기 일쑤였다.

유창한 영어와 세련된 몸매 갸름한 얼굴에 이지적인 마스크, 카지노를 찾아드는 사내들은 그녀의 몸을 한번 안아보려고 추파를 던지는 사람들도 많았다. 하지만 그녀는 카지노에서 몇 푼의 돈을 뿌리는 사내들에게 눈길조차 주지 않았다.

다희가 MGM호텔 2층의 특 A카지노 테이블에 앉아 바카라 게임을 할 때는 돈푼께나 굴리는 사내들이 그녀와 같은 테이블에서 게임을 해보려고 벌떼처럼 그녀의 주위로 몰려들었다. 카지노 측에서는 테이블에 앉은 사람들이 시간을 끌어가며 게임을 할수록 그만큼 수입이 늘어나기 때문에 사내들의 성적욕구를 유발해가며 돈을 뿌리는 다희를 다른 카지노에 뺏기고 싶지 않아 특별 관리를 하고 있었다. 그녀가 돈이 떨어질만하면 카지노에서 신용으로 쓸 수 있는 한 달 결제로 사용할 수 있는 칩을 적당한 금액 안에서 카드에 적립시켜 주면서 그녀를 돈으로 묶어두었다.

마카오 카지노를 찾는 한국인들이 날로 늘어나는 것은 한국의 폐광지역개발의 일환으로 탄생한 강원랜드 등의 내국인 도박사업이 합법화 되었지만 출입 일수를 제한하는 등 시설의 협소함과 돈을 잃은 손님들이 간혹 카지노 측에 심한 항의를 할 때마다 보안요원들에게 강제로 끌려 카지노 밖으로 팽개치거나 혹은 기간을 정한 출입금지를 받아 영구히 출입금지의 처벌이 내려지는 사람들이 허다했다. 이런 강원랜드의 횡포와 취약점을 간파하고 호기를 놓칠 리 없는 마카오에 진출한 제 3세대 조폭들과 카지노 브로커들이 항공권과 체재비를 준비해 놓고 도박꾼들을 기다렸던 것이다.

한국에서 주변시선을 의식하는 기업가들과 명사들은 거꾸로 해외로 발걸음을 돌리게 되었다. 뿐만아니라 카지노 에이전시나 롤링꾼들은 항공권과 체재비를 무상으로 제공하며 마카오에 그런 사람들이 무일푼으로 도착해도 게임 비용은 모두 마카오 현지에서 운영하고 있는 대부업체를 통해 정식적으로 돈을 빌려주었다. 금리는 10억 이상의 돈을 빌릴 때에는 10%의 선이자를 떼고 일주일 단위로 2%의 이자가 붙었다. 그 이하의 돈은 10%로의 선이자를 떼고 일주일에 10%로 단위의 고금리의 이자를 적용했다.

롤링꾼들이나 빽치기들은 몇 년 전 만해도 얼굴이 반반하고 돈이 나올 구석이 있어 보이는 여자들을 상대로 여권을 잡고 돈을 빌려 주었다. 지금은 돈을 갚는 날까지 정해진 호텔이나 숙소에서 여권과 여자들을 붙잡아두었다. 한국에 개설해 놓은 대포통장으로 돈을 입금시키거나 빌린 돈을 다 갚는 날까지 몸을 담보로 했다. 기일을 어기게 되면 삼합회에 채권을 넘겨 그들이 운영하는 유흥업소나 매춘업소에서 여자들이 빌린 돈을 다 갚는 날까지 몸으로 빌린 돈을 때우게 했다. 마카오 카지노에서 비참하게 망가진 여인들은 한때 잘나가는 여자들이 대다수였다.

　도박에서 일확천금의 돈을 딸 수 있다는 허망한 기대감에 모든 재산을 쏟아 붓고 몸마저 헌신짝처럼 망가져 버린 여자들은 카지노 마바리판 (카지노에서 적은 돈을 걸고 하는 1층 테이블)에 앉아서 도박을 하는 손님들에게 거머리처럼 달라붙어 온갖 애교를 부려가며 환심을 사게한 뒤 2층 VIP 룸 테이블로 데리고 가면 카지노는 손님들이 게임을 하기 위해 환전하는 돈에서 1%의 롤링비를 손님을 데려온 사람의 멤버쉽 카드에 적립시켜 주며 간혹 손님들이 게임을 해서 돈을 땄을 때 카지노 측에서 지불하는 캐시 칩을 현금으로 교환할 때도 별도로 1%의 마진을 받을 수 있어 카지노에서 돈을 잃고 망가진 사람들은 자신과 가장 친한 재력이 있어 보이는 사람들을 물불을 가리지 않고 카지노에 기를 쓰고 끌어드리거나 게임을 하는 손님들의 곁에 달라붙어 시중을 드는 것이다.

　경수가 얻어놓은 정킷방에서 게임이 시작됐다. 반달형의 테이블에는 10여 명이 줄지어 앉아있었다. 헙수룩한 차림에 넥타이도 매지 않고 복장도 남루한 중국계 진회장이 1만 달러짜리 칩 50개(한국 돈으로 7500만원)를 배팅하는 것은 기본이었다. 오늘의 게임에 있어 맥시멈(상한가)은 홍콩 달러 120만 불, 한국 돈으로 환산하면 1억 8

천만 원까지 배팅할 수 있으며 10만 불짜리 우리나라 돈으로 1,500만 원 하는 칩들을 수북하게 쌓아놓고 게임을 하는 사람들도 있었다. 게임을 한번 하는데 걸리는 시간은 5분도 채 넘지 않았다. 여기에서 1억여 원은 돈이 아니라고 한다.

그런 큰판이 VIP룸 여기저기서 벌어지고 있었다. 이보다도 더 큰 액수의 도박이 벌어지는 곳은 사전에 예약이 된 사람들만 출입할 수가 있었고 밖에서 벨을 눌러야만 들어갈 수 있는 구조로 되어있었다. 몇 명의 통 큰 중국인들 앞에는 홍콩 달러 6만 불짜리 칩도 수북하게 쌓여있었다. 마카오에서는 1억 달러를 1주일 안에 흔적 없이 세탁할 수도 있었다. 테이블에 앉은 중국인들 사이로 건수의 큰 고객인 한국 중견기업에 속하는 정사장과 배사장이 앉아있었고 다희도 토끼 같은 눈을 굴려가며 중국인들의 틈새에 인형처럼 앉아있었다. 손님들은 좌우에 앉은 사람들을 쳐다보며 미소를 짓기도 하며 친근감을 드러내며 카드를 돌리는 딜러의 손동작을 바라보고 배팅의 찬스를 노리고 있었다.

다희의 아버지는 명문여대의 총장으로 퇴직한 분이셨다. 이명박 정권 때에는 경제수석으로 선임되었으나 단호하게 이를 거절했던 분이다. 평생을 살아오면서 남에게 모진 말 한번 하지 않았던 다희 아버지가 세간의 유명인사로서 초점이 맞춰지며 타의에 의해 강남구 지역구 의원으로 출마하자 상대방 출마자들은 하나밖에 없는 딸, 다희의 비참한 모습 그대로를 오물을 쏟아내듯 여과없이 SNS와 유튜브 등의 메신저를 통해 폭로했다.

다희의 아버지를 아는 모든 사람들은 그럴 리가 없다고 반박의 글을 올리며 부인했다. 하지만, 그런 사실을 확인한 다희의 아버지는 세상을 향해 자신의 부덕한 소치라고 국민들에게 솔직하게 용서를 빌었다. 그리고 출마를 포기하고 충격을 받고 쓰러진 모친을 돌보며 초야의 삶을 살고 있다고 했다. 이런 사연을 가진 사람들이 하나 둘이겠는가?

마카오 카지노에서 도박으로 망가진 수많은 가정주부들은 한국으로 돌아가지 못하고 서너 명 씩 팀을 이루어 중국인들이 몰려 사는 퀴퀴한 냄새가 물씬 풍기는 비좁은 아파트에서 공동으로 생활했다. 다람쥐 쳇바퀴 돌듯 카지노를 스며들어 몇 개의 칩을 손에 들고 카지노 안을 돌아다니며 자신도 게임을 하는 사람처럼 위장하며 큰 게임을 하는 한국인들에게 접근하여 친밀감을 다진 후 잠자리까지 같이했다. 그들이 게임을 하면서 돈이 떨어지면 대출업체들을 알선하거나 고국에서 송금을 할 수 있도록 대포통장을 가진 환치기들을 소개해주며 롤링 벌이라도 하려고 온갖 시중을 들어가며 안간힘을 쓰며 살아가고 있었다.

가끔, 여자들은 지난날 자신의 모습을 뒤돌아 볼 때마다 비참하게 망가져버린 자신의 처지를 비관하며 이로 인하여 일어나는 정신적인 조울증과 우울증의 강박감에서 오는 괴로움에서 벗어나기 위해 자신들이 머물고 있는 중국인촌에서 값싼 신종마약에 손을 대는 여자들이 부지기수로 늘어났다. 신종마약은 중국 내 150군데의 화학회사에서 생산하는 치명적인 약품인 플래카(flakka)를 비롯하여 환각제 a-pvp는 가격이 저렴해서 미국을 비롯하여 세계 곳곳으로 수출되는 마약들이었다. 도박으로 망가진 한국여자들은 그보다 값이 더 싸지만 생명에 치명적인 마약, 베스솔트로 알려진 메틸렌티옥시 피로 발레론(mdpv)의 화학제품을 헐값으로 사서 복용했다.

화려한 카지노 뒷골목에는 한때 최상의 고객으로서 카지노에서 대접을 받던 사람들이 거지발싸개보다 더 쓸모없는 여벌인간이 되어버렸다. 앵벌이들이 되어 거리를 떠돌았다. 그들은 카지노 경비원에게 쫓겨나기 일쑤였고 간혹 사채업자들에게 돈을 빌려 제 날짜에 돈을 갚지 못한 사람들은 사채업자들이 고용한 폭력배들에게 끌려가서 구타당했다. 어딘가로 끌려갈 때마다 처절하게 몸부림치며 울부짖는 울음소리가 폐부를 꿰뚫었다.

다희는 어제 밤부터 새벽녘까지 중국계 거상인 손 회장과 잠자리를 한 후, 몇 푼의 돈을 손에 쥐고 오늘, 정킷방의 오픈식에 참가했다. 새벽녘까지 손 회장은 본전을 뽑으려는 듯 비아그라를 먹었는지, 수그러들 줄 모르는 꼿꼿한 음경으로 새벽녘이 오기까지 몇 차례인지도 셀 수 없을 정도로 다희의 음문을 쑤셔댔다. 그래서인지 다희는 아랫도리가 얼얼하도록 쓰렸고 항문 주위가 찢어질듯 한 고통을 수반했지만, 손 회장의 변태성 섹스를 마다하고 뿌리칠 입장이 못 되었다. 속으로는 천만 번 더 잠자리를 뿌리치고 일어나고 싶었지만 그런 큰손을 잡는 것도 쉽지 않아 그의 가학성 섹스를 밤새도록 받아드려야만 했다.

손 회장이 침대시트 위에 홍콩달러 100불짜리 한 다발을 던져주었다. 마카오에서 몸을 팔아 살아가는 여자들이 화대로 받는 금액에 비하면 거의 10배에 달하는 돈이었다. 몸값치고는 꽤 많은 돈이었다. 그래도 다희의 몸값의 가치를 높게 생각한 것이다.

손회장이 다희의 몸을 다시 끌어안고 무릎을 꿇린, 후 바지춤을 내리며 꼿꼿하게 선 음경을 꺼내 다희의 입에 밀어 넣고 머리를 잡아당기며 목 안 깊숙이 음경을 쑤셔넣자, 다희는 숨이 막힐 듯이 압박감을 느꼈다. 손 회장은 마구잡이로 다희의 머리를 앞으로 당겼다 뒤로 늦춰다를 반복하며 신음을 쏟아냈다. 다희는 역겨운 행위가 되풀이되었지만 뿌리칠 수 없었다,

손회장이 호흡이 빨랐다. 헉헉거리는 신음을 쏟아냈다. 몸을 흔들었다. 비릿한 물체가 입안 가득히 채워져 숨쉬기가 어려웠지만 뱉어낼 수가 없었다. 다희는 손 회장이 쏟아낸 액체를 꿀꺽하고 입안으로 삼켰다. 금방이라도 토할 것 같았다. 하지만 이를 악물고 삼켰다. 그리고 천천히 그의 음경을 혀로 부드럽게 애무했다. 손 회장의 변태적이 성욕을 알고 있어 그의 욕구를 충족시켜 주었다. 다희가 그의 음경을 혀로 깔끔하게 닦은 후 입을 떼었다. 손 회장이 다희의 몸을 으스러지듯이 껴안았다.

"그만, 그만"

다희가 손 회장이 던져준 몸값만큼 서비스를 다 했다는 듯이 간난 아이 다루듯 손 회장의 몸을 토닥거리며, 그에게서 몸을 뗐다. 손 회장은 순수한 아이마냥 다희의 말에 순종했다. 대다수의 사내들은 침대에서 애교를 부리는 여자에게 흥미를 느끼며 그런 여자를 통하

여 성적 자기 만족을 채우려는 심리가 작용하는 것이다. 짐승들은 번식을 위하여 흘레를 하기 전에 수컷이 암컷의 주위에서 온갖 기교를 보이며 관심을 끊은 후, 암컷이 충분하게 응할 분위기를 만들어 놓고 음경을 조심스럽게 밀어 넣는 것과는 다르게 매춘은 음경을 받아드리는 쪽이 삽입하는 쪽에게 돈에 걸맞은 애교와 기교를 보일 때 상품의 가치를 인정받는 것이기 때문에 매춘을 하면서 일어나는 여러 가지 성의 기교는 돈을 벌기 위한 행위일 뿐이지, 사랑의 감정을 통해 이뤄지는 행위가 아니었다.

다희는 여느 날보다 생각이 많아서인지 판단이 흐려졌다. 테이블 앞에 쌓아놓은 칩을 손가락으로 만지작거리며 승률이 좋은 사람들의 배팅 찬스를 기다렸다. 건수의 돈을 쓰고 있는 정사장과 배사장이 만 불짜리 칩, 이삼십 개를 아무렇지 않다는 식으로 손가락으로 집어 플레이어 숫자판 위로 밀어놓았다. 몇 사람들이 동패를 하듯이 따라붙었다. 이를 가만히 지켜보던 중국인들이 잇따라 뱅커 쪽에 수북하게 칩을 밀어놓았다.

딜러가 더 이상 배팅이 없자 슈에서 카드를 뽑아 플레이어 쪽에 한 장, 딜러 쪽에 한 장씩 밀어주고 또다시 각각 한 장 씩의 카드를 더 밀어주었다. 정 사장이 카드를 테이블에 놓은 채로 두 손으로 카드의 모퉁이를 살짝 들어 올리며 무늬와 숫자를 파악했다. 플레이어 쪽에 돈을 걸은 사람들이 긴장감을 가지고 카드의 숫자를 살펴보는 정 사장의 표정을 살폈다. 눈가에 약간의 미세한 떨림이 있어 보였다.

13년 8개월 만의 귀국

채린이 탑승한 비행기가 해안을 끼고 영공 안으로 들어섰다. 채린은 창문 가리개를 빠끔히 열고 산과 들 사이에 옹기종기 지어져 있는 집들을 바라보았다. 13년 전 슬픔의 멍에를 짊어지고 한국을 떠나야만 했던 아픈 기억들이 실루엣처럼 되살아났다.

1981년 초, 생명을 다해 사랑하던 사람이 한때 형님처럼 모셨던 군부의 실권자가 대통령으로 집권하자, 그의 구린내 나는 비리를 상세하게 알고 있던 사람들은 남녀 가릴 것 없이 하룻밤 사이에 하나둘씩 흔적을 남기지 않고 소리없이 사라졌다. 그런 가운데서도 누구보다 대통령과 친밀한 관계에 있던 사랑하는 사람은 눈에 드러나지 않은 권력자들의 지시에 의해 조직폭력배의 두목으로 각인시켜 만신창이의 몸이 되도록 테러를 가한 후, 교도소에 구속시켜버렸다.

채린 또한, 권력가의 숨겨진 여자로서 비리에 연루되었다는 구실을 삼아, 측근들이 구속을 시키려 들었다. 가방 하나 달랑 챙겨들고 미꾸라지처럼 공항을 빠져나가야 했던 지난날의 아픈 기억들이 스쳐가는 구름 속에 아련하게 떠올랐다. 채린이 1981년 한국을 떠날 때에는 슬픔과 절망과 막막함이 어우러진 비감한 마음이었지만, 지금은 그러한 슬픔의 잔해들이 밑거름이 되어 가시 돋친 장미꽃처럼 화사하게 핀 아름다운 모습으로 갈망의 꿈을 내디딜 고국의 땅을 향해 날고 있었다.

그녀는 이런 날을 위해 낯선 국가에 발을 내딛고 난 이후부터 그 땅에서 살아남기 위해 온갖 수모와 역경을 딛고 지금의 자리까지 올라설 수 있었다. 13년 8개월이라는 긴 세월동안 수많은 가슴앓이를 하며 꿈에 그리던 사람을 만날 수 있다는 기대감 하나로 살아왔던 그녀의 마음은 소녀처럼 들떠있었다.

'사랑하는 사람은 어떤 모습으로 변했을까?'

'13년 간 차디찬 감옥의 독방에서 자기를 찾지 않았던 나를 얼마나 원망하며 살았을까' 하는 생각들이 구름처럼 스쳐갔다.

'하지만, 언젠가는 쫓기듯이 땅을 떠나 쉽사리 돌아올 수 없었던 안타까운 사연들을 이해할 날이 오겠지'

채린은 마음속으로나마 자신을 향해 자조적인 말을 내뱉었다.

이상훈에게 젊은날의 청춘은 지옥의 청송교도소와 감호소를 넘나들며 복수와 증오 속에 묻혀버린 세월이었다. 이상훈이 감옥의 엄중독방에서 보낸 세월은 두 번의 추가징역 7년이 혹처럼 붙은 13년 6개월 27일 동안이었다.

상훈은 교도소나 감호소에서도 억울하게 죽은 동생, 영두의 죽음을 사회에 알리기 위해 교도관들을 인질로 잡고 인질극을 펼쳤지만 여러 사람들로부터 눈에 보이지 않을 정도로 많은 도움을 받았다. 그 까닭에 가석방된 후, 과거와 철저하게 단절한 채 오직 한 길을 위해 가방 하나 달랑 들고 노점상과 중국으로 봇다리 장사에 나서 수년을 지냈다. 채린으로부터 수 차례의 연락을 받았지만 단 한 번도 그녀를 만나지 않았다. 그녀를 한때 사랑했던 여자로서만 가슴 속에 묻고 싶었다.

강남최고의 정 마담이 게임을 붙이는 반포 자이 아파트에서는 앞 마이 5000만원을 걸고 하는 큰 도박판이 벌어지고 있었다. 이런 판은 끗발이 안 날 때에는 최소한 2~3억 원은 쉽게 부러질 수 있는 큰 판이었다. 하루 돌아가는 판돈이 10억 원이 넘을 정도로 게임을 붙이는 정 마담에게 돌아가는 타임비(한 시간마다 내는 자리세)는 한 사람당 20만 원이었고 현장비(장소 제공비)가 300만 원에 물대(음료수 및 담배 등의 제공비)로 100만 원을 떼는 큰판이었다. 6명이 한 조로 하는 이렇게 큰 바둑이라는 게임을 하기 위해서는 뒷돈을 대는 꽁지꾼들이 게임을 하는 사람마다 각자 별도로 보디가드와 함께 따라붙어 자기의 말(노름꾼)들이 게임이 하는 모습을 지켜보며 마음속으로 응원을 하고 있었다.

꽁지꾼들이나 보디가드들은 큰돈이 걸린만큼 게임을 하는 자기의 말들이 간혹 테이블에서 서로 말다툼을 할 때마다, 게임판을 기웃거리며 상대방에게 위세를 보이곤 하는 것이 다반사였다. 이렇게 큰 도박판에 앉을 수 있는 사람들은 한정되어 있어서 매너가 나쁘다는 인식이 들면 자리에 끼일 수가 없었다.

채린은 도박판에 빠져들어 많은 재산들을 물거품처럼 날려버렸다.

상훈은 택이로부터 채린이 강남과 마카오등지에서 도박으로 많은 재산을 날리고 있다는 얘기를 들었다. 예전과는 달리 술과 약으로 쩌들어 가는 삶을 살고 있다는 소문도 들어 가슴 아프게 생각하면서도 가정을 가진 남자로서 채린을 외면한 채 한 번도 만나지 않았다. 평소에 연락을 끊고 살던 택이가 밤늦게 전화를 걸어왔다.

"저, 택이입니다."

잠결에 받은 전화라 의식이 뚜렷치 않아 동생 놈의 목소리를 잘 알아들을 수가 없었다.

"엉, 택아. 그래, 내 전화번호를 어떻게 알았어? 니 놈들 하고 손 끊고 살은 지가 꽤 오래 됐는데… 그래도, 전화번호는 알고지내네?"

"그럼은요, 제가 어떻게 형님을 잊겠습니까? 형님은 저를 잊고 사실런지는 모르지만 저는 형님을 죽을 때까지, 아니, 죽어서도 잊지 못합니다."

택이는 상훈과 얽혀진 인연을 떠올리며 말했다. 60년도 후반에 영등포 시장 길거리 노점에서 앵벌이를 하던 택이를 보스의 자리까지 이끌어준 것이 상훈이었다. 택이는 1976년 신민당 박한상 의원 선거유세 테러 사건에서는 상훈의 지시대로 움직여 어린 나이에 일약 건달 세계에서 각광을 드러내기 시작한 이래 상훈이 구속이 되자, 그 후광으로 상훈의 명성을 업고 전국구 건달로 발돋움하며 필리핀과 마카오 등지에서도 보스로 뿌리를 내리는 계기가 되었다. 하지만 택이는 상훈의 명성을 뛰어 넘을 수 있는 신화가 없었다.

"응, 택아. 다음날 전화하자. 그리고 임마, 밤늦게 전화질하지 말고! 지금 어디냐? 도박판이냐?"

이상한 낌새를 느낀 상훈이 택이에게 직감적으로 물었다.

"예. 형님. 형수님이 게임을 하시다가 껨꾼들 한테 모욕을 조금 당하신 것 같아 애들을 불러 수습하고 있습니다."

"뭐라고? 형수라니? 채린을 말하는 거냐?"

"예. 형님. 형수님이 또 있으십니까?"

"이 쌔끼, 무슨 말이야? 너 취했어?"

상훈이 전화기를 들고 방문 밖으로 나서 사납게 말을 뱉었다.

"안 취했습니다. 형님. 제게는 채린 형수님 외에는 아무도 없습니다. 형님이 1976년도에도 박한상 의원 테러사건으로 일본으로 밀항을 하셨을 때에도 그랬고, 81년 구속되신 이후, 채린 형수님이 김 변호사님을 선임하셔서 형님의 출소를 배후에서 도우신 것을 아셔야 합니다. 그런 사실을 누구보다도 잘 알고 있는 저이기에 형님에게 무례하게 말씀드리는 겁니다."

채린이 자기를 돕고 있다는 것을 감옥에서 잘 알고 있었지만 이제는 서로의 아름답던 사랑의 추억으로 간직한 채 만나지 말아야 하고, 듣지도 않아야 하고 ,보지도 말아야 하는 삶을 살아야 한다는 것이 상훈이었다.

기구한 운명의 끈을 놓아야 만이 더 이상 불행으로 이어지는 길을 막을 수 있었다. 하지만 택이의 말이 비수처럼 마음에 걸렸다.

"예, 이 새끼들이 형수님을 구라를 깐 것 같습니다."

"뭣? 채린에게 구라를 깠어?"

"예, 형님. 그런 것 같습니다."

"그럼, 너희들은 뭐하고 있었어? 건달판에서 물질해 먹고사는 놈들이 자기 밥그릇도 못 지키고, 제 식구가 구라를 당하게 내버려 뒀단 말이야?"

상훈이 다그치며 묻자 택이는 궁색한 변명을 늘어놓았다.

"그게, 방안에서 겜꾼들만 카드를 하고 있어서 밝혀낼 수가 없었습니다."

"그럼, 통에 가두어 놓고 죽였다는 거야?"

"그런 것 같습니다."

"얼마나 죽었어?"

"지금까지 약 5억 정도 죽은 것 같습니다. 카드판에 일꾼들이 앉은 것 같은데 후다(뒷조사 얼굴)가 안 나옵니다."

"그래, 사고치지 말고 조용히 지켜봐! 주소 찍어주고!"

상훈이 서둘러 집을 나서며 누군가에게 전화를 걸었다. 한국에서 최고의 구라기술을 가지고 있는 막둥이가 전화를 받았다.

"형님이다."

"아니~ 밤늦게 무슨 일이 있으십니까. 형님?"

막둥이는 한참 게임을 하고 있다 전화를 받아서인지 조용한 목소리로 전화를 받았다.

"막둥아. 주소 찍어 줄테니 바로 날아와! 일사(구라꾼)들도 몇 명데리고 오고 경비는 형님이 부담하마!"

"네. 형님."

막둥이는 이유나 변명을 달지 않았다. 예나 지금이나 변함없는 상훈의 전략은 만약의 사태에 대비해 극한상황이 벌어진 주위를 철통같이 에워싸는 것이었다. 상훈이 반포 자이아파트에 도착할 무렵, 막둥이와 일사들이 아파트 입구에서 상훈을 기다리고 있었고 강남의 사나운 막내 동생들도 하나 둘 모여들고 있었다. 상훈이 차에서 내리자, 동생들이 허리를 90도로 굽히는 큰절로 인사를 했다. 순식간에 불러 모았지만 30여명이 넘어 보였다. 상훈이 지시를 내렸다.

"너희들은 도박판에서 한 놈도 빠져 나가지 못하게 막아라!"

동생들은 전설의 큰형님으로 불리는 상훈의 지시를 받자, 의욕이 치솟아 올랐는지 아파트 입구가 떠나가도록 대답을 했다. 상훈과 막둥이와 동생들이 우르르 엘리베이터 안으로 옮겨타고 올라가자, 미쳐 타지 못한 나머지 아이들이 비상계단 쪽으로 날렵하게 몸을 움직였다. 17층 에서 엘리베이터가 멈추고 문이 열리기가 무섭게 상훈과 일행들이 민첩한 동작으로 내려 초인종을 누르자, 집안에 있던 택이가 문을 열어주었다. 상훈이 신발을 신은 채로 막둥이와 일사들을 데리고 게임실 안으로 다가갔다.

채린도 산전수전 다 겪으며 국제적인 구라기술을 거의 다 꿰뚫고 있는데, 도무지 구라를 잡을 수가 없어 5억여 원의 돈을 잃고 있었다.

상훈이 막둥이를 데리고 카드실로 들어서자, 사람들의 시선이 상훈에게로 쏠렸다. 채린은 놀란 토끼마냥 유난히 큰 눈을 번뜩거리며 상훈을 쳐다보았지만 상훈은 채린에게 눈길조차 주지 않았다.

막둥이가 상훈에게 사인을 보냈다.

"형님, 일사들이(구라꾼)앉아 있습니다. 지금까지 사용한 카드를 압수하겠습니다."

상훈이 그리 하라며 고개를 끄덕이자, 막둥이가 지금까지 사용한 카드를 빠른 동작으로 압수하고 구라꾼들에게 채린을 가리키며 조용히 말을 꺼냈다.

"영등포 대호파 상훈형님의 형수님이신데 작업들 이만 끝내시지!"

막둥이가 놈들의 일머리를 알아낸 것이다. 택이가 분석가들을 불러 몇 목의 카드를 보여 봤지만 카드 상으로는 이상이 없었고, 목 카드(카드 앞면에 적외선 염료의 형광 물질 등으로 무늬와 숫자를 표시해 넣고 특수렌즈를 껴야만 볼 수 있는 카드)도 아니었다. 카드를 치는 방위에 적외선 필터가 삽입된 특수 소형 카메라를 설치한 뒤 옆방에서 컴퓨터 일러스트레이터 프로그램으로 확보한 영상결과를 도박판에 앉아 구라를 하고 있는 구라꾼들에게 무선 수신기를 통해 전송하는 캠 일도 아니었다.

"형수님, 얼마나 잃으셨습니까?"

막둥이가 조심스럽게 물었다. 채린은 아직도 자신이 사기도박을 당했다는 사실을 까맣게 모르고 있었다. 카드를 치던 일행 중 한 놈이 쫑(중지하는것)을 내려고 서둘러 자리를 박차고 일어났다. 놈도 공범 중 한 놈이었다. 막둥이는 쫑을 내려고 일어나는 공범을 자리에 앉히면서 양복 안주머니에서 꺼낸 적외선 렌즈를 눈에 끼워넣고 테이블 앞에 펼쳐져 있는 카드를 구라꾼들이 보는 앞에서 한 장씩 한 장씩 들어 보이며,

"이 카드는 여기에 사인이 있고, 이 카드는 여기에 표시가 되어 있는데…."

낮은 카드마다 특수 렌즈를 껴야만 보일 수 있는 형광물질로 표시해 둔 카드들을 골라내기 시작하며 구라꾼들이 차고 있던 반지를 뽑아 증거물로 제시하자 구라꾼들도 더 이상 자신들의 구라를 숨길 수가 없었는지 비굴한 태도를 보이며 구라를 시인했다. 반지 안에는 적외선 염료를 배합한 형광물질이 섞여있어 카드를 받을 때마다 카드 앞면을 흠집이 나지 않도록 반지로 살짝 긁어서 표시해놓고 구라꾼들이 끼고 있는 적외선 렌즈로 형광물질이 입혀져 있는 상대방의 카드숫자와 무늬를 파악하는 신종의 구라였다. 이렇게 되면 구라꾼들은 어김없이 먹은 돈을 다 토해내야 하는 법이었다. 구라꾼 중에 리더 격인 사내가 자신의 보디가드에게 방문을 닫으라고 말하며,

"상훈 형님, 저 대전 상구라 합니다. 잔술이 형님 후배구요."

구라꾼들은 대전 식구들이었고 쪽(얼굴)이 안 팔린 신흥 일꾼들이었다. 채린이 잃은 돈을 셈하자 구라꾼들이 딴 돈들을 테이블 앞으로 밀어주었다.

362

5명의 구라꾼들이 한 조가 되어 채린 한 명을 앉혀놓고 구라를 깐 것이었다. 채린이 수표와 현금을 회수하자, 약 3천만 원 정도가 비었다. 상훈이 정 마담을 조용히 불렀다. 정 마담이 사색이 된 얼굴로 방안으로 들어섰다.

"당신은 강남에서 이름깨나 있는 여자인데, 사람을 봐가면서 구라를 쳐야지 그래 구라를 칠 사람이 없어 채린씨를 깐단 말이요? 그래, 작업은 누가 시켰소 ?"

국내에서 활동하는 사기 도박꾼들은 자기들끼리, 즉 같은 구라꾼들끼리는 가급적 게임을 하지 않고 구라를 치지 않는 불문율이 있었다. 상훈의 섬뜩할 정도로 싸늘한 목소리에 정 마담은 주눅이 들어 얼굴을 숙이며 말을 잇지 못하자, 방 밖에서 게임을 주선한 방수잡이(도박을 알선한 사람) 형상이가 방안으로 들어서며 멋쩍은 웃음을 보이며 비굴하게 변명과 오리발을 내밀자 상훈은 형상이와 거리를 좁혀가며 택이에게 싸늘하게 말을 뱉었다.

"택아. 이놈이 아직까지도 정신을 똥간에 놓고 온 모양이야."

말하는 순간 방수잡이 형상이 '으악' 하는 비명을 쏟아내며 방바닥에 고목나무 쓰러지듯이 머리를 쳐박고 쓰러졌다. 누구 하나 방수잡이가 칼에 맞는 과정을 목격한 사람이 없었다. 형상은 옆구리를 움켜쥐고 겁에 질린 시선으로 상훈의 얼굴을 쳐다보며 애절하게 용서를 빌었다.

상훈이 쓰러져 있는 형상에게 다가서 놈의 머리칼을 한 손으로 움켜쥐자, 형상은 겁에 질린 자세로 상훈의 얼굴을 바라보며 다음

동작에 대한 두려움으로 애원하듯이 용서를 빌었다. 형상은 바로 병원으로 옮겨져 치료를 받았고 정 마담이 책임을 지고 치료비와 위자료를 지불한다는 조건으로 사건이 마무리 되었다.

상훈은 너무 슬펐다. 가슴 속으로 그렇게 사랑했던 사람이 이렇게 망가져가는 삶을 살아야 하는 것이 마음 아팠지만 채린의 도박벽은 멈출 수 없는 슬픈 삶으로 굳어져갔다.

* * *

S병원 장례식장에는 동주의 영정사진이 초라하게 안치되어 있고 영정 앞에는 상주인 미린이 홀로서서 흐르는 눈물을 가끔씩 닦으며 애처롭게 조문객들을 공손히 맞이하고 있다. 서천 구라꾼 황전무는 연신 눈물을 훔치며 소주를 연거푸 몇 잔 마신 탓인지 얼굴이 홍당무처럼 붉게 물들어 있었다. 얼마 전, 황전무는 집을 나서 구라판을 가던 중 이삼십 대로 보이는 사나운 아이들에게 납치돼 검은 안대에 눈이 가린 채 끌려가 똥을 쌀만큼 온몸이 으스러지도록 모진 매를 맞았다. 안대로 눈이 가려 사내들의 얼굴을 볼 수 없었지만 자신들에게 구라를 당한 사람들 중 누군가의 사주에 의한 탓인지 매를 가하는 사내들의 손에는 죽음의 고통을 느낄 만큼 힘이 실려 있었다. 황전무는 매를 맞으면서 사내들이 했던 말을 떠올리며 아직도 겁에 질려 있었다.

"이놈의 영감태기야, 그동안 애들 학교 보내겠다고 구라(사기도

박)치고, 딸, 좋은데 시집보내려고 구라를 쳐? 이 영감태기야! 사위 될 사람이 장인이 구라꾼이라는 사실을 알게 되면, 사위가 뭐라 그 러겠어? 남에게 사기도박해서 번 돈으로 시집보냈다면, 시가에서 얼씨구나! 하고 좋아들 하겠구만. 어이, 영감태기야! 내 말이 맞지 않아? 그래도 사기 도박꾼 딸치고는 잘 자랐더만, 직장도 반듯하고, 사위도 그만 하면 훌륭한 직장에… 인간관계도 좋아 보이던데 주변 에서 장인될 사람이 사기도박꾼이라는 사실을 알게되면 어떻게 생 각할 것 같애? 엉?"

사내들은 구라꾼 황전무의 치부를 적절하게 들쳐가며 회유하자 겁에 질린 황전무는 사내들이 유도하는 대로 최근에 구라로 큰 피해 를 입혔던 사람들의 이름을 들먹여가며 얘기를 털어놓았다. 사내들 은 황전무로부터 그들의 보스의 오더로 수 년에 걸쳐 구라를 쳤던 사람들의 얘기를 듣고 난 후, 황전무에게는 피해가 가지 않도록 해 주겠다는 약속을 하고 몇 푼의 치료비를 집어주고 병원 앞에 헌 신 짝처럼 내팽개치고 사라졌다.

이 일이 있은 지, 얼마 후 양평에서 구라 게임을 마치고 서울로 돌아오던 보스와 동주가 탄 차가 양평휴게소를 지나 한적한 곳에 다 다르자 동주의 차를 뒤따르던 차량이 갑자기 경적을 울리고 속력을 내어 추월한 후, 급브레이크를 밟았다. 맥 놓고 달리던 동주차가 요 란한 소음과 함께 멈추어섰다.

아슬아슬한 간발의 차이로 큰 충돌은 멈출 수 있었으나 약간의 충격이 가해진 탓인지, 앞차에서 몇 사람의 젊은 사내들이 차문을 열고 머리와 목 부근에 손을 얹고 동주의 차로 다가왔다. 보스와 동주가 차에서 내리는 순간 사내들의 무차별한 폭행이 가해졌다. 보스와 동주는 사내들의 무자비한 매질에 온몸이 피투성이가 되어 의식이 아름거렸다.

사내들은 품속에서 준비하고 있던 소형 전기 톱을 꺼내 동주의 오른 손가락과 왼 손가락 일부를 톱으로 절단했다. 손가락이 잘려나가며 '으아악' 하는 비명소리와 함께 주위에 붉은 피가 부채살처럼 흩어졌다. 동주는 다시 의식을 잃었다. 보스는 돼지처럼 비대한 몸 어딘가에 칼침을 맞은 탓인지 거친 호흡을 가쁘게 몰아쉬고 헐떡거리며 사내들이 몸서리치게 내뱉는 비수의 말을 귀담아 듣고 있었다. 사내들이 보스에게 마지막 말을 던졌다.

"최근에 피해를 입힌 사람들을 네 놈이 선별해서 구라친 돈을 돌려주도록 해! 네 놈이 알아서… 만약, 빠른 시일 내에 돌려주지 않을 때에는 필리핀에 유학하는 네 아들놈, 딸년도 그날로 총알받이가 될 것이다."

사내들은 이미 보스의 딸과 아들이 필리핀에서 영어공부를 하고 있다는 것을 알아차리고 위협을 가한 것이다. 필리핀에서는 돈 100불만 주어도 살인청탁을 서슴지 않고 들어주는 곳이 수두룩하다는 것을 보스는 누구보다도 잘 알고 있는 사람이었다. 동주의 장례식에 찾아온 몇몇의 도박꾼들이 소주잔을 기우리며 씁쓸하게 말을 뱉었다.

"보스는 경찰에 수사를 의뢰했다는 기여, 뭐여? 엉? 워째서 말이 없다야? 제 새끼가 억울하게 돼졌으면 싸게싸게 경찰이나 검찰에 수사를 의뢰해야 하는 거 아녀? 황전무는 워째 생각혀?"

도박꾼들은 황전무의 얼굴을 쳐다보며 무슨 말이 나올 것인가를 기다리는 듯했다. 황전무는 테러를 가하던 사내들이 헤어지며 독사처럼 사납게 내뱉던 마지막 말이 귓가에 맴돌아 소주잔을 연거푸 들이키며 어눌한 목소리로 말을 꺼냈다.

"똥 싼 놈들이 지랄해 봐야 똥밖에 더 묻었어? 매 타작에는 장사가 따로 없는 법이여… 네 놈들도 보스나 동주처럼 당하지 말고… 찢어진 입이라고 제멋대로 나불거리지들 말어! 주둥아리들 작작 그만 놀리고 몸처신들 잘혀… 사람이 돼진 담에야 억만금을 얻은들, 뭣이 필요있겠소? 잉? 다 부질없는 짓거리재. 불쌍한 미린이 위해 싸게 싸게 봉투나 듬뿍들 하고 가소!"

상주인 미린에게 누가 검은 상복을 입혀주었는지 미린의 얼굴이 유난히 청아하고 슬퍼보였다. 아직도 아빠의 죽음을 소상하게 알려주는 사람이 없어서인지 흐르는 눈물을 손등으로 연신 훔치며 장례식을 찾은 조문객들이 인사를 나눌 때마다 정성을 다하여 머리를 숙여 절을 하자 절을 나누는 조문객마다 눈시울이 붉어졌다.

* * *

채린이 A카지노 외국인 전용 카지노에서 이틀 밤낮을 가리지 않고 게임에 빠져들어 잃은 돈이 3억여 원이 넘어가자, 평소에 하지

앓던 폭언을 딜러에게 쏟아놓았다. 카지노 규칙상 게임도중 불손한 언어를 사용하거나 카지노의 풍기를 문란하게 하는 고객들은 보안요원들에게 가차 없이 끌려나가 일정기간의 출입금지가 내려져 카지노에 출입할 수 없게 엄하게 규정이 되어있었다.

채린도 딜러와 핏보스(최고 매니져)에게 폭언을 사용한 것이 화근이 되어 어김없이 보안요원들에게 끌려, 카지노 밖으로 강제로 쫓겨나 한 달간의 출입금지가 내려졌다. 다른 여러 군데의 카지노에서도 간간히 출입금지가 내려졌다. 한때, 전설적인 무기 로비스트였던 미모의 K여사와 인천 W호텔 외국인 전용 카지노에서 같은 테이블에서 게임을 하며 두 사람 모두 비참할 정도로 돈을 잃었다. 서로 살아온 길은 달라도 어찌 보면 채린과 K여사는 성욕에 굶주린 권력가들의 틈바구니에서 미모를 이용하여 악어새처럼 살아온 사람들이라는 점에 대해서 서로 간 마음속으로 깊은 연민을 자아냈다.

얼마 전, 혜린이 마카오 카지노에서 조폭들에게 10억여 원을 꽁지로 빌려 본전과 이자를 갚지 못하자 채린 언니에게 간절한 부탁을 했다. 10일 단위로 늘어나는 이자에 복 복리의 고금리 도박 빚을 갚아나가는 혜린은 하루하루 살아가는 것이 지옥 같은 삶이었다. 다달이 생활비를 보태 주던 노회장과의 사이도 좋이 나기 시작했다. 이렇다할 벌이 없이 그녀의 돈 씀씀이는 밑 빠진 독에 물 붓기와 같았다.

서울로 돌아온 채린 역시, 핀세이 여사와 헨시 여사들로부터 배운 온갖 구라기술로 한때 강남의 유한마담들을 끌어드려 사설 카지노에서 많은 돈을 벌어 마카오와 필리핀에 있는 꽁지꾼들에게 빌려 주었으나 꽁지꾼들의 구속으로 그 돈마저 떼이게 되어 거덜이 났다. 채린의 삶은 나날이 황폐해졌고 도박과 알콜 중독으로 그녀의 삶은 극단을 치닫듯 막바지에 이르렀다. 채린은 택이의 간청으로 마지막 으로 상훈을 만나 마카오에 있는 꽁지꾼들의 돈 회수와 혜린이 빌린 고통스러운 꽁지 돈의 이자 삭감과 변제를 부탁했다.

상훈은 그녀의 순수했던 정신과 아름답게 가꾸며 살았던 삶이 예전처럼 돌아오기를 간절히 기도했다. 그리고 채린이 빌린 도박 빚 의 원금을 최대한 갚아주었고 그녀와 도박을 벌이는 년놈들의 장소 를 알기만 하면 밤이라도 쳐들어가 도박장을 아수라장으로 만들었 고 도박장을 개설한 놈들의 머리통을 맥주병으로 박살내버리는 일 도 많았다.

채린이 방황의 길을 걸어야했던 것도, 그녀가 겪는 고통 하나하 나에 이르기까지 상훈은 모든 것이 다 자신이 뿌린 악마의 업이라고 생각했고 사랑하는 사람을 끝까지 지켜 주지 못하고 이십 년의 세월 이 흐르도록 뼈저리게 아픔만 주었던 모든 것이 자신의 책임이라고 생각했다.

상훈은 자신이 경영하던 작은 회사를 담보로 채린의 마지막 도 박 빚을 갚아주고 돌아오던 날, 채린은 상훈에게 약속을 했다.

"상훈씨, 다시는 도박을 하지 않을게요. 그리고 당신에게 두 번 다시 이런 부탁을 하지 않을 거예요."

상훈은 채린의 그 말이 사실이 아니라도 그녀를 믿고 싶었다. 자

신이 살아있는 한, 채린은 그의 가슴속에서 언제나 변함없이 살아가
는 여자였기 때문이다.

상훈이 강남의 도곡동 아파트에서 채린의 맹세를 듣고 돌아오던
날 새벽, 30여 명의 K경찰서 수사관들과 경찰관들은 한 아파트를
쳐들어가 도박을 하고 있던 20여 명의 남녀 도박꾼들을 무더기로
체포했다. 이날, 폭력조직의 부두목으로 한때 이름을 날렸던 광주파
부두목 S가 마약에 취해 칼을 들고 경찰관들과 대치하다 17층에서
뛰어내려 목숨을 잃었고, 강남의 잘나가는 사모들과 텐프로 룸싸롱
의 마담들과 사업가들이 줄줄이 굴비 엮이듯 무더기로 수갑에 채인
채 경찰관들의 손에 끌려 닭장차에 실렸다. 그들이 체포된 다음날
아침 W일보 석간에 다음과 같은 기사가 대문짝만하게 실렸다.

『강남 대규모 주부 도박단 체포. 60년대 인기여배우 Z양도 관련
자로 입건 조사 중』

그들이 체포되자, 상훈은 발 빠르게 친분이 있는 영산포파 동생
들에게 전화를 넣었고, 동생들은 도박꾼들을 포섭하여 채린의 도박
사실을 입막음해 주었다. 김 변호사는 채린이 심한 알콜 중독과 조
울증으로 치료를 받아야 한다는 의견서를 경찰과 검찰에 제출하여
주거지를 정신요양원으로 하는 불구속 처벌을 받았다. 김변호사와
채린을 태운 앰브런스가 경찰서 문밖으로 나오고 있는 모습을 바라
보던 상훈은 가슴의 비애를 끌어안고 그곳을 떠났다.

붉은 장미꽃을 한 아름 안은 상훈이 천주교에서 운영하는 정신
요양원 안으로 들어섰다. 면회온 서너 가족들이 침울한 얼굴로 환자

들과 대화를 나누고 있었다.

오늘은 치료를 받는 환자들과 한 달에 두 번씩 가족들을 만나는 날이었다. 치료가 호전된 환자들은 가족들의 만남을 통해 퇴소가 결정되는 날이기도 해서 그런지 환자들이 가족들 앞에서 재롱을 떠는 모습들이 안쓰럽게 보였다. 가족들의 얼굴에서 무슨 연유인줄은 모르지만 환자들을 무덤덤하게 대하는 표정들을 읽을 수 있었다. 면회를 온지도 서너 달이 지났지만 채린은 상훈을 만나주지 않았다. 하지만 상훈은 면회가 되는 날이 다가오면 채린을 찾았고 그녀가 예전처럼 밝고 화사한 모습으로 돌아오기를 기도했다. 오늘도 채린이 좋아하는 붉은 장미꽃 한 아름을 수녀님에게 전하고 떨어지지 않는 발걸음을 뒤로 한 채 등을 돌려야했다.

일확천금一攫千金에 사로잡히면
패가망신敗家亡身

이만재 (시인 · 소설가 · 문학평론가)

이 소설은 저자의 입장에서 봤을 때, 남 다른 직 · 간접적 경험을 바탕으로 한 자전소설이라면, 독자의 입장에서 봤을 때는 일반인들과 다른 삶을 추구한 인간들의 처참한 말로를 가감첨삭 없이 보여준 실화소설이라고 여길 것이다. 속된 말로, 이 소설의 주제는 돈을 걸고 따먹기를 다투는 노름이다. 그래서 계급이 높은 호텔일수록 카드놀이를 하는 카지노(Casino)가 잘 꾸며있기 마련이다. 이런 카지노 개중에는 기발한 음모로 인한 사기도박으로 판을 키우고, 종래에 가산家産을 도박에 쓸어넣고서 몸까지 망쳐 앵벌이 신세로 전락하고 만다. 사기도박엔 누군들 이길 수 없다. 그런데 미련을 버리지 못하는 것은 본전 생각, 노름의 중독성 때문이다. 점잖은 사람은 도박을 반기지 않고 기웃거리지 않는다.

세계 대표적인 도박을 대라고 하면, 대개 '러시안 룰렛(Russian roulette), 룰렛, 빠징코, 트럼프' 등을 꼽는다. 승자에게 패자의 보상이 반드시 금전만은 아니다. 사전에 정한 조건에 따라서 오직 하나 밖에 없는 목숨도 걸 수 있었다. 러시언 룰렛이 그러하다. 1888년 가을이었다. 합스부르크 왕가의 황태자 루돌프는 젊은 공녀 엘리자베스를 농락했다 하여 그녀의 오빠로부터 결투 제의를 받고는 비밀리에 러시언 룰렛의 방법으로 결투를 했다. 권총에 흰색과 검정색 탄알을 넣고 검정색을 뽑는 쪽이 6개월 이내에 스스로 자살하는 것으로 정했는데, 루돌프가 검정색이었다. 그에 따라 루돌프는 6개월 후 엘리자베스와 함께 자살하고 말았다.

러시언 룰렛은 권총으로 담력을 시험한 러시아 군인들의 담력 게임에서 연유한 말이다. 옛날의 권총은 룰렛 식으로 6연발을 쏠 수 있게 돼 있었다. 그래서 권총을 육혈포(六穴包)라고 했다. 이 육혈포에 한 발의 총탄만을 장전하고 임의로 돌린다. 그리고서 급소인 관자놀이에 총구를 대고 방아쇠를 당긴다. 이때 총알이 발사되어 죽을 확률은 6분의 1이다. 이 확률에 목숨을 걸고 담력을 시험하는 유희가 바로 러시언 룰렛이다. 러시언 룰렛은 생명을 담보로 하는 위험한 게임인지라 무모한 도박의 상징이 되었다.

다음은 도박 게임의 일종인 룰렛은 '작은 바퀴'를 뜻하는 프랑스어, 'roulette'에서 유래된 말이다. 룰렛 게임 기구는 각 칸에 0부터 36까지의 숫자가 적혀있고 빨간색과 검은색이 번갈아 칠해져 있는 회전 바퀴다. 이 바퀴를 돌린 후, 여기에 작은 구슬을 바퀴와 반대 방향으로 굴러서 구슬이 어느 칸에 멈출 것인가에 돈을 건다. 내기돈은 바퀴의 칸에 대응하는 숫자가 적혀 있는 레이아웃(돈을 거는 판) 위에 놓는다.

룰렛의 기원에 대해서는 여러 이야기가 많은데, 그대 그리스의 병사들이 무료함을 달래고자 방패 위에 단검을 돌려 그 칼끝이 가리키는 곳에 돈을 걸었던 것이 기원이라는 설도 있고, 17세기 프랑스의 수학자인 파스칼이 만들었다는 주장도 있다. 또 프랑스의 수도사가 만들었다는 설도 있으며, 중국인들이 만든 것을 도미니쿠스 수도회 수사들이 프랑스로 전파했다는 이야기도 있다. 18세기 말에 유럽 도박장에 등장한 룰렛은 이내 도박사들의 관심을 끌었고, 오랫동안 몬테카를로 도박장의 대표적인 도박이었다.

일본에서 유행되고 있는 빠징코(Pachinko)는 동전을 넣어 작동시키는 핀볼 머신에서 유래되었기 때문에, '핀볼게임'이라고도 한다. 지름 1cm정도의 쇠구슬을 상하의 핸들을 사용해 퉁겨올려 구멍에 넣으면 수십 개의 구슬이 나오는데, 그 구슬을 경품과 교환하는 도박의 일종이다. 현대적인 형태의 핀볼 머신은 1930년경에 만들어졌다. 초기의 기계는 전기를 이용하지 않고 순수한 역학적인 힘으로 작동되었다. 몇 개의 구슬이 튕겨서 세이프 구멍으로 집어넣으면 당첨의 표시로 다량의 구슬이 받침접시에 나온다. 구슬이 많이 나오면 경품과 교환하는데, 경품은 구슬 수에 따라 구색이 다양하다. 동전 구멍이 있는 초창기의 핀볼 머신은 대리석 구슬을 사용했고 그 후에는 쇠구슬이 이용되었다.

제2차 세계대전 후 일본인들은 핀볼 머신과 유사한 기계를 발명했는데, 기계에서 나는 소리를 본떠, 'pachinko'라 이름 붙였으며,

빠징코로 발음하였다. 1948년에 구슬 15개가 나오는, '올 15'라는 빠징코가 대대적으로 유행하였고, 1953년에는 전동식 기계가 등장하여 전국적으로 퍼져나갔다. 빠징코의 어원에 대해 17세기 프랑스에서 사용된 빠징코라 불리는 투석기(投石機)에서 유래됐다는 설도 있다. 일본인들이 도박기계를 만들면서 코인이 쏟아져 나오는 모습이 마치 돌이 튕겨 나오는 빠징코와 유사하다 하여 기계 이름을 빠징코라 했다는 것이다.

마지막으로 주목해야할 도박은 '트럼프(Trump)'다. 53장으로 이루어진 서양식 놀이 카드를 일컫는 말로, '승리'를 뜻하는, '트라이엄프(Triumph)'에서 파생되었다. 영미인들은 '플레잉 카드(Playing card)'라고 부른다. 트럼프의 원조는 중국의 카드놀이이다. 중국에서는 옛날부터 두뇌를 발달시킬 수 있는 카드놀이가 폭넓게 사랑을 받았는데, 이 카드가 원나라 때 유럽으로 전해져, 1380년을 전후로 유럽 전역에 유행처럼 번지기 시작했다. 이를테면, 「수호지」의 영웅(108명)들을 카드에 그려 넣어 인물들의 대결을 통해 게임의 묘미를 즐겼던 것이다. 이런 놀이를 마르코 폴로가 중국 여행에서 돌아오는 길에 유럽에 전한 것으로 여겨진다.

트럼프는 하트, 스페이드, 다이아몬드, 클로버의 네 종류로 되어 있다. 하트는 교회 기사의 방패를 표시하고, 스페이드는 귀족의 창을, 다이아몬드는 상인의 교역권을 터준 특수 신분을, 클로버는 농부의 생활을 의미했다. 이와 같이 유럽인들은 교회, 귀족, 상인, 농부 등 중세 사회를 구성한 4계층에 대응하는 네 개의 패로 트럼프를 구성해서 놀이를 했다.

15세기에 이르자, 유럽 최초로 금속활판 인쇄술을 발명한 구텐베르크가 재정 위기 타개책으로 트럼프 카드를 생산하여 큰 인기를 얻었다. 이것은 각각 13장으로 된 네 종류의 카드와 조커 한 장을 포함하여 총 53장인 오늘날 트럼프의 시초가 되었다. 구텐베르크가 만든 카드가 유럽에서 독점적인 위치를 확보하자, 1465년경 영국 내 트럼프 제조업자들이 수입 트럼프로부터 자국의 트럼프를 보호해 줄 것을 국가에 청원하기도 했다.

트럼프를 얘기할 때, 집시(gypsy)를 빼놓을 수 없다. 코카서스 민족에 딸린 유랑 민족으로 유럽 각지에서 방랑생활을 한 집시가 손금 보는 것과 트럼프점(占)으로 유명한 데서도 알 수 있듯이, 트럼프점을 유럽에 전파한 장본인이 바로 집시들이다. 집시 중에 트럼프점으로 생계를 유지하는 이들이 많은 것은 이들의 유랑생활과 관계가 깊다. 15세기 초, 유럽에 처음 모습을 나타낸 집시는 연고지가 없었으므로 대부분 캠프생활을 했다. 그들에게는 경작지는 물론, 특별한 기술도 없었으므로 먹고살기 위해 가장 손쉬운 일로 통행인을 대상으로 카드나 수정으로 운세점을 봐주었다. 이 운세점은 당시의 어두운 시대 상황과 맞물려 현실에 불안해하는 사람들의 관심을 끌게 되었고, 집시는 마치 운명 예언론자처럼 행세하여 예언의 신빙성을 높이려 했다고 한다.

트럼프는 포르투갈 상인을 통해서 16세기 중엽 일본에 전해졌다. 일본은 이것을 바탕으로 독자적인 트럼프 카드를 만들어 투기성

강한 도박으로 널리 유행했다. 이토오히로부미가 트럼프세(稅)를 부과함에 따라 투전판이 거의 문을 닫게 되었다. 우리나라에는 구한말 일본인을 통해 전해진 것으로 추정된다.

이 소설에서 다루어지는 사기도박은 트럼프이며, 카드놀이의 한 가지인 '바카라(baccara)'다. 다른 놀이보다 도박성이 짙은 노름이다. 여럿이 한 테이블에 앉아 카드를 3장씩을 가지고 합계 숫자의 끝자리 수의 크고 작은 것으로 승부를 내는 게임이다. 세계적인 추세로 바카라가 성행하는 까닭은 속전속결이기 때문이다. 이 소설의 기대효과는 노름에 발을 들여놓았거나 갈팡질팡하는 사람 중에, 노름을 가볍게 알다가 패가망신한다는 것이다. 허구가 아닌 사실이라는 점에서 자중자애의 기회를 주며, 자신을 돌이켜 봄으로서 땀 흘리지 않고, 일확천금을 기대한다는 것이 얼마나 어리석은 허망인가를 깨달게 되리라 여긴다. 저자와 더불어 독자들이 이 소설이 지닌 속뜻을 폭넓게 향유하길 바라며 새삼 옛말이 떠올라 반추해본다.

'사람을 망치는 것은 여러 가지 큰 원인이 있어서가 아니다. 지나치게 사리사욕을 쫓기 때문이다. 사람이 일단 사리사욕에 사로잡히면 굳센 기상도 꺾이고, 명철하던 지혜도 흐려지고, 결백하던 마음도 더러워진다. 남의 은혜도 모르고, 냉혹하게 되어 평생의 인품을 훼손하고 만다. 그러므로 현명한 사람은 예로부터 이득을 탐하지 않는다.(채근담)'

카지노 앵벌이로 살아가는…

1981년 6월 5일 남부지방법원에서 영등포 폭력조직 대호파 두목 이상훈이 판사와 검사들을 칼로 위협하다가 탈출했다. 70년~80년대 수서개발과 강남개발의 로비스트로서 국내최고의 인기를 누렸던 미모의 탤런트가 이상훈을 구출하기 위하여, 한 권력가의 연인으로 살다가 80년 초 정권교체 시 휘몰아치는 격동의 회오리바람을 피해 필리핀으로 망명했다.

이 소설의 주인공인 그녀는 한때 필리핀 군부의 2인자인 에디토 장군의 총애를 받는 여자가 되었다. 그 후 권력을 등에 업고 필리핀 최대의 클라크 개발지역(여의도의 17배 크기)의 크고 작은 공사의 로비스트로 부상하여 막대한 부를 축적했다. 뿐만 아니라, 국제꽃뱀들과 카지노의 대모로 살았던 한 여자의 이야기를 바탕으로 쓴 실화 소설이다.

그녀는 필리핀 뿐만 아니라 전설적인 이태리 마피아 조직인 콜레오네파를 등에 업고 모나코와 칸느, 니스, 마카오 등 최고의 카지노 판을 휩쓸었으며, 한때 모나코 경찰의 수배령이 내려지기도 했다. 몬테카를로스 카지노장에서 게임을 하던 그녀와 일행들을 체포

하기 위해, 수십 명의 경찰관들이 호텔을 둘러쌓지만 신출귀몰하게 빠져나와 이태리로 잠입했다. 그 후 누군가 보내준 자가용비행기에 몸을 싣고 홍콩의 카이탁 공항에 착륙하여 마카오로 건너갔다. 그리고 중국의 삼합회 보스와 조직원들의 비호를 받으며 아시아 카지노판을 휩쓸었다.

필리핀과 유럽의 칸느, 니스, 모나코, 마카오 그리고 카지노 신흥국가인 베트남 등에서 도박에 빠져 모든 재산을 탕진하고 하루하루를 앵벌이로 살아가는 수많은 남녀들의 비참한 현실과 특히 관광과 원정도박을 하러 왔다가 돈을 다 날리고 돌아갈 여비마저 없게 되자, 몸을 팔아 번 돈으로 다시 카지노를 찾아드는 비참한 여인들의 삶을 조명하며 카지노 도박으로 망가져버린 사람들의 이야기이다.

이 시간, 한국의 강원도 폐광지역의 개발을 목적으로 만들어진 정선 카지노는 그 본질을 벗어나 카지노 도박의 늪으로 빠져들어 모든 재산을 탕진하고 자살로 생을 마감하는 지역주민들이 점차 늘어나고 있지만 국가는 오늘도 카지노 주위를 맴돌며 자살로 생을 마감하는 지역주민들의 비참한 현실을 외면하고 있다.

국가는 현재 공식적으로 인정하고 있는 경륜장과 경마장, 카지노장을 적절하게 규제하고, 이와 상응할 건전한 오락을 보급시켜 외국으로 반출되는 환치기들의 막대한 돈과 국내외 폭력조직으로부터 고리의 이자로 돈을 빌려 갚지 못해, 오늘도 음성적으로 협박을 받고 있는 사람들을 보호하는 법도 보완되어야 할 것이다.

감옥에서 13년 6개월 27일간 공부하면서 배운 조악한 문장으로 긴 사연을 마무리합니다. 답게출판사 장소임 사장님의 배려로 〈코리안 마피아〉와 〈야인의 사랑〉 그리고 이번 책을 저술하였습니다. 부족한 문장력이나 어휘의 사용 등 많은 모순을 이해해 주시고 이 책을 읽는 단 한 분이라도 공감해 주신다면 깊은 보람을 느끼겠습니다.

　　오늘을 살아가며 혹시라도 이 책에 등장하는 인물과 유사한 일을 겪게 될 때에는 그분들의 마지막 삶의 모습을 한번 떠올려 보십시오. 그러시면 자신을 냉정하게 뒤돌아볼 계기가 되지 않을까 하는 생각을 가져봅니다.

이상훈 배상

카지노(casino) 용어

Bank(뱅크) 칩스, 카드 등을 보관하는 사무실

Banker(뱅커) 바카라 게임에서 카드를 나눠주는 역할을 하는 사람

Bet(벳) 게임에서 고객이 게임에 참여하기 위하여 칩스를 거는 것

Bust(버스트) 블랙잭 게임에서 카드의 합계가 21을 초과한 것. 이때는 딜러의 카드와 관계없이 무조건 진다

Buy In(바이 인) 게임을 하기 위하여 칩스를 구입하는 것

Cashier(캐셔) 칩스를 현금화하는 환전소

Cash In(캐쉬 인) 칩스를 현금으로 바꾸는 것(Cash Out 이라고도 함)

Chips(칩스) 게임 테이블에서 현금 대신 사용하는 것

Chips Tray(칩스 트레이) 게임 테이블에서 칩스를 담아 놓는 곳(Chips Rack이라고도 함)

Color Change(컬러 체인지) 게임 진행 중 고액의 칩스를 저액 칩스로 저액 칩스를 고액 칩스로 바꾸는 것

Comp(콤프) 게임 고객에게 제공되는 무료 서비스(Complimentary의 약어)

Credit(크레딧) 고객에게 신용대출을 해주는 것

Credit Line(크레딧 라인) 고객에 대한 신용대출 한도

Dead Card(데드 카드) 해당 게임에서 이미 사용된 카드

Deal(딜) 카지노에서 고객과 직접 게임을 하는 종사원의 행위

Dealer(딜러) 카지노 게임에서 게임을 진행하는 종업원

Discard(디스카드) 카드가 다시 셔플될 때까지 디스카드 홀더에서 대기 중인, 이미 사용된 카드

Discard Holder(디스카드 홀더) 게임에서 이미 사용되었던 카드를 모아두는 통

Double Down(더블 다운) 블랙잭에서 고객이 처음 두 장의 카드 합에 관계없이 한

장의 카드만을 추가로 받는다는 조건 하에 추가로 베팅하는 전술

Face Card(페이스 카드) Jack, Queen, King과 같이 사람의 얼굴이 그려져 있는 카드. 블랙잭에서는 10과 같은 가치를 가지고 있다

First Base(퍼스트 베이스) 블랙잭에서 맨 먼저 카드를 받는 플레이어. 마지막으로 카드를 받는 플레이어는 Third Base(서드 베이스)라고 부른다

Floor Person(플로어 퍼슨) 테이블 게임의 1차 감독자

High Roller(하이 롤러) 한번에 많은 돈을 베팅하는 플레이어

Hit(힛) 블랙잭에서 카드를 더 받겠다는 의사 표시

Insurance(인슈어런스) 블랙잭에서 딜러의 블랙잭 가능성에 대비하여 플레이어가 택하는 전술. 딜러의 블랙잭에 대한 일종의 보험금

Maximum Bet(맥시멈 벳) 베팅할 수 있는 최대 한도

Minimum Bet(미니멈 벳) 베팅할 수 있는 최소 한도

Pit(핏트) 게임 테이블로 둘러싸인 장소, 카지노게임 운영의 최소 행정단위

Pit Boss(핏 보스) Pit를 책임지는 간부, 플로어 퍼슨을 감독

Player(플레이어) 카지노 게임을 하는 고객, 바카라에서 Banker의 반대편

Push(푸쉬) 블랙잭 게임에서 딜러와 고객이 비긴 경우

Shoe(슈) 게임에 사용되는 카드를 담아두는 통

Shuffle(셔플) 카드를 고루 섞는 것

Slot Machine(슬롯 머신) 기계에 부착된 핸들이나 버튼을 사용하여 게임한 후 그 결과에 따라 미리 정해진 배당표에 의해 시상금액이 지불되는 게임기

Split(스플릿) 블랙잭에서 처음 두 장의 카드가 같은 숫자인 경우 각각을 두 개의 패로 나누어 게임하는 전술

Stay(스테이) 블랙잭에서 더 이상의 카드는 받지 않겠다는 의사표시 스탠드(Stand)라고도 함

Video Machine (비디오 머신) 릴(Reel)대신 모니터가 장착되어 있어 버튼을 눌러 게임하는 기계

Washing(워싱) 셔플(Shuffle)을 하기 전에 카드의 뒤면을 보인 채, 손으로 카드를 섞는 것

카지노 사기도박 용어

bluffing 자신의 패가 상대방보다 좋지 않을 때, 상대를 기권하게 할 목적으로 거짓으로 강한 베팅이나 레이스를 하는 것

cold deck 카드 바꿔치기를 하기위해 표시해둔 카드(cheat와 같은 의미의 동사도 됨)

cooler 카드를 바꿔치기하기 위해 정해진 순서대로 섞어놓은 카드(stacted deck)

cooler move 카드 바꿔치기 손기술

flick 부정행위를 하는 사람이 카드를 분배할 때 카드의 내용을 보기 위해 숨겨둔 작은 거울(glim, light, twinkle도 같은 의미)

gaff 카드, 주사위를 변조하는 행위 또는 상대를 속이는 사기행위

greek deal 카드 게임에서 덱의 톱-카드를 주는 척 하면서 덱의 맨 밑에서 두 번째 카드를 은밀하게 딜링하는 기술

grifter 속임수꾼 또는 사기꾼으로 특정한 어느 사람을 희생 대상으로 속이는 것으로 작은 금액을 훔치고 나서 재빠르게 이동하는 사람

hand mucker 카드를 딜링할 때 손바닥에 감추거나 카드를 바꿔치기 하는 것을 전문으로 하는 카드 속임수 꾼(mittman, holdout man, card mucker도 같은 뜻)

hustler 사기도박꾼

langret 속임수 목적으로 주사위가 무겁거나 깎여져 한쪽으로 치우친 것(3, 4숫자가 나옴)

painter 카드 게임에서 인디아 잉크, 에닐린 연필 또는 그 밖의 물질을 가지고 게임용 카드의 뒷면에 표시를 하는 속임수꾼

rig 카드 또는 주사위를 변조하는 것, 카드를 스태킹하는 것

scam 갬블링 상대방에 대한 속임수 행위 방법, 사기행위 또는 부정직한 계획

screen 카드 또는 주사위 게임에서 게임자에 의해 만들어지는 속임수 행위, 동작으

로 주의를 딴 데로 돌려 산만하게 하는 계획

steerer 도박판의 바람잡이

shade 도박장에서 은밀한 속임수 행위나 움직임으로 정신을 산란하게 함(screen 도 같은 뜻)

shark 카드 또는 주사위 게임과 같은 특정 형태 노름에 노련한 게임자, 갬블링 게임에서의 속임수꾼, 과대한 이자로 갬블러들에게 자금을 빌려 주는 고리대금업자

sleigh-of-hand 베팅한 카지노칩을 고액(이긴 경우)이나 소액(진 경우)의 것으로 바꿔치기하는 기술